スペイン岬の秘密

エラリー・クイーン
越前敏弥・国弘喜美代＝訳

角川文庫
19132

THE SPANISH CAPE MYSTERY
1935
by Ellery Queen
Translated by Toshiya Echizen and Kimiyo Kunihiro
Published in Japan
by KADOKAWA CORPORATION

スペイン岬の秘密

——ある推理の問題

目次

赤裸々な真実《ヌダク・ウェリタス》――ホラティウス『歌章』第一巻二十四-七

登場人物

〈家の者〉

ウォルター・ゴドフリー　スペイン岬の所有者

ステラ・ゴドフリー　ウォルターの妻

ローザ・ゴドフリー　ウォルターとステラの娘

デイヴィッド・カマー　ステラの弟

〈客〉

ローラ・コンスタブル　脂肪まみれの、始末に負えない四十女《しじゅうおんな》

アール・コート　ローザの婚約者

ジョン・マーコ　悪魔《ディアボロ》氏

セシリア・マン　ブロードウェイ経験者

ジョーゼフ・A・マン　アリゾナ出身者

〈ゆきずりの者〉

キャプテン・キッド　地元の者

ルーシャス・ペンフィールド　弁護士

ハリー・ステビンズ　地元の給油所の主《あるじ》

ホリス・ウェアリング　留守中の隣人

〈使用人〉

バーリー　家政婦

ジョラム　雑用係

ピッツ　ステラ付きの女中

ティラー　従者

（その他、名前のわからない者たち）

〈捜査陣〉

マクリン（判事）　休暇中の法律家

モーリー（警視）　地元の警察官

エラリー・クイーン　徹底した理論家

舞台

スペイン岬とその周辺。スペイン岬は、北大西洋岸に位置する風変わりな海沿いの岩層である。この岬は、約一平方マイルの切り立った岩塊が海へ突き出したもので、細い舌のような崖《がけ》によって本土とつながっている。幅の広い幹線道路からわずか数百ヤードしか離れておらず、左右には公共の海水浴場があるが、岬そのものは完全なる私有地であり、立ち入ることはほとんどできない。

まえがき

この五年ほど、喜ばしくもクイーン氏の小説を刊行するあいだに、クイーン氏の作品のまえがきを欠かさず執筆してきた紳士の謎めいた境遇と素性について、多々問い合わせをいただいた。残念ながら、ご要望に応《こた》えることはできない。当方にもわからないからだ。

発行元

わたしはその場所をとてもよく知っている。自分の小さなモーターボートで海上から幾度も見てきたし、スペイン岬は大西洋岸にあって、南北を結ぶ主要な航空路の真下に位置しているため、空から一望する機会がこれまでに少なくとも三度あったからだ。

海から見た姿は、風雨にさらされた巨大な岩のかたまりそのもので、まるでアルプスの母なる山から切り出して、側面をおおまかに削ったあと、故郷から何千マイルも離れた大西洋の岸近くへほうりこんで、そのまま浸したかのようだ。近寄ってみると――崖下を囲む鋭くとがった岩場のすぐそばまで近づくと――岬はジブラルタルにも劣らぬほどの、壮大で堅固な、周囲を威圧する花崗岩《かこうがん》の要塞《ようさい》となる。海から見るスペイン岬は、想像にかたくないが、いかめしくてむしろ冷然としたものだ。

ところが、空から見ると、詩のように美しい印象を受ける。はるか眼下に、皺《しわ》の寄った青い波紋織りの海がひろがり、そこに奇妙な形をした、深緑色の謎めいたエメラルドがひとつはめこまれている。木々や下生えの厚化粧を施されているため、機上の高みから見ると、一面の緑のなかに三か所だけが浮かびあがる。ひとつは、入江のせまい白浜で、その少し上にテラスがある（とはいえ、入江を囲んでそびえる崖ほど高くはない）。ふたつ目は屋敷だ。不規則な形に延びた、どこか幻想的なたたずまいの家で、パティオや化粧漆喰《しっくい》の壁、スペイン風の瓦《かわら》屋根を具《そな》え、スペインの大農園の居館アシエンダを大がかりにしたような風情がある。それでも醜悪というわけではなく、周囲にいくつかある北部の当世風のものとなじまないだけだ。それらのひとつが給油所であり、空からだとすぐ近くに見えるが、実際にはスペイン岬のなかではなく、公道の向かい側にある。

残る三つ目は、まわりより低く見える道で、それがナイフのように岬の緑樹を切り裂いている。幹線道路から先住民の矢のごとくまっすぐ飛び出し、岬と本土をつなぐ岩のくびれを通ったのち、岬の心臓を貫いて入江に達する。空からだとくぼんで白く見える。わたし自身は一度も足を踏み入れたことがないが、おそらくコンクリートで舗装されているのだろう、夜でも月の下で光っている。

海岸一帯の事情に通じている大半の人々と同じく、わたしはこの珍しい岩層が——言うまでもなく、果てしない年月にわたる海蝕《かいしょく》の結果だが——ウォルター・ゴドフリーの所有地であると知っていた。それ以上のことを知る者はほとんどいない。ゴドフリーが大富豪の特権を行使して、世間とのかかわりをずっと断ってきたからだ。ゴドフリーの避暑地にすぎないスペイン岬が——そしてその所有者が——劇的な出来事に揺さぶられて、長らくつづいた孤立状態から脱するまで、わたしは実際にその地を訪れた人に会ったことがなかった。そしてむろん、そこへ乗りこんだのは、ほかならぬわがよき友エラリー・クイーンである！　——この男は奇妙な運命に付きまとわれているらしい。

本人がいくら抗《あらが》おうと、エラリーはつねに凶悪な犯罪に先まわりされるか、追いかけられるかしている。ある共通の知人が、かつて冗談混じりにわたしにこんなことを言ったほどだ。「夜や週末にクイーンを自宅へ招くたびに緊張して息を呑《の》むよ。あの男は——こういうたとえはどうかと思うが——猟犬がノミを引き寄せるように、殺人事件を呼びこむからな！」

たしかにそのとおりだ。そして、スペイン岬でもそうだった。

〝裸の男の問題〟――エラリー自身がそう呼んでいる――については、興味深くも突飛《ウートレ》で、まったくもって不可解なことが多かった。あれほど壮麗な舞台で、あれほど特異な犯罪が起こることは、現実にはきわめてまれだ。ジョン・マーコ殺しは〝まちがった男の誘拐〟につづいて起こった事件であり、マーコが裸だったという奇怪とも言える状況も加わって、手ごわい難題となった。いまになってみると、あれもまたクイーンが名推理を披露した冒険譚《たん》で、第一級の読み物となった事件のひとつにすぎない。

恐ろしい錯誤に満ちたこの悲劇の布告者の役を自分がつとめたこと、そして、勝算はないものと長く思われていた難関にわが友がすぐれた頭脳をもって打ち勝った勝利の道に、本人の許しが得られるなら、いま一度花を撒《ま》く名誉に浴したことは、欣快《きんかい》の至りである。

J・J・マック

ノーサンプトンにて

一九三四年九月

1　キャプテン・キッドの重大なまちがい

実のところ、それはとんでもない大失敗だった。かつて犯罪者たちがさまざまな過ちを犯してきたが、それらはたいがい性急さや不注意、見通しの甘さによるものであり、ほぼ例外なく本人の命とりとなった。しまいには鉄格子のなかでみじめな日々に思いをはせ、自分のまちがいについて考えこむ羽目になる。だが、これから語るのは、特筆すべき過ちだ。

キャプテン・キッドなどというふざけた名前のその男には、数少ない長所しかなく、そこに頭のよさは含まれないようだった。キッドは度はずれた山のような大男であり、気まぐれな創造主は、この男に大きな体を授ける代わりに、少量の脳みそしか与えなかったらしい。大失敗をやらかしたのはキャプテン・キッドであり、その正真正銘の愚かさのせいだというのは、当初から明白に思えた。

残念ながら、犯罪におけるこの過ちは、責を負うべき当の悪漢はもとより、頭の鈍いその大男の陰で糸を引いていた謎の人物にも、なんの苦難ももたらさなかったようだ。のちに明らかになるとおり、すべての結果が犠牲者の頭上に降りかかった。

さて、キャプテン・キッドという驚くべき人物にまつわる運命が、なぜ犠牲者にデイヴィッド・カマーを選んだかは、深遠なる問題であり、答はベールに包まれている、と、事件の発生当時のみなの意見は一致していた（エラリー・クイーン氏も含む）。デイヴィッドの姉のステラがヒステリーじみた鎮魂歌を捧《ささ》げるのを、だれもがやりきれない気持ちで聞き、ただだまってうなずいた。「デイヴィッドは昔からとてもおとなしい子だったのに！　思い出したわ……。子供のころ、町でロマの女がデイヴィッドの手相を見たの。そしてこの子は〝暗い運命〟を背負っていると言ったのよ。ああ、デイヴィッド！」

ところで、これから長く信じがたい話をするが、エラリー・クイーン氏が事件に巻きこまれたいきさつはまた別の話だ。たしかに、人間心理の珍現象《フエノメナ・クリオオサ》を観察する実験室の顕微鏡学者として、エラリーには結局のところ、キャプテン・キッドのばかげた失策に感謝する理由があった。波瀾《はらん》万丈の日々のあとで光明が差したとき、巨人のごとき船乗りのまちがいが事件の解決にいかに重要だったかが、はっきりわかったからだ。それはある意味で、エラリーの推理の骨組全体を決定づけるものだった。しかし、最初はただただ事態を混沌《こんとん》とさせるにすぎなかった。

デイヴィッド・カマーが人混みを好まない——病理上の恐怖というより、単に苦手だった——性格であったことと、姪《めい》のローザに深い愛情を注いでいたこと。そのふたつがなければ、おそらくこの大失敗は起こらなかっただろう。だが、カマーはそのどちらでもあった。カマーは人間にはなんの興味もなく、退屈か苛立《いらだ》ちのもとだった。にもかかわらず、世捨て人でありながら、人々から敬われ、好かれてさえいた。

このころカマーは三十代後半であり、背が高く頑健で、歳より若く見えた。自分の流儀にこだわり、名高い義兄ウォルター・ゴドフリーにも劣らぬ独立独歩の人だった。一年の大半はマレー・ヒルでひとり暮らしをして、夏だけスペイン岬でゴドフリー一家とともに過ごす。カマーを岬に引きつけるのは、近親である姉や姪より、岬そのものの雄大さではないかと、辛辣《しんらつ》な皮肉屋の義兄はたびたび疑ったものだ——いささか不当な疑いである。だが、ふたりには共通する点があった。どちらも孤独で物静かにふるまい、それぞれに立派な人物だった。

ときおりカマーは深靴姿で出かけたまま帰らず、一週間にわたってどこかで狩りをしたり、ゴドフリー家のヨットか大型ボートに乗って沿岸をめぐったりした。スペイン岬の西側にある九ホールのゴルフコースの複雑な地形を昔から熟知していたが、ゴルフは〝年寄りの遊び〟だと言って、めったにしなかった。どうしてもと請われれば、何セットかテニスの相手をすることはある。けれども、概してスポーツはひとりでできるものを好んだ。当然ながら、独立して生計を立てていて、おもに野外の題材について少しばかり文章を書いていた。

カマーは空想家ではなかった。人生からきびしい教訓を学んだというのが口癖で、現実を固く信じていた。何よりまず行動の人であり、つねに〝事実を直視〟した。男女間の問題に人生を掻《か》き乱されることはなく、姉のステラとその娘のローザを除いて、女はカマーにとってなんの意味も持たなかった。二十代はじめに不幸な恋愛を経験したらしい、とゴドフリー夫人の仲間うちではささやかれていたが、ゴドフリー家の人間はだれもそのことにふれず、むろん本人もずっと沈黙していた。

犠牲者のディヴィッド・カマー、すなわち、キャプテン・キッドによって忘却の彼方《かなた》へ追いやられた長身で肌の浅黒い筋肉質の男については、このくらいにしよう。

ローザ・ゴドフリーは、カマー家の血を引く人間で、一族の特徴である太く黒々とした眉《まゆ》を持ち、がっしりとしたまっすぐな鼻と穏やかな目、すらりとしなやかな体つきの女だった。母親と並ぶと姉妹のようで、カマーがそのふたりの兄に見える。叔父《おじ》に似た、澄んだ知性の持ち主である一方、母ステラの神経の細かさ、社交におけるせわしなさ、心根の浅さは微塵《みじん》も具《そな》えていない。むろん、ローザと長身の叔父とのあいだには何も——邪《よこしま》な意味での何事も——なかった。ふたりの愛情は血のつながりを重んじたものであり、それ以外のことを疑われたらどちらも憤慨しただろう。そのうえ、二十近くも歳が離れている。それでも、ローザが困ったときにすがるのは母親ではなく、また、いつもひとりで静かに過ごし、ほうっておかれるのが何よりの望みだという父親でもなく、叔父のカマーだった。それは、ローザがおさげ髪のころからずっと変わっていない。世の父親は愛情にまつわる権利をこんなふうに奪われたら腹を立てるものだが、ウォルター・ゴドフリーは例外だった。羊の毛を刈って莫大《ばくだい》な財をなしたウォルターは、騒々しい羊たちの目に謎の存在として映ったのと同じく、家族にとっても謎だった。

屋敷は人でいっぱいだった。少なくともカマーにはそう思えた。土曜日の午後、カマーが寡黙な義兄に険しい顔で語ったとおり、社交手腕を振るいたがるステラの癖が出て、著しく品のない連中が集まってきていた。

夏が終わりに近づき、季節の移ろいとともに、得体の知れない厄介な客がやってきたのだった。むろんマーコもそのひとりで、女主人の身内の男たちから険悪な目を向けられようと、まるで意に介さず、もう何週間も滞在していた。マーコはそういう男だ。ウォルター・ゴドフリーが珍しくこぼしたところによると、マーコはステラの芳しからぬ思いつきの産物だった。美男のジョン・マーコは……男友達がひとりもいない、礼儀をわきまえぬ人間で、いったん招かれると――カマーのことばを借りれば〝ケジラミ並みの無頓着《むとんちゃく》なしつこさで〟――居すわった。ふだんは汚れた古い作業ズボン姿で岩石庭園を歩きまわり、妻が連れてきた連中には見向きもしないウォルター・ゴドフリーさえ、マーコに夏の大部分を台なしにされた。その残りのぶんは、ほかの客たちがぶち壊した。まず、ローザが笑い混じりに〝脂肪まみれの、始末に負えない、四十女《しじゅうおんな》〟と命名したローラ・コンスタブル。どう見ても教養があるとは言えないマン夫妻。そして、ローザに恋い焦がれ、週末ごとにスペイン岬へかよってくる金髪の不幸な青年アール・コート。人数は多くないが、カマーにとっては――コートのことは小ばかにしながらも好感をいだいていたから除くとしても――まさに大軍勢だった。

土曜日の夜、遅い夕食のあとのことだった。大柄なカマーがローザを涼しいパティオから誘い出し、スペイン風の邸宅から傾斜を描いてくだる、まだ暑さの残る庭へ出た。石敷きの中庭ではステラが客たちと歓談をしていて、マン夫人の狡猾《こうかつ》な網にからめとられたコートは、カマーとその姪の後ろ姿に激しい羨望《せんぼう》のまなざしを投げることしかできなかった。すでにあたりは暗く、マーコの実に美しい横顔が空にくっきりと輪郭を浮かびあがらせていた。マーコはコンスタブル夫人の椅子の肘《ひじ》掛けに優雅に腰をおろし、おそらく周囲の女たちを意識してポーズをとっていた。とはいえ、気どっているのはいつものことで、さして珍しくもない。マーコの仕切る中庭での会話は耳障りで空虚なもので、つまらなさにかけては鶏の鳴き声に劣らなかった。

カマーは姪とともに石段をおりながら、ほっと息をついた。「まったく、なんて連中だ！　いいか、ローザ、おまえの母親も困り者だぞ。虫けらを連れてきて、真っ当な世界を脅やかそうとしているんだからな。ほうっておくウォルターの気が知れない。やかましい狒々《ひひ》どもめ！」それから小さく笑い、姪の腕をとった。「ローザ、今夜は特にきれいだな」

ローザが着ていたのは白く涼しげなドレスで、ひらめく裾《すそ》が石段をかすめていた。

「ありがとう。実はとっても簡単な話よ」にっこり笑って言う。「オーガンジーの布とウィテカーさんの魔術が組み合わさっただけ。とっても世間知らずなのね、デイヴィッド――おまけに、とっても人付き合いが悪い。だけど、よく気がつく。それも」笑みを消して、つづける。「どこのだれよりもね」

カマーはブルドッグ型のパイプに火をつけ、まだらな淡紅色に染まった空を見ながらうれしそうに吹かした。「どこのだれよりも？」

ローザが唇を嚙《か》み、ふたりは石段の底に着いた。示し合わせたように、浜辺のテラスのほうへ曲がる。この時間のテラスは閑散としていて、上方の屋敷からは何も見えず、声も聞こえない。こぢんまりとした居心地のよい場所で、薄闇のなかで美しく見える。足もとには色つきの板石が敷かれ、頭上には白い梁《はり》がむき出しの屋根がかかっている。散歩道から石段をくだるとテラスがあり、さらにそこから下の半月形の浜辺へと石段がつづく。ローザは派手な大型の日除《ひよ》け傘の下に置かれた籐《とう》椅子にいささか不機嫌に腰をおろし、両手を組んだ。唇をすぼめて、小さな浜を見やり、入江の砂に打ち寄せる波をながめる。入江のせまい隙間から、はるか彼方にうねる青い海原に、風をはらんだ白い帆がいくつも浮かんでいるのが見えた。

カマーはパイプをくゆらせながら、静かにローザを見つめた。「何を悩んでるんだ、スキージクス（新聞の連載漫画《Gasoline alley》に登場した孤児の少年）」

ローザは目を見開いた。「悩んでる？　わたしが？　ねえ、どうしてそんなふうに思――」

「おまえの芝居は」カマーは小さく笑った。「泳ぎとちょうど同じくらいの腕前だな、ローザ。残念ながら、どちらもぱっとしない。もしおまえの若きハムレット、アールのせいなら――」

ローザは鼻を鳴らした。「アールですって！　そんなわけないじゃない。あの人のせいで悩むなんて。いったいなぜお母さまがあの人を屋敷へ自由に出入りさせてるのか、さっぱりわからない。きっと、どうかしてるのよ。あんな人をうろつきまわらせるなんて……。わたしはおことわり。ほら、あのことはもうきっぱり話がついたのよ、ディヴィッド。ああ、わたし――わたし、ばかだった。あの人と結婚の約束をしたりして――」

「あれは何度目だった？」カマーはいかめしい顔で訊《き》いた。「そうそう！　たしか八度目だ。その前の七回は、ただのままごと遊びだったんだよ。なあ、ローザ、おまえは情緒の面でまだまだひよっこで――」

「ありがとう、おじいちゃま！」ローザは茶化した。

「――おまえのあの陰気くさい若き牧夫も同じことだ。心持ちの似た者同士が連れ添うのがいいと、わたしは強く信じてる。ほら――まあ――子孫のためにな。アール・コートといっしょになるといい、ローザ。ただ、まあ、厭世《ヴェルトシュメルツ》的な男だがね」

「ぜんぜんわからない！　わたしはひよっこなんかじゃありません。それに、あの人――あの人には我慢がならないの。考えてみてよ、大の男が、中身は生煮えの生焼けなのにごてごてと着飾った、安っぽいコーラスガールあがりの女のヒールをなめるなんて……」

「まさに典型だな」カマーはため息を漏らした。「ネコ科の血だよ。そういう女にろくなやつはいない。いいかい、スキージクス、冷静に考えるんだ。もしだれかが靴をなめたとしても、それはマン夫人の小さな舌であって、アールの舌じゃないはずだ。あの若者はさっき、病気の子牛みたいな目でおまえの後ろ姿を見送っていた。さて、ローザ、隠していることがあるだろう」

「なんの話だか、わからない」ローザは言って、海を見やった。眼下にはいまや青色ではなく、紫色がひろがっている。空に散っていた淡紅色の斑点《はんてん》も、打ち寄せる波の軽快な伴奏に合わせていつしか消え去っていた。

「わかってるはずだ」カマーは小声で言った。「おまえはいままさに、とんでもないことをしでかそうとしてるんだろう、なあ、ローザ。言っておくが、それは正気の沙《さ》汰《た》じゃない。相手がマーコでさえなければ、わたしも口を出したりはしない。しかし、こういう状況では……」

「マーコ？」ローザは自信がなさそうに、口ごもりつつ言った。

カマーの皮肉めいた青い目にわずかに笑みが浮かんだ。深まりつつある夕闇のなかでも、ローザはその微笑を見てとり、思わず青い目を伏せる。「ローザ、たしか前にも一度忠告したはずだ。しかし、あのときはこんなことになるとは――」

「どんなこと？」

「ローザ」叔父《おじ》の咎《とが》めるような口調に、ローザが少し顔を赤らめる。

「こ――こう思ってたの」ローザはくぐもった声で言った。「あの人――マーコさんはずいぶんいろいろと気があって、あの、それは――マン夫人と、コンスタブル夫人と、それから――ええ、お母さまに対してであって――わたしには興味がないと思ってたのよ、デイヴィッド」

「それは」大男のカマーは顔をしかめて言った。「また別の話だ。いま問題にしてるのは、もっと若くて、たぶんもっと聡明《そうめい》な女性のことだ」目つきを険しくして、ローザのほうへ身をかがめる。「いいか、スキージクス、あの男はだめだ。つまらない山師なんだよ。どうやって金を稼いでるのか、わからない。よからぬ評判を耳にしたから、手間をかけて調べてみた。なるほど、肉体が魅力的なのは認めるが――」

「それはお世話さま。ねえ、デイヴィッド、知らなかったの？」ローザが興奮気味に意地悪く言う。「肉体という点では、叔父さんとても似てるのよ。たぶん、ある種の性的なものを補って――」

「ローザ！　下品な物言いはやめろ。冗談で言ってるんじゃない。この世の中でわたしが気にかけている女性は、おまえの母親とおまえだけだよ。言っておくが――」

ローザはいきなり立ちあがった。視線は海に据えたままだ。「ああ、デイヴィッド、マーコさんの話はしたくありません！」唇が震えている。

「いや、そうはいくまい、ローザ」カマーはパイプをテーブルに置いたのち、ローザの両肩に手をかけて前を向かせ、その青い目を自分の目にぐっと近づけた。「ずっと成り行きを見守ってたんだ。おまえが自分の考えを実行に移したら――」

「わたしの考えがどうしてわかるの？」ローザが小声で尋ねた。

「察しはつくさ。マーコが卑劣なやつなのはわかってる……」

ローザがカマーの腕をつかんだ。「だけど、デイヴィッド、わたしほんとうに、あの人と約束なんて――」

「ちがうのか？　あの男の得意げな目つきを見るかぎり、そうは思えなかったがね。いいか、わたしが聞いたところによると、あの男は――」

ローザは荒々しく手を振りおろした。「何を聞こうと関係ない。ジョンはあまりにすてきだから、同性からきらわれるのね。あんなに美形なんですもの、付き合ってる女の人が何人かいたっておかしくない……。デイヴィッド、お願い！　わたし、もうひとことだって聞きたくない」

カマーはローザの肩から手を離し、しばらく無言で見つめた。それから目をそらしてブライアーパイプを手にとり、灰を叩《たた》いて落としてから、パイプをポケットにおさめた。「おまえもわたしと同じで強情だから」つぶやくように言った。「たぶん文句を言ってもどうにもならないんだろう。すっかり心は決まっているんだな、ローザ」

「そうよ！」

それからふたりは押しだまり、前より少し体を寄せて、テラスの石段のほうを向いた。だれかが上の道をテラスへ向かっておりてきていた。

実に奇妙だった。砂利を踏みしだく重い足音が聞こえた。ぎこちなく忍び歩くような音だ。それは、割れたガラスの破片の上を巨人が痛みに超然と耐えて爪先《つまさき》立ちで進むさまを思わせた。

あたりはもう、ほぼ真っ暗になっていた。カマーが急に腕時計を見た。八時十三分だった。

ローザは肌が粟立《あわだ》つのを感じ、なぜだかわからず身震いをした。あとずさりして叔父の後ろに隠れ、上方の暗い小道の奥へじっと目を注ぐ。

「どうした」カマーが冷静に尋ねた。「ローザ、震えてるじゃないか」

「わからない。どうしてこんな――いったいだれかしら」

「おおかたジョラムが切りのない見まわりに励んでるんだろう。さあ、すわって。すまなかったな、気を悪く――」

こうした小さな発端から、大きな結末が生じるものだ。それは偶然によって引き起こされた結果にも思えた。カマーは染みひとつない真っ白な服を着ていた。髪も肌も黒みがかった大男で、きれいにひげを剃《そ》り、顔形も見苦しくはない……。あたりは一気に暗さを増し、月の出ない夜の田園や海辺によくある濃密な闇に包まれていた。

黒々とした人影が、テラスの石段のてっぺんに現れた。やけに大きくて、いくつかの部分から成っている。それが流れるように動いた。やがてぴたりと止まり、ふたりの顔を探る様子を見せた。

しゃがれた低い声が言った。「静かにしろ。ふたりとも。でないと撃つ」手とおぼしきものが小さな物体を握っているのが見える。

カマーが冷ややかに言った。「おまえはだれだ」

「だれだっていい」大きな手はいっさい揺るがない。ローザは身じろぎもしなかった。かたわらのカマーの体が緊張しているのがわかる。ローザは闇のなかでカマーの手を探り、警告するように、訴えるかのように握りしめた。絶縁体を思わせるカマーのあたたかな力強い指に手を包みこまれ、ほっとして音を立てずに息を吐く。「こっちへ来い」低い声がつづけた。「さっさと静かにだ」

「それは」ローザは自分の声が意外にしっかりしているのに驚きながら訊いた。「こちらへ向けてるのは、ほんとうに拳銃《けんじゅう》なの？」

「こっちへ来るんだ！」

「さあ、ローザ」カマーがやさしく言い、つかんでいた手を離して、ローザのあらわな腕にふれた。ふたりは敷石の上を歩き、石段をのぼりはじめた。ぼんやりとした人影が少し後退する。形のない恐怖が実体をともなって現れ、ローザは笑いだしたくなった。まったくばかげている！　それも、事もあろうにスペイン岬で。そう考えてみると、だれかの悪ふざけにちがいないと思えた。きっとアールだ！　いかにもアールらしい、こんな——こんな——。

そのとき、こみあげる笑いがあえぎに変わった。手を伸ばせば届く距離に、低い声の主が現実となって立っていた。いまやその姿が見えた。はっきりとではないが、いくつかの恐ろしい事実を確認するにはじゅうぶんだった。

　その男は――どう考えても男だった――とても背が高く、六フィートを超えるカマーが子供並みに見えた。少なくとも六フィート八インチはあるにちがいない。そのうえ太っていて、東洋の力士か、ふくらませたフォルスタッフ（シェイクスピア『ヘンリー四世』に登場する肥満の道化者。ドルリー・レーン・シリーズにも同名の執事が登場）のようで、巨大な腹とペルシュロン（フランスのペルシュ地方産の輓馬）のごとき肩が目を引いた。実のところ、あまりに大きくてあまりに太く、もはや――もはや人間とは思えない、とローザは震えながら考えた。男の手に握られた三八口径のリボルバーは、まるで子供の玩具《がんぐ》だった。いでたちは、おおよそ船員風だ。風雨にさらされた帆布のような、汚れてぼろぼろのダンガリー布のズボンを穿《は》き、変色した真鍮《しんちゅう》のボタンと大帆に似た襟とがついた黒だか濃紺だかのピー・ジャケット（船乗りなどの着る厚地ウールの外套）に身を包み、庇《ひさし》が欠けて折れた帽子をかぶっている。

　そして恐怖の仕上げに、膨張したまるい顔をハンカチで隠していた。黒いハンカチ、あるいはバンダナかもしれないが、それで目もとまで覆っている。ローザは息を呑《の》んだ。男が片目だったからだ。この信じがたい男にとっては、これだけで――片目で――じゅうぶんなのか。左目に黒い眼帯をつけている……。ローザは不意にまた笑いだしたくなった。あまり頭のよい強盗とは言えない。覆面で素性が隠せるとでも思っているのだろうか！　背丈は六フィート半を超え、体重はおよそ三百ポンドの獣《けだもの》で、目がひとつしかないのに……。ばかばかしい。ギルバートとサリヴァンの喜歌劇から抜け出してきたような男だった。

「言わせてもらうけど」ローザは息を切らして言った。「顔を隠してるその汚らしいものをとったらどう？　どのみち人相はわかって——」

「ローザ」カマーが言い、ローザはだまった。巨人がゆっくりと息を吸う音が聞こえた。

「ところが、そうはいかねえ」低い声が言う。ふたりはその声から、かすかなためらいを感じとった。「そうはいかねえんだ、嬢ちゃん」男の震える低音には、牛を思わせるのろのろした響きがあった。まさに雄牛だ。「おまえたちふたり、この道を、車の曲がるところまでずうっと進んで、家のほうへ行け。わかったか。おれはあとからついてく。銃を構えてな」

「強盗が目的なら」ローザが侮蔑《ぶべつ》をこめて言う。「この指輪とブレスレットを持って、さっさと消えて。わたしたち、だれにも話したり——」

「おれの目当ては、ちゃちな小物じゃねえ。さあ、行くんだ」

「いいかね」カマーが落ち着いた声で言った。両手を脇におろしている。「だれだか知らないが、女性を巻きこむ必要はない。わたしに用があるなら、この娘を——」

「あんたはローザ・ゴドフリーか」巨人が訊《き》いた。

「そうよ」ローザはふたたびかすかな恐怖を覚えながら答えた。

「それだけわかりゃいい」男は満足したふうに声をとどろかせた。「じゃあ、まちがいねえ。あんたと、こっちの――」

そのとき、カマーの硬いこぶしが太った男の腹にめりこんだ。ローザが憤然と小鼻をふくらませ、背を向けて逃げようとする。巨人は肥えていたが、脂の下に鉄を隠していた。カマーの一撃がまったく効かなかったらしく、体を折りもしなければ、うめきもしない。それどころか、ポケットへ無造作に銃を落とすと、太い腕をカマーの首に巻いて子供でも抱くように吊《つ》りあげ、もう一方の手でローザの肩をつかんだ。ローザが悲鳴をあげようとして口を開き、すぐまた閉じる。カマーが息を詰まらせてあえぐ……。

巨人は穏やかに告げた。「妙な真似はするなよ、ふたりとも。いい子にしてるんだ、マーコ」

ローザの足もとで地面が波打ち、目の前で道の両側の断崖《だんがい》が渦巻いた。カマーがわずかに身動きをする。日焼けした顔は血の気がなく、吊《つる》し首にされた人間のように両脚をびくつかせている。

ようやくローザは気づいた。これは何かの陰謀で、狙われたのは、すべての女が愛し、すべての男がきらうジョン・マーコだ。気の毒なデイヴィッド！　たぶん服装のせいにちがいない。マーコも今夜、白い服を着ていた。そのうえ、ふたりは年齢も、背丈も、体つきも似ている。この図体《ずうたい》の大きいまぬけにマーコの風体が伝えられていたとしたら、この状況ならうっかりデイヴィッド・カマーをとらえても不思議はない。しかしどうして、このスペイン岬の広い敷地で居場所がわかったのだろう。だれにも尾《つ》けられていなかったのはたしかだ。それに、だれがマーコのいでたちをこの男に伝えたのか。だれかが教えたはずだ……。千々の思いがローザの脳裏を駆けめぐった。物思いから覚めたときには、何時間も経った気分だった。

「その人を放して」ローザは叫んだ。「あなたは——人ちがいをしてる！　その人を——」

巨人はローザの肩を放し、汚い土とウィスキーと船のロープのにおいがする手でローザの口をふさいだ。それからカマーを砂利の上におろし、もう一方の手の指を曲げてカマーの襟首を引っかけた。首が絞まり、カマーが息をしようともがく。

「歩け」巨人が低い声を響かせ、三人は進んだ。

ローザは鋼鉄の手に口をふさがれたまま、ことばにならない声を発した。一度は嚙《か》みつこうとした。しかし、ただ巨人に口を軽くはたかれる結果に終わり、目に苦痛の涙をためてあきらめた。巨人が真ん中に立ってふたりを従える形で進み、一方の手でカマーの襟首をつかんで、もう一方の手でローザの口に蓋《ふた》をしていた。そんなふうにして、砂利を踏む靴音だけが静寂に響くなか、三人はぎこちなくも足早に道をもどった。両側に切り立った断崖がそびえ、幾何学模様を思わせる峡谷を形作っている。

ついに道が左へ分岐し、広いのぼりの車道になる地点に達した。その直前の断崖の陰に、ライトを消した古いセダンが停まっていた。この向きなら、車はそのまま幹線道路へ出てスペイン岬から離れられる。

巨人が落ち着き払って言った。「ゴドフリーの嬢ちゃん、いまあんたの口から手を放す。叫んだりしたら、歯をへし折って喉《のど》の奥へ突っこむからな。その車の前のドアをあけろ。マーコ、おれが襟から手を放したら、前の席に跳び乗ってハンドルを握れ。おれは後ろに乗って、行き先を指示する。騒ぐんじゃないぞ、ふたりとも。さあ、言うとおりにしろ」

巨人はふたりを放した。カマーは指でそっと喉にふれ、力なく笑顔を作ろうとした。ローザは上品なキャンブリック地のハンカチで唇をぬぐい、怒りのこもった視線を叔《お》父《じ》へ投げた。しかし、カマーは戒めるかのようにかすかに首を横に振った。

「あのね」ローザは巨人のほうを向き、小声で懸命に訴えた。「この人はジョン・マーコじゃないんだって。カマーよ。デイヴィッド・カマー、わたしの叔父。人ちがいなの。ねえ、わからな――」

「叔父だと？」巨人が感心したふうに低く笑いながら言う。「マーコじゃねえってのか。乗るんだ、嬢ちゃん。痛い目に遭わせたくねえ。あんた、度胸があるな」

「もう、なんてばかな男！」怒鳴りながらも、ローザはドアを引きあけて車に乗りこんだ。肩を落としたカマーがあとからつづく。すでに自身の暗い運命を予感していたのか、あるいは最後の抵抗をすべく力を温存していたのかもしれない。ローザは混乱して煮えくり返る頭で、そんなふうに思った。前の席で身をよじらせ、巨人を敵意の目でにらむ。男は早くも後部座席のドアをあけて、ステップに片足をかけていた。

ローザは月がすでにのぼっているのに気づいて、はっとした。いまや砂利道がおぼろげに照らし出され、スペイン岬にそそり立つ縞《しま》模様の断崖のそこかしこに銀色の光が浮かんでいる。そのとき、ローザの視界に巨人の片足が現れた……。破れた黒革の靴を履いている。右足だ。内側に穴がひとつと、ふくらみがひとつあり、そこに特大の腫《は》れ物ができている。あまりに大きな足だったため、ローザは目をしばたたいた。人間のものとはとても信じられない……。それから足が見えなくなり、巨人が車に乗りこんできて、座席に勢いよく腰をおろした。座席のスプリングが悲鳴をあげ、ローザは笑いだしたくなったが、取り乱す前兆だと気づいてぞっとし、自分を抑えつけた。

「車を出せ、マーコ」低い声が告げた。「キーはスイッチに差してある。おまえが運転できるのはわかってるんだ。黄色いロードスターに乗ってな」

カマーは前かがみになってライトのスイッチを入れ、イグニション・キーをまわして、スターターを踏んだ。モーターが静かにうなり、カマーはハンドブレーキを解除した。「行き先は？」感情のこもらないしゃがれた小声で尋ねる。

「まっすぐ岬から出ろ。崖《がけ》のあいだのこの道を突っ走って、岬の首から林を過ぎて幹線道路へ出るんだ。そしたら左折してそのまんま進め」太い声に苛立《いらだ》たしげな響きが混じる。「さっさとしろ。ちょっとでも変な真似をしたら、息の根を止めてやる。嬢ちゃん、あんたもおとなしくしてるんだぞ」

車が走りだすと、ローザは目を閉じ、座席に寄りかかった。ただの悪い夢だ。じきに身震いがして目が覚め、何もかもばかげた笑い話になる。デイヴィッドを見つけてこの話をしたら、ふたりで声をあげて笑うのだろう……。そのときローザは、すぐそばのカマーの右腕がこわばっているのに気づき、慄然《りつぜん》とした。かわいそうなデイヴィッド！　理不尽にも、運命の苛酷《かこく》な気まぐれにさらされている。そして自分は……。思わず身の毛がよだった。あまりに心が乱れ、このあとどうなるのかを考えられなかった。

ローザが目をあけたときには、車はすでに岬の首を抜けて細長い私有林をあとにし、幹線道路へ左折しようとするところだった。道の向こう側、ちょうど林道の入口の真向かいに、給油所の明かりがある。ローザは、白い作業着を身につけたハリー・ステビンズが給油ホースを手に、車の燃料タンクをのぞきこんでいる姿をとらえた。親切なハリーおじさん！　もし勇気を出して叫び声をあげれば……。そのとき、首筋に怪人の饐《す》えたような生あたたかい息がかかって、低い警告の声が耳にはいり、ローザは吐き気を覚えてふたたび座席に沈んだ。

カマーはおとなしく運転をしていて、恐れ入った様子にすら見えた。けれども、ローザはデイヴィッドのことをよく知っていた。黒っぽい髪の下には鋭敏な脳があり、それが猛然と働いているはずだ。叔父が一計を案じていることをひそかに祈った。この怪物を倒すには灰色の脳細胞が必要だ。腕っぷしでは、いくらカマーでも相手の加減を知らぬ力にかなうまい。

車は舗装された幹線道路を疾走した。十マイル先のウェイランド遊園地へ向かう車で、道は混んでいた。土曜日の夜……屋敷でほかの人たちは何をしているだろう、とローザは思った。お母さまは？　ジョン・マーコは――。デイヴィッドの言ったことは正しいのだろうか。ジョンについてのあの話だ。結局のところ、自分はとんでもない過ちを犯してしまったのか。でも――。自分とデイヴィッドがいなくなっても、だれかが気づくまでに何時間もかかるのではないか、とローザは苦々しく思った。スペイン岬の人々は、ふだんからふらりと出かけることがあり、特にデイヴィッドはそうしたことが多い。それに最近は、ローザ自身も気まぐれにふるまっている……。

「そこを左へ曲がれ」巨人が言った。

カマーとローザはぎくりとした。まちがいなく何かが変だ。スペイン岬から出て、まだ一マイルも走っていない。カマーが小声で何か言ったが、ローザには聞きとれなかった。左へ曲がった先は――公有地の浜辺の先にあるホリス・ウェアリングの家へ通じる私道で――スペイン岬の断崖がほとんど手の届きそうなところに見えるはずだ！

ふたたび人気《ひとけ》のない私有林を進み、道はすぐに開けた場所に出た。海水浴場だ……。車が高いフェンスに沿って走りはじめると、路肩が砂地に変わった。カマーがヘッドライトをつけた。道のすぐ先に、かなり老朽化した建物がひとかたまりになっている。カマーは速度を落とした。

「行く先はどこだ、キュクロプス(ギリシャ神話の隻眼の巨人)」カマーは静かに尋ねた。

「だまれ。あっちの建物へやるんだ」それから巨人は、息を呑《の》むローザに含み笑いをした。「あてにしても無駄だぜ、嬢ちゃん。ここにはだれもいねえ。ウェアリングの持ってる家だが、夏のあいだほとんどずっと留守にしてる。閉めきってあるんだ。さあ、行け、マーコ」

「わたしはマーコじゃない」カマーはやはり静かな声で言った。それでもゆっくりと車を進める。

「おまえまでそんなことを言うのか」巨人は腹立たしげに怒鳴った。ローザはがっかりして座席に身を沈めた。

車はその家のそばに停まった。明かりはともっておらず、人の気配もない。その向こうに、ボート小屋らしきものがあり、近くにはかつて車庫だったとおぼしき小さな建物がある。どれも海のすぐそばに建っている。三人はぎくしゃくと車からおり、月影のちらつく水面《みなも》を隔ててわずか数百ヤード先に、スペイン岬の黒い断崖《だんがい》がそそり立っているのを見た。しかし、それがなんの助けになるわけでもなく、数百マイルの距離があるも同然だった。崖は垂直に切り立ち、高さは少なくとも五十フィート、崖下には鋭利な落石が転がって、打ち寄せる荒波に洗われている。このウェアリングの浜からですら、スペイン岬へ行く術《すべ》はない。崖は家の上方に高々とそびえて、壁面のどこにも足がかりなどなく、その高さにしても、海側よりほんのわずかに低い程度だ。反対側は公共の海水浴場で、紙くずの散らかった砂地があるだけだった。砂が月光を浴びてきらめいている。

ローザは叔父がすばやい視線を周囲にこっそりと走らせるのを見て、切羽詰まっているのだろうと思った。巨人はふたりの少し後ろに立ち、ひとつしかない目を鷹揚《おうよう》ながら油断なく光らせていた。人影のない一帯をふたりが心ゆくまで観察するのを、急ぐそぶりもなく許している。傾斜のある橋のようなものがボート小屋から水際まで延び、馬力のありそうな船室つきクルーザーが一艘《そう》、白波に半ば浸《つ》かる形で舫《もや》ってある。丸棒がいくつか砂浜に転がり、ボート小屋のドアが開きっぱなしになっていた。どうやら巨人が前もって小屋へ押し入り、丸棒に載せてボートを波打ち際まで押し出して準備しておいたらしいが……何をするつもりだろうか。

「ウェアリングさんのボートよ！」浅黒い肌のローザはボートを見つめて叫んだ。「盗む気なのね、なんて人——獣《けだもの》なの？」

「呼び名なんてどうでもいいさ、嬢ちゃん」巨人は気を悪くしたように、ぶっきらぼうに言った。「おれはやりたいようにやる。さあ、マーコ——」

いつしか巨人のほうへ体を向けていたカマーがゆっくりと歩み寄った。ローザはカマーの青い目が月光を受けて輝くのを見て、いよいよ決死の作戦を実行しようとしていると察した。カマーの険しく凜《りん》とした顔いっぱいに決意が刻まれている。なんの表情もなく見返している船乗り姿の巨大な男のほうへ、カマーが進む。その顔に恐怖の色はまったくない。

「見たこともないほどの大金をやってもいいが——」カマーはあわてるふうもなく巨人に近寄りながら、砕けた調子でなめらかに話しはじめた。

カマーがその先を言い終えることはなく、ローザには叔父《おじ》がどうするつもりだったのか、結局わからずじまいだった。ローザは恐怖のあまり口もきけず、足に力がはいらないまま、自分たちをさらってきた驚くべき化け物をただ呆然《ぼうぜん》とながめていた。というのも、くらんだローザの目では追えないほどの速さで、巨人がこぶしを振りあげて跳びかかったからだ。骨と皮の太い棍棒《こんぼう》が、ぐしゃりと何かを打った。つぎにローザが見たのは、緊張で固まった自分の視線の下へカマーの顔が沈んでいくところだった。カマーは砂の上に手脚を伸ばして倒れ、まったく動かなくなった。

頭のなかで何かがぷつりと切れ、ローザは悲鳴をあげながら突進して、巨人の広い背中に爪を立てた。巨人は意識のない男のかたわらに落ち着き払って膝《ひざ》を突き、呼吸に耳を澄ましていた。ローザの体の重みを感じると、巨人はただ立ちあがって肩を揺すぶった。ローザが地面に振り落とされ、砂の上でうずくまってすすり泣く。巨人は無言でローザを拾いあげ、泣いたり蹴《け》ったりする娘を暗い家へ運んでいった。

ドアは錠か閂《かんぬき》がかかっていた。巨人はローザを片腕でかかえ、もう一方の手で羽目板を突き押した。板が裂けるような音を立て、巨人は破れたドアを蹴りあけて中へはいった。

巨人が足でドアを閉めたとき、ローザの目が最後にとらえたのは、月の下、静まり返ったボートの前で砂浜に倒れているデイヴィッド・カマーの顔だった。

巨人の懐中電灯の光のもとで、ローザはそこがかなり住み心地のよさそうな居間であることにぼんやりと気づき、意外に思った。ホリス・ウェアリングのことはあまりよく知らないし、面識もない。ニューヨークの実業家で、ときおりここへやってきて一週間か数日過ごすだけの人物だ。いま浜にあるまさにそのボートで岬の沖を航行しているのをたびたび見かけたことがある（のちにローザがエラリー・クイーンにそう語った）――小柄で弱々しい半白髪の男で、リネンのふちなし帽をかぶっていて、いつもひとりだった。夏のはじめ以降、ウェアリングが家を訪れていないことをローザはなんとなく知っていた。ジョン・マーコが黄色いロードスターに荷物を山ほど積んで現れたよりもずっと前からだ。ウェアリングはヨーロッパへ行った、とだれかが言っていた――それが自分の父であることを、ローザはおぼろげに思い出した。父とウェアリングが知り合いだとは聞いたことがない。この浜でふたりが会ったことがないのはたしかだから、単に仕事を通じて互いを知っていたのかもしれない。何しろ父には知り合いが多い……。

巨人がローザを暖炉の前の敷物におろした。「そっちの椅子にすわれ」ずいぶん穏やかな声で命じる。それから、その椅子に光があたるように、懐中電灯をそばの長椅子に置いた。

ローザはだまって腰をおろした。肘《ひじ》から三フィートも離れていない小卓に電話が置いてある。形からすると市内電話で、回線は切断されていないようだと、ローザは見てとった。もし手を伸ばして受話器をとり、助けを求めることができたら……。だが、巨人が電話をつかみ、コードをいっぱいに伸ばして十フィート先の床に置いた。ローザはついに抵抗をあきらめ、ぐったりと椅子にもたれかかった。

「わたしを――わたしをどうするつもり？」ローザは力のない小さな声で尋ねた。

「傷つける気はねえ。こわがらんでいいぞ、嬢ちゃん。おれの目当てはマーコってやつだけだ。あんたまで連れてきたのは、騒ぎ立てられねえようにさ。ほっときゃ騒ぐだろうからな」したり顔で小さく笑い、ポケットから太い紐《ひも》をひと巻き取り出して、ほどきはじめる。「じっとしてるんだ、ゴドフリーの嬢ちゃん。いい子にしてりゃ、だいじょうぶだ」ローザが身動きする間もなく、巨人は信じられないほどの速さでローザの両手を後ろで縛り、椅子の背にくくりつけた。ローザはにわかに必死になって紐をいろいろと引っ張ったが、結び目はかえって締まっていく。それから巨人が身をかがめ、ローザの両足首を椅子の脚に縛りつけた。巨人の帽子から灰色がかったごわごわした髪がのぞき、赤らんだうなじに、古いかさぶたに覆われた醜いへこみがあるのがローザには見えた。

「猿轡《さるぐつわ》もしたらどう？」ローザは苦々しげに言った。

「なんのためにだ」上機嫌らしく、巨人が含み笑いをした。「いいから、好きなだけ叫べ。だれにも聞こえやしねえ。さあ、行くぞ！」

巨人はローザを椅子ごと持ちあげて、別のドアの前へ運んだ。大きな足で蹴りあけ、空気のよどんだせまい寝室にはいって、ローザをベッドのそばへおろす。

「ここに置いてきぼりにしないわよね？」ローザはぞっとして叫んだ。「だって、それじゃ——それじゃ飢え死によ。窒息してしまう！」

「まあまあ、だいじょうぶだって」巨人がなだめるように言う。「ちゃんと見つかるようにしてやるさ」

「だけど、デイヴィッドを——叔父を——外にいるあの人を——」ローザはあえぎながら言った。「あの人をどうする気なの？」

巨人はせまい室内に雷鳴をとどろかせながら、居間に通じるドアへと進んだ。「はあ？」振り返りもせずにうなる。その背中が突然凄《すご》みを帯びた。

「いったいどうするつもり？」恐怖で気持ちが昂《たか》ぶり、ローザは声を張りあげた。

「はあ？」巨人がまたそう言い、部屋から出ていった。ローザは縛りつけられた椅子に身を沈めた。鼓動が激しく、喉《のど》もとでも強く感じられる。なんて愚かな男だろう——愚かで体ばかり大きい、人殺しの道化者。もしここから出られたら——間に合ううちに出られたら——あの男を見つけ出すのはむずかしいことではない。あんな男は世界にただひとりだ、人の皮をかぶったあんなまがいものが世にふたつもあるわけがない、とローザは苦々しく考えた。だから——手遅れにさえならなければ——反撃はたやすいはずだ……。

ローザは固く縛られた鶏さながら、なす術《すべ》もなくじっと坐《ざ》し、小さな耳をできるかぎりそばだてた。怪人が居間を行ったり来たりする音がはっきりと聞こえる。そのうちに何かほかの音がした。水晶のように澄んだ、かすかな硬い響き。ローザは顔をしかめ、唇を嚙《か》んだ。なんだろう——電話だ！　たしかに、番号をダイヤルするときの金属音が聞こえた。ああ、もっと近くで聞けたら——。

ローザは懸命に立ちあがろうとしたが、しゃがむような恰好《かっこう》で椅子をほんの少し床から持ちあげるのが精いっぱいだった。どうやったのか自分でもわからなかったが、気がつくと、苦労しながらもなんとかドアのほうへ歩いていた。よたよたと一歩ずつ、椅子をあちらこちらにぶつけて進む。かなり大きな音がしたが、隣室の巨人は電話に夢中で気がつかないらしい。

戸口にたどり着いてドアに耳を押しあてたものの、疲れより興奮のせいで体が震え、何も聞こえなかった。もう話が終わったはずがない！　だがそのとき、電話がつながるのを待っているのだと気づいた。ひとつの目的に全精力を集中する。男のことばをなんとしても聞きとり、できれば話している相手がだれかも突き止めなくてはならない。男の声の振動がドア越しに伝わってきて、ローザは息を止めた。

しかし、はじめの声は不明瞭《ふめいりょう》で、何を言っているのかわからなかった。相手を呼び出している最中だろうか。だとしても、ローザには聞きとれなかった。もし名前なら……。眩暈《めまい》で頭がくらくらする。いらいらと首を振り、痛みで頭が冴《さ》えるまで下唇を嚙んだ。よし！

「……仕事はすんだ。そうだ……。マーコはいま外にいる。仕方なく一発食わせたよ……。いや！　起きあがれっこねえ。おれのこぶしを受けたら、だれでもしばらくのびたままだ」沈黙。翼でも千里眼でもなんでもいいからほしい、とローザは思った。ああ、電話の向こうにいる相手の声を聞くことができたら！　だが、巨人の低い声がまた耳に届いた。「ゴドフリーの嬢ちゃんはだいじょうぶだ。縛って寝室にほうりこんだよ……。けがはさせてねえ。ほんとだって！　ただし、あんまり長くほうっておかねえほうがいいな。あの娘《こ》はあんたに何もしてねえんだろう？　……ああ、そうだ……。海へ出て、それから……。あんたの言うとおりにするさ……。わかった、わかったよ！　やつならまだのびて……」しばらくは、しゃがれ声のくぐもった振動音以外、何も聞こえなかった。残忍な相手の名は最後まで口にしないのだろうか。なんでもいい、どんなことでも。何か手がかりが……。「よし、わかった！　もう行かねえと。これであんたがマーコに煩わされることは二度とねえさ。だが、あの娘のことは忘れるなよ。腹が据わってるよ、あれは」ローザは電話を手荒に置く音と、巨人の愚かそうで間延びした、どことなく人のよさそうでもある含み笑いを聞き、胸にむかつきを覚えた。

ローザは疲れ果ててふたたび椅子に沈みこみ、目を閉じた。だが、すぐにまた目を開いた。居間のドアが閉まる音が聞こえたからだ。巨人が出ていったのか、それともだれかがはいってきたのか。だが、ずっと静まり返っていたため、巨人が家から出ていったのだとわかった。なんとしてもたしかめなくては……。身をよじって少し後ろへさがり、ドアをあけたのち、またアヒルに似たぎくしゃくとおぼつかない足どりで居間を渡り、表に面したいちばん近くの窓へ向かった。巨人の懐中電灯はなくなっていて、室内は漆黒の闇だ。そこかしこにぶつかり、一度などは縛られている右腕をしたたかに打ちつけた。そしてようやく窓に着いた。

いまや月が高くのぼり、家の前の白い砂浜と凪《な》いだ水面が反射板の役目を果たしていた。砂浜全体が、柔らかく輝く銀色の光に包まれている。視界は申し分なかった。

ローザは腕の痛みも、締めつけられた筋肉の刺すようなうずきも、喉や唇の渇きも忘れた。窓の外の景色はとても美しく、とても鮮やかで、光と影がくっきりとして、映画の一場面のようだった。巨人さえ小さく見え、まるで姿なき監督が遠写しを命じたかのようだ。ローザがカーテンのない窓にたどり着いたとき、巨人はデイヴィッド・カマーの上にかがみこんでいた。カマーは最後に見たときとまったく同じ姿勢で倒れたまま、意識を失っている。ローザは山のような大男が苦もなくカマーを持ちあげ、ぐったりした体を肩にかついで、水辺に用意したクルーザーまで歩いていくのを見た。男はカマーを無造作にボートへほうったのち、傾斜した橋に大きな足を踏ん張り、肩を船体にあてて押し出す……。

ボートがじりじり移動しはじめた。押すたびに加速し、ついに船体が水に浮かんだときには、巨人は膝《ひざ》まで海に浸《つ》かっていた。それから船べりに手をかけ、猿並みの身軽さで跳び乗った。まもなくボートの停泊灯が静かにまたたきはじめる。ローザは巨人が甲板で身をかがめ、叔父《おじ》の動かぬ体を持ちあげて船室に運び入れるのを見た。やがてモーターがうなり、紫白の波を蹴立《けた》てて、ほっそりしたボートが岸から離れた。

ローザは目が痛くなるまで見つめた。停泊灯から目を離さなかった。明かりは揺れながら滑るように進み――南へ向かって、スペイン岬から遠ざかっていった。そしてしまいに、波に掻《か》き消されたかのように見えなくなった。

汚れて皺《しわ》の寄ったドレスを着て、重罪人のごとく椅子に縛りつけられた浅黒い肌のローザは、自分の頭がおかしくなりかけているのではないかと思った。渚《なぎさ》がひそかに隆起して自分を呑《の》みこもうとしているかに感じられ、海のつぎつぎ作り出す波が生きていて、表情を変えながらにらみつけている気さえした。

椅子に身を預けて人事不省に陥りかけたとき、ふらつくローザの頭には、もう二度とデイヴィッド・カマーには会えないという確信がひらめいた。

2　まちがいが正される

さわやかな涼しい朝で、ごくわずかながら湿っぽかった。とはいえ、それは波しぶきの塩を含んだ湿り気で、ふたりの男の鼻孔を刺激して活気づけた。太陽は東の空にまだ低く、灰色の夜霧が海を渡る風に吹き払われて、真っ青な空が現れ、渦巻く白雲が点々と散っていた。

世に知られる自然愛好家であるエラリー・クイーン氏は、おんぼろデューセンバーグの低い運転席で肺に空気を満たした。実務家でもあるため、舗装された幹線道路を走るタイヤの心地よい響きに耳を傾けている。肺もタイヤも快調で、エラリーはほっと息をついた。道は背後に一直線に延び、人気《ひとけ》のないこのすがすがしい朝、柔らかに光る何マイルもの灰白色のリボンとなってつづいていた。

エラリーは連れの男を横目で見た。銀髪の老紳士で、長い脚をジャックナイフさながらに体の前で折っている。くぼんだ灰色の目が、くしゃくしゃのビロードに包まれた古い宝石のごとく、皺のあいだに深く埋もれている。マクリン判事は七十六歳だが、生まれたばかりの子犬がはじめて空気を吸いこむように、潮風に鼻をうごめかしていた。

「疲れましたか」エラリーがエンジンのうなりに負けじと声を張りあげた。

「きみより元気さ」判事が返した。「〝海よ、海よ、美しき海よ……(当時の流行歌“By the Beautiful Sea”の一節)〟。エラリー、まさに若返った気分だよ！」

「まるでたくましい多年草ですね。ぼくは長時間の運転で自分の歳の重みを感じはじめていたところですが、このそよ風はあなたには効き目があるようだ。もうそろそろ着くはずですよね、判事」

「まもなくだ。進め、おお、ヘルメス(ギリシャ神話で、旅人の保護神)！」老判事は筋張った首を伸ばし、エンジンに劣らぬ力強いバリトンで朗々と歌いはじめた。船乗りにまつわる歌で、エラリーはにやりとした。この老人は若者顔負けの体力の持ち主だ！　エラリーは道路に注意をもどし、右足で少し強くアクセルを踏んだ。

エラリー・クイーン氏は何もせずに夏を過ごしたわけではなく、むしろ忙しすぎたくらいだった。そんなわけでせいぜい一、二度の週末に海へ行けただけで――海が大好きなのだ――休暇らしい休暇はとれていなかった。暑い時期の大半をニューヨークに閉じこめられ、あるとりわけ難解な殺人事件の諸問題と格闘して過ごした。実のところ、その事件はなおも未解決だったが、*労働者の日《レイバーデイ》(九月の第一月曜日)を過ぎたころ、エラリーは秋になる前に少なくともあと一度、きらめく海で多少とも裸の時間を楽しみたいと焦がれるようになっていた。それに、捜査が行き詰まって気持ちがくさくさしていたのもあるだろう。いずれにせよ、父親はセンター街の警察本部で仕事に忙殺されていて、友人もみな都合がつかず、エラリーがどこかでひとりきりの休暇を過ごすしかないとあきらめかけていたとき、マクリン判事から誘いがかかったのだった。

マクリン判事は、エラリーの父親の終生の友である。それどころか、クイーン警視が警察にはいりたてのころ、後ろ盾になってくれた人だ。真は美であり、美は真であると信じる稀有《けう》な法律家のひとりであり、多忙な人生の大部分を正義の執行に捧《ささ》げてきた。そしてその過程で、ユーモアのセンスと、ささやかな財産と、全国にわたる名声を得た。妻に先立たれて子供がいなかったので、若かりしエラリーを自分の翼の下に庇護《ひご》して、エラリーの大学と履修課程を選んでやり、警視が父親の責に明らかにとまどっていた当時、暗澹《あんたん》たる青春期を迎えていたエラリーを支え、論理的真実に対する天与の才を大いに伸ばした。七十の峠をとうに越えたこの老紳士は、もう何年も前に法曹界から退き、のんびりした穏やかな旅のうちに余生を過ごしていた。歳は離れているものの、エラリーにとっては同志であり、強壮剤だった。けれども、判事が公職から引退してからは、顔を合わせることもほとんどなくなり、最後に会ってからもう一年以上経っていた。そんなとき、エラリーが愛情をこめて〝ソロン（古代アテネの法律家。ギリシャ七賢人のひとり）殿〟と呼ぶこの判事から思いがけなく偶然の誘いがあったのだから、格別うれしかった。しかも、休暇をともに過ごす楽しい相棒として、これ以上望むべくもない人物だったからなおさらだ。

判事はテネシー州の信じがたいような場所から――（本人いわく）夏のあいだ、物好きにもそこで老骨を休めつつ〝先住民の研究〟をしていた――エラリーに電報をよこし、中間地点で会おうと伝えてきた。そこからいっしょに海岸へ行って、海辺で共同生活をしながら一か月の休暇を楽しもう、と。電報を受けとったエラリーは喜びの声をあげて、スーツケースに荷をほうりこむと、ジューナと父ににっこりと別れを告げ、かつて有名なレーシングカーだった車輪と仕掛けでできた、ドン・キホーテの老いぼれ馬〝忠実なロシナンテ〟に乗りこんだ。そして出発したのだった。ふたりは約束の場所で落ち合い、抱き合って、女同士のように一時間もしゃべり、夜が明けるまで待つか――合流したのは午前二時半だった――それともただちに発《た》つべきかという問題を厳粛に話し合い、ここは断固たる手段をとろうと決めた。そして、どちらも一睡もしていないにもかかわらず、午前四時十五分に、唖然《あぜん》としている宿屋の主人に支払いをすませ、エラリーのデューセンバーグに跳び乗って、判事の力強いバリトンを伴奏として出発した。

「ところで」大事な問題を片づけて、一年以上の積もる話が終わると、エラリーは言った。「われらが理想郷《アルカディア》はどこなんです？　おおよその見当で走ってますけど、あいにくぼくは千里眼じゃなくて」

「スペイン岬がどこにあるか知っているかね」

「ええ、なんとなく。話を聞いたことがあります」

「そうか」判事が言った。「いまからそこへ行く。スペイン岬ではなく、そのすぐそばの、古いが感じのいい建物だ。ウェイランド・パークから約十マイル、マーテンズから南へ五十マイルほど。州道から少しはいったところにある」

「だれかを訪ねていくんじゃないでしょうね」エラリーが心配そうに訊《き》いた。「いかにもあなたらしいですよ、子供みたいに夢中になって、何も知らない屋敷の主人に友を押しつけたりするのは」

「それに、悪人を懲らしめたりするのもな」判事は小さく笑った。「いや、ちがう、そういうことではない。知人がスペイン岬のそばに家を持っていてね――海からほんの数フィートの水際に建つ、大きくはないが居心地のいい建物で、夏の別荘として使われている――行き先はその家だ」

「そそられますね」

「その目でたしかめるんだな。何年か前からよく借りていて――去年の夏はノルウェーに出かけていたから借りなかったが――この春、その家のことを思い出して、知人のニューヨークの事務所に手紙を出した。で、いつものように話をつけて、こうしてやってきたわけだ。十月半ばまで借りてあるから大いに釣りを楽しめるぞ」

「海釣りか」エラリーはうなるように言った。「まるでタット氏（アーサー・トレインの小説に登場する釣り好きの敏腕弁護士）ですね！　海釣りと言っても、肌が焼けて目が痛むことしか思い浮かばないな。何も持ってきていませんよ、たとえばほら——錨《いかり》のひとつもね。みんな、ほんとに釣りなんかするんですか」

「するとも。だからわたしたちも釣る。若きウォールトン（イギリスの随筆家。『釣魚大全』の作者）になるまで、きみを仕込んでやる。ボート小屋に文句なしに立派なクルーザーが一艘《そう》あってね。その家を気に入っている大きな理由のひとつなんだ。道具のことは心配ない。街にいるわたしの家政婦に手紙を書いておいたから、竿《さお》も、糸も、リールも、釣り針も、まとめて月曜日に届くはずだ、急行便でな」

「願わくは」エラリーは浮かない顔で言った。「列車事故の起こらんことを」

「元気を出せ！　実は一日早く来ている。ウェアリングとの取り決めでは——」

「だれですって？」

「ホリス・ウェアリング。その家の持ち主だよ。月曜日まで使えん話になっているが、差し支えはあるまい」

「その人とうっかり顔を合わせるようなことにはなりませんか。とにかく、人と会いたくない気分なんです」

「そんなことにはならんさ。春にウェアリングから届いた手紙によると、この夏はあまりその別荘を使わんそうだ――八月から九月にかけて、ヨーロッパへ出かける予定らしい」

「その人をよくご存じなんですか」

「それほどでもない。手紙のやりとりがあるだけだ。あとはその家の件で三年前に一度会ったきりだな」

「そこに管理人はいるんですよね」

マクリン判事はやけに若々しい灰色の目をきらめかせた。「ああ、いるとも！　頬ひげのある、しゃちこばった執事がひとりと、靴磨きの男がひとり。正真正銘のバートラム・ウースターとジーヴス（ユーモア作家ウッドハウスの小説の登場人物）の世界だ。親愛なる若きクロイソスよ（小アジアの古い王国の王）、汝《なんじ》はどこへ行くとお思いか。ただの掘っ立て小屋だから、そのへんで有能なご婦人をさらってでもこないかぎり、掃除も、買い出しも、料理も自分でやるしかない。何しろ、わたしはフライパンを使うのが下手でね」

エラリーは不安そうな顔をした。「残念ながら、ぼくの料理の腕も、出来合いの粉で作るビスケットと、出がらしのコーヒーと、スペイン風オムレツもどきが限界です。その家の鍵《かぎ》はお持ちなんですよね、もちろん」

「ウェアリングが言うには、置いてあるそうだ」判事はまじめな顔で言った。「地下一フィートの深さに埋めたらしい。家の北東の角から対角線上に二歩の地点だ。ユーモアのある男だな。ここは正直な土地柄でね！　これまでに出くわしたうちでいちばん犯罪に近い出来事と言えば、そばの幹線道路沿いで給油所兼食堂をやっているハリー・ステビンズが、ハム・サンドイッチに三十五セントをふっかけてきたことだ。そう、このあたりじゃ、ドアに鍵をかける者などいないんだよ！」

「もう少しだ」車が坂をのぼりきったところで、判事がフロントガラスの先を見つめながら言い、大きく息をついた。

「それに、もうずいぶんな頃合ですよ」エラリーは声を張りあげた。「腹が減ってきました。食料はどうなってるんですか。気まぐれな家主が買い置きした缶詰があるとか言わないでくださいよ！」

「しまった」老判事はうなった。「そいつをすっかり忘れていた。ワイで車を停めないとな――スペイン岬の少し手前、北へ約二マイルのところだが――そこで餌を仕入れよう。そこ！　そこをまっすぐだ。あの雑貨屋だか食品店だかがあいているといいがね。まだ七時前だから」

ふたりは実に運よく、男が店の前であくびをしながら新鮮な野菜を荷おろししているのを見つけ、やがてエラリーが豪勢な食料をかかえて、よろめきながらも大急ぎで車にもどった。どちらが金を払うかで揉《も》めたものの、判事がもてなしについての不文律を巧みに説き、あっさり片がついた。それからふたりは後部の折りたたみ座席に食料を積み、さらに旅をつづけた。こんどは、判事は〈錨を上げて〉を歌った。

三分後、車はスペイン岬に近づいていた。エラリーはブレーキを効かせて車を徐行させながら、眼前に迫る岩塊に見とれていた。自然のいたずらで、それだけが視界のなかで海面の上に大きくそびえている。早朝の太陽のもとで静かに横たわるそれは、まさに眠れる巨人であり、台地状のてっぺんは視界におさまらず、見えるのは高木や灌木《かんぼく》で覆われた裾野《すその》だけだった。

「壮大だろう？」判事がうれしそうに大声をあげた。「さあ、エル、ここで停めてくれ。そこの給油所の向かいにな。昔なじみのハリー・ステビンズに挨拶《あいさつ》をしたい――あの山賊に！」

「このみごとな石塊《いしくれ》は、おそらく」エラリーは車道からはずれ、ギリシャ風の柱を具《そな》えた、派手な赤いポンプの並ぶ建物の前の砂利にデューセンバーグを乗り入れた。「公有地じゃありませんね？　公有地のはずがないな。金持ち連中がほうっておかない」

「もちろん私有地だとも」マクリン判事が笑い声をあげた。「ハリーはどこだろう？

そうなんだ、いろいろな意味でね。第一に、陸から行く道がひとつしかない。その幹線道路の向こうの枝道だ」エラリーが目をやると、枝道の入口には両側に巨大な石門があり、道は涼しげな私有林のあいだを走っていた。「この林はそう広くなく、枝道には左右に有刺鉄線の高い柵《さく》が設けられている。林を抜けると、岬の首を通らなくてはならない——車二台がぎりぎりすれちがうだけの幅しかない岩の道だ。道は平坦《へいたん》だが、スペイン岬が隆起しているから、結局道が一段くぼむ形になって、岬の海側の端まで突き抜けている。あの断崖《だんがい》を見たまえ！　岬の周囲に延々と崖《がけ》がつづいている。あれをのぼる気になるか？　……そして第二に、あの岬はウォルター・ゴドフリーが所有している」判事はその名がすべてを物語っているとでもいうふうに、おごそかに言いきった。

「ゴドフリー？」エラリーは眉《まゆ》をひそめた。「ウォール・ストリートのゴドフリーですか」

「ああ——そう——あの有名な通りにいる狼の一匹だ」マクリン判事が低い声で言った。「それに、閉鎖的でね。神聖なるあの岩の上に幾人か住んでいるらしいが、所有者自身はその数に含まれない。そこから石を投げれば届くほどのところで過ごしたが、わたしもあの岬には一度も足を踏み入れたことがない。付き合いを避けたわけではないんだがね！」

「その人は田舎の美点を重んじていないと？」

「そういうことだ。実のところ、ウェアリングもわたしとの手紙のやりとりのなかで、やはりそんなことを書いていた。一度もゴドフリーの――なんと言うか――御殿へ近づいたことはないそうだ。それこそ長年近所に住んでいながらね」

「たぶん」エラリーはにやりとした。「あなたとその家主さんは、気どりっぷりが足りないんでしょうね」

「ああ、それはまちがいない。ある種の場所では、正直な判事はあまり歓迎されないものでね。知ってのとおり――」

「ほらほら、ご高説がはじまった！」

「いや、そうじゃない。わたしが言いたいのは、ゴドフリーのような男がウォール・ストリートであれほど短期間に財をなすのは、法をねじ曲げないかぎり無理だということだ。わたしはゴドフリーについては何も知らんが、人間の性質には精通しているから、いろいろと推測はできる。聞いた話によると、変わった男らしいな。だが、感じのいい娘がいる。ふた夏ほど前のことだ、ある日、その娘が金髪の青年といっしょにカヌーでやって来て、わたしたちはすっかり仲よしになった。ただし、青年のほうはふくれっ面だったが……。ああ、いたぞ、ハリー、やあ！　それにしても海水着とは！」

判事はすばやくデューセンバーグからおりて笑顔で駆け出し、ちょうど店の事務室からまばたきをしながら出てきた、赤ら顔で太鼓腹をした中年の小柄な男の手を握ろうとした。男は真っ赤な水着にゴム靴といういでたちで、赤らんだ太い首をトルコタオルでぬぐっている。

「マクリン判事！」ステビンズがびっくりしてタオルを取り落とした。それから満面に笑みをたたえ、老人の手を激しく上下に動かした。「お目にかかれてうれしいですよ。そう言えば、今年もそろそろいらっしゃる頃合でしたね。去年の九月はどちらへ行かれたんです？　お変わりありませんか、判事」

「まあまあだよ、ハリー。去年は外国へ行ったんだ。アニーは元気かい」

ステビンズは弾丸の形に似た頭を悲しそうに振った。「もうずっとよくないんですよ、判事。坐骨《ざこつ》神経痛で」エラリーはその気の毒なアニーが果報者のステビンズ夫人のことだと察した。

「おやおや。あんな若いご婦人が！　お大事にと伝えてくれ。ハリー、エラリー・クイーンくんと握手を。わたしの親友だ」エラリーは男の湿った硬い手をおとなしく握る。「ウェアリングの家でひと月過ごす予定なんだ。ところで、ウェアリングはここに来ないのか」

「夏のはじめに見たきりですよ、判事」

「どうやらきみはひと泳ぎしたあとらしいな。太鼓腹を膝《ひざ》まで垂らして公道を歩くのを見られても、恥ずかしいとは思わんのか、この与太者め」

ステビンズはばつが悪そうに笑った。「いやいや、判事、お目にかけて迷惑なほどじゃありませんよ。それに、このあたりじゃみんなこうなんです。おれは朝早く泳ぐのが好きでね。この時間なら浜には人がいませんから」

「いまぼくたちが通ってきた一マイルほど手前の浜ですか」エラリーが尋ねた。

「そうですよ、クイーンさん。反対側にも浜がある――あなたがたが行くウェアリングさんの別荘のすぐ隣に」

「このあたりの道は見ものなんでしょうね」エラリーは思案げに言った。「夏の暑い午後はそうだ。水着姿のかわいい女の子たちがおおぜい歩いて――この夏どんな水着がはやってるかを考えると……」

「これだから若い者は」判事が嘆いた。「たしか二年前の夏、泳ぎにいく連中が裸同然で外をうろつく件について、地元の淑女たちが当局に苦情を訴えたことがあったな。ところが、水着でこの公道を歩いていいとするこの地方の法令があるんだよ。あれは変わっていないのかね、ハリー」

「そのままですよ、判事」ステビンズが含み笑いをした。「おれたちは相変わらず法律を守ってるってわけです」

「そういう論争が起こるのは、年寄りのやっかみのせいだ。われわれは泳げないから――」

「もう覚えていいころですよ」エラリーが厳粛に言った。「そうすれば、六年前のメイン州でのように、ぼくも若きロロ（古代ノルマンの族長）よろしくあなたを海から釣りあげたりしなくてすみますからね。七十六年ばかり生きたら、人は陸地以外でも身を処する術《すべ》を習得していいと思いますけど」

「釣りと言えば」判事は顔を赤らめ、あわててつづけた。「どうだ、ハリー。釣れているかね」

「聞いたかぎりでは、かなりいいようですよ、判事。自分じゃ釣り糸を垂れる暇があまりないんですがね。それはさておき、お元気そうですね。どうやら食料ももう仕入れておいでだ。いつでもご用のときは――」

「また手っ取り早くハム・サンドイッチに三十五セントもふっかけようとしたって無駄だぞ」判事がいかめしい口調で言う。「二度とその手に――」

見た目のぱっとしない一台の小型車が、よほど重要な用があるのか、幹線道路を猛進してきた。セダンの前部のドアに金の文字で何か記されていたが、速すぎて読みとれなかった。驚いたことに、セダンはブレーキをきしませて左にかしぎ、それからスペイン岬の入口を示す左右の門のあいだを矢のごとく抜けて、私有林のなかへ消えた。

「ああいう運転は」エラリーが尋ねた。「この偉大なる輝かしい国のこの地域ではふつうなんですか、ステビンズさん」

給油所の主《あるじ》は頭を掻《か》いた。「ふつうの人間の運転じゃありませんね。たぶん、あれは警察だ」

「警察？」判事とエラリーが口をそろえて訊《き》き返した。

「郡警察の車です」ステビンズは心配そうな顔をした。「二台目ですよ、この十五分のあいだに岬へ飛んでいくのを見たのは。何かあったにちがいないな」

三人は私有林の木陰の道を無言で見つめた。だが、なんの音も聞こえない。空はなおも青く、日が少し高くなって、気温が上昇しはじめ、そよ吹く潮風が強くにおった。

「警察だって？」マクリン判事が考えながら言った。形のいい小鼻をかすかに震わせる。

エラリーが急にあわてて判事の腕を叩《たた》いた。「もう、判事、頼みますよ！　ここへは骨休めに来たんでしょう？　まさか他人の私事に口をはさむ気じゃありませんよね」

老判事はため息をついた。「そんなつもりはない。だが、きみがその気なら、わたしも――」

「だめだ、だめだ」エラリーは険しい顔で言った。「冗談じゃない。仕事がぼくの趣味で、たしかにきょうまではそれでじゅうぶんでしたよ、ソロン殿。でも、目下のぼくの欲求は、純粋に動物的なものなんです。ひと泳ぎ、ひと皿の卵料理、そして甘美なる夢の神モルペウス。では失礼します、ステビンズさん」

「ええ、はい」深刻な目でスペイン岬の道を見つめていたステビンズが、はっとして言った。「お目にかかれてよかったです、クイーンさん。家政婦が必要になりますよね、判事」

「ああ、たしかに。心あたりがあるのかね」

「うちのアニーの具合が悪くなければねえ――」ステビンズが言った。「まあ、すぐには思いつきませんが、探しておきますよ、判事。たぶん、アニーならだれか心あたりがあるでしょう」

「そうだね。じゃあな、ハリー」判事はデューセンバーグに乗りこんだ。三人とも少々浮かない様子だった。判事はだまりこみ、ステビンズは落ち着きがなく、エラリーはいつもなら簡単なはずなのにエンジンをかけるのに四苦八苦していた。やがて車は、じっと視線を注ぐ半白の小柄な給油所の主を残して走り去った。

　給油所を出てから、海辺のウェアリングの家に通じる枝道へ左折するまでの短い道のりを走るあいだ、ふたりは無言でそれぞれの思いにふけっていた。判事がひとこと指示して、エラリーが枝道へ車を進めると、すぐそこは私有林の涼しい緑の深みだった。

「これは！」エラリーがしばらくして言った。「すばらしい場所ですね！　腹ぺこで喉《のど》が渇いて体は疲れてるのに、楽しくなってきた」

「え？」判事は上の空で言った。「ああ、まったくだ。ほんとうにきれいなところなんだよ、エル」

「そのわりに」エラリーはそっけない口調で言った。「楽しんでるふうには見えませんけど」

「何を言うか！」判事は痩身《そうしん》を力強く伸ばし、前方へ目を据えた。「早くも十歳若返った気分だよ。このまま進んでくれ。じきに私有林を抜ける。その先は一直線の道だ」

燦々《さんさん》と輝く太陽のもとに出ると、きらめく浜辺の美しさと、空と海の青さにふたりは見とれた。左手からずっと向こうまで、スペイン岬の断崖《だんがい》が物も言わず、どこか威圧するようにそびえている。

「壮観だ」エラリーがゆっくりと車を走らせながらつぶやいた。

「ああ、そうだな。あそこだよ、エル。向こうの小さな建物が集まっているところだ。右手のこの垣で、人がはいってこられないようになっている。垣の向こうは公共の海水浴場だ。ウェアリングがなぜこんなものの近くに家を建てたのか、さっぱり理解できん。もっとも、わたしたちが煩わされることはないと思う。このあたりの人は行儀がいい」判事はいくぶん唐突にことばを切ると、聡明《そうめい》な澄んだ目を覆う皺《しわ》深いまぶたを小刻みに動かしながら、少し伸びあがって前方を見つめた。「エラリー」鋭い声で言う。「ウェアリングの家のそばにあるのは車じゃないか。わたしの見まちがいかな？」

「車ですよ、まちがいありません」エラリーは言った。「あれはウェアリングの車で、あなたのために置いてくれたのかなって、なんとなく思ってました。でもたしかに、考えてみればおかしい。妙ですね」

「ウェアリングの車とは考えにくい」マクリン判事はつぶやいた。「ヨーロッパにいるはずだし、だいいちパッカードより小さい車は持っていないからな。見たところ、あれはヘンリー・フォードのとんでもない駄作じゃないか。急げ、エル！」

デューセンバーグはウェアリングの別荘のそば、私道の突きあたりにある古びた車の後ろに静かに停まった。エラリーは砂利に跳びおり、落ち着きなく目を走らせながらその車へ近づいた。判事は口を真一文字に結んで、ややぎこちなくデューセンバーグからおりた。

ふたりで車を調べた。車内に異状はなかった。だれも乗っていないし、おかしなものもない。イグニション・キーは差したままで、ほかにも鍵《かぎ》がいくつか、小さな鎖でダッシュボードの下にぶらさがっていた。

「ライトがつけっぱなしだ」エラリーがつぶやいたが、そう言っているあいだに、明滅して消えた。「ふむ。バッテリーがあがったんだな。たぶん、ひと晩じゅうここに置きっぱなしだったんだ。おやおや！　こいつはちょっとした謎ですよ。こそ泥ですかね」前部のドアに手を伸ばす。判事がその手をつかんだ。

「だめだ」判事は静かに言った。

「なぜだめなんですか」

「先々のことはだれにもわからん。わたしは指紋の力に大いに信を置いているんだよ」

「ちぇっ！　さっき小型の警察車がすっ飛んでいったのを見て、想像力に火がついたってわけですか」そう言いながらも、エラリーはドアに手をふれるのをやめた。「ほら、何をぐずぐずしてるんです？　さあ――ええと――ウェアリングが埋めたというそのすてきな鍵を掘り出して、仕事にかかりましょう。ぼくはくたびれました」

ふたりは車をまわりこんで、ゆっくりと家へ歩み寄った。そして急に足を止めた。ドアが少し開いていて、蝶番《ちょうつがい》のまわりの板が生々しく砕けている。家のなかにはひんやりした静寂がにじんでいた。

ふたりはとまどって、にわかに慎重になり、互いに顔を見合わせた。エラリーが音を立てずにすばやくデューセンバーグへ引き返し、車内を掻きまわして、ずしりと重いレンチを探し出すと、家へ駆けもどり、身ぶりで判事をさがらせてから、ドアに飛びかかり、蹴《け》りあけ、レンチを振りあげて中へ突進した。

判事は唇を引き結んで、あとにつづいた。

判事が中へはいると、エラリーは壊れたドアのすぐ内側に立って、表に面した窓の下へ目をやり、床の一隅をにらんでいた。それからエラリーは小声で何やら毒づき、ふたたびレンチを振りあげて寝室へ飛びこんだ。すぐにまた出てきて、こんどは台所へ消える。

「だれもいません」もどってきたエラリーが息を切らして言い、レンチをほうり投げた。「どうしました、判事」

マクリン判事は骨張った両膝《りょうひざ》をコンクリートの床に突いていた。椅子が一脚ひっくり返り、女がその椅子に両手両足を頑丈な紐《ひも》で縛りつけられて倒れている。コンクリートの床に頭をぶつけたらしく、右のこめかみの下に乾いた血の筋があり、女は意識を失っていた。

「まいったな」判事が静かに言った。「わたしたちは何やら厄介なことに首までどっぷりはまったよ。エラリー、この人はローザ・ゴドフリー、スペイン岬の例の泥棒男爵の娘だ！」

その娘の閉じた両目の下には、紫色の隈《くま》ができていた。髪は乱れて、黒い絹糸のごとく顔にかかっている。ひどく疲れて弱っているようだ。

「かわいそうに」マクリン判事がつぶやいた。「よかった、しっかり息をしている。このむごい枷《かせ》から解放してやろう、エラリー」

ふたりはエラリーのペンナイフを使って娘の縛《いまし》めを解いたのち、ぐったりした体を両側から支えて寝室へ運びこみ、ベッドに寝かせた。エラリーが台所から水を汲《く》んできて、判事がそれで顔を濡《ぬ》らしてやると、娘が小さくうめき声をあげた。こめかみの傷はごく浅く、表面を引っ掻《か》いただけだ。どうやら、窓辺で縛られて椅子にすわっていたときに、気を失って力が抜け、その拍子に椅子が倒れて、粗いコンクリートの床にこめかみをぶつけたものと思われる。「泥棒男爵でも娘の出来はいい」エラリーは小声で言った。「とてもきれいな娘さんですね、たしかに」紐が深く食いこんだせいで感覚を失った娘の手を、エラリーは懸命にさすった。

「かわいそうに」判事がもう一度言って、娘のこめかみの血をぬぐいとった。娘は身震いをして、まぶたを小刻みに動かしながら、またうめき声をあげた。エラリーはその場を離れて、薬箱を探し、ヨードチンキの瓶を持ってもどってきた。消毒剤に刺激されて娘があえぎ声をあげ、かっと目を見開いて、怯《おび》えたように凝視する。

「だいじょうぶだよ、お嬢さん」判事がなだめた。「もうこわがる必要はない。わたしたちはきみの味方だ。わたしは判事のマクリン――二年前の夏のことを覚えているかな？　マクリン判事だ。無理をしてはいかんよ、お嬢さん。ひどい目に遭ったね」

「マクリン判事！」ローザが荒い息をしながら体を起こそうとした。しかし、うめき声とともにふたたび身を横たえた。それでも、青い目から怯えの色は消えていた。

「ああ、よかった、神に感謝します。それであの――デイヴィッドを見ましたか」

「デイヴィッド？」

「叔父《おじ》です。デイヴィッド・カマーです！　そんな――まさか死……」ローザは手の甲を口にあて、ふたりを見つめた。

「わたしたちは何も知らないんだ、お嬢さん」判事がローザのあいているほうの手を軽く叩《たた》いて、やさしく言った。「ああ、いま来たばかりでね。で、居間で椅子に縛られているきみを見つけた。休んでいなさい、ゴドフリーさん。そのあいだにわたしたちがご両親に知らせて――」

「そんな場合じゃないんです！」ローザは叫び、ひと息ついて言った。「ここはウェアリングさんの家ですか」

「そうだよ」判事は驚いて言った。

ローザは窓に目をやった。日差しが床を染めている。「朝だわ！　ひと晩ここにいたのね。とても恐ろしいことがあったんです」唇を噛《か》み、エラリーにちらりと不審の目を向けた。「いったいこの――こちらはどなたですか、マクリン判事さん」

「わたしが懇意にしている若い友人だよ」判事が急いで言った。「紹介しよう、エラリー・クイーンくんだ。実は、探偵として評判の高い男でね。どんな恐ろしい事件が起こっても……」

「探偵」ローザは苦しげな口調で繰り返した。「残念ながら、手遅れかも」枕に身を預け、目を閉じる。「けれど、何があったのかお話しします、クイーンさん。話してみなくてはわかりませんもの」身震いをして青い目をまた見開き、凶悪な巨人の話をはじめた。

ふたりの男はしかめ面で、気づかわしげにだまって耳を傾けた。ローザは、巨人が現れる前にテラスで叔父と交わしていた話の内容を除いて、何もかもはっきりと語った。話が終わると、エラリーと判事は顔を見合わせた。エラリーが深く息をつき、部屋から出ていった。

エラリーがもどったとき、ほっそりして肌の浅黒いローザはベッドから脚を垂らし、放心したまま身づくろいをしようとしていた。オーガンジーの皺《しわ》を伸ばしたあと、髪を整えているところだ。しかし、エラリーの足音を聞いて、さっと立ちあがった。

「どうでした、クイーンさん」

「家の外には、あなたの話に新たに何か付け加えるようなものはありませんでしたよ、ゴドフリーさん」エラリーが小声で言い、ローザに煙草を差し出した。ローザがことわると、エラリーは上の空で自分のぶんに火をつけた。判事は吸っていなかった。「クルーザーはなくなっていて、あなたの叔父さんも、連れ去った男も、影も形もありませんでした。手がかりは、いまも外にあるあの車だけです。もっとも、たいしたことはわからないでしょうが」

「たぶん盗難車だろう」判事がつぶやいた。「足がつくような車なら、残していくはずがない」

「だけど、ひどく——ひどく頭の悪い男だったんです！」ローザが大声をあげた。「なんだってやりかねません」

「同感です」エラリーが困ったような笑みを浮かべて言った。「あなたの話がほんとうなら、あまり利口な男じゃないでしょうね。それにしても、なんとも驚くべき話ですね、ゴドフリーさん。信じられないくらいだ」

「そんなに大きな怪物なら——」判事がまた鼻を震わせる。「正体を突き止めるのは簡単だろうな。しかも片目に眼帯をしているとしたら——」

「それは偽装かもしれません。よくわからないけど……。いちばん興味を引かれるのは、その男がかけていた電話ですよ、ゴドフリーさん。電話の相手について、ほんとうに何も手がかりはないんですか」

「ええ、あればいいんですけど」ローザはこぶしを握りしめながら、荒い息づかいで言った。

「ふむ。おおまかな輪郭はかなりはっきりしていると思います」エラリーは眉《まゆ》をひそめて室内をひとまわりした。「図体《ずうたい》が大きくて頭の悪いその怪物は、ジョン・マーコさんを誘拐するために何者かに雇われたんでしょう。マーコさんはあらゆる意味で非常に運のいい人らしい。おそらく写真がなかったために、あなたがたを捕らえた男には、マーコさんのだいたいの人相が伝えられた。マーコさんは晩餐《ばんさん》のときにいつも白い服を着るんですか、ゴドフリーさん」

「ええ、そうです、そのとおりです！」

「そして不運にも、あなたの叔父さんは、お話によると背恰好《せかっこう》が一見マーコにそっくりなうえに、ゆうべは白い服を着ていたため、なんの罪もないのに人ちがいの犠牲になった。ところで、ゴドフリーさん――立ち入ったことを訊《き》きますが、お許しください――夕食後にマーコさんと散歩をする習慣があったんでしょうか――おそらく、さっきおっしゃっていたテラスまで」

ローザは目を伏せた。「はい」

エラリーはしばらく不思議そうにローザを見つめた。「すると、あなたもひと役買ったわけだ。恐ろしい錯誤の悲劇です。命令に頑《かたく》ななまでに忠実なその男は、マーコではないという叔父さんの訴えを信じようとせず、そのせいでこういう結果になった。その電話はきわめて重要ですよ。襲撃者が何者かに雇われていたことを示すものですから。そして、その男はこの家から報告を入れろと命じられていたにちがいない。このとおり人気《ひとけ》がないうえに、ボート小屋にはあつらえ向きのクルーザーがあって、犯行には申し分のない場所です。巨人が単なる手先にすぎないことは明白だ」

「だが、だれに電話していたんだ」判事が静かに尋ねた。

エラリーは肩をすくめた。「それがわかれば――」

三人はだまってそのことに考えをめぐらせた。地方局の電話、スペイン岬の邸宅のそば……。

「どうなるの」ローザがささやいた。「叔父のデイヴィッドは――どうなるんでしょうか」

判事は顔をそむけた。エラリーがやさしく言った。「わかりきった事実に知らんぷりをしても無駄だと思います、ゴドフリーさん。あなたのお話によると、大男は電話で〝煩わされることは二度とない〟というようなことを言ったんでしたね。さっきぼくはこの犯罪を誘拐と呼びましたが、それはあなたの気持ちを慮《おもんぱか》ってのことです。しかし、大男の発言は、〝連れ去り〟の意味にはとれない。もっと残酷な――〝終幕〟というような意味に聞こえます」

ローザは喉《のど》につかえているものを呑《の》みくだし、また目を伏せた。蒼白《そうはく》な顔に苦悩の色が浮かんでいる。

「残念ながら、わたしも同じ意見だ」判事がつぶやいた。

「とはいえ」エラリーはいくらか明るい声でつづけた。「取り越し苦労をしてもはじまりません。いままでに何かが起こり、あるいはまだこれから起こるかもしれない。いずれにせよ、すべて地元の警察の仕事です。もうスペイン岬に乗りこんできてるんですよ、ゴドフリーさん」

「警察が――もう？」

「ついさっき、警察の車が二台、岬へはいっていくのを見た者がいる」エラリーは煙草に目をやった。「ある意味では、ぼくたちがここへ来たことで、事を台なしにしたのかもしれませんね。大男が電話をしたのがだれであれ、明らかにその相手は、ゴドフリーさん、あなたに深刻な害が及ぶ前に解放するよう取り計らうつもりでいた。ゴリアテ(旧約聖書に登場する巨人)は電話でそう言ったんでしたよね。それがこうなっては、もう手遅れかもしれない」エラリーは首を振った。「いや、考えてみれば、そうでもないかな。この悪事を指図した人間は、自分の手先がさらう男をまちがえるというへまをしでかしたことに、もう気づいている可能性もある。だとしたら、身をひそめているはずで……」エラリーは歩いていって窓をあけ、いきなり煙草を外へ投げ捨てた。「ゴドフリーさん、あなたの無事をお母さんに知らせるべきじゃありませんか。きっとひどく心配していらっしゃるでしょう」

「ああ……お母さま」ローザは小声で言い、くぼんだ目をあげた。「わたし――すっかり忘れてました。そうですね。すぐに電話します」

判事がエラリーに警告の目配せを送りながら、ローザの前に進み出た。「クイーンくんにまかせなさい、お嬢さん。きみはまだ横になっていたほうがいい」ローザは言われるままベッドへもどった。口もとが細かく震えている。

エラリーが居間にはいり、ドアを閉めた。寝室に残されたふたりの耳に、電話をダイヤルする音と、エラリーの低い声が聞こえた。老判事も娘も押しだまっていた。やがてドアが開き、エラリーが細面にどこか奇妙な表情を浮かべてもどってきた。

「デ――デイヴ――」ローザが喉の詰まったような声で言いかけた。

「いや、叔父《おじ》さんに関する知らせは何もありませんよ、ゴドフリーさん」エラリーはゆっくりと言った。「もちろん、あちらではあなたとカマーさんのことを心配していました。地元の警官のモーリーという人と話しましたよ――郡警察のモーリー警視です」先をつづけるのがためらわれるらしく、エラリーはことばを切った。

「知らせはないんですね」ローザがうつろな声で言って、床を見つめた。

「モーリーか」判事がうなるように言った。「会ったことがある。立派な男だよ。二年前、専門的な問題についていろいろ話をした」

「お母さんがすぐに車をよこしてくださるそうです」つかみどころのないむずかしいことを考えるような目をローザへ向けながら、エラリーはつづけた。「警察の車を……。ところでゴドフリーさん、あなたのお屋敷にいた客人のひとりがおかしな行動をしているようでしてね。何分か前にあなたのお父さんの車を勝手に持ち出し、地獄の悪魔という悪魔に追われているかのような勢いで、スペイン岬から飛び出していったらしい。ぼくからの電話の直前に、モーリーにそう連絡があったんだとか。警官ふたりがオートバイであとを追っています」

ローザはよく聞こえなかったとでも言いたげに、額に皺《しわ》を寄せた。「お客さまというのは？」

「アール・コートという青年です」

ローザが仰天し、判事は怪訝《けげん》そうな顔をした。「アール！」

「二年前にきみといっしょにカヌーに乗っていた若者じゃないのかね」判事が低い声で言った。

「ええ、そうです。アールが……。信じられない。まさか――あの人がそんな――」

「事がますますこんがらがってきたようですね」エラリーは言った。それからいきなり振り向いた。「コート氏の逃走やゴドフリーさんとカマーさんの拉致《らち》以上に差し迫った問題が起こったんです、判事」

老判事は唇を引き結んだ。「きみはそれを――」

「ゴドフリーさんにもお伝えするべきだと思います。どのみちすぐにわかることだ」

ローザは打ちひしがれて困惑した様子で顔をあげ、エラリーを見た。呆然《ぼうぜん》としている。「ど――どんな――」唇が思うように動かない。

エラリーが話そうとして口を開き、また閉じた。三人ははっとして振り返った。聞こえてきた轟音《ごうおん》から判断すると、高馬力の車が猛然とこの家へ向かってくるらしい。三人が身動きもできないでいるうちに、ブレーキがきしり、ドアが閉まって、砂利道を踏みつける足音が聞こえた。そして、つむじ風が室内に飛びこんだ――金髪を振り乱し、日に焼けた褐色のなめらかな肌を持つ、長身でたくましい体つきの青年だ。半ズボンを穿《は》いていて、腿《もも》や腕の筋肉が盛りあがっている。

「アール！」ローザが叫んだ。

青年はドアを閉めて、裸同然の背中をドアにもたせかけると、ローザが無事であることをたしかめるように一瞥《いちべつ》したあと、エラリーに向かって怒鳴った。「おい、山賊め、なんとか言え。いったいどういうつもりだ。デイヴィッド・カマーはどこにいる？」

「アール、ばかな真似はやめて！」ローザがきつい口調で言った。ふだんの顔色にもどっている。「二年前にお会いしたマクリン判事さんを覚えてないの？　こちらは判事さんのお友達のクイーンさん。おふたりはこの家を借りていて、それで、けさわたしを見つけてくださったの。アール！　ぼんやり突っ立ってないで！　何があったの？」

青年はふたりをにらみつけたが、やがて怒りが恥ずかしさに変わるにつれて、首筋にじわじわと赤みがひろがった。「す――すみません」口ごもる。「知らなかったんです――ローザ、だいじょうぶかい」ベッドへ駆け寄り、ひざまずいてローザの手を握る。

ローザは手を引っこめた。「平気よ、ありがとう。ゆうべはどこにいたの、あなたを必要としてたのに――デイヴィッド叔父さんとわたしが、片目の恐ろしい獣《けだもの》にさらわれてたっていうのに」ひどく興奮した笑い声をあげる。

「さらわれた？」青年は息を呑んだ。「デイヴ――知らなかったんだ。てっきり――」

エラリーは思案げにコートを見た。「追跡の音が聞こえないね、コートくん。さっきスペイン岬にいるモーリー警視と話をして、警官ふたりがオートバイできみを追っていると聞いたんだが」

青年は放心のていで、よろめきながら立ちあがった。「警官を振りきって、枝道へ曲がってきたんです……。あの人たちは直進しました。でも、デイヴ——」

「どうして」マクリン判事が穏やかに尋ねた。「ゴドフリーさんのいる場所がわかったのかね、コートくん」

コートは椅子に身を沈め、両手に顔をうずめた。それからかぶりを振って目をあげた。「正直に言って」ゆっくりと答える。「ぼくの貧弱な頭には荷が重すぎます。何分か前に、岬の屋敷で電話を受けました。だれだかわからないけど、そいつがウェアリングの家へ行けばローザが見つかると言ったんです。あっちにはもう警官が来てましたが、ぼくは——相手がだれなのか突き止めようと考えた。でも、だめでした。たぶんぼくは——動転していて、それでとにかくここへ来たんです」

ローザは青年の顔からずっと目をそらしていた。何やら怒っている様子だ。

「ふむ」エラリーが言った。「電話の声は低いものでしたか」

コートはしょげこんでいた。「わかりません。電話の接続が悪かったみたいで。声を聞いても、男か女かもわかりませんでした。ささやき声で」奇妙な苦悩の色を浮かべて、娘のほうを向いた。「ローザ——」

「ところで」ローザが壁を見つめて冷ややかに言った。「一日じゅうここにすわって話を聞いていなくてはいけないのなら——どなたか、屋敷で何があったのか話してくださらない？」

エラリーはアール・コートの顔から目を離さずに答えた。「コートくんへの電話で、事態は複雑になるな。屋敷に電話は何本あるんですか、ゴドフリーさん」

「いくつかあります。それに、各部屋に内線電話が」

「なるほど」エラリーは静かに言った。「すると、コートくん、きみが受けた電話は屋敷のなかからかけられた可能性もありますね。というのも、ゆうべの出来事は——ゴドフリーさん、あなたがたの誘拐につづいて起こったいくつかの出来事は——誘拐犯がかけた電話の相手が、お屋敷のなかにいただれかだったことを示しているように見えるからですよ。むろん、たしかなことは言えませんが……」

「そんな——そんな、信じられない」ローザがまた青ざめてささやいた。

「それというのも」エラリーは小声で言った。「誘拐犯の信じがたいまちがいに、その雇い主がすぐに気づいたように思われるからです」

「すぐに？　わたし——」

「そして、そのまちがいは正された——おそらく雇い主の手によって」エラリーは顔をしかめて、新たな煙草に火をつけた。アール・コートが顔をそむける。エラリーはいくぶんこわばった声で困ったように言った。「実は、ジョン・マーコが浜のテラスで腰かけた状態で発見されたんです、ゴドフリーさん。けさ早く……死体で」

「死——死——」

「殺害されていました」

（原注）

＊　エラリーが捜査したなかでも際立って異常な事件。新聞は〝負傷したチロル人の事件〟と名づけたが、ここではこれ以上くわしく説明はしない。わたしの知るかぎり、エラリーを手詰まりにさせた数少ない問題のひとつであり、いまなお解決していない。——J・J・マック

3　裸の男の問題

モーリー警視は白髪交じりの古強者《ふるつわもの》で、その赤ら顔と頑固そうな口もと、がっちりした体つきは、ときに鉄拳《てっけん》に物を言わせながらも、常習の犯罪者たちの顔と手口を知りつくし、生来の洞察力を冷静に駆使することで下っ端からのしあがった経験豊富な捜査官のしるしである。こういう刑事は、犯罪が常軌を逸している場合には、とまどうことが多い。

モーリー警視は、ローザの話とアール・コートの訥々《とつとつ》とした説明を、口もはさまずに聞いていたが、エラリーは警視の眉間《みけん》に当惑が表れているのを見てとった。

「ところで、クイーンさん」モーリーが言った。判事はローザに手を貸して警察車に乗せ、コートはその後ろで途方に暮れて苦い顔をしている。「これは手ごわい事件にちがいありません。わたしの守備範囲から少々はずれてもいる。お噂は――つまり――あなたのお噂はかねがね耳にしていますよ。いや、もちろん、判事からの推薦でもじゅうぶんなんですがね。どうでしょう――なんと言うか――お力を貸してもらえませんか」

エラリーはため息を漏らした。「そんなつもりで来たんじゃ……ぼくたち一睡もしていないんですよ、警視。それに食事も――」デューセンバーグの後部のあけっぱなしになった折りたたみ座席に、物ほしげな目を向ける。「でも、マクリン判事とぼくで――まあ――いわば仮の検分くらいはできますよ」声には熱っぽいものがこもっていた。

幹線道路からスペイン岬への入口には、郡警察のバイク隊の警官がひとり配されていた。コートが先ほど逃げ出したことを受けて、警戒措置がとられたらしい。車は猛然とそこを通過し、だれもひとことも発さなかった。ローザは処刑場へ向かうかのように体をこわばらせてすわり、うつろな目をしていた。その横で、コートが爪を噛《か》んでいる……。岬の首には別の警官が立っていた。岬の心臓へ通じる一段低くなった石の道路のあちらこちらに、オートバイが停まっている。

「あの乗り捨ててあった車ですが」エラリーが低い声でモーリー警視に話しかけた。好奇心に目が輝いている。

「いま、部下ふたりが調査中です」警視は暗い声で言った。「指紋があれば、その者たちが採取します。しかし、あまりそれに期待はしていません。犯行の手口は鮮やかだが、プロの仕業とは思えないんですよ。例の大男は……」気むずかしげな唇をすぼめる。「妙なやつですね、ほんとうに。見つけるのは造作もないでしょう。このあたりにその人相に合致する人物がいるのを聞いたことがある気がします。すぐに思い出しますよ」

エラリーはそれ以上何も言わなかった。車が一段低い石の道から曲がろうとしたとき、いま来た道のはるか上に、浜のテラスの入口が見えた。人が群がって騒いでいる。車は角を曲がり、屋敷へ向かってのぼりはじめた。派手な瓦葺《かわらぶ》きの素朴な屋根は、遠くからでも切妻造りでそれとわかった。

道の両側に、わざと手をかけずに荒れさせたささやかな岩石庭園があり、そこから漂うさまざまなかぐわしいにおいが、潮風と混じって鼻を刺激した。はるか左手のほうで、岩色の肌の皺《しわ》深い老人が、かがんで一心不乱に作業をしていた。暴力による死も、神聖なる労働を冒すことはできないとでも言わんばかりだ。あたりには、咲き乱れる花樹、色とりどりの岩、みずみずしい灌木《かんぼく》が満ちあふれている。やがて、前方に屋敷が現れた――長くて屋根の低いスペイン風の建物だ……。岩石庭園をいじっている老人はウォルター・ゴドフリーだろうか、とエラリーはふと思った。

「ジョラムですよ」モーリー警視がエラリーの怪訝そうな顔に気づいて言った。

「ジョラムというのはだれですか」

「いつもこのへんでのらくらしている、毒にも薬にもならんじいさんです。ゴドフリーのこの世でただひとりの友じゃないかな。ゴドフリーがロビンソン・クルーソーなら、ジョラムが忠実な従僕フライデーで――ときに車の運転もすれば、番人にもなるし、主人の果てなき庭いじりの手伝いをしたりもする。親密な仲ですよ」モーリー警視の鋭い目が思案の色を帯びた。「調べたいことがふたつあります。ひとつは、ゆうべホリス・ウェアリングの家からかけられた電話。わたしにはわからないが、もし突き止めることができたら――」

「ダイヤルシステムからたどるんですか」エラリーはつぶやいた。「コート青年も、だれがかけてきたのか突き止められなかったと言ってる」

「あの若造の言うことを」警視は険しい顔で言った。「わたしはあてにしていません。ある部下にコートについて調べさせたところ、ここまではほんとうのことを話しているようですが……。さあ、着いた。ほら、元気を出して、ゴドフリーさん。これ以上お母さんを心配させたくはないでしょう。きょうはもう、お母さんもずいぶんつらい思いをなさっていますから」

ローザは無理に笑顔を作って、指で髪を整えた。

凍りついた人々の群れが中庭を占めていた。そのまわりを、いかめしい顔の男たちが落ち着きなく歩きまわっている。バルコニーからは、使用人属に分類されるらしい怯《おび》えた何組かの目がのぞいていた。人のささやき声すらしない。鮮やかな色の調度品が置かれ、パティオの中央で噴水がしぶきをあげている。床には明るい色の板石が敷かれ、何もかもがきらびやかで、整然としていた。全体の景色は、常軌を逸した絵から抜け出してきたかのように、強烈な日差しの下で現実離れして見えた。

ローザが警察の車から跳びおりると同時に、長身で肌の浅黒い、彫像を思わせる姿の女が、目を赤く腫《は》らして、細い手首からハンカチをひらめかせながら、やみくもに車道へ駆けてきた。ふたりの女が抱き合う。

「わたしはだいじょうぶよ、お母さま」ローザが低い声で言った。「だ――だけど、デイヴィッドは――もしかしたら――」

「ローザ。ああ、よかった……」

「ねえ、お母さま――」

「みんな大騒ぎだったのよ……。恐ろしい、ほんとうに恐ろしい日だわ……。まずあなたとデイヴィッド、つぎにジョー――マーコさんが……。ねえ、マーコさんが、こ――殺されたのよ！」

「お母さま、お願い。落ち着いて」

「ただもう……。何もかもがめちゃくちゃで。まず、けさはピッツが――あの娘《こ》、どこへ行ったのかしら――それからあなたとデイヴィッド、そしてマーコさん……」

「ええ、わかってるわ、お母さま。その話はもう聞いたから」

「だけど、デイヴィッドが。どうしたの――あの人は――」

「わからないのよ、お母さま、わからない」

エラリーが小声でモーリー警視に尋ねた。「ところで、警視、ピッツというのはだれですか」

「わたしにもさっぱり。ちょっと待ってください」警視は手帳を取り出して、メモがびっしり書きこまれたページを見た。「これだ！　女中のひとりです。ゴドフリー夫人付きの女中ですね」

「でも、いまのゴドフリー夫人の話からすると、その娘がいなくなったようですね」

モーリーは肩をすくめた。「きっとどこか、そのあたりにいますよ。いまは女中ごときの心配どころじゃありません……。ちょっと待ってください、こっちを片づけますから。たしか――」

モーリーはことばを切り、動きを止めた。乱れ髪の青年がパティオの入口に陣どり、爪を嚙みながら、荒々しさと当惑の入り混じった目をローザへ向けて、食い入るように見つめていた。青年はいらいらと首を振り、表情を変えて、無言でしぶしぶ脇へ寄った。

汚れたズボンを穿《は》いた、背が低くて肉づきのよい白髪の男が、ぎこちない足どりで出てきて、いくぶんおずおずとローザの手を握った。ふくれた短い胴体に比べて頭が細長くて小さいため、マザーグースのハンプティ・ダンプティのような尻《しり》でっかちに見える。極端に小さい顎《あご》が、海賊を思わせる鼻をよけいに大きく見せていた。小さくてきびしい目は、まばたきをほとんどせず、蛇のように生彩と感情を欠いている……。全体としては、庭師の下働きか、料理人の手伝いといった印象だ。その男の風貌《ふうぼう》に、権力を連想させるところは微塵《みじん》もなく――あるとすれば、蛇に似た目だけだ――またその挙措にも、巨万の富を築いたり崩したりする人間だと感じさせるものはない。ウォルター・ゴドフリーは年金暮らしの父親であるかのようなしぐさで娘の手をとり、妻には見向きもしなかった。

警察の車が走り去り、気まずい沈黙があったあと、三人のゴドフリーがゆっくりとパティオへ移動した。

「そうだ！」モーリー警視が指を鳴らして小声で言った。

「何事かね」マクリン判事が不満げに言った。ゴドフリーにずっと目を据えたままだ。

「わかった！　あいつですよ。待ってください、二本ばかり電話をして確認します……。よし、わかった、ジョー。すぐに行く。報告はあとだ」モーリーは足早に屋敷の角を曲がった。いったん消えたあと、頭だけ突き出して言う。「中にはいって待っていてください、判事。クイーンさん、あなたも。すぐにもどります」そして姿が見えなくなった。

エラリーと判事はやや遠慮がちにパティオへはいっていった。「金持ちを前にすると、いつも気後れするんですよ」エラリーがつぶやいた。「とはいえ、プルードン（十九世紀フランスの社会主義者）のことばを思い出すまでのことです」

「プルードンはなんと言ったのかね」

「〝財産《ラ・プロプリエテ》、それは盗奪《セ・ル・ヴォル》である〟」判事がうなる。「すると、気分が軽くなります。ぼくはつまらない人間ですが、相手が――まあ――泥棒なら、引け目を感じることはない。ですから、気楽にやりましょう」

「相変わらず詭《き》弁《べん》家だな！　わたしはここの空気に混じる死のにおいが気になって仕方がないんだ」

「あの善良な面々のなかにも、そう感じている者がいるようですね。知っている人はいましたか」

「ひとりもいない」老紳士は肩をすくめた。「ゴドフリーの渋い顔からして――あのみすぼらしい小男がゴドフリーだとしての話だが――わたしたちはあまり歓迎されていないらしい」

　ローザが大儀そうに籐《とう》椅子から立ちあがった。「ほんとうにすみません、判事さん。あの――わたしったら、ちょっと取り乱してしまって。お母さま、お父さま、こちらはマクリン判事さん。お力を貸してくださいます。それからこちらは、エラリー・クイーンさん。た――探偵をなさってるの。わたし――ところで、あの人はどこ、？」唐突に悲痛な声で叫び、泣きはじめた。〝あの人〟というのがデイヴィッド・カマーのことなのか、ジョン・マーコのことなのかは、だれにもわからなかった。

褐色の肌の青年はひるんだ。それからすばやく前へ出て、娘の手を握った。「ローザ――」

「探偵か」ウォルター・ゴドフリーが汚れたズボンを引っ張りあげながら言った。「そういう手合いは間に合っていると思うがね。ローザ、泣くのはやめなさい！　見苦しい。あのやくざ者は自業自得だ。あいつを片づけた者は人類の救いの神だよ。罰を免れるといいと思うね。おまえが父親の言うことにもっと耳を傾けていたら、こんなことには――」

「愉快な人だ」エラリーは判事とともに背を向けてつぶやいた。ステラ・ゴドフリーは夫に怒りの視線を投げて、娘のほうへ駆け寄る。「われらが若き英雄を見てください。世にごまんといる伊達《だて》男で、涙に弱い性質《たち》らしい。この事件については、あの青年に非があるとは思えません。ところで、あそこにいる人間の形をした艀船《はしけぶね》は、ローザの言う〝始末に負えない〟コンスタブル夫人じゃありませんか」

けばけばしい真っ赤な化粧着姿のローラ・コンスタブルが、放心した様子で近くにすわっていた。夫人の目には、ふたりの男も、ローザを家のなかへ連れていくステラ・ゴドフリーも、唇を嚙《か》むアール・コートも、パティオをうろつく刑事たちを忌々しげににらむウォルター・ゴドフリーも見えていなかった。化粧着の下で鎧《よろい》に体を押しこんでもなお、コンスタブル夫人は下品なまでに肥え、胸のあたりはぞっとするほどの肉づきだった。

しかし、その体の大きさも、大げさなこわがりように比べれば、たいしたことではなかった。太ってぶよぶよな、エナメル質の冴《さ》えない顔に表れているのは、恐怖以上のものだった。混じり気のないパニックだ。警官がおおぜいいるせいだとは思えず、死体がそばにあるせいだとも考えられなかった。エラリーは注意深く夫人を観察した。肉のついた喉《のど》には動脈が浮きあがり、両目が充血して左のまぶたが痙攣《けいれん》している。呼吸が重くて遅く、ひどく苦しげで、まるで喘息《ぜんそく》患者のようだ。

「生々しいながめだな」判事がいかめしい顔で言った。「あの女は何を悩んでいるんだ」

「悩むなんてことばじゃ足りないな……。ああ、あそこにすわってるのが、たぶんマン夫妻ですね」

「沈黙の塔がふたつ」マクリン判事がぼそりと言った。「この動物たちの集団は実に興味深い」

マン夫人はすぐにそれとわかった。美しい顔写真が何千もの新聞や雑誌に載っていたからだ。中西部の僻村《へきそん》の薄汚れた土から生まれ、二十歳までに数々の美人コンテストの勝者として怪しげな名声を得た。しばらくはモデルをつとめた――顔も体型も写真映えする、派手なブロンド美人だった。その後、消息が途絶えたのち、アメリカの放埒《ほうらつ》な百万長者の妻としてパリに姿を現した。その二か月後、大金をせしめて離婚し、ハリウッドで映画出演の契約を結んだ。

マン夫人の人生におけるその期間は、波瀾《はらん》含みで浮ついたものだった。女優として際立った才能もなく、立てつづけに三つの醜聞に巻きこまれると、ハリウッドを捨ててニューヨークへもどり――それからほとんど間を置かず、新たな出演契約を結んだ。こんどはブロードウェイのレビューの主役だった。ここでセシリア・ボールはどうやら天職《メチエ》にめぐり合う。というのは、つぎからつぎへと途切れなくレビュー出演がつづき、バルカン半島の政治かブロードウェイでしかありえない急激な成功をおさめたからだ。そして、ジョーゼフ・A・マンと出会った。

マンはかなり変わった人物だった。西部の奥地の出身で、十代のころは牛を追いまわして月に三十ドルを稼いでいたが、かのパーシング将軍によるパンチョ・ビリャ討伐軍に加わって、そのままヨーロッパの戦いの大渦に揉《も》まれたのち、フランスで軍曹の階級とふたつの勲章を授かり、体内に榴散弾《りゅうさんだん》の破片を三つかかえた無一文の英雄としてアメリカに帰国した。戦傷にもかかわらずヘラクレス並みの精力が損なわれなかったことは、その後の経歴が示している。帰国後ほとんどすぐに、マンはニューヨークを離れ、おんぼろ貨物船に乗って消えた。それから何年も姿を見せなかった。やがて突然ニューヨークに現れたときには、四十歳を過ぎていて、メスティーソ（中南米のインディオと白人、特にスペイン系白人との混血者）のように色が黒く、髪は相変わらず硬く縮れていたが、物静かな威厳をたたえた数百万ドルの資産家になっていた。どうやってそんな富を築いたのか、取引先の銀行以外はだれも知らなかった。ただ、革命と家畜と鉱山が富の源だともっぱらの噂だった。ジョー・マンは南アメリカ大陸の事情に精通しているらしかった。

　マンはある思いをいだいてニューヨークへやってきて、ついにはその考えに取りつかれた。すなわち、きびしい馬乗りと、きびしい戦争と、混血の女たちとのきびしい付き合いに費やした日々をできるだけ早く埋め合わせたかったのだ。だから、セシリア・ボールにつまずいたのは、起こるべくして起こったことだった。場所はきらびやかなナイトクラブ、酒もはいって人々は浮かれ騒ぎ、音楽が興奮をあおっていた。マンはすっかり酩酊《めいてい》して、マハーラージャのごとく気前よく金をばらまいていた。マンは体も大きく堂々としていて、セシリアの見てきた血色の悪い男たちとはまったくちがっていたうえに、桁《けた》はずれの金持ちだったから——一目瞭然《りょうぜん》だった——セシリアはたちまち虜《とりこ》になった。翌日の正午、マンがコネチカットのホテルの部屋で目を覚ますと、かたわらでセシリアがはにかんだ微笑をたたえていた。そして、化粧箪笥《だんす》の上に結婚許可証があった。

ほかの男なら、性格にもよるが、怒鳴り散らすか、脅かすか、弁護士に相談するかしただろう。だが、ジョー・マンは笑い声をあげて言った。「まあ、いいさ。うまく引っかけたな。でも、おれがしくじったわけだし、おまえはそう付き合いにくい相手でもなさそうだ。いいか、これだけは忘れるな。いまからおまえはジョー・マンの女房だ」

「忘れることなんてできて、あなた?」セシリアは身をすり寄せながら、甘えた声を出した。

「ところが、忘れるやつもいたんだよ」マンは凄《すご》みのある含み笑いをした。「これはふたりだけの連盟だぞ。おまえが何者で、どんな相手と遊んできたかなんてどうでもいい。おれの過去だって褒められたもんじゃないからな。おれにはうなるほど金がある。おまえに最高の贅沢《ぜいたく》をさせてやれる男はおれしかいない。この先もな。おれはしっかり組み合って、自分の面倒は自分で見る。そう、ふたりきりで組み合うんだ。それだけだよ」そしてマンは、自分の言ったことをその場で実証しはじめた。

けれども、セシリア・マンは夫のきびしく黒い目に浮かんだものを折々に思い出すたび、かすかに寒気を覚えた。

それが数か月前のことだ。

いまマン夫妻は、ウォルター・ゴドフリーの居館《アシエンダ》のパティオに並んで腰をおろしている――何も言わず、何もせず、呼吸さえあまりしていない。セシリア・マンの心理状態を推し量るのはむずかしいことではなかった。化粧の下の顔は死人のごとく青ざめて、両手は膝《ひざ》の上で固く握りしめられ、灰色がかった緑色の大きな目は恐怖におののいている。気持ちの昂《たか》ぶりを抑えきれず、胸が小刻みに上下する。セシリアは明らかに怯《おび》えていた。感情の表し方こそちがうものの、ローラ・コンスタブルと同じく何かを恐れている。

マンは妻のかたわらにそびえ立っていた。雄牛を思わせる姿だ。ほとんど閉じた褐色のまぶたの下で、黒い目が何ひとつ見逃すまいと落ち着きなくネズミさながらに動いている。大きな力強い両手は、上着のポケットに半分隠れていた。まったく表情のない顔は、勝負の瞬間の賭博《とばく》師のものだ。褐色の肌を持つ西部人の筋肉が、ゆったりした流行の服の下で電光石火の行動に備えて力を蓄えている、という印象をエラリーはひそかにいだいた。あらゆるものに目を配って――用意して――いるように見えた。

「みんな、いったい何を恐れてるんだろう」エラリーは判事にささやいた。モーリー警視のたくましい姿がパティオの奥のドアから現れる。「これほど怯えきった人たちは見たことがない」

判事は返事をしなかった。しばらくして、ゆっくりと言った。「何より、殺された男のことを知りたい。顔を見たいな。やはり怯えていたんだろうか」

エラリーはジョー・マンの身じろぎもしない姿にちらりと視線を走らせた。「だとしても無理はありませんね」穏やかに言う。

モーリーが足早に近づいてきた。「収穫があったともなかったとも言えます」小声で報告する。「電話会社に確認したところ、ゆうベウェアリングの家からかけた通話の記録がありました」

「よかった！」判事が叫んだ。

「それが、そうよくもありません。わかったのはそれだけでして。だれに電話をしたのかを突き止める方法がないんですよ。ダイヤル式ではわからないんだとか。しかし、かけた先はこの区域です」

「そうか！」

「はい、その点はたしかに収穫です。山のような大男がこの屋敷のだれかに報告したのはまちがいなさそうですね。だが、なんとかそれを証明しないと」警視の顎《あご》の筋肉が盛りあがる。「ただし、大男の身もとはわかりましたよ」

「誘拐犯の？」

「ようやく思い出しましてね、もう調べあげてきました」モーリーは両切りのイタリア葉巻を口にはさんだ。「まあ、聞いてください——信じてはもらえんでしょうがね。その男はキャプテン・キッドという名前なんです！」

「ばかばかしい」エラリーが異議を唱えた。「とんでもないこじつけだ。片目に眼帯だから？　いったい世の中、どうなってるんだ。キャプテン・キッドだって！　義足じゃないのが驚きですよ」

「たぶん眼帯から」判事が冷静に言った。「その名がついたんだろうな」

「ええ、そんなところでしょう」モーリーがひどいにおいの煙を吐き出しながら、うなるように言った。「義足と言えば、クイーンさん――ゴドフリー嬢の話を聞いていて、その男のことが頭に浮かんだんです。そいつはポーランドよりこっち側でいちばんでかい作業靴を履いています。ボクサーのカルネラの足より大きいって噂ですよ。このへんの男たちがそいつを怒らせようとするときは、〝曳《ひ》き船のアニーちゃん〟（一九三三年公開の映画のタイトル。邦題〈酔いどれ船〉）と呼ぶんだとか。ゴドフリー嬢の話にあった、男の首の傷も参考になりました。銃で撃たれた傷だと思います」

「正真正銘の剣闘士というわけだ」エラリーがぼそりと言った。

「ほかにもあります。本名はだれも知りません。ただのキャプテン・キッド。眼帯は本物ですよ。たしか十年ほど前、波止場でごろつきどもと喧嘩《けんか》をして、片目をえぐりとられたんです」

「すると、このあたりでは名の知れた男なんですね」

「ええ、かなり」モーリーがいかめしい口調で言った。「この先のバーラムの沼地の掘っ立て小屋にひとりで住んでいて、釣りの案内に雇われてどうにか暮らしています。薄汚れたちゃちなヨットか何かを持っていました。安酒を一日に何クォート飲んでも、びくともしないそうです。なかなかの悪《わる》で、一目置かれていますよ。この浜に居ついて二十年ほどになりますが、やつのことをくわしく知る者はいないようです」

「ヨットか」エラリーが考えながら言った。「だったらなぜ、ウェアリングのクルーザーを盗んだんだろう。ただのへそ曲がりってわけじゃないでしょう？」

「速いからでしょうね。クルーザーならどこへでも行ける。それに船室もある。部下からの報告によると、実のところ、水曜日にヨットをほかの漁師に売り払ったばかりのようでして。興味を引かれますね」

「売り払った」判事が急に真剣な口調になって繰り返した。

「そういう話です。海岸一帯に警戒態勢を敷いて、沿岸警備隊にも目を光らせてくれと連絡しました。ゆうべあんなことをしでかして逃げおおせると思ったら、よほどおめでたいやつだ。だれかに利用されているんでしょう。あの図体《ずうたい》じゃ変装しようったって、けちなサーカス団の象より目立ちますよ。ごまかそうなんて！」モーリーは鼻を鳴らした。「やはり、あの車もその男が盗んだものでした。五分前に持ち主から確認がとれましてね。昨夜六時ごろ、脇道に停めてあったのを盗まれたそうで。ここから五マイルほどのところです」

「妙だな」エラリーはつぶやいた。「それに、話を聞くと、うわべの印象ほどばかげてもいない。あなたの言う海賊キッドのような男なら、最後にいちかばちかひと仕事をして消えようと潔く腹を決めるでしょう。唯一の商売道具である船を売ったことが、それを示しているように思えます」ゆっくりと煙草に火をつける。「おっしゃるとおり、その男はいまやクルーザーを手に入れて、どこへでも行くことができる。もし前金で報酬を受けとっていたなら、何マイルも沖のぜったいに見つからない海にカマーの死体を沈め、それから好きなところへ行けばいい。たとえその男を逮捕したところで、なじみ深くもとらえがたい場合の多い犯罪証拠《コルプル・デリクティ》のありかは？　見つかる可能性は低いでしょうね。未来永劫《えいごう》、帰らないかもしれない。まずいことになったと、耳もとで小鳥がさえずるんですよ、警視」

「もうわたしを見捨てるんですか」モーリーはにやりと笑った。「ともかく問題は、その男がゆうべマーコを殺したかどうかです。どう考えても、そいつはカマーをマーコと勘ちがいして海へ連れ去った。そして、キッドから電話で報告を受けた別の男が、おそらくその電話のあとでマーコを見て驚き、別人をさらったキッドのまちがいに気づいた。で、キッドがカマーを沖で始末しているあいだに、ゆうべ自分でマーコを片づけたんでしょう」

「こうも考えられる」判事が指摘した。「キッドが昨夜遅く、海岸のどこかに上陸して、ふたたび雇い主に電話をかける。そこで指示を受け、もどって仕事を片づけた可能性もある」

「考えられますね。でも、われわれが捜査しているのは、ひとつではなくふたつの殺人事件です。それぞれ別の殺人犯がいるはずです」

「しかし、モーリー警視、互いにつながりはあるにちがいない！」

「ええ、わかっています」警視はまばたきをした。「いずれ燃料を補給するために上陸せざるをえませんから、そのときひっつかまえてやります。ええ、キッドをね」

「燃料って、クルーザーの？」エラリーは肩をすくめた。「まぬけでも、その男は仕事をやってのけている。燃料などという肝心の準備を見落としたと考える理由はないと思いますよ。きっと、どこか人目につかないところにどっさり隠しているんでしょう。だから――」

「まあ、いずれわかりますよ。いまはすべきことが山ほどある。屋敷を徹底して調べる暇さえ、まだなかったんです。おふたりともこちらへ来てください。けっこうなものをお見せします」

エラリーは煙草を口から抜きとって、鋭い目で警視を見つめた。「けっこうなもの？」

「すばらしいものですよ。毎日見られる代物じゃありません、クイーンさん――たとえあなたでもね」モーリーの声にかすかに皮肉な響きが混じっていた。「あなたが得意とするもののはずです」

「いや、まあ、警視、わざと焦《じ》らすのはやめてください。けっこうなものとはなんですか」

「死体です」

「ああ！　なるほど」エラリーはにっこりした。「聞くところによると、アドニス（ギリシャ神話の美貌の王子）並みの美男だったとか」

「まあ、見てください」警視はまじめくさって言った。「あの男に比べたら、アドニスだって、濁った目をした弱っちい労働者みたいなもんだ。賭《か》けてもいいが、こちこちの鯖《さば》に負けないほど完璧《かんぺき》に死んでいたとしても、それでもあの男をひと目見たいという女はおおぜいいるでしょう。二十五年間いろんな死体を見てきましたが、こんな奇怪なのははじめてです」

恐るべき事実というのは――絶命したジョン・マーコが、テラスにいくつかある丸テーブルのひとつでやや前かがみに椅子に腰かけ、いまなお右手に持った黒いステッキを敷石の上でほぼ水平に突き出し、黒い縮れた巻き毛に黒い中折れ帽をやや斜めにかぶり、舞台衣装めいた黒いオペラ・マントを両肩にかけ、首のところで留め金と組み紐《ひも》で留め――そして、それ以外は裸だったことだ。

四分の三が裸でもなく、半分が裸でもなく、おおかたが裸でもない。マントの下は、生まれ落ちたその日と同じく全裸だった。

判事とエラリーは、地方の祭りに出かけた田舎者のように口をあんぐりとあけた。やがてエラリーが目をしばたたき、もう一度見てたしかめた。「驚いたな！」好事家《こうずか》が畏敬《いけい》をもって美術品に見入るときの口調で言う。マクリン判事は口をきくこともできず、ただ目を瞠《みは》っていた。

モーリー警視はかたわらに立って、不幸な喜びとでも言うべき表情を浮かべながら、ふたりが仰天する顔を見つめていた。「なんとも新たな趣向でしょう、判事」うなるように言う。「裁判官として裸の女にまつわる事件を多く扱っていらっしゃるでしょうが、裸の男となると――。いったい世の中、どうなっているんだ」

「きみが言わんとしたのは、まさか」判事は嫌悪に顔をしかめて言いかけた。「つまり、女性が――」

モーリーは広い肩をすくめて、両切り葉巻を吹かした。

「ばかばかしい」エラリーは言ったが、頼りない口調だった。ひたすら見つめることしかできなかった。

裸！　死者はマントの下に布きれひとつ着けていなかった。体毛のない青白い胴体が、朝日を浴びて輝いている。その姿は、時を経て摩耗したあげく、色あせてなめらかになった大理石の彫像さながらだが、こわばった肌には、死がまぎれもない痕跡《こんせき》を残している。広くがっちりした肩と、贅肉《ぜいにく》のない平らな胸から、引きしまった腰へ向かって徐々に細くなる。死後硬直の見られる長い脇腹は、筋肉が盛りあがっている。脚は血管が浮き出したりもせず、すらりとして、少年のもののようだ。足の指や甲は美しいと言ってもよいほどだ。

「見目麗しい悪魔だ」エラリーは死者の顔へ視線を移し、深く息をついた。かすかにラテン系の血が混じる顔で、唇がかなりふっくらとして、少し鷲鼻《わしばな》気味だ――ていねいにひげを剃《そ》って磨きあげた凶険そうなその顔は、気怠《けだる》げで、強情そうで、死後もなお人をあざけっているかに見えた。そこには、マクリン判事の予測していた恐怖の影はなかった。「発見されたときのままなんですか」

「まったく同じですよ、クイーンさん」モーリーが言った。「ただ、マントはこんなふうに肩のまわりにかかっていませんでした。まっすぐ下へ垂れて、体の大部分を覆っていてね。裾《すそ》をめくったのはわれわれですが、いやあ、びっくりしましたよ……。正気の沙汰《さた》じゃありませんよね。でも、体は一インチも動かしちゃいません。本から抜け出てきたみたいだ。じゃなきゃ、精神科の病院から……。おや、郡の検死官が来ました。やあ、ブラッキー、急いで頼む」

「妙だな」マクリン判事は、痩《や》せて骨張った男がテラスの石段を疲れた顔でおりてくるのを見て、ほっそりとした老身を脇へ寄せて道を譲った。小声でつづける。「この紳士のことだがね、警視。実に魅力ある裸体だというのは認めるが、こんな姿でうろつきまわる習慣があったのかね。それともゆうべは特別だったのか。ところで、ゆうべの出来事と考えてまちがいないんだな？」

「ええ、そのようです、ここまでに掘り出したわずかな情報によるとね。習慣かどうかは、こっちが訊《き》きたいくらいですよ」モーリーは不機嫌そうに言った。「もしそうなら、このあたりの女たちを大いに興奮させたことでしょう。おい、ブラッキー、日曜の朝の神聖な雑用はどんな具合だ？」

検死官は啞然《あぜん》としていた。「おい、裸じゃないか！　これは見つけたときのままなのかね」黒い鞄《かばん》を敷石の上におろし、死体にかがみこみながら、信じられないと言いたげにのぞきこむ。

「それを訊かれるのは十回目だが」警視は疲れた声で言った。「答はイエスだ。頼むから、早く調べてくれ、ブラッキー。どうもおかしな事件でね。いまこの場で、できるだけのことを知りたい。大至急だ」

三人の男は後ろへさがり、検死官が仕事にかかるのを見守った。しばらくだれも口をきかなかった。

やがて、エラリーがのんびりした口調で言った。「この男の服は見つかっていないんですか、警視」

　エラリーはテラスを見まわした。広くはないものの、その欠点を色彩と雰囲気のよさが埋め合わせている。癒《いや》しをもたらす場──物憂い喜びに満ちた、居心地のいい小さな神殿だ。梁《はり》がむき出しになった白い屋根から、陽光が灰色の敷石に注ぎ、まさに夏の真髄とも呼ぶべき光と影の縞《しま》模様を織りなしている。

　装飾には抜かりなく手と目が行き届いていて、海とスペインがともに強く印象づけられている。いくつかある洒落《しゃれ》た丸テーブルには、日除《ひよ》け傘が差しかけてあり、スペインを象徴する赤と黄のモチーフがそこかしこに配されていた。卓上には貝殻の灰皿が置かれ、煙草や葉巻のはいった革と真鍮《しんちゅう》の箱、それにさまざまなテーブルゲームが載っている。テラスへおりてくる石段のてっぺんには、通路の左右にひとつずつ、花の植わったスペイン風の大きな油壺《つぼ》があり、その階段をおりきったところにも同じ壺がふたつ、敷石の床にじかに置いてある。いずれもとても大きく、『アラビアン・ナイト』に出てくる壺を思わせる。高さは人間の背丈とほぼ同じで、胴がなまめかしくふくらんでいる。高い断崖《だんがい》の陰にある左手の岩壁に台座が据えられ、スペインのガレオン船の模型が載せてある（巧妙なからくりのこの台を両開きにすると、きわめて実用的なバーになることを、エラリーはのちに発見した）。岩壁をくり抜いた壁龕《へきがん》に、鮮やかな色の大理石の彫像がいくつか飾られ、壁面には粘土素焼き《テラコッタ》や化粧漆喰《スタッコ》を使って巧みに作られた、おもに海にまつわるスペインの偉人たちの浅浮き彫りがあった。大型の投光器がふたつ、真鍮の部品と前面のガラスに日差しを反射させながら、むき出しの屋根の両端にある梁に哨兵《しょうへい》のごとく立っていた。投光器はまっすぐ前方を向き、断崖と断崖のあいだにあいた入江の口を貫いている。

裸の死者のいる丸テーブルの上に、筆記用具が並んでいた——奇妙な形のインク壺、細かい砂を敷いた箱に入れた飾り付きのみごとな鵞《が》ペン、凝った装飾の文房具入れだ。

「服ですか」モーリー警視は顔をしかめた。「まだ見つかりません。そこが変なんですよ、クイーンさん。夜、このこぢんまりした浜辺へおりてきて、着ているものを脱ぎ、ちょっと海で泳いで涼んだと考えることはできるが、服はいったいどうしたのか。それにタオルです。夜はタオルがないと体が乾かない。まさか泳いでいるあいだに、何者かが子供みたいに服をくすねたってことはないでしょうからね！　ともかく、そんなふうに考えていました——目がまわるほどぐるぐると——そしてあることが判明した」

「たぶんこの人は泳げないんでしょうね」エラリーはぼそりと言った。

「ええ、そうなんです！」正直そうな赤ら顔にうんざりした表情がひろがる。「いずれにしても、泳いだという考えは論外です。マントを羽織って、ステッキを持っていましたからね。しかも、殺されたときには手紙を書いていたんです！」

「なるほど、それは」エラリーはそっけなく言った。「おもしろそうだ」いま三人は、すわったまま動かない男の背後に立っていた。マーコの死体はせまい浜辺に正対して、マントをかけた広い背中をテラスの石段のほうへ向けている。そのさまは、きらめく砂と、入江を満たす青い海の小さな曲線とをながめながら考えこんでいるかのようだった。干潮だが、エラリーの見ているあいだにも、わからないほど少しずつ潮が満ちてきた。三十フィートほど露出した砂地は、申し分なくなめらかで、おかしな形跡は何ひとつ見あたらない。

「どういう意味ですか――おもしろいというのは」モーリーは鼻を鳴らした。「重要なものなのはたしかです。ご自分の目で見てください」

エラリーは死者の肩の上から頭を突き出して見た。ところが、死体の横で作業をしていた検死官が何やら不平の声をあげ、エラリーはまた後ろへさがった。それでも、モーリーの言う証拠ははっきりと目にした。マーコの左腕がテーブルのそばにまっすぐ垂れ、硬直した指が、その真下の敷石に転がっているものを不気味に指さしていた。砂箱にはいっていたのとよく似た、鮮やかな色の一本の鵞ペンだ。ペン先は乾いた黒インクで汚れていた。数行の文字が記された一枚の便箋《びんせん》が――クリーム色の紙で、上部に赤と金で王冠の紋章が浮き出しで印刷され、その下の帯状の小さな飾り模様のなかに、古風な書体で〝ゴドフリー〟という名が刷られている――テーブルの上、死体からわずか二、三インチ離れたところに載っていた。どうやらマーコは、これを書いている最中に殺されたらしい。というのも、文面の最後のことばが——明らかに書きかけの文字が——突然中断され、濃い黒のインクの線が尾を引いて紙の上を流れたのち、さらにテーブルの天板を渡って端までつづいていたからだ。死者の左手中指の側面に黒インクの染みがついているのを、エラリーはかがんで見て、たしかめた。

「ほんとうにそのとおりらしい」エラリーは身を起こしながら言った。「しかし、片手だけで書いていたのは変だと思いませんでしたか」

モーリー警視は目を見開き、マクリン判事は眉《まゆ》をひそめた。「いやだなあ、頼みますよ」モーリーが声を張りあげる。「人が手紙を書くのに何本手が要ると？」

「クイーンくんの言わんとすることが、わたしにはわかると思う」判事が澄んだ目を輝かせてゆっくりと言った。「われわれはふつう、物を書くのに二本の手が必要だとは考えない。だが、実際には両手を使う。片手で書き、もう一方の手で紙を押さえる」

「ところが、マーコは」エラリーはうなずいて老判事の理解の早さを認め、悠然と言った。「目の前の状況から判断すると、右手に黒檀《こくたん》のステッキを握り、それと同時に左手で字を書いていた。これは——なんと言うか——ちぐはぐです」あわてて付け加える。「うわべだけ。うわべだけを見ての話ですよ。何か説明がつくのかもしれない」

モーリーはちらりと笑顔を見せた。「何ひとつ疎《おろそ》かにしないんですね、クイーンさん。あなたがまちがっているとは言いませんが、わたしはそんなふうに考えませんでした。こう説明できませんか。手紙を書くあいだ、ステッキをそばのテーブルに置いていた。そして背後に物音を聞き——ともかく緊張したんでしょう——とっさに身を守ろうとして右手でステッキをつかんだところ、左手が紙の上を滑った。ところが、ステッキをつかんだだけで何もできないうちに、殴られた。それでこうなったのでは？」

「筋は通っているようです」

「きっと正解ですよ」モーリーは静かにつづけた。「この手紙には疑問の余地がありませんからね。マーコが書いたものです。偽物だと考えていらっしゃるなら、そんなことは忘れたほうがいい。これは本物です」

「たしかですか」

「これ以上ないほどたしかです。けさいちばんに調べあげた事柄のひとつですから。屋敷にはそこらじゅうにマーコの筆跡の見本があって——どこへ行っても自分の名を書きたがるたぐいの人間だったんですが——ゆうべ書いたこの手紙はぜったいに本物です。ほら、ご自分の目で——」

「いやいや」エラリーはあわてて言った。「ご意見に異をはさむつもりはありませんよ、警視。手紙が本物だという話はそのまま信じます」だがそのあと、吐息をついて付け加えた。「この男は左利きだったんですか」

「それも確認ずみです。左利きですよ」

「では、この点に関しては、もう言うことはありません。謎だらけだというのは同感です。たしかに、男がマント以外は何も身につけずに戸外で手紙を書くなんて考えられない。服を着ていたにちがいない。ただ——スペイン岬はかなり広いですね、警視。着衣がどこにもないと断言できますか」

「断言できることなんて、ひとつもありませんよ、クイーンさん」モーリーは辛抱強く言った。「しかし、ここに来てからずっと、部下の一隊がその捜索にかかりきりになっています。それでもまだ見つかりません」

エラリーは下唇をなめた。「この断崖の根もとを囲む、とがった岩場はどうですか」

「ふたりの頭を合わせても考えはひとつというところですね。当然ながら、わたしも何者かがマーコの着衣を岬の崖《がけ》のどこかから海へ投げ捨てたのではないかという説を立てました。水深は二十フィートで、崖の根もとは平坦《へいたん》です。理由なんか訊《き》かないでくださいね。岩の上には何もありません。装備が届きしだい、部下に底を浚《さら》わせるつもりです」

「いったいなぜ」判事が尋ねた。「きみたちはマーコの——もしかすると——存在しないかもしれない着衣をそんなに重視するのかね」

モーリーは肩をすくめた。「服を着ていたという点に関して、クイーンさんはわたしと同じ考えだと思います。そして、もし着ていたとすれば、犯人にはそれを持ち去るか、始末するだけのもっともな理由があったはずなんです」

「つまり」エラリーが小声で言った。「わが友フルーエリン（シェイクスピア『ヘンリー五世』の登場人物）がでたらめな文法で言ったとおり、〝すべての物事には、なぜ、なんのためにという原因や理由があるもんだ（『ヘンリー五世』第五幕第一場より）〟というわけだ。いや、失礼しました、警視。あなたの言い方のほうがずっと適切でしたね」

モーリーは目をまるくした。「それはどういう……。おや、終わったのか、ブラッキー」

「ほとんどな」

モーリーは細心の注意を払ってテーブルから便箋をつまみあげ、エラリーに見えるようにかざした。マクリン判事はエラリーの肩の後ろから目を凝らして見た――判事はけっして眼鏡をかけようとせず、七十六歳にして老眼がはじまっているのに、肉体の衰えに屈しようとはしなかった。

紋章の少し下の右寄りに日付があり、さらに太字で〝日曜日午前一時〟と書いてあった。左側には、挨拶《あいさつ》のことばの上に宛名《あてな》が記されている。

ルーシャス・ペンフィールド殿
ニューヨーク州ニューヨーク市
パーク・ロウ十一番地

書き出しは〝親愛なるルーク〟となっていた。本文はこうだ。

〝手紙を書くにはふさわしくない時刻だが、数分ばかりひとりきりの時間ができたから、待っているあいだにいまの状況を知らせたい。最近は、用心しなくてはならないため、なかなか手紙を書けなかった。いま取りかかっているのがどういうたぐいの鍋《なべ》なのかは貴兄も承知のとおりだ。こちらの準備が整うまでは、煮えこぼれては困る。そのあとなら、噴きこぼれてもかまわん！　ぼくには害は及ばない。

万事うまく運びそうだ。もうあと何日か経てば、最後の清——〟

それで全部だった。〝清〟の字の尻尾《しっぽ》から太いインクの線が延び、クリーム色の便箋をナイフのように断ち切っていた。

「ところで、どんな清算を――〝最後の〟清算を――この猿は考えていたんでしょうね」モーリー警視が静かに尋ねた。「クイーンさん、これが重要でないなら、ばかばかしい、わたしも猿の親類並みですよ！」

「すばらしい質問を――」エラリーが言いかけたとき、検死官が大声をあげ、みながいっせいに振り向いた。

検死官は先刻から、こわばった肉塊に何か腑《ふ》に落ちないところでもあるかのように、当惑した様子で見つめていた。しかしいま、身をかがめ、死者の喉《のど》にかかったマントの襟の留め金から組み紐《ひも》の輪をはずした。マントが大理石の肩から滑り落ちる。すると検死官は、死体の顎《あご》に指をかけ、硬直した顔を上へ向けた。

マーコの首の肉に、細く赤い線が深々と刻まれていた。

「絞殺だ！」判事が叫んだ。

「そのとおり」検死官が傷をあらためながら言った。「喉をぐるりと一周している。首の後ろにあるでこぼこの傷も同様のもので、結び目があたった跡にちがいない。見たところ、針金だな。しかし、針金はここにはない。見つかっているのかね、警視」

「探すものがほかにあったものでね」モーリーがうなった。

「すると、マーコは背後から襲われたんですね」エラリーが仔細《しさい》らしく鼻眼鏡をまわしながら尋ねた。

「この死体のことを言っているなら」検死官はいささか不機嫌な口調で答えた。「そういうことだ。犯人はこの男の背後に立ち、首のまわり、マントのゆるい襟の下に針金を巻いて強く引っ張り、襟首で針金をねじって結んだ……。たいして時間がかからなかったはずだ」かがんでマントを拾いあげ、無造作に死人の体にかける。「さて、調べ終わった」

「だが、それにしても」警視が反論した。「争った形跡がない。体をひねって襲撃者を突き飛ばすぐらいはしそうなものだ。ところが、いまの話からすると、この男はじっとすわったまま、振り向きもしなかったことになる」

「しまいまで聞きたまえ」骨張った男が言い返す。「首を絞められたとき、この男は意識がなかったんだ」

「意識がなかった！」

「ほら」検死官はマントを持ちあげて、マーコの黒い巻き毛をあらわにした。頭のてっぺんあたりの髪を手際よく掻《か》き分けると、頭蓋《ずがい》の皮膚に青黒い傷が見えた。検死官はマントをもとにもどした。「何か重いもので頭頂骨のてっぺんをまともに殴られたんだ。骨が折れるほどではなかったが、打撲傷ができるほどにな。それで失神した。そのあとで針金を襟の下に通して絞め殺すのは簡単だ」

「しかし、なぜ棍棒《こんぼう》で始末をつけなかったんだ」マクリン判事がつぶやいた。

検死官は忍び笑いをした。「まあ、理由はいくらもあるでしょう。無残な死体が好きではなかったのかもしれない。あるいは、針金を持ってきたのを無駄にしたくなかったのかもしれない。わたしにはわからないが、とにかくそうしたんですよ」

「殴るのに何を使ったんでしょう」エラリーが尋ねた。「何か見つかってるんですか、警視」

モーリーは大きなスペイン風の壺《つぼ》のそばの、崖の壁龕《へきがん》へ行って、ずっしりした小さな胸像を持ちあげた。「コロンブスで殴られたんです」ゆっくりした口調で言う。「これはテーブルの陰の床で見つかって、わたしがあの壁龕にもどしました。そこだけ空《から》でしたから、胸像はそこから持ってきたにちがいない。この石には指紋が残らないんで、調べても無駄ですよ。それに、踏みこむ前にこのテラスの床を捜索しつくしましたが、風で吹き寄せられた大量の砂とほこり以外、何ひとつ見つかりませんでした。ゴドフリー家の連中が恐ろしくきれい好きなのか、あるいは使用人たちがよく教育されているんでしょう」胸像をもとどおりに置く。

「針金は見つかっていないんですね」

「針金を探させたわけじゃないが、部下がこの敷地で拾った、見こみのありそうなものについては逐一報告を受けています。そのなかに針金はありませんでした。おそらく殺人犯が持ち去ったんでしょう」

「死亡時刻は？」エラリーは唐突に尋ねた。

検死官は驚いた顔をしたが、表情を硬くして、それからモーリー警視を横目で見た。モーリーがうなずくと、検死官は言った。「できるだけ正確に見積もると――かならずしも正確と言いきれるほどではないが――死亡したのは、午前一時から一時三十分のあいだだ。一時より前でないことはたしかだよ。三十分の幅を見ればじゅうぶんだと思う」

「死因はほんとうに絞殺なんですね」

「いまそう言ったろう」検死官がぴしゃりと言った。「まあ、わたしは冴《さ》えない田舎者かもしれないが、自分の仕事は心得ている。絞殺だよ。ほぼ即死。それだけだ。遺体にはほかになんの跡もない。解剖が必要かね、モーリー」

「そのほうがいいかもしれんな、たぶん」

「わかった。必要ないとわたしは思うがね。この遺体にもう用がないなら、運び出させよう」

「わたしはもういい。クイーンさん、ほかに何かお知りになりたいことがありますか」

エラリーは間延びした口調で言った。「ええ、いくつもありますが、検死官殿に手伝っていただけることはもうないでしょうね。ただ、この美しいアポロンの亡骸《なきがら》を運あげた。

び去る前に……」いきなり敷石に膝《ひざ》を突き、死者の足首をつかんで引っ張った。けれども、敷石の一部になったかのように、死体はその場から動かない。エラリーは顔をあげた。

「硬直だよ」検死官がせせら笑いながら言う。「何がしたいんだね」

「見たいんです」エラリーは我慢強く答えた。「足を」

「足？　だったら、ほらそこに！」

「警視、検死官といっしょに遺体を持ちあげてもらえませんか、椅子ごと――」

モーリーと骨張った男が、さらに警官ひとりの手を借りて、椅子ごと死体を持ちあげた。エラリーは首を傾けて、死体の足の裏をのぞいた。

「きれいなものだ」つぶやく。「まったく汚れていない。ひょっとすると――」ポケットから鉛筆を一本取り出し、苦労しながら死者の足の親指と人差し指のあいだに差しこんだ。それから同じ作業を繰り返して、両足の指全部について調べた。「ひと粒の砂もついていない。けっこうです、みなさん、ありがとう。みなさんの大事なマーコ氏については――むろん亡骸ですが――もうじゅうぶん調べました」そしてエラリーは立ちあがり、膝のほこりを払って、上の空で煙草を手探りしながら、入江をはさむ断崖《だんがい》のあいだからのぞく海を見つめた。

警視と検死官は死体を下へおろし、テラスの石段の上でぶらついている白衣の男ふたりに検死官が合図した。

「おい」肩の上から声がして、エラリーが振り返ると、マクリン判事が静かに見つめていた。「何を考えているんだ」

エラリーは肩をすくめた。「たいしたことは何も。犯人がマーコの服を脱がせたにちがいありません。生きているときに裸足《はだし》で歩きまわっていたのなら、足の裏を見ればわかる、とぼくは考えました。ある意味では、それは自分で裸になったことを裏づけるものです。しかし、マーコの足は実際に歩きまわったとはとても思えないほどきれいだった。裸足で浜におりたんじゃないことは確実です。指のあいだに砂がまったくありませんでしたからね。ついでに靴についてですが、跡がひとつもなく――」エラリーは急にことばを切り、はじめて見るかのような目で浜辺を凝視した。

「どうした?」

エラリーが返事をする前に、頭上から男の焦《じ》れたようなしゃがれ声が聞こえてきた。みなそちらを見あげた。警官の青い制服の肘《ひじ》が見えた。頭上の絶壁のふちに立っている。屋敷のある側から、テラスと浜を見おろすようにそそり立つ崖《がけ》だ。

その警官はこう言っていた。「すみませんが、奥さん。そんなことをしてはいけません。家へもどってもらわないと」

異様に大きく目を見開いた女の顔がちらりと見えた。女は断崖のふちから下をのぞきこみ、テラスでジョン・マーコの無防備な裸の死体がふたりの白衣の男の手で棺桶《かんおけ》のような籠《かご》に入れられるのを異様な目で見つめている。テラスの屋根の梁《はり》が影を落とし、大理石の死体に鮮やかな黒い縞目《しまめ》が浮かんでいた。まるで死ぬまで鞭打《むちう》たれた者の体のようだ——奇怪な幻影が、見おろす女の顔に反射している。

それは、青ざめた、脂肪まみれの始末に負えない女、コンスタブル夫人の顔だった。

4　歳月と潮は人を待たず

やがて女が見えなくなり、モーリー警視が思案げに言った。「あの女は何が気になるんだろう。まるではじめて男を見るような目でマーコを見ていた」

「危うい年齢だ」マクリン判事が眉《まゆ》をひそめた。「未亡人なのかね」

「それに近いですね。わずかに知りえた情報によると、夫は病気で、アリゾナだかどこだか、西部へ行って一年ほどになるようです。体調のせいで療養所にはいっているとか。無理もありませんよ。あの女の顔を十五年近くも見ていたんじゃ、体にいいわけがない」

「すると、夫はゴドフリー家を知らないのか」老判事は口をすぼめて考えをめぐらせた。「訊《き》くまでもない質問だったな。女のほうですらゴドフリー一家とあまり親しくないという印象を受けたものだ」

「やはりそうですか」モーリーが妙な顔をして言った。「ええ、わたしの聞いたところでは、ゴドフリー家の連中はコンスタブルの夫をまったく知らないようです。会ったこともなければ、この屋敷に来たこともないと。クイーンさん、さっき何を言いかけたんです」

モーリーの話をぼんやりと聞いていたエラリーは、ちらりと後ろを一瞥《いちべつ》した。ふたりの男が両側から籠をかかえて砂利道をのぼっていくところだった。荷の重さによろめきながらも、陽気に話をしている。エラリーは肩をすくめ、すわり心地のよい籐《とう》の揺り椅子に腰をおろした。

「ここの潮について」エラリーは煙草を吹かしながら言った。「何かご存じですか、モーリー警視」

「潮？　なんのことですか。潮とは？」

「たったいま頭に浮かんだ単なる仮定の話です。くわしい情報があれば、現時点で曖《あい》昧模糊《まいもこ》としていることがはっきりするかもしれない。ぼくの言うことがおわかりですか」

「わかるとは言いかねますね」モーリーは苦笑した。「なんの話ですか、判事」

マクリン判事は鼻を鳴らした。「わたしにもさっぱりわからんよ。この男の悪い癖だ。意味ありげなことを口にするが、調べてみると、なんでもなかったりする。おいおい、エラリー、これはまじめな仕事だ。海辺のパーティーじゃないんだぞ」

「思い出させてくださって感謝します。ぼくは簡単な質問をしただけです」エラリーが傷ついた声で応じた。「潮ですよ、海の潮。特に、この入江の潮について。その情報がほしい。正確なほどいいです」

「おや」モーリーが言って、頭を掻《か》いた。「そうですか、なるほど。わたし自身はくわしくありませんが、この浜を熟知している部下がひとりいます。たぶん、その男ならお話しできるでしょう――まあ、なんの話だか、わたしにはさっぱりわかりませんが」

「呼んでください」エラリーはため息混じりに言った。「そのほうがいい」

モーリーは怒鳴った。「サム！　レフティをここへ連れて来てくれ」

「衣類の捜索に出ています！」だれかが道路のほうから叫んだ。

「ああ、そうだったな、忘れていた。すぐに探してきてくれ」

「ところで」判事が尋ねた。「死体を発見したのはだれなんだね、警視。まだ聞いていなかったな」

「おや、そうでしたね。ゴドフリー夫人ですよ。サム！」モーリーはまた怒鳴った。「ゴドフリー夫人を連れてこい――夫人だけだぞ！　実はですね、判事、われわれはけさ六時半ごろ知らせを受け、十五分でここに駆けつけました。それ以来ずっと頭痛の種だったんです。ゴドフリー夫人を除いて、ここのだれとも話す機会がなく、しかもその夫人もまともに話ができる状態じゃなかった。いますぐはっきりさせましょう」

一同は海をながめて考えこみながら、だまって待った。しばらくして、エラリーが腕時計を見た。十時少し過ぎだった。入江のきらめく海へ視線を向けた。目に見えて潮が満ち、浜辺の大部分を覆い隠している。

テラスの石段で足音がして、一同は立ちあがった。長身で肌の浅黒い女がじれったいほどゆっくりと階段をおりてくる。甲状腺《こうじょうせん》の病を患っているかのように目が腫《は》れ、袖のあたりにあるハンカチが涙で濡《ぬ》れて垂れさがっていた。

「こちらへどうぞ」モーリー警視がにこやかに声をかけた。「もうだいじょうぶですよ、ゴドフリー夫人。二、三お訊きしたいことが――」

夫人がマーコを探しているのは、だれの目にも明らかだった。腫れた目が本人にも律しがたい強い力で動き、左右を見まわす。気は進まないが、はやる気持ちもあるといった様子で、ときどき足どりを鈍らせながらも、夫人は石段をおりつづけた。

「あの人は――もう――」夫人は震える低い声で言いかけた。

「すでに運び出しました」モーリーがいかめしい口調で言った。「おかけください」

夫人は椅子を手で探って腰かけた。ジョン・マーコがすわっていた椅子を見つめながら、ゆるやかに体を揺すりはじめた。

「けさのお話によると」モーリーは言った。「このテラスでマーコさんの遺体を見つけたのは、あなたですね。あなたは水着を着ていた。泳ぎに浜辺へおりるつもりだったんですか、ゴドフリー夫人」

「はい」

エラリーがやさしく尋ねた。「朝の六時半に?」

夫人ははじめて気づいたかのように、驚いてぽかんとした顔でエラリーを見た。

「あら、あなたは――ええと――」

「クイーンです」

「そう。探偵さんね。そうでしょう?」夫人は笑いだした。そして突然両手で顔を覆った。「みなさん、帰ってくださらないかしら」押し殺したような声で、すすり泣きながら言う。「わたくしたちをほうっておいて。すんだことはすんだこと。あの人は――亡くなった。それだけのことです。生き返らせることができて?」

「あなたは」マクリン判事が冷静に言った。「ほんとうに、あの男を生き返らせたいんですか、ゴドフリー夫人」

「いえ、そんな、ちがいます」夫人はささやいた。「とんでもない。これでいいのです。え――ええ、これでよかったのです……」顔を覆っていた両手を離すと、その目に恐怖が見てとれた。「いえ、そんなつもりではありません」早口で言う。「わたくし、動揺していて――」

「朝の六時半にですか、ゴドフリー夫人」エラリーは何事もなかったかのように、また小声で言った。

「まあ」夫人は手をかざして日差しをさえぎり、疲れ果てたそぶりを見せた。「ええ、そのとおりです。何年も前からそうしています。わたくしは早起きですから。十時、十一時までベッドにいる女の人の気持ちは理解できません」思いは別のところにある様子で、ぼんやりと言う。やがて、われに返ったらしい悲痛な響きが徐々に声ににじんだ。「弟とわたくしは——」

「ええ、そこですよ、ゴドフリー夫人」モーリーが熱をこめて促した。

「たいていいっしょにここへおりてきました」夫人はささやいた。「デイヴィッドもよく来る——いえ、〝来た〟ですわね——」

「〝来る〟ですよ、ゴドフリー夫人。そうでないとわかるまでは」

「デイヴィッドとわたくしは、よく——よく連れ立って七時前に泳ぎにきました。わたくしは昔からずっと海が好きでしたし、デイヴィッドはもちろん、スポーツマンでし——ですから。弟は魚のように泳ぎます。家族のなかでは、わたくしたちふたりだけでしたわ。夫は水がきらいで、ローザは泳ぎを習いませんでした。子供のときにとても恐ろしい目に遭いまして——溺《おぼ》れかけましたの。それ以来、泳ぎを覚えようとしないのです」放心したような話しぶりは、何か隠していることがあるために、どうしてもあやふやな説明になるといったふうだった。「けさはわたくしひとりでやってきて――」

「するともう、弟さんが行方不明になっていたのをご存じだったんですね」エラリーが抑えた声で言った。

「いいえ、そんな、知りませんでした！　弟の寝室のドアをノックしましたが、返事がないので、先にひとりで出かけたのだろうと思いました。わたくし――わたくしは弟がひと晩じゅう行方不明だったなんて知らなくて。ゆうべは早く休んで――」ことばを切ると、目にベールがかかった。「気分がすぐれなかったものですから。それで、いつもより早く休みました。ですから、ローザとデイヴィッドがいなくなったのを知らなかったのです。けさ、テラスへおりていきましたわ。そして、あの人――あの人をそこで見たのです。そのテーブルで、マントを着て、こちらに背を向けていて。〝おはようございます〟とか、たわいのないことばをかけましたが、あの人はこちらを見なかった」顔が恐怖に引きつる。「そばを通りすぎてから、振り返って顔を見ました――何かがわたくしにそうさせたのです……」身震いして口を閉ざした。

「何かに手をふれましたか――何かひとつでも？」エラリーが強い口調で尋ねた。

「まさか、とんでもない！」夫人は叫んだ。「そ――そんなことをするなんて、死んだほうがましですわ。だれにそんなことができると――」また身を震わせた。嫌悪で全身がわなないている。「わたくしは悲鳴をあげました。ジョラムが駆けつけて——ジョラムというのは何くれと夫の世話をする使用人です……。わたくしはたぶん、気を失ったのでしょう。つぎに気がついたときには、あなたがた——警察のかたがたがいらっしゃっていました」

「なるほど」警視は言った。静寂がひろがる。夫人は湿ったハンカチのふちを噛《か》んでいた。

悲しんでいてさえ、夫人の体にはローザをしのぐ若々しさと軽やかさがあり、大きな娘がいるようにはとても見えなかった。エラリーは夫人のほっそりした腰の曲線を観察した。「ところで、ゴドフリー夫人。あなたの泳ぎの習慣についてですが、それは——なんと言うか——天候が妨げになりますか」

「おっしゃる意味がわかりかねますわ」夫人はどことなく驚いたように小声で言った。

「雨でも晴れでも、毎朝六時半に泳ぎに出かけるんでしょうか」

「ああ、そういうこと」夫人は大儀そうに頭をあげた。「もちろんです。雨の日の海が好きですの。水があたたかくて、それに……肌を刺す感じが」

「真の快楽主義者の発言ですね」エラリーは微笑みながら言った。「そういう感覚は、ぼくもよくわかります。でも、ゆうべは雨が降りませんでしたから、いまの話は意味がありませんでしたね」

モーリー警視が珍妙な手つきで唇から顎《あご》をなでた。「いいですか、ゴドフリー夫人、のらりくらりと言い合っても埒《らち》が明きません。屋敷に滞在していた客が殺されたんですよ。週末にちょっとした刺激を加えるためだけに、人は殺されたりしません。この事件について、どんなことをご存じですか」

「わたくしが？」

「マーコを招待したのはあなたでしょう？　それともご主人ですか」

「わたくしが……ご招待しました」

「それで？」

夫人は視線をあげて警視を見た。急に目がすっかりうつろになる。「それで、どうしたのですの、警視さん」

「その先ですよ！」モーリーは苛立《いらだ》ちを募らせた。「何を訊《き》かれているか、わかっているはずだ。マーコと仲が悪かったのはだれですか。マーコを殺す動機のありそうな人物は？」

夫人は半ば腰を浮かした。「お願いです、警視さん。このようなことは大変ばかげています。わたくしはお客さまのことを穿鑿《せんさく》したりはいたしません」

モーリーは自制して、まじまじと夫人を見た。「もちろんです。あなたがそんなことをなさると言ったわけじゃない。しかし、ここで何かがあったはずなんです、ゴドフリー夫人。殺人は前ぶれもなく起こるものではありません」

「わたくしの知るかぎりでは」夫人はにべもなく言った。「何もありませんでしたわ、警視さん。もちろん、何もかも把握しているわけではありませんけれど」

「いま屋敷にいる人以外に、滞在客や訪問者はありましたか――この二週間のうちに」

「ありません」

「ひとりもですか」

「ええ、ひとりもです」

「屋敷の人間、あるいは関係のあるだれかが、マーコと揉《も》めたりしていませんでしたか」

ステラ・ゴドフリーは目を伏せた。「いいえ……ええ、わたくしは聞いたことがありません」

「なるほど！　では、だれもマーコに会いにきていないのはたしかですか」

「女主人として、自信を持って請け合えますわ。スペイン岬には不意の滞在客はお迎えしておりませんのよ、警視さん」いまや夫人の物腰には威厳があった。「侵入者については、ジョラムがかなりきびしく目を光らせています。もしだれかが来ていたのであれば、わたくしの耳にはいっていたはずです」

「マーコはここにいるあいだに、郵便物をたくさん受けとっていましたか」

「郵便物？」夫人は考えをめぐらせていたが、エラリーの目には少しほっとした様子にも映った。「考えてみると、警視さん、多くはありませんでした。ええ、郵便物が配達されますと、家政婦のバーリー夫人がまとめてわたくしのところへ持ってくるのです。わたくしがそれらを仕分けて、バーリー夫人がそれぞれのお部屋へ届けます――家族と、そのときどきにお泊まりのお客さまの部屋へ。ですから――わかりますの。マーコさんには」――声が喉《のど》につかえる――「ここにいらっしゃるあいだに、二、三通の手紙が来ただけです」

「それでマーコは」マクリン判事が穏やかに訊いた。「どのくらいここにいたんですか、ゴドフリー夫人」

「ずっと……夏じゅうです」

「ほう、半永久の客か！　それなら、あの男のことはよくご存じだったんですね」判事の視線が夫人の目を射る。

「なんとおっしゃったのかしら」夫人が何度かすばやくまばたきをした。「ええ、よく存じています。そう、わたくし――わたくしたちはこの二、三か月のあいだにマーコさんを親しく知るようになりました。この春のはじめに、ニューヨークで知り合いましたの」

「どういういきさつでこちらへ招待することに？」モーリーがうなるように尋ねた。

夫人は両手を揉み合わせた。「あの人――マーコさんが何かの話のついでに、海が好きだとおっしゃって、この夏はまだ決まった予定がないとのことでしたので……。わたくし――わたくしたちはみな、マーコさんのことが大好きでした。愉快なかたで、スペインの歌がとてもお上手で――」

「スペインの歌ですか。マーコが？」エラリーが考えながら言った。「ひょっとすると……。マーコはスペイン系なんですか、ゴドフリー夫人」

「そ――そうだと思います。遠い祖先が」

「すると、マーコの国籍と、あなたの夏の別荘の名前が、不思議な偶然の一致を見たというわけですね。なるほど。では、話のつづきを――」

「ええ、はい、マーコさんはテニスが大変お上手で――ご存じのとおり、岬の向こう側に芝のテニスコートが何面かございますし、九ホールのゴルフコースもあって……。あのかたはピアノもお弾きになるし、ブリッジもお得意でした。夏の別荘にお迎えするお客さまとして理想と申しあげて――」

「もちろん、言うまでもなく」エラリーは微笑んだ。「容姿が魅力的なのも、ご婦人の多い週末にはあつらえ向きの資質だ。まったく、実に残念な事件です。ゴドフリー夫人、それであなたはその逸材をこの夏ここへ招待なさったんですね。その熱い期待にマーコは応《こた》えたんですか」

夫人は怒りで目をぎらつかせたが、ぐっとこらえ、ふたたび目を伏せた。「ええ、それはもうじゅうぶんに。ローザは——わたくしの娘は、あのかたを大変好いていました」

「すると、マーコがここにいたのは、実はお嬢さんのせいでしたか、ゴドフリー夫人」

「いえ——そこまでは……申しておりません」

「失礼ながら」判事がぼそりと言った。「そう——マーコくんのブリッジの腕前はどの程度だったんでしょうか」老判事自身も小むずかしいゲームをたしなむ口だった。

ゴドフリー夫人は眉《まゆ》を吊《つ》りあげた。「どの程度と言われても——先ほど申しあげたとおり、すばらしい腕前でしたわ、マクリン判事さん。だれもかないませんでした」

判事はやさしく言った。「いつも高い賭《か》け金で遊ぶんですか」

「いいえ、とんでもない。半セントのときもありますが、たいていは五分の一セントです」

「わたしの仲間うちでは、それを高いと言うんです」老判事は微笑した。「つねにマーコが勝ったんですね？」

「まあ——わたくし、失礼させていただくわ、判事さん！」ゴドフリー夫人は立ちあがって冷ややかに言った。「ほんとうに、許しがたいあてこすりをおっしゃるのね。まさかわたくしが――」

「失礼しました。では」判事はかまわず訊いた。「お仲間のなかでいちばんよく被害者になったのはだれですか」

「ことばの選び方が慎み深いとは言いかねますわね、マクリン判事さん。わたくしも少し負けました。マン夫人もときどき――」

「おすわりください」モーリー警視が鋭く言った。「話がなかなか進まないな。失礼ですが、判事、これはカード遊びにまつわる事件じゃありません。さて、手紙の件ですがね、ゴドフリー夫人。差出人はわかりませんか」

「そう、そう。手紙は」エラリーがゆっくりした口調で言った。「きわめて重要です」

「その件ならお役に立てると思います」ゴドフリー夫人の口調は、やはりまだ冷ややかだった。それでも、言われたとおりに腰をおろした。「郵便物を仕分けしていたときに、いやでも気づきました……。届いた手紙はどれも同じ差出人からだったと思います。封筒はどれも事務用のもので、隅に社名が刷られていました。すべて同じ印刷でしたわ」

「ルーシャス・ペンフィールドからではありませんでしたか」エラリーがいかめしい声で尋ねた。「ニューヨーク市、パーク・ロウ十一番地」

心からの驚きに、夫人の目が大きく見開かれた。「ええ、そういう名前と住所でした。手紙は二通ではなく、三通だったと思います。二、三週間のあいだを置いて」三人の男は顔を見合わせた。「いちばん最近のものはいつ届きましたか」モーリーが訊いた。

「四、五日前です。封筒の印刷には、名前の下に〝弁護士〟とありました」

「弁護士！」マクリン判事が小声で言った。「そうか、わたしの知っている男かもしれないな。住所からすると……」口をつぐみ、何かを隠すようにまぶたを閉じる。

「もうじゅうぶんでしょう？」ゴドフリー夫人が言いにくそうにつぶやき、また立ちあがった。「ローザをほうっておくわけには――」

「けっこうですよ」モーリーが不機嫌そうに言った。「しかし、ゴドフリー夫人、わたしはどんなことがあろうと、この事件の真相を探りあてるつもりです。正直に言って、あなたの返答には満足していません。あなたは実に愚かな人だ。はじめからほんとうのことを話すほうが結局は得になるものですよ……。サム！ゴドフリー夫人を屋敷まで送っていけ――しっかりとな」

ステラ・ゴドフリーは物問いたげな目で不安そうに一同の顔をちらりと見た。それから唇を引き結んで、浅黒い端整な顔を毅然《きぜん》とあげ、警視の部下の先に立ってテラスの石段をのぼっていった。

一同は夫人の姿が見えなくなるまで、だまって見つめていた。

やがてモーリーが言った。「あの夫人はもっと知っていることがあるはずだがな。まったく、みんなが正直に話してくれさえすれば、楽に片づく仕事なのに！」

「〝はじめからほんとうのことを話すほうが結局は得になる〟」エラリーは考えながら警視のことばを繰り返した。「奇をてらわない名言ですね、判事」小さく笑う。「警視、素朴な表現ながら至言でしたよ。誉れ高きかのバートレット引用句辞典に載せるほどの価値がある。ゴドフリー夫人は参ってきています。押さえどころを少し突けば……」

「そいつがレフティです」モーリー警視が疲れた声で言った。「こっちへ来てくれ、レフティ。こちらはマクリン判事とクイーンさんだ。クイーンさんがこのあたりの潮について訊《き》きたいそうだ。衣類はまだ見つからんのか」

レフティはしなやかな体つきの小柄な男で、左右に少し身を揺すりながら歩いた。赤い髪、赤い顔、赤い手の持ち主で、そばかすが大量にある。「まだです、警視。いまゴルフコースを捜索しています。つい先ほどバーラムから潜水部隊が到着しました……。お目にかかれて光栄です、みなさん。潮について何をお知りになりたいんでしょう？」

「ほぼ何もかもだよ」エラリーが言った。「掛けてくれ、レフティ。煙草は？　さて、昔からこのあたりの海を知ってるのかな」

「はい、昔からです。ここから三マイルと離れていないところで生まれました」

「よかった！　ここの潮はどのくらい厄介なんだろうか」

「厄介？　特にそんなことはないと思いますよ。場所によって、少し潮が変わりやすいところはありますけど。それ以外は」にっこりと笑う。「このへんの潮はまずまずです」

「入江の潮はどうかな、レフティ」

「ああ」笑顔が消える。「そのことですか。この入江は、たしかに厄介な場所のひとつです。断崖《だんがい》の構造が変わっているうえに、入口がせまいから、潮位の計算が狂うんですよ」

「何時ごろの潮がどんな状態かわかるかい？」

レフティが大きなポケットをもったいぶって探り、耳を折った小冊子を取り出した。

「はい、わかります。以前このあたりの沿岸測地局で働いたことがあるので、この入江のことはよく知っています。何日の潮ですか」

エラリーは煙草を見つめ、ゆっくりと言った。「ゆうべだ」

レフティがページをめくる。マクリン判事が目つきを険しくして、いぶかしげにエラリーを見た。だが、エラリーは押し寄せる波の、襞《ひだ》で飾られたふちを、心地よい夢想にふけりつつ見つめていた。

「ええと」レフティが言った。「これだ。きのうの朝は――」

「きのうの夜からはじめてくれ、レフティ」

「わかりました。ゆうべの満潮は十二時六分です」

「真夜中ちょっと過ぎか」エラリーは考えながら言った。「それから潮が引きはじめて、すると……つぎの満潮は何時だろう」

レフティはまたにっこりした。「いま満ちてきています。満潮は午後の十二時十五分です」

「じゃあ、そのあいだの干潮は何時だった？」

「けさの六時一分でした」

「そうか。教えてくれ、レフティ。通常、この入江の潮はどのくらいの速さで引くのかな」

レフティは赤毛を掻《か》き乱した。「季節によりますね、クイーンさん、どこでもそれは同じです。ただ、ここの潮は引くのが速いんですよ。測量によると、海底の形が風変わりなうえに、断崖が潮の流れを複雑にしているらしい。吸い出されるような感じなんです、ここの潮は」

「なるほど、それじゃ、ここでは干潮時と満潮時で水深が大きくちがうわけだ」

「ええ、そのとおりです。ご覧のとおり、ゆるい勾配《こうばい》のある浜で、急に深くなっていますからね。春の満潮時は、テラスから砂浜へおりる石段の三段目まで水に浸《つ》かることがありますよ。水深の差は、ときに九フィートから十フィートにもなります」

「大変な差だね」

「ずいぶんあります。このあたりのどこより顕著ですね。でも、たとえばメイン州のイーストポートと比べたらなんでもありませんよ。あっちは十八フィート以上ありますからね！　それに、ファンディ湾では四十五フィート――これが最大だと思います。ほかにも――」

「もういい、もういい、わかったよ。少なくとも海洋力学には精通しているようだから、教えてもらえないかな、レフティ」エラリーは低い声で言った。「きょうの午前一時ごろ、この浜辺はどの程度水に浸かっていたんだ？」

マクリン判事とモーリー警視は、はじめてエラリーの意図を理解した。判事は長い脚をさっと組み、押し寄せる波にじっと視線を注いだ。

レフティは口をすぼめ、入江を見つめた。それから何かを計算するかのように、声を出さずに唇を動かした。「そうですね」ようやく言った。「さまざまな条件を考えなくてはいけません。ただ、この季節の満潮時に浜で水をかぶらない部分が二フィートほどであることを考えると、午前一時には、少なくとも十八フィート、おそらく十九フィートほど砂地が見えていたはずです。ここは潮の引きが速いとさっき言いましたが、一時半にはたぶん、砂地が三十フィート以上あったでしょう。この入江は潮位表どおりにならないんです」

エラリーは音を立ててレフティの肩を叩《たた》いた。「すばらしい！　訊きたいことはこれで全部だ、レフティ。ほんとうにありがとう。おかげでずいぶんはっきりしたよ」

「お役に立ててよかったです。ほかに何かありますか、警視」

モーリーが上の空で首を振り、刑事は立ち去った。しばらくしてモーリーは尋ねた。

「で、どうなんです」

エラリーは立ちあがり、浜辺へ通じるテラスの石段をおりた。しかし、砂浜に足は踏み入れなかった。「ところで警視、テラスへ至る経路はふたつしかないとぼくは考えてるんですが、それでいいでしょうか。上の本道か、この入江からか」

「まちがいありません！　一目瞭然《りょうぜん》です」

「ぼくは確認を好むんですよ。とすると——」

「わたしは議論を好まんが」マクリン判事がぼそりと言った。「テラスの両側に崖《がけ》があることを指摘したいね」

「でも、四十フィート以上の高さですよ」エラリーは言い返した。「あの崖のてっぺんからテラス、あるいはさらに下の浜まで、四十フィートも飛びおりた者がいるとでもおっしゃるんですか」

「そうは言わん。だが、ロープなどもあるし、おりるには——」

「崖の上にはロープをくりつけるところがありません」モーリー警視がすかさず口をはさんだ。「どちら側の崖にも、少なくとも二百ヤード以内に木も岩もない」

「しかし」判事が穏やかに反論した。「共犯者がロープを握っていたとしたらどうだね」

「いい加減にしてください」エラリーがいらいらと言った。「いまはあなたこそ詭弁《きべん》家ですよ、ソロン殿。むろん、そのわかりきった仮定なら、ぼくだって考えました。でも、テラスへ行くのに、道も階段もあるのに、いったいだれがそんなまわりくどい方法をとるんです？　ご存じのとおり、見張りもいないし、夜は断崖の陰になってそうとう暗いはずだ」

「足音がするじゃないか。あの道は砂利敷きだ」

「それはそうですね。しかし、地層もあらわな四十フィートもの断崖をロープでおりれば、引っ掻いたりぶつかったりして、それに負けないくらいの音がします。そっちのほうが、砂利を踏む足音などよりよほど目当ての被害者を警戒させてしまうでしょう」

「キャプテン・キッドの足音なら、話は別だがね」判事が含み笑いをした。「エラリー、きみが完璧《かんぺき》に正しいことは疑ってはいない。わたしはただ、明確にすべき問題を明確にしようとしているだけだ。きみ自身がいつも説いているんだぞ、あらゆることを考慮に入れなくてはならない、と」

エラリーはなだめられて不満げに言った。「それならけっこうです。テラスへ至る経路はふたつある。上の道と、下の入江です。さてわれわれは、きょうの午前一時にこのテラスでジョン・マーコが生きていたことを知っています。それがわかるのは本人の証言からです――ペンフィールドという男に宛てて書きかけた手紙の冒頭に、時間を記している。ついでながら、きょうの一時にそれを書いたという点に疑問の余地はありません。日付も書いてありますからね」

「そのとおりです」モーリーがうなずいた。

「ところで、マーコの腕時計の時間がずれていたと仮定しても、誤差はせいぜい三十分でしょう。それ以上はとうてい考えられません。検死官は、ほぼ即死と見て、死亡時刻を一時から一時三十分のあいだと推定しました。ここまでは、すべての点で筋が通っています」エラリーは口を閉ざし、静かなせまい浜辺へ目をやった。

「しかし、それがどうしたと?」モーリーはうなるように言う。

「犯人が来た時刻を確定しようとしているらしい」判事が小声で言った。「つづけてくれ、エラリー」

「マーコが午前一時に生きていて、ここにいたと仮定すると、殺人犯は何時にやってきたのか」エラリーは老判事のことばにうなずきながら尋ねた。「当然ながら、これは重要な問題です。われわれはその解決に向かってまちがいなく前進できる。というのは、先に来たのはマーコであるという事実を、本人のことばが示しているからです」

「おやおや！」モーリーが言った。「ちょっと待ってください。どうしてそうなるんです」

「それは、ええ、本人がそう言っているからです――ほぼそのままに――手紙のなかで！」

「説明してもらいましょう」モーリーは頑《かたく》なに言った。

エラリーはため息を漏らした。「マーコは〝数分ばかりひとりきりの時間ができた〟と書いていたでしょう？　だれかといっしょにいたのなら、そんなことを書くわけがない。それどころか、人を待っているとも書いてある。それを否定するには、あの手紙が偽物であることを証明するしかありません。ところが、あなたはマーコの筆跡であることに疑問の余地はないと主張なさっているし、ぼくもその意見を大いに支持します。自説の裏づけになりますからね。マーコが午前一時に生きていて、ひとりでいたんだとしたら、殺人犯はまだ来ていなかったはずです」そのとき警視が目を瞠《みは》り、エラリーは口をつぐんだ。崖と崖のあいだから、大型の手漕《こ》ぎボートの舳先《へさき》が現れた。人がいっぱい乗っており、左右の舷側《げんそく》から奇妙な形の仕掛けが垂らされて、その先が海の青い深みに消えている。スペイン岬の崖下の海底を浚《さら》って、ジョン・マーコの衣類を探しているところだ。

「さて、われらが潮の専門家は」エラリーは船から目を離さずにつづけた。「午前一時に浜では十八フィートほど砂地が見えていたはずだと教えてくれました。しかし、ぼくがいま説明したように、その時刻にマーコはまだ生きていた」

「で、どうなると？」しばらくして警視が尋ねた。

「ええ、あなたもけさ、あの浜を見ましたね、警視！」エラリーは片腕を突き出して叫んだ。「マクリン判事とぼくが二時間ほど前に着いた時点でさえ、二十五フィートから三十フィートほど砂地が露出していた。あなたは砂の上になんの痕跡《こんせき》も見ませんでしたね？」

「そういう記憶はありません」

「痕跡はなかったんです。すると、午前一時から一時半のあいだにも、砂浜になんの跡もなかったことになる！　潮はしだいに引いて、テラスからどんどん遠ざかっていく一方だったんですからね。あの石段の下から海のほうへ延びる十八フィートの砂浜に足跡がついていたとして、午前一時以降、波が足跡を消すことはできなかったはずなんです。ゆうべは雨が降らなかったし、またどんなに風が吹いても、ここは守られた場所、つまり四十フィートの絶壁の陰になっているから、足跡が消えてしまうことはまず考えられない」

「つづけてくれ、エラリー、先を」判事が早口で言った。

「ここで考えてみましょう。もしマーコを殺した犯人が、下の砂浜を通ってテラスへ来たとすると、砂の上になんらかの痕跡を残すことは避けられなかったでしょう。というのも、いまぼくが示したとおり、犯人は午前一時以後にここに着いたにちがいないからです――その時刻には、砂地が十八フィート以上露出していた。ところが、砂の上にはなんの跡もありませんでした。したがって、マーコを殺した犯人は砂浜を通ってテラスへ来たのではありません！」

沈黙がひろがり、ボート上の潜水士たちの叫び声と、浜辺に打ち寄せるさざ波の音だけが響いた。

「それがあなたの言わんとしたことですか」モーリー警視が暗い顔でうなずきながら言った。「お説はごもっともですよ、クイーンさん、しかしです！　わたしなら、いまの長々とした無用な説明なしで同じことを言えます。理屈としては――」

「理屈としては、テラスへ至る経路はふたつだけであり、浜辺のほうは除外された以上、犯人は陸から来た、つまりあの小道を通ってきたにちがいないということです。

そうですよ、警視！　推理のすえ、そう理屈が通りました。ただ理にかなっただけじゃない。ほかの説が理にかなっていないことが論理によって証明されないかぎり、何事も立証されたとは言えないんです」モーリーが両手を宙にあげる。「そう、マーコを殺した犯人は、上の小道から来た。その点に疑問の余地はありません。最初の前提となる事実です」

「ひどく些細《ささい》な事実ですがね」モーリーは不服そうに言った。そして、やや険のある目でエラリーを見た。「するとあなたは、殺人犯は屋敷から来たと考えているんですか」

エラリーは肩をすくめた。「道は——道だということですよ。あのスペインの地角に住んでいる人たちは、当然ながらいちばんの容疑者です。しかし、あの小道は岬の首を渡る車道に通じていて、岬の首を渡るその車道はまた私有林を抜ける道に通じ、さらに私有林を抜けるその道は——」

「幹線道路に通じている。ええ、わかっていますよ」モーリーはがっかりした様子で言った。「わたしも含め、世界じゅうの人に、マーコを殺した可能性があるというわけですね。これじゃ振り出しだ！　さあ、屋敷へ行きましょう」

ぶつぶつひとりごとを言っている警視を先頭に、みなで歩を進めていたとき、ぼんやりと鼻眼鏡のレンズを磨くエラリーに向かって、マクリン判事が小声で言った。

「さっきの話だが、犯人は犯行現場から去るときも、同じ小道を通ったことになる。十八フィート以上ある砂浜を跳び越えることなど、ぜったいに不可能だからな。マーコを殺した犯人は海のそばへは行かなかった。行ったのであれば、足跡が見つかっているはずだ」

「ええ、そうです！　そのとおりですよ。警視が落胆するのも無理はありませんね。ぼくのさっきの独白からは、普遍的な推理は何ひとつ導き出せません。しかし、どうしても明らかにする必要があったんです……」エラリーはため息をついた。「マーコが裸だった事実が頭から離れないんですよ。ワーグナーの示導動機《ライトモチーフ》のように、この頭のなかをずっと駆けめぐっている。判事、そこに何か微妙な意味が隠れているはずなんです！」

「微妙な意味など、きみの思い過ごしだよ」マクリン判事は考えながら大股《おおまた》で歩いた。「答はきわめて簡単ではないかな。厄介な謎だというのは認める。男にせよ女にせよ、犯人はなぜ被害者を裸にしたのか――」かぶりを振る。

「ふうむ。かなり骨の折れる仕事だったにちがいありませんね」エラリーは考えにふけりながら言った。「意識のない人や、眠っている人の服を脱がせようとしたことはありますか。ぼくはある。これが口で言うほど楽な仕事じゃないんですよ、ほんとうに。

手も脚も、何もかもてんでんばらばらで思うようにならない。ええ、まさに大仕事です。特にこういう場合、はっきりした重要な目的がなければ、やってのけられる仕事じゃない。もちろん、マントを脱がさず、服をすべて剝《は》ぎとることもできたでしょう。マントには邪魔になる袖《そで》がありませんからね。あるいはいったんマントをとって服を脱がせてから、またマントを着せたのかもしれない。しかし、そもそもなぜ裸にしたのか。さらに言えば、なぜ裸にしてマントだけ残したのか。それに考えてみると、マーコが手紙を書いているあいだステッキを握っていたとしても、犯人は服を脱がせるために右手からステッキをはずしたはずです。つまり、犯人がマーコの手にふたたびステッキを握らせたということだ――無意味な作業ですよ。だけど、理由はあるはずなんです。なぜなのか。なんの目的で？　混乱させるため？　頭が痛くなってきた」

マクリン判事は唇をすぼめた。「一見したかぎりでは、たしかに意味がわからない。特に、服を脱がした点はな。少なくとも、常識では理解できん。エラリー、つとめて考えるまいとしても、精神病や異常心理、倒錯との関係が浮かんでしまうんだ」

「もし犯人が女なら――」エラリーは思いにふけりつつ言いかけた。

「愚にもつかん」老判事は強い口調で言った。「ばかなことを考えるな！」

「おや、そうですかね」エラリーは冷やかすように言う。「似たようなことを考えていらっしゃったとお見受けしますよ。まったくありえない話じゃない。あなたは昔ながらの純潔な聖職者のようなことをおっしゃいますが、これは単に精神科医向きの事件かもしれませんよ。だとすると、捨てられたひどく好色の愛人がほどなく現れ……」

「みだらな考えだ」判事はうなるように言った。

「論理的な考えです」エラリーは言い返した。「と同時に、精神病説としっくり合わない二、三の事実があることも認めます——おもに犯人……お好みなら女の犯人でもかまいませんが、とにかくあちら側の手抜かりがね」そして深く息をついた。「そうそう！　ご友人のペンフィールドにはどんな醜聞があるんですか」

「えっ？」判事は大きな声をあげて、急に足を止めた。

「ペンフィールドです」エラリーはもったいぶって言った。「ペンフィールドのことは覚えてますね、ニューヨーク市、パーク・ロウ十一番地の弁護士、ルーシャス・ペンフィールドですよ。さっきあなたが〝霊感を受けし者のごとく目をあげて〝憂鬱《ゆううつ》に負けまいとしていたのは、子供の目にも明らかでした。あなたがかの詩人ウィリアム・コリンズに忠実でありつづけるなら、〝妙《たえ》なる角笛をもって汝《なんじ》の憂う魂を奏でよ〟」

「妙なる角笛など知ったことか！　きみはときどき癪《しゃく》にさわるな」判事はむっつりと言った。「わたしの顔色はそんなに読みやすいかね？　これでも昔は、スフィンクスのごとく秘《サブ・ローザ》めやかだと言われたものだ。しかし、さっきは憂鬱だったわけではない。

あいまいだった記憶をふとつかんで、満足していただけだ。思い出したんだよ」

「何をですか」

「ずいぶん前のことだ。十年以上経つかな。わたしは当時、法曹協会の超法規的活動についてー―なんと言うか――かなり重要な任にあった。粛正すべき厄介な些事《さじ》がたびたび持ちあがってね。とりわけうさんくさいある件を調査していたとき、ルーシャス・ペンフィールド氏に会うという、芳しからん栄誉に浴した。噂だけは聞いていたんだ。それも悪臭芬々《ふんぷん》たるものをな」

「へえ！」

「〝けっ〟のほうがふさわしいな」判事は皮肉っぽく言った。「ペンフィールドは、怒りに駆られた同僚の弁護士のひとりから訴えられたんだよ。むろん、その今回のペンフィールドと同一人物だったとしての話だがね……。とにかく、その男は弁護士にあるまじき行為をしたと訴えられた。もっとあけすけに言えば、証人に偽証させようと企《たくら》んだんだ。反対派の陪審員たちに多額の賄賂《わいろ》をつかませたり、ほかにも数々のけしからん行為に及んだ」

「それで、どうなったんです」

「どうにもならなかった。弁護士連中は自制して、義憤を抑えこんだ。証拠を握っていなかったからな。あの男の弁明はいつもながら巧みでね。弁護士資格剝奪《はくだつ》の手続きは中止された……。ルーシャス・ペンフィールド氏のことなら一日じゅうでも語れそうだ。刻々と記憶が鮮やかになってくる」

「すると、ジョン・マーコは心底腐った相手と手紙をやりとりしていたわけか」エラリーはつぶやいた。「手紙の挨拶《あいさつ》が親しげだったことからすると、相手の悪臭をまったく気にしていなかったらしい。ペンフィールドについてご存じのことを、すべて教えてもらえますか」

「それなら、ありふれたひとことでまとめられるよ」マクリン判事は忌々しげに唇をゆがめて言った。「ルーシャス・ペンフィールドは、縛り首を免れた最大の悪党だ！」

5　奇妙な客たちの屋敷

一同がパティオに着くと、退屈したふたりの警官のほかには人影がなく、判事とエラリーはモーリー警視のあとについて色鮮やかな敷石を渡り、異国情緒豊かなムーア式拱廊《きょうろう》へ向かった。アーチをくぐり、せまい拱廊に足を踏み入れた。伝統的なアラビア模様の装飾が施され、光沢のある彩色タイルの腰羽目で仕上げられている。

「あの風貌《ふうぼう》からは、東洋趣味に熱をあげる大富豪だとは想像もできませんね」エラリーが言った。「建築家にスペイン建築のムーア的な側面を強調しろとでも指示したんでしょう。フロイトの解釈を知りたいものだ」

「ときどき不思議に思うんだが」老判事がぼやいた。「きみは毎夜よく熟睡できるものだな——そんな考え方で」

「ぼくも」エラリーは立ち止まって、赤、黄、緑の派手なタイルを見つめながらつづけた。「こんなアラビア風の——しかもスペイン風の強い刺激を加味した——雰囲気のなかに暮らしたら、北方人種の考え方も影響を受けるんじゃないかと思いますよ。

消えたように見える火をふたたび燃え立たせるのは造作もないことです。ある種の西洋女性、たとえばコンスタブル夫人のような人は……」

「さあ、はいってください、おふたりとも」モーリー警視がいらいらと言った。「やることがたくさんありますから」

人々が集められていたのは、広いスペイン風の居間だった。中世カスティリャの名士のものだった田舎の居館《アシエンダ》から、そっくりそのまま移してきたような部屋だ。全員が顔をそろえていた。コンスタブル夫人の蒼白《そうはく》だった顔にはかすかに血の気がもどり、目からは怯《おび》えの色が消えて、無表情な用心深さが見られる。マン夫妻は微笑のかけらもない二体の彫像であり、ゴドフリー夫人は不安げにハンカチを握っている。ローザは沈んだ顔のアール・コートに背を向けている。ウォルター・ゴドフリーは相変わらず汚れたズボンを穿《は》いたまま、背の低い太った使用人のような姿で、立派な敷物の上をせわしなく行ったり来たりしている。みなの頭上に、ジョン・マーコの影が黒々と重くのしかかっていた。

「さっそくマーコの部屋を調べましょう」モーリーが落ち着かない目をしてつづけた。

「さて、みなさん、聞いてください。わたしには果たすべき任務があります。あなたがたがだれであろうと、どれほど気分を害そうと、何人のお偉がたに電話をして苦情を申し立てようと、わたしはかまわない。この郡と州には真っ当な捜査機関があるんです。あなたにも言っているんですよ、ゴドフリーさん」名指しされ、太った小男は目に怒りをくすぶらせてモーリーを見たものの、足は動かしつづけている。「わたしはこの事件をとことん調べあげます。ここにいるだれにも邪魔はさせません。わかりましたね？」

ゴドフリーが足を止めた。「だれも邪魔などせん」きつい口調で言う。「わけのわからん無駄話をやめて、仕事にかかることだな！」

「いま取りかかるところです――仕事にね」モーリーは意地の悪い笑みをかすかに浮かべた。「意外に思われるでしょうが、殺人事件の捜査では、妙な真似はいっさい許されないことをみなさんに納得してもらうのがひどく大変なんです。うずうずしていらっしゃるようだから、ゴドフリーさん、あなたからはじめましょう。死亡したジョン・マーコが夏のあいだここに滞在していた件について、あなたはまったくかかわっていないというのはほんとうですか」

ゴドフリーは妻のこわばった顔に奇妙な視線を投げた。「妻がそう言ったのかね」驚いたと言わんばかりの口調だった。

「奥さんが何を言ったかはどうでもいい。質問に答えてください」

「ほんとうだ。わたしはかかわっていない」

「奥さんがマーコをここへ招待する前から、あなたはマーコと社交上の付き合いがありましたか」

「社交上の付き合いは、ごく少人数とあるだけだ、警視」百万長者は冷ややかに言った。「妻はニューヨークで何かの催しの折にあの男と会ったんだと思う。たしかわたしも紹介された」

「マーコと仕事上の取引はありましたか」

「何を言う！」ゴドフリーが蔑《さげす》むような顔をした。

「取引はなかったんですね」モーリーは食いさがった。

「ばかばかしい。あの男とはこの夏のあいだに三言も口をきいたかどうか。あの男のことはきらっていた。それはだれに知られてもかまわん。しかし、妻の付き合いにはいっさい干渉しないことにしているから――」

「きょうの午前一時に、どこにいましたか」

百万長者の蛇に似た小さな目が険しくなった。「ベッドで眠っていた」

「何時にベッドにはいりましたか」

「十時半だ」

モーリーは大声で応じた。「まだ起きている客をほったらかして？」

ゴドフリーが穏やかに言った。「わたしの客ではなく、妻の客なんだよ、警視。いまここで、はっきりさせたらどうかね。そこにいる人たちに尋ねればわかるだろうが、わたしは物理的に可能なかぎり、その面々と接触しないようにしていた」

「ウォルター！」ステラ・ゴドフリーが悲痛な声で叫び、すぐに唇を嚙《か》みしめた。ローザは浅黒く若々しい顔をそむけた。苦しげな当惑の表情が浮かんでいる。マン夫妻は居心地が悪そうで、大柄な夫のほうは口のなかで何やらぼそぼそ言った。コンスタブル夫人だけがまったく表情を変えなかった。

「すると、生きているマーコを最後に見たのは十時半ですね」

ゴドフリーが警視をにらんだ。「あんたはばかだな」

「十時半以後にマーコを見たとして、わたしがそれを認めると思うのかね」百万長者は汗をかいた背の低い労働者さながらにズボンを引っ張りあげ、微笑んでみせさえした。「時間の無駄だよ」

「はあ？」警視が息を吞《の》んだ。

エラリーは、モーリーの大きな手が小刻みに引きつって、太い喉《のど》に何本も筋が浮き出るのを見た。しかし、モーリーはただ顔をそむけて静かに質問した。「マーコを最後に見たのはどなたですか」

気詰まりな沈黙が訪れた。モーリーの目が探るように一同を見渡した。「さあ、どうです？」辛抱強く言う。「恥ずかしがることはありません。殺されるまでのゆうべのマーコの行動を突き止めたいだけですから」

ゴドフリー夫人が精いっぱいの笑みを浮かべた。「あの——わたくしたち、ブリッジをしました」

「その調子です！　だれがいました？　何時ごろですか」

「マン夫人とコートさんが組んで」ステラ・ゴドフリーは小声で言った。「相手はコンスタブル夫人とマーコさんでした。ほかに、マンさんとローザが組んで、わたくしと弟のデイヴィッドがお相手をすることにもなっていたのですが、ローザとデイヴィッドが来なかったので、マンさんとわたくしはただ見物していました。夕食後すぐはそれぞれ別に過ごしましたが、しばらくしてパティオに集まったのです。それから居間へ——ええ、ここへ来て——ブリッジをはじめました。八時ごろだったかしら。もう少し遅かったかもしれません。十二時近くにお開きにしましたわ。正確には、十一時四十五分ぐらいだったかと。それだけです、警視さん」

「そのあと、どうしました？」

夫人は目を伏せた。「どうって——ただ、お開きにした、それだけですわ。マーコさんが最初に出ていきました。あの——あの人はゲームの終わりごろには少しいらいらしていて、最後の三番勝負がすむとすぐ、みなさんにおやすみを言って、二階の自分の部屋へあがっていかれました。ほかの人たちは——」

「マーコはひとりで二階へ？」

「たしか――ええ、おひとりでした」

「まちがいありませんか、みなさん」

みな即座にうなずいた。ただひとりウォルター・ゴドフリーだけは例外で、その醜い小さな顔には半ばあざけりが浮かんでいた。

「お話し中ですが、ちょっといいですか、警視」エラリーが言い、モーリーは肩をすくめた。エラリーは愛想のいい笑みをたたえて一同と向かい合った。「ゴドフリー夫人、ゲームがはじまってからお開きになるまで、全員がずっとこの部屋にいましたか」

夫人は唖然《あぜん》とした顔をした。「いいえ、そうではなかったと思います。みなさん、それぞれ少しのあいだ部屋から出ていたのではないかしら。特に気に留めることでもありませんし――」

「最初の四人がその晩ずっとゲームをしていたんですか。組み合わせを変えたり、人が交代したりしませんでしたか」

ゴドフリー夫人が少し顔をそむけた。「わたくし――覚えておりません」

マン夫人のきつく美しい顔が急に生き生きとした。プラチナ色の髪が窓から注ぐ陽光を受けて燦然《さんぜん》と光を放つ。「あたしは覚えてます！　コートさんが一度――たしか九時ごろだったか――ゴドフリー夫人に交代してもらえませんかって頼んでました。

夫人はことわったけど、抜けたいならあたしの夫に訊《き》いてみたらどうかっておっしゃったの」

「そう」マンがすぐに言った。「そのとおりだ。すっかり忘れてたよ、セシリア」マンのマホガニー色の顔は本物の木のように無表情だった。「おれが代わりに席について、コートはぶらっとどこかへ行った」

「ほう、出ていったんですね」モーリーが言った。「どこへ行ったのかね、コートくん」

青年は耳を真っ赤にして、怒りで唇をこわばらせた。

「関係ないでしょう？　ぼくが出ていったとき、マーコはまだゲームをやってたんですから！」

「どこへ行ったんだ」

「まあ――どうしてもって言うなら」コートは不機嫌そうに小声で言った。「ローザを――ゴドフリー嬢を探しにいったんです」ローザが背中をぴくりと動かし、音高く鼻を鳴らす。「ローザのことが心配だったんだ！」青年は感情をほとばしらせた。「夕食後まもなく叔父《おじ》さんと出ていったきり、もどらなかったから。どうしたのかと――」

「自分の面倒は自分で見られるのよ」ローザはコートのほうを見もせずに冷たく言った。

「そうだったな、きみはゆうべも立派に面倒を見た」コートがとげとげしくやり返した。「みごとなお手並みじゃ――」

「そういうご自分はさぞかし勇敢な英雄ぶりで――」

「ローザ、およしなさい」ゴドフリー夫人が力なく言った。

「コートくんはどのくらい席をはずしていたんですか」エラリーが静かに尋ねた。だれも返事をしない。「どのくらいでですか、マン夫人」

「ええ、長いあいだでした！」元女優が甲高い声をあげた。

「すると、テーブルを立って――長いあいだ――離れていたのは、コートくんだけですか」

どういうわけか、一同は互いに顔を見合わせたのち、目をそらした。やがてマン夫人がふたたび金属的な高い声で言った。「コートさんだけじゃないわ。ジョー――マーコさんも出ていきました」

死の沈黙が一同を包んだ。「それは何時でした？」エラリーはやさしい声で訊いた。

「コートさんが出ていった二、三分あとです」マン夫人はほっそりした白い手で髪をなで、どこか神経質そうな婀娜《あだ》っぽい笑みを浮かべた。「マーコさんはゴドフリー夫人に代わってくれと頼んでから、ことわりを言ってパティオへ出ていきました」

「なかなか覚えがいいんですね、マン夫人」モーリーがうなるように言った。

「あら、あたし、とびっきり——いいえ、大変覚えはいいんです。ジョーも——夫もいつもそう言って——」

「どこへ行ったかはっきり答えてもらおう、コートくん」モーリーはだしぬけに言った。

青年のはしばみ色の目に何かがきらめいた。「ああ、邸内を歩きまわっていたんですよ。何度かローザの名前を呼んだけど、返事がなくて」

「マーコがゲームをやめる前にもどったのかね」

「ええと……」

「失礼ながら、そのことでしたら、わたくしからお話しできると存じます」柔らかで耳にやさしい男の声が離れた戸口から響き、みな驚いてそちらを見た。上品な仕立ての黒い服を着た小男が、従順かつ冷静であることを示すべく半ば腰をかがめて立っていた。影の薄い小昆虫を思わせる風貌《ふうぼう》で、手足が小さく、申し分なくなめらかな顔が——つるりとした肌と、やや切れ長の目が——どこか漠然と東洋人の血を感じさせた。しかし、教養のある英語を流暢《りゅうちょう》に話し、地味な服にはロンドン風なところがある。

〝先祖は欧亜系だな〟とエラリーは思った。

「何者だ」モーリーが声を張りあげた。

「ティラー、分をわきまえろ！」ウォルター・ゴドフリーが怒声を発し、ずんぐりしたこぶしを固めて、黒服の小男に歩み寄った。「だれが差し出がましい口をきけと頼んだ？　訊かれたときに答えればいい」

その小男は申しわけなさそうに言った。「はい、旦那《だんな》さま」背を向けて引きさがりかけたが、その目はおもしろがるかのように光っていた。

「おい、きみ、もどってこい」モーリーがあわてて声をかけた。「ゴドフリーさん、口をはさまないでいただけるとありがたい」

「ティラー、言っておくが――」百万長者が凄《すご》みをきかせて言った。

その小男はためらった。モーリーは平然とした口調で言った。「こっちへ来てくれ、ティラー」ゴドフリーが不意に肩をすくめ、部屋の隅にある、紋章のはいった大きな椅子へ退いた。小男が足音を立てずに前へ出る。「きみは何者だ」

「このお屋敷の従者でございます」

「ウォルター・ゴドフリーさんの従者でもあるのかね」

「いいえ、旦那さまは側仕えをお置きになりません。スペイン岬へおいでになる殿方のご用をするために、奥さまがわたくしをお雇いになりました」

モーリーは期待をこめたまなざしをティラーに据えた。「わかった。ところで、さっききみは何を言うつもりだったんだね」

アール・コートが一瞬ティラーをにらみつけたが、すぐに視線をそらし、褐色の手で金髪をそわそわとなでつけた。ゴドフリー夫人はハンカチをいじっている。ティラーが言った。「昨夜のコートさまとマーコさまのことならお話しできます。ご存じのとおり――」

「ティラー」ステラ・ゴドフリーがささやくような声で言った。「おまえには暇を出します」

「はい、奥さま」

「いやいや、それはだめですよ」モーリーが言った。「この殺人事件が片づくまでは。コートくんとマーコがどうしたって、ティラー?」

従者は咳払《せきばら》いをして、落ち着いた声で話しはじめた。アーモンド形の目を、向かいの壁に交差して掛けてある二本のアラビア風の剣に据えている。「わたくしの習いなのでございます」どことなく古風な口調で言う。「夕食のあと、夜ひと息入れるのです。たいがいは、それまでにお客さまのご用はすませていて、一時間ほど自分の時間ができますもので。ときにはジョラムさんの小屋へ寄って、パイプを吸ったり話をしたり――」

「庭師だな?」

「さようでございます。ジョラムさんは邸内に自分の小屋を持っています。昨夜、奥さまとお客さまがたがブリッジをなさっているあいだに、わたくしはいつものようにジョラムさんの小屋へ歩いていきました。ふたりでしばらく話をして、それからひとりでぶらりとしました。テラスまで散歩をしようかと思い――」

「なぜだね」モーリーがすばやく尋ねた。

ティラーは困った顔をした。「あいすみません。いえ、特別な理由はございません。あそこが好きでしてね。とても静かですから。先客がいるとは思いもしませんでした。こう申してはなんですが、当然ながらわたくしは自分の立場をわきまえておりますので……」

「ところが、先客がいたと？」

「はい。コートさまとマーコさまが」

「それは何時だった？」

「九時を二、三分過ぎておりましたでしょうか」

「ふたりは話をしていたんだな？　話の内容を聞いたのか」

「はい。おふたりは――その――口論をなさっていました」

「なんだ、立ち聞きしてたのか」コート青年が苦々しげに言った。「スパイめ！」

「ちがいます」ティラーは悲しげな声でつぶやいた。「否応《いやおう》なく耳にはいったのです、あなたとマーコさまが大きな声で話していらっしゃったので」

「立ち去ることだってできただろ！」

「足音が聞こえてはいけないと――」

「そんなことはいい」モーリーがしゃがれ声で言った。「なんのことで口論していたんだね、ティラー」

「ローザさまのことです」

「ローザですって！」ゴドフリー夫人が息を呑《の》んだ。そして驚きに大きく見開いた目を娘に向けた。ローザの顔がゆっくりと深紅に染まる。

「わかった、わかりましたよ」コート青年がよどんだ声で言った。「その卑しむべきお節介屋がぶちまけたからには、話すしかないでしょうね。ぼくはあのけしからんジゴロにぶつけてやったんですよ、はっきりとね。もしまたローザに手を出したら、このぼくが――」

「このぼくが？」モーリーは口をつぐんだコートに穏やかに尋ねた。

「わたくしの記憶では」ティラーがつぶやくように言った。「コートさまは、ぶちのめしてやるというようなことをおっしゃいました」

「ふむ」モーリーは落胆するように言った。「すると、マーコはゴドフリー嬢を困らせていたんだね、コートくん」

「ローザ」ゴドフリー夫人がささやいた。「わたくしにはひとことも――」

「もう、みんないい加減にして！」ローザが勢いよく立ちあがって叫んだ。「それからあなた、うぬぼれ屋のコートさん、二度とわたしに話しかけないで！　なんの権利があって——ジョンと喧嘩《けんか》なんて——そうよ、ジョンと！　……わたしのためにですって？　ジョンはわたしを困らせてなんかいなかった！　どんなことが——何がわたしたちのあいだにあったとしても、自分で承知の上よ。ご安心なさい！」

「ローザ」青年はしょんぼりと言いかけた。「ぼくはただ——」

「わたしに話しかけないで！」青い目を怒りと反発で燃え立たせ、ローザは誇らしげとも言えるしぐさで頭をそらせた。「みなさんが——そう、お母さまもよ！　——どうしても知りたいなら言いますけど、ジョンはわたしに結婚を申しこんでいたの！」

「結——」ゴドフリー夫人があえいだ。「それで、あなた——」

ローザは少し落ち着いた声で言った。「わたし——ええ、お受けしたも同然だった。ことばではっきりと言ったわけじゃないけど……」

実に驚くべきことが起こった。コンスタブル夫人が椅子のなかで身動きし、しゃがれた声で言ったのだ——早朝以来、口をきくのははじめてだった。「悪魔。ずるくて穢《けが》らわしい、薄情な悪魔。こんなことになると、わたしにはわかってた。何も見えていらっしゃらなかったのよ、ゴドフリーの奥さまは。わたしに娘がいたら——あの男は手練手管を……」そして突然口をつぐんだ。凍りついた表情はぴくりとも動かなかった。

ローザの目に恐怖のようなものがにじんだ。ゴドフリー夫人は片手を口にあてて見つめた。自分の娘である長身で浅黒い肌の若い女に、はじめて見るような目を向ける。コート青年は血の気のない顔をしていたものの、威厳をもって言った。「自分がどんな罠《わな》に陥ろうとしていたのか、ゴドフリー嬢はよくわかっていなかったんだと思います、警視。ぼくからお話ししますよ。どのみちティラーが話すでしょう――ずっとテラスのそばにいて、あのいざこざをすっかり聞いていたようだから。

言い争ってるさなかに、マーコが言ったんです。いまゴドフリー嬢が話していたこと、つまり、金曜日に求婚した、承諾されたも同然だ、すべて計画どおりに運びそうだ、と。あの男は、来週お嬢さんと駆け落ちして、結婚するつもりだったんです」わずかに顔をしかめる。

ローザが口ごもりながら言った。「わたしはぜったいに――あの人がそんな――」

「あの男はこう言いました」コートは静かにつづけた。「おまえがゴドフリーの旦那《だんな》さんや奥さんに話そうが、全世界に言いふらそうがかまわない。自分たちはお互いに愛し合っていて、何をもってもふたりを止めることはできない、と。それに、自分の言うことならローザはなんでも聞くとも言った。ぼくのことを、でしゃばりで愚かな青二才だ、おしめがとれたばかりでえらそうな口をきくなと罵《ののし》ったんです。ほかにも穏やかでないことを、さんざん言いました。そうだな、ティラー」

「そのとおりでございます、コートさま」ティラーが抑えた声で言った。「あの男をかんかんに怒らせてしまったと思います。いつもなら、あんなにあけすけに話をしたり、あんなに簡単に癇癪《かんしゃく》を起こしたりしなかったでしょう。ひどく興奮しているようでした。それで、ぼくも頭に来て、その場を去った。あれ以上あそこにいたら、やつを殺していたかもしれない」

ローザが唐突に頭をあげ、ひとこともなく部屋を突っ切ってドアのほうへ向かった。モーリーは何も言わず、それを見守った。

「結婚」コンスタブル夫人が棘《とげ》のある口調で言った。「あの男にしては気前がいいこと」それきり何も言わなかった。

「まいったな！」モーリー警視は背をまるめた。「まったく厄介なことになった。ところで、マーコときみはブリッジのテーブルにもどったのかね」

「マーコのことは知りません」青年はドアにじっと目を向けたまま、ぼそぼそと言った。「ぼくもあまりに頭に血がのぼっていて、そんな姿を上品なお仲間に見られたくなかったので、邸内をぶらぶらしていたんです。やみくもにローザを探していた気がします。そのうちにやっと落ち着いて、十時半ごろもどったら、マーコはもうゲームに加わっていて、何事もなかったかのように上機嫌でした」

「何があったんだ、ティラー」モーリーが尋ねた。

ティラーは小さな手で口を覆って咳払《せきばら》いをした。「コートさまは、いまおっしゃったとおり、小道を駆けあがっていきました。少しして、お屋敷へ通じる石段をあがる騒々しい足音を耳にいたしました。マーコさまのほうは、それから数分はテラスに残り、腹立たしげにひとりごとをおっしゃっていました。そのあと見ていましたら——テラスの明かりがついていましたので——マーコさまはお召し物を整え（あのときは白い服をお召しでした）、髪をなでつけ、ネクタイを直し、何やら笑顔を作って、明かりを消してから、立ち去られました。まっすぐお屋敷へ行かれたように思います」

「行ったのか、行かなかったのか。あとを尾《つ》けたんだろう？」

「は——はい、さようでございます」

「優秀な観察者だね、ティラー」エラリーは微笑んだ。ティラーの柔和な小さい顔から一瞬も目を離さない。「すばらしい報告だったよ。ところで、この家ではだれが電話に出るんだろう」

「通常は副執事でございます。玄関広間のひとつに交換台があります。思いますに——」

モーリーがエラリーに耳打ちした。「すでに部下を送って、その執事から話を聞きました。それに、ほかの常雇いの面々にも。だれひとり、ゆうべキッドがかけたはずの時刻に電話があったことを覚えていないんですよ。だが、それはどうでもいいことです。その連中が嘘をついているか、忘れているかですからね」

「あるいは、電話の受け手が待ち構えていたか」エラリーが静かに言った。「交換台のところでね……。ありがとう、ティラー」

「恐れ入ります」ティラーはちらりとエラリーを見て、すぐに視線をそらした。しかし、その一瞥《いちべつ》で何もかも見てとったらしい。

「では、せいぜい」部屋の隅で、ソグローの漫画リトルキングよろしく不恰好《ぶかっこう》に玉座にそっくり返っていたウォルター・ゴドフリーが、辛辣《しんらつ》に言った。「自分の小細工に満足するがいいさ、なあ、ステラ」そして立ちあがり、娘につづいて居間から出ていった。この謎めいた発言が何を意味するのか、だれも――とりわけ、くやしさと苦しみに沈むゴドフリー夫人は――進んで説明しようとはしなかった。

モーリーにサムと呼ばれていた刑事がパティオからあわててはいってきて、警視に何事かをささやいた。モーリーは気乗りがしない様子でうなずいて、意味ありげな視線をエラリーとマクリン判事に投げ――判事はひとりずっと片隅で身を硬くして立っていた――部屋から出ていった。

突然、部屋が停電になったかのように、緊張が一瞬高まった。ジョーゼフ・A・マンはそっと右脚を動かし、音を立てずに深く息を吸いこんだ。ガーゴイルそっくりのコンスタブル夫人の顔に人間らしい表情が浮かび、重そうな肩が震えた。マン夫人は、きつい目もとにキャンブリック地の小さなハンカチをあてている。コートはおぼつかない足どりで小卓へ行き、自分で酒を注いだ……。ティラーは出ていこうとするかのように向きを変えた。

「ちょっと、ティラー」エラリーが快活に言い、ティラーが立ち止まった。それと同時に、魔法のようにまた電気が流れはじめた。「きみほどのすぐれた観察者をほうっておくわけにはいかないな。ごく近い将来、その才能を発揮してもらうよ……。みなさん、この悲しい話し合いの場に、歓迎しがたいぼくのような者がお邪魔することになりました。ぼくはクイーン、左にいるこちらの紳士はマクリン判事で――」

「あんたらが嘴《くちばし》を入れるのをだれが許したんだ」ジョー・マンがすっくと立ちあがりながら怒鳴った。「警官ひとりでたくさんじゃないか」

「それを説明するところだったんです」エラリーは辛抱強く言った。「モーリー警視から協力を求められたんですよ――ええと――相談役として。そういう資格をもって、事件に関する質問を二、三――そのつもりですが――させてもらいます。まず、マンさん、あなたからはじめましょう。しびれを切らしておいでのようですから。ゆうべ何時にお休みになりましたか」

マンは答える前に、冷たい目で数秒間エラリーをにらみつけた。黒い瞳《ひとみ》は、波に洗われたスペイン岬の下の岩のようにびくともしない。マンは言った。「十一時半ごろだ」

「たしかブリッジは十一時四十五分にお開きになったんでしたね」

「おれは最後の三十分はやっていなかった。先に引きあげて、二階で寝たよ」

「なるほど」エラリーは静かに言った。「すると、ゴドフリー夫人、あなたはなぜさっき、マーコさんが最初にゲームをやめて出ていったとおっしゃったんですか」

「わかりませんわ！　何もかもを思い出すというのは無理です。ほんとうにこんなひどいこと……」

「お気持ちはよくわかります。でも、ほんとうのことを答えていただかなくてはならないんです、ゴドフリー夫人。あなたの記憶の正しさに多くのことがかかっていると言っていい……。マンさん、あなたが二階へ引きとったとき、マーコはまだこの部屋でブリッジをしていたんですね？」

「そのとおり」

「あなたのあとについてマーコが二階へ行ったとき、姿を見るか、音を聞くかしましたか」

マンがぶっきらぼうに言った。「あの男はついてこなかった」

「まあ、ある意味ではそうですね」エラリーはあわてて言った。「それで、どうだったんです」

「気づかなかった。そのままベッドへ行ったと言っただろう。何も聞かなかった」

「では、あなたはどうですか、マン夫人」

美しい女は甲高い声で叫んだ。「どうしてそんなことに答えなくちゃいけないの。質問、質問、質問ばかりで、ねえ、ジョー！」

「だまれ、セシリア」マンは言った。「妻はおれがちょうどベッドへもぐりこもうとしてるときに二階へあがってきたよ、クイーンくん。おれたちはふたりでひと部屋を使ってる」

「そうですか」エラリーは笑みを浮かべた。「ところで、マンさん。あなたは以前からマーコをご存じだったとぼくは考えてるんですが」

「どう考えようとかまわんが、なんの役にも立たんよ。あんたはまったくの考えちがいをしてる。ここへ来るまで、あのなまっちろい顔の男に会ったことはなかった」幅の広い肩をぞんざいにすぼめる。「まあ、死んだってたいしたことじゃない。リオでは、ああいうジゴロは白人のあいだじゃ長持ちしないんだ。実は」にやりと冷たく笑う。「こういう社交はおれの性に合わなくてな。今回来てみて、いい実験になったよ――ゴドフリー夫人には悪いがね。おれと妻は、帰っていいとなりゃ、さっさとここからおさらばするつもりだ。そうだよな、おまえ！」

「ちょっと、ジョー！」マン夫人は不安そうな目でゴドフリー夫人をうかがいながら言った。

「あの——でももちろん、ゴドフリー夫人とは知り合いだったんですよね？」

大男はまた肩をすぼめた。「いや。おれは四、五か月前にアルゼンチンから来たばかりでね。ニューヨークで妻と出会って、このとおりいっしょになった。あっちでたんまり儲《もう》けたが、金ってのはどこの国でも物を言うもんだな。で、おれたちは招かれて、ここスペイン岬へ来た。おれが知ってるのはそれだけだ。妙な話に聞こえるかもしれんが、かまうものか！　おれはもう昔みたいにお上品な連中にも気後れしたりしないのさ」

突然ゴドフリー夫人が、マンの話を止めるか、なんらかの危険を防ごうとでもするかのように、おずおずと力なく片腕を差しあげた。マンが冷たい目を急に険しくして、夫人を見ながら言う。「どうしました？　言っちゃまずいことを言っちまったのかな」

「つまり、あなたは」エラリーが身を乗り出して穏やかに尋ねた。「この夏の別荘で数日滞在しないかと招待を受けるまでは、ゴドフリー家の人たちには会ったこともなく、話を聞いたこともなかったということですか」

マンは褐色の大きな顎《あご》をなでた。「それはゴドフリー夫人に訊《き》くといい」ぶっきらぼうに言って、腰をおろした。

「でも——」ステラ・ゴドフリーは息が詰まったような声で言いかけた。鼻をすぼませ、気を失いそうだ。「でも、クイーンさん——いつものことですのよ……愉快なかたがたをここへお招きするのは。こちらの——マンさんは、新聞で拝見して楽しそうなかただなと思いましたし、それにわたくし——奥さまとは、まだセシリア・ボールというお名前でブロードウェイのいろいろなレビューに出ていらっしゃったころにお目にかかって……」

「そのとおりよ」マン夫人がうれしそうに微笑んでうなずいた。「あたしはたくさんのショーに出ました。ショーの世界の人間は、しじゅう立派なお屋敷へご招待を受けるんです」

マクリン判事がふらりと前に出て、穏やかに言った。「では、あなたはどうです、コンスタブル夫人。むろん、ゴドフリー夫人の古くからのご友人なんでしょうな」

太った女はぎくりとした。先ほどの恐怖がまた目によみがえり、一気にひろがる。ゴドフリー夫人はいまにも死にそうに小さく息をはずませていた。

「は——はい——そうです」ゴドフリー夫人が歯を鳴らしながら小声で言った。「ええ、コンスタブル夫人は知り合いで——」

「ずっと——何年も前から」太った女がしゃがれた抑揚のない声で言った。巨大な胸が荒海のごとく波打つ。

エラリーとマクリン判事は意味ありげな視線を交わした。そのとき、磨き抜かれた床を重い作業靴で踏み鳴らしながら、モーリー警視がパティオからはいってきた。

「ええ、はい」小さな声でうなるように言う。「マーコの服に関しては収穫なし。あきらめるほかなさそうです。部下に岩場のまわりの海を浚《さら》わせました。断崖《だんがい》の真下を、ぐるりと岬に沿って。それに、邸内を一インチ刻みで調べ、付近の幹線道路から私有林も捜索しました。衣類なし。衣類なし、それればかりです」警視はどの報告も信じられないとでも言いたげに、下唇を嚙《か》んだ。「ええ、岬の両側にある海水浴場――公共の遊泳場も調べましたよ。それに当然、ウェアリングの地所もすべてです。あのへんの浜には見こみがあると思ったんです――もしやと思いましてね。しかし、紙くずと、弁当の空箱と、足跡なんかは山ほどあったが、肝心のものはありませんでした。どうにも腑《ふ》に落ちません」

「まったく奇妙だな」マクリン判事がつぶやいた。

「もう、われわれにできることはひとつだけです」モーリーが強情そうな口もとを引きしめた。「このご立派なごみ溜《た》めにいる連中はお気に召さないでしょうが、それでもわたしはやりますよ。問題の服はこのどこかにあるにちがいない。屋敷のなかにないという理屈はないでしょう?」

「屋敷?　ここかね」

「そうですよ」モーリーは肩をすくめた。「いま部下を使ってこっそり捜索させています。裏に入口があるので、数名が二階へあがって寝室を探しまわっているところです。すでに、ジョラムの小屋、車庫、ボート小屋をはじめ、外にある建物は全部調べました。怪しいと思ったらなんでも拾ってこいと命じてあります」

「ほかに進展は？」エラリーが考え事をしながら尋ねた。

「何もありません。キャプテン・キッドという男とデイヴィッド・カマーは、いまなお影も形もない。ボートも消えたままです。目下、沿岸警備隊の監視艇が追跡にあたり、地元の警官が多数見張りについています。たったいま、うるさい記者どもを追っ払ったところなんですよ。そこらじゅうにうようよいて。みんな蹴《け》り出してやりました……。有望に思える唯一の手がかりは、ニューヨークのペンフィールドです」

「どんな手を打ったんですか」

「いちばん腕利きの部下を送って調べさせています。特別な権限を与えましたから、必要ならペンフィールドを連れてくるでしょう」

「わたしの知っているペンフィールドなら、それは無理だろうね」マクリン判事がいかめしい顔で言った。「悪賢い弁護士なんだよ、警視。とてつもなく頭が切れる。やつが来る気にならないかぎり、連れてくることはできまい。自分の目的にかなうか、厄介事が回避できると思えば、おとなしくついてくるかもしれんがね。きみにできるのは神を信じることだけだ」

「まったく忌々しい」モーリーはうなった。「マーコの部屋へ行きましょう」

「お先にどうぞ、ティラー」エラリーは小男の従者に微笑みながら言った。「ほかのみなさんには、ここでお待ちいただきましょう」

「わたくしが？」ティラーがくっきりした細い眉《まゆ》をあげ、控えめな声で言った。

「ああ、そうだよ」

陰気な顔をした警視のあとをティラーが追い、つづいて判事とエラリーが居間を出た。石のような表情の面々があとに残された。廊下を進むと、広々した階段があり、ティラーがうなずいて警視に一礼したのち、先に立って階段をあがった。

「それで？」マクリン判事は、エラリーとともに鉛の脚をあげさげして階段をのぼる途中に声を抑えて尋ねた。その瞬間、ふたりはゆうべ一睡もしていないことを思い出し、自分たちが疲れきって無気力になっていることに気づいた。階段をあがるのもひどく難儀だ。

エラリーは唇を引き結び、寝不足でまぶたのまわりが少し赤くなった目に力をこめた。「異常な状況ですよ」小声で言う。「でも、筋書きはうっすら見えてきた気がします」

「マン夫妻とコンスタブル夫人に関係があるらしいという意味なら――」

「あの人たちをどう思いますか」

「人間としての魅力はあまりないな。マンはけさのローザの証言と、さっきこの目で観察したところから考えて、危険なタイプだ。屋外で活躍する男で、体は頑健で恐れを知らず、暴力となじみの深い人生を送ってきたにちがいない。だが、一見してわかるそうした特徴を別にすると、あの男は謎だらけだ。妻のほうは……」判事は大きく息をついた。「ごく平凡なタイプだと思うが、平凡でも何をしでかすか予測がつかないことが多々あるからな。あれは因業で安っぽい、欲得ずくの女で、マンと結婚したのも、肉体的な魅力もさりながら、金が目当てだったはずだ。亭主の鼻先で情事《アフェール・ド・クール》を重ねるぐらいのことはやってのけるだろう……。コンスタブル夫人は——少なくとも、わたしにとっては——完全なる靄《もや》だ。あの女の怯《おび》えようはさっぱり理解できん」

「できませんか」

「見たところ、中流の上の階級に属する中年女だ。きっと大家族のよき妻であり母親であり、子供たちはもう大きくなって、おそらく結婚しているだろう。ローザ・ゴドフリーはああ言っていたが、四十はとうに過ぎていると思う。あの女と話してみるべきだな。どうも場ちがいで——」

「しかも、まさにアメリカ女性の典型です」エラリーが静かに言った。「パリの大通りのカフェでよく見る女たちですよ。体格のいい細腰の若い伊達《だて》男たちに、テーブル越しに秋波を送るタイプだ」

「それは思ってもみなかったよ」判事はつぶやいた。「いや、そのとおりだ。すると、きみはコンスタブル夫人とマーコが――」

「ここは」エラリーは言った。「奇妙な屋敷で、ずいぶん奇妙な人たちが集まっています。何より奇妙なのは、マン夫妻とコンスタブル夫人の存在です」

「すると、きみも気づいていたのか」老判事は口早にささやいた。「あの女は嘘をついている――連中はみな嘘をついていた――」

「もちろんですよ」エラリーは肩をすくめ、足を止めて煙草に火をつけた。「いろいろなことに説明がつくでしょう」煙を吐きながらまた歩きはじめる。「なぜゴドフリー夫人が見ず知らずの三人をこの夏の別荘に招いたのか、その理由がわかればね」階段のてっぺんに着くと、幅の広い静まり返った廊下に出た。「そして」エラリーは、数フィート先で毛足の長い絨毯《じゅうたん》を歩くティラーのひどく小さな背中をながめながら、どこかおかしな口調でつづけた。「なぜ見ず知らずの三人が、表向きはいささかも疑うことなく、ゴドフリー夫人の招待を受けたかがわかれば！」

6　英雄もただの人（「従者にとっては英雄もただの人」ということわざがある）

「社会的野心のためかもしれんな——少なくとも、後半の疑問の答は」判事が意見を述べた。

「そうかもしれないし、そうでないかもしれません」エラリーは急に足を止めた。「どうした、ティラー」

モーリー警視の前を行くティラーが立ち止まり、手入れの行き届いた指で、温厚そうな顔の額のあたりを叩《たた》いていた。

「おい、なぜむずかしい顔をしてるんだ」モーリーが声を荒らげた。

ティラーは動揺しているふうだった。「申しわけございません。すっかり忘れていました」

「忘れてた？　何を？」エラリーはすばやく尋ねながら、大股《おおまた》で前のふたりに歩み寄り、判事も一歩遅れてやってきた。

「置き手紙です」ティラーがおどおどと小さな目を伏せた。「すっかり失念しておりました。まことに申しわけございません」

「置き手紙！」モーリーが大声で言い、ティラーの小さな肩を激しく揺すぶった。「どういう置き手紙だ？　いったいなんの話をしている」

「恐縮ながら」ティラーがたじろぎながらも笑みをたたえて言い、警視のがっしりした手から身をよじって逃れた。「痛うございます……。ええ、手紙が、ゆうべ散歩からもどりましたら、わたくしの部屋に置いてありました」

廊下の壁を背にした小柄な男は、目の前にたたずむ三人の大男を詫《わ》びるように見あげた。

「そいつは」エラリーが熱心に言った。「初耳だな。ティラー、きみは干天の慈雨だよ。正確にはなんの置き手紙だろう。きみほどの――そう――達識のある人なら、ぼくたちが関心を持ちそうな瑣末《さまつ》な点も見逃さなかったにちがいない」

「はい、さようでございます」ティラーは控えめに言った。「おっしゃるとおり、わたくしは――なんでしたか――瑣末な点をたしかに観察いたしました。そして、こう申してはおこがましいかもしれませんが、いささか妙だと思いました」ことばを切って薄い唇をなめ、いたずらっぽく三人を見つめる。

「おい、おい、ティラー」判事が焦《じ》れて言った。「その手紙はきみ宛《あて》だったのか？自分からこの件を持ち出したからには、言っておくべき重要なことか、あるいはこの胸の悪くなる事件と関係のあることが書いてあったんだろうな」

「重要なこと、あるいは関係のあることかどうかは」従者は小声で言った。「残念ながら、お答えいたしかねます。と申しますのは、その手紙はわたくし宛ではなかったからです。この話をいたしますのは、ひとえに手紙が――ジョン・マーコさま宛だったからでございます」

「マーコ！」モーリーが大声をあげた。「それがどういうわけできみの部屋に置いてあったんだ」

「わかりません。ですが、いまから事情をお話ししますので、ご自由に判断なさってください。わたくしが屋敷へもどったのは九時三十分ごろで――部屋は一階の使用人棟にございます――まっすぐに部屋にはいりました。そして自分のメス・ジャケット（準儀礼服。丈の短い上着）の胸の内ポケットの外側に、ありふれたピンでその手紙が留められているのを見つけました。そこなら見落とすことはありません。というのも、毎晩九時三十分ごろに、わたくしはメス・ジャケットに着替えて、滞在なさっている紳士がたがなんらかのご用で二階へあがるのを待ち、お望みならば飲み物を差しあげることになっているからです。むろん、一階では執事がその用を承ります。そして――」

「それはこの家の習慣なんだね、ティラー」エラリーがゆっくりと尋ねた。

「さようでございます。わたくしがこちらへ参りましてから、奥さまの言いつけでずっとそうしております」

「この家の人はみんなその習慣を知ってるのかな？」

「もちろん、ご存じです。ご到着になりしだい、男性のお客さまにご説明申しあげるのがわたくしのつとめでございます」

「で、きみは夜の九時三十分より前にはメス・ジャケットを着ないんだね？」

「はい、着ません。それまでは、ご覧のとおり黒い服を身につけています」

「ふむ。それは興味深い……。よし、つづけてくれ、ティラー」

ティラーは頭をさげた。「かしこまりました。先へ進めます。当然ながら、わたくしはピンをはずして手紙をとり――封がしてありまして――封筒に書かれた文字を見て――」

「封筒に書かれた？　ティラー、きみはたいしたものだな。中に手紙があると、どうしてわかったんだ。封をあけたわけじゃないんだろう？」

「手ざわりでわかりました」ティラーはおごそかに答えた。「この家の備品でした――少なくとも、封筒は。タイプライターで文字が打ってありました。〝ジョン・マーコさま　親展　重要　内密に渡すこと　今夜〟と。正確にこのとおりでした。完璧《かんぺき》に覚えております。〝今夜〟には下に線が引いてあって、大文字でした」

「見当がつかないかな、ティラー」判事が眉《まゆ》をひそめた。「その手紙がだいたい何時ごろきみのメス・ジャケットに留められたのか」

「つくと思います」驚くべき小男は即座に言った。「ええ、そうでございますね。奥さまとお客さまがたの夕食がすんだあと、少々――ほんの数分ですが――わたくしは自分の部屋へ行く用事があって、衣装棚をのぞきました。そのとき、そこに掛かっていたメス・ジャケットにたまたま手がふれ、なんと言いますか、偶然に前がめくれて見えたのです。もしすでに手紙が留められていたのであれば、そのときに気づいていたはずです」

「夕食が終わったのは何時だ」モーリーがうなるように尋ねた。

「七時半を少し過ぎていました。おそらく七時三十五分ぐらいかと」

「用事が終わったあと、すぐ自分の部屋から出たんだな」

「はい。つぎに自室へもどったのは九時三十分で、そのときに手紙を見つけました」

「すると、手紙が置かれたのは」エラリーがぼそりと言った。「大ざっぱに言って、七時四十五分から九時三十分のあいだか。残念だな、だれが何時にブリッジ・テーブルから離れたかを正確に突き止めることができないのは……。それからどうしたのかな、ティラー。何をしたんだ」

「手紙を持って、マーコさまを探しにいきました。ところが、居間でブリッジをなさっていたので――ご記憶でしょうが、テラスからおもどりになられたばかりでした――

わたくしは封筒に書かれていた指示を守って、内密に会えるまで待つことにいたしました。それでパティオをぶらついて待っていたのです。そのうちに、ゲーム中でしたが、マーコさまはお抜けになる回だったらしく、ひと息入れるために外へ出ておいでになりました。すぐに手紙を渡して、マーコさまが目を通されたんです。顔色が変わって、目にとても邪《よこしま》な笑みが浮かぶのを見ました。それからもう一度手紙をお読みになったんですが、わたくしが思うに、少し――」ことばを慎重に探して思案する。「少し当惑なさっていたようでした。しかし、マーコさまは肩をすくめ、紙幣を一枚くださって――なんと申しますか――この手紙のことはだれにも言うなと凄《すご》みのある声でおっしゃいました。そしてゲームにおもどりになったんです。わたくしは二階へ行って、ポータブル・バーを用意し、紳士がたを待ちました」

「マーコは手紙をどうした？」モーリーが尋ねた。

「まるめて、上着のポケットに突っこんでいらっしゃいました」

「それでブリッジを切りあげたくてじりじりしていたんだな」エラリーはつぶやいた。

「たいしたものだよ、ティラー。きみがいなかったら、お手あげだった」

「恐れ入ります。ご親切なことばをいただきまして。これでよろしゅうございますか」

「いや、まだだ」モーリーが険しい顔で言った。「マーコの部屋までいっしょに来てくれ、ティラー。まだほかにありそうな気がする！」

私服刑事がひとり、廊下の東の突きあたりで、椅子に両脚をかけてドアにもたれるようにすわっていた。

「何かあったか、ラウシュ」モーリー警視が訊《き》いた。

刑事は廊下の端の開いた窓から物憂げに唾《つば》を吐き、かぶりを振った。「静かなものですよ、警視。だれもここには近寄りません」

「無理もない話だ」モーリーは淡々と言った。「どいてくれ、ラウシュ。マーコの寝室を見たい」ノブをまわしてドアを押しあけた。

階下の居間の凝ったしつらえを見た者は、心の準備ができていてもおかしくない。ところが、一同はスペイン岬の客間なるものを見て驚嘆した。王の寝室と言っても通るだろう。スペイン風の粋を集め、申し分のない風趣を具《そな》えている——くすんだ木材と錬鉄でできた、生《き》のままの色の古びた調度品の趣だ。寝台は、巨大な四本の柱が支える堂々たる天蓋《てんがい》を戴《いただ》き、重厚なタペストリーが垂れさがっている。柱、寝台、書き物机、椅子、化粧簞笥《だんす》、テーブルのすべてに彫刻が大胆に施してある。巧みに蠟燭《ろうそく》を模したガラスに鎖と錬鉄を組み合わせた巨大な物体が、室内全体を照らすべく頭上に取りつけられている。さらに化粧簞笥の上には、蠟の化け物とも呼ぶべき本物の蠟燭が二本、みごとな鉄の燭台《しょくだい》に立ててある。石造りの暖炉は、炎になめられた具合からしてかなり長く使いこまれたものらしく、マントルピースは一本の丸木から切り出されていて、とてつもない大きさだ。

「ゴドフリー老のご自慢の品々ですね」エラリーは室内に足を踏み入れながらつぶやいた。「でも、なんのために？　益体もない暮らしをほうり出してやってきて、宿主に迷惑をかけるだけの、つまるところ不快な客のためです。控えめに言っても、マーコは礼儀知らずだ。とはいえ、この荘厳な舞台にはさぞかし映えたにちがいない。死してなお、あの男にはどことなくスペイン風なところがたしかにありましたから。古めかしいダブレットにタイツという姿が似合ったでしょうね……」

「あの男には六フィートの地中にいるのがよほど似合いですよ」モーリー警視が不満げに言った。「無駄話はやめましょう、クイーンさん。女中たちに聞きこみをしたラウシュによると、きょうはだれもこの部屋にはいっていないそうです。われわれがあまりに早く駆けつけたせいで、その暇がなかったとか。そして、ラウシュが六時四十五分からこのドアの前に張りこんでいました。したがってこの部屋は、ゆうべマーコがブリッジを終えてもどったときの状態とほぼ同じはずです」

「夜のうちにここにはいった者がいなければの話だがね」マクリン判事が案じ顔で指摘した。「どうもわたしには――」前へ出て、長い首をベッドのほうへ突き出す。ベッドカバーは取りのけられて見あたらず、シーツと派手な文字模様の上掛けの角が折り返してあった――マーコがもどるのを見越して、前の晩に女中が就寝の支度をしたのは明らかだ。ところが、枕はつぶれておらず、四角い形を保って大きくふっくらとしたままで、天蓋の下に人間の体が横たわった形跡はまったくなかった。上掛けの上に、少し皺《しわ》の寄った白い麻のスーツ、白いシャツ、牡蠣《かき》色のネクタイ、上下そろいの下着、くしゃくしゃのハンカチ、一足の白い絹の靴下が無造作にほうり出してある。見るからに、どれも使ったあとのものだ。ベッドのそばの床に、白い子牛革の紳士靴が一足あった。「これはみんな、ゆうべマーコが身につけていたものかね、ティラー」老判事が尋ねた。

それまであけ放したドアのそばでだまって立っていた小柄な従者が、ラウシュ刑事のやや唖然《あぜん》とした顔の前でドアを閉めて、マクリン判事のそばへ歩み寄ると、投げ出された衣類に目をやり、つぎに靴を見た。表情のない目をあげてうやうやしく言う。

「はい、さようでございます」

「何かなくなっていないか」モーリーが訊いた。

「いいえ。ただ、おそらく」ティラーは一瞬沈黙したあと、しかつめらしくつづけた。「ポケットのなかのものがなくなっているようです。時計をお持ちでしたが――エルジン社の夜光式で、材質がホワイトゴールドの十七石時計でございますが――それが見あたりません。それにマーコさまの札入れと煙草入れもなくなっています」

モーリーは不本意ながら感服してティラーを見た。「たいしたものだ。ティラー、探偵の仕事がしたかったら、いつでもわたしのところへ来るといい。さて、クイーンさん、これをどう考えます？」

エラリーはベッドの上にある白いズボンを二本の指にはさんで無頓着《むとんちゃく》につまみあげ、肩をすくめたのち、またぞんざいにそこに落とした。「どう考えるべきでしょうね」

「まあ」判事が苛立《いらだ》たしげな口調で言った。「われわれは真っ裸の男を見つけて、こんどはその男がゆうべ身につけていた服を見つけた。これをどう考えるべきか。たしかに奇妙な話であり、みだらな結論であることは認めるが、あの男がゆうべ裸の上にあの忌々しいマントだけをつけてテラスへおりたと考えるしかないだろうな」

「ばかばかしい」モーリー警視がきっぱりと言った。「失礼しました、判事。しかし、わたしが屋敷で服を探せと部下に命じたのは、なぜだとお思いですか。あなたと同じ考えなら、真っ先にこの部屋を探させたはずです！」

「まあ、まあ、みなさん」エラリーは散らかった衣類から目を離さず、小さく笑った。「どうやら、ソロン殿、ほかの可能性をお考えにならなかったようですね。やはり奇怪な考えにはちがいないが、犯人がマーコをここで殺し、服を脱がせたのち、人目の多い屋敷のなかを通ってテラスまで死体を運んだという説ですよ！　いやまあ、判事、警視の言うとおりです。説明はそれよりずっと簡単で、例によってティラーの口から聞けると思いますよ。どうだい、ティラー」

「お話しできると思います」ティラーは目を輝かせてエラリーを見ながら、遠慮がちに小声で言った。

「ほらね」エラリーは悠然と言った。「ティラーすべてを語る、というわけだ。ぼくが思うに、マーコはゆうべ、この部屋にもどると、服を脱いで、すぐに何もかも着替えはじめたんだろう？」

マクリン判事の老いて痩《や》せた顔が影を帯びた。「歳のせいでぼけはじめてるんだな。わたしのまちがいだ。裸の件があって罠《わな》にかかってしまったよ。ああもちろん、そのとおりだ」

「さようでございます」ティラーが重々しくうなずいて言った。「ご存じのとおり、廊下の西の端に小部屋が——配膳《はいぜん》室のようなものが——ございまして、わたくしは深夜、紳士がたが部屋へお引きあげになるまでそこに控えております。十一時四十五分だったと思いますが、ブザーが鳴りまして——ベッドの脇にボタンがございます、モーリー警視——マーコさまのお部屋からのお呼びでございました」

「ちょうどマーコがブリッジを終えて、二階へあがったころだ」モーリーがつぶやいた。ベッドのそばに立って、投げ出された白い服のポケットを調べていたが、何ひとつ見つからなかった。

「そのとおりでございます。マーコさまは、わたくしがお部屋にはいったとき、そちらにある白い上着を脱いでいらっしゃるところでした。顔が赤くて、いらいらしたご様子で。わたくしを——なんと申しますか——〝どうしようもないぼんくら〟とひどいことばで罵《ののし》り、ウィスキー・ソーダをダブルにして持ってこい、着替えの支度をしろとおっしゃいました」

「きみに悪態をついたんだな」警視は静かに言った。「つづけてくれ」

「ウィスキー・ソーダをお持ちして、そのあとマーコさまがそれを——その——傾けていらっしゃるあいだに、申しつけられたお召し物を用意しました」

「で、それはどんなものかな」エラリーが鋭く言った。「頼むよ、ティラー、そのお上品な物言いを少しはしょってくれ。一週間もかけていいわけじゃないんだ」

「承知いたしました。それは」ティラーは唇を引き結び、眉《まゆ》を吊《つ》りあげた。「オックスフォード・グレーのダブルのスーツとヴェスト、先のとがったオックスフォードの黒い靴、それに襟つきの白いシャツ。ダークグレーのネクタイ。上下そろいの新しい下着。黒い絹の靴下。黒い靴下留め。黒いズボン吊り。胸ポケットに挿すグレーの絹の飾りハンカチ。黒いフェルトの中折れ帽。ずっしりした黒檀《こくたん》のステッキ。そして正装用の黒くて長いオペラ・マントです」

「ちょっと待ってくれ、ティラー。そのマントのことを聞きたいと前から思ってたんだ。なぜゆうべそんなものを身につけたのか、わかるだろうか。ひどく古風な衣装だからね」

「おっしゃるとおりでございます。しかしながら、マーコさまは少しばかり風変わりなかたでした。お召し物の好みも……」ティラーは黒っぽくてつややかな小さい頭を悲しげに振った。「夜は冷えるなどとつぶやいていらっしゃったと思います。実のところ、マントと衣類一式を用意しろとおっしゃったときには、そのとおり肌寒くて。それで――」

「外出するつもりだったのかな」

「むろん、たしかなところはわかりかねますが、そうお見受けしました」

「いつもそんなに夜遅く着替えをするのかい」

「いいえ、かなり珍しいことです。とにかく、必要な服をわたくしが取りそろえているあいだに、あのかたはそこの浴室にはいって、シャワーを浴びられました。出ていらっしゃったとき、部屋着にスリッパ姿で、ひげは剃《そ》ったばかり、髪にも櫛《くし》が入れられて――」

「おいおい、真夜中にどこへ行くつもりだったんだ？」モーリー警視が大声を出した。

「めかしこむような時間じゃない！」

「はい」ティラーは控えめな声で言った。「わたくしもそう思いました。しかしながら、ご婦人に会う支度をなさっていたのは、まずまちがいないと考えました。ご存じのとおり――」

「婦人！」判事が叫んだ。「どうしてわかるんだ？」

「あのかたの顔に書いてありました。それに、シャツの襟のちょっとした皺を――ええ、ごくかすかな皺を――気になさっていましたし。マーコさまはいつも――なんと申しますか――とりわけ親しいご婦人に会う支度をなさるときは、そんなふうでした。そのうえ、わたくしを謗《そし》って、たいそう――それはたいそう――」こんどはふさわしいことばが見つからず、困惑した顔になった。その目に奇妙な色がよぎったが、ほとんどすぐに消えた。

エラリーはじっと視線を注いでいた。「マーコのことが好きじゃなかったんだね、ティラー」

ティラーは落ち着きを取りもどし、抗議するように笑みを浮かべた。「わたくしはそのようなことを申しあげる立場にはございません。とはいえ――気むずかしいかたでした。それもきわめて。しかも、こう言ってはなんですが、ご自分の外見を異常なまでに気になさいました。浴室の鏡で、十五分から三十分もかけて、顔をあっちへ向けたりこっちへ向けたりして調べていらっしゃったものです。毛穴のひとつひとつがきれいになったか、また右の横顔のほうが左よりほんとうに魅力があるかをたしかめてでもいるようでした。さらに――なんと申しますか――香水をつけていらっしゃいました」

「香水を！」判事が驚いて叫んだ。

「恐れ入ったな、ティラー、まことに恐れ入った」エラリーが微笑みながら言った。「ぼくの特質についてきみに論じてもらうのは遠慮するよ。従者の目からの見解――実にすばらしい！　ところでさっき、マーコが浴室から出たあとのことを話しかけたが……」

「婦人の件だな？」モーリーが別のことを考えている様子でぼそりと言った。

「はい、さようでございます。シャワーを浴びて浴室から出ていらっしゃったとき、わたくしはポケットの中身を取り出しておりました――小銭と、先ほどお話しした時計、札入れ、煙草入れのほか、こまごましたものがいくつかありました。むろん、わたくしはそれらを黒っぽいスーツへ移すつもりでした。ところが、マーコさまが跳びかかっていらっしゃったのです。あの直後――なんと申しますか――つまり、襟の皺《しわ》にまつわる不愉快な出来事の直後、白い上着をわたくしの手からお奪いになりましてね。記憶が正しければ、わたくしを〝忌々しいお節介男〟とお呼びになりました。そして、部屋から出ていけ、着替えは自分でするると、怒ったようにおっしゃったのでございます」

「なるほど、そういうことか」モーリーが言いかけたが、エラリーがそれを制した。

「おそらく、それだけじゃあるまい」エラリーは考えながらティラーを見た。「マーコが苛立《いらだ》ったのには何か特別な理由があると、きみは考えたんだね、ティラー。服のポケットに何か――つまり――人に見られたくないようなものを見つけたんだろう？」

ティラーははっきりとうなずいた。「はい、見つけました。手紙でございます」

「そうか！　それがきみを部屋から追い出した理由なんだね？」

「そう思います」ティラーは大きく息をついた。「いえ、ほぼそう確信しております。と申しますのは、戸口へ向かうときに、わたくしはマーコさまが手紙を封筒ごと破って、そちらの暖炉に投げこむのを見たのです。その暖炉には、夜の早いうちにわたくしの手で少し火を熾《おこ》してありました」

長身の男三人が期待に目を輝かせながら、いっせいに暖炉へ駆け寄った。ティラーはその場に立ったまま、かしこまって見守っている。それから三人がすばやく膝《ひざ》を突き、暖炉の冷えた灰の小山を掻《か》きまわしだすと、ティラーは咳払《せきばら》いをして、数回まばたきをしたのち、部屋のいちばん奥にある大きな衣装戸棚まで静かに歩いていった。そして扉を開き、中を探しはじめた。

「たいした手がかりですよ、もし――」モーリーが小声で言いかけた。

「気をつけて」エラリーが叫んだ。「まだ見こみはある――焼けたのが一部だとしても、もろくなっているでしょうから……」

五分後、三人は眉間《みけん》に深い皺を寄せながら、汚れた手をはたいた。何も見つからなかった。

「すっかり燃えてしまったんだな」モーリーが鼻を鳴らした。「たいした手がかりでしたね、まったく――」

「ちょっと待って」エラリーは勢いよく立ちあがり、さっとあたりを見まわした。

「この暖炉の灰は、紙の燃えかすとは思えません。どうも量が足りない気が……」唐突にことばを切り、鋭い目をティラーへ向けた。小男は落ち着き払って戸棚の扉を閉めている。「そこで何をしているんだ、ティラー」

「はい、マーコさまの衣装を調べております」ティラーは恐縮して答えた。「先ほど数えあげた衣類のほかになくなったものがあるかどうか、みなさまがお知りになりたいかと思いつきまして」

エラリーは口を大きくあけてティラーを見つめた。そして含み笑いをした。「ティラー、きみともっと近づきになりたいよ。すぐに気の合う仲間になれそうだ。で、何かなくなってるのかい」

「いいえ」残念だと言わんばかりの口ぶりだ。

「まちがいないね？」

「ええ。マーコさまの衣装については隅々まで頭にはいっておりましたから。お望みでしたら、化粧箪笥《だんす》も確認いたしますが――」

「それもひとつの考えだな。頼むよ」エラリーは言って背を向け、何かを探すかのようにふたたび室内を見まわした。一方、ティラーは――温厚そうで小さな顔に満足の笑みを浮かべつつ――凝った彫刻の施された化粧箪笥に小走りで近づき、抽斗《ひきだし》をあけはじめた。モーリー警視がだまって歩み寄り、その様子を見守る。

エラリーとマクリン判事はちらりと視線を交わし、ひとこともなく別々に手分けして寝室を捜索しはじめた。だれもが黙々と作業を進めた。聞こえるのは、抽斗をあけ閉めする音だけだ。

「何もありません」やがてティラーが化粧箪笥のいちばん下の抽斗を閉めながら、悲しげに言った。「本来あるべきでないものは何もありません。また、なくなったものもないようです。申しわけございません」

「きみのせいみたいな口ぶりだな」エラリーはゆっくり言いながら、ドアがあいたままの浴室のほうへ移動した。「でも、いい思いつきだったよ、ティラー――」浴室のなかへ姿を消す。

「手紙の一通すらないとは」モーリーが顔をしかめた。「用心深いやつだったにちがいない。さて、たぶんこれですっかり――」

エラリーの妙に冷たい声が、モーリーのことばをさえぎった。一同が視線を向けると、浴室の入口に、エラリーがいかめしい顔で背を伸ばして立っていた。ティラーの無表情な顔を見据えている。「ティラー」エラリーは抑揚のない声できっぱりと言った。

「はい、なんでございましょう?」物問いたげに小男の眉《まゆ》があがった。

「嘘をついたな、マーコに渡した手紙の中身を読まなかったなんて」

ティラーの目がきらめき、耳の先が徐々に赤らんだ。「失礼ながら、どういうことでございますか」ティラーは静かに言った。

ふたりの視線がからまった。エラリーはため息を漏らして言った。「それはこっちの台詞《せりふ》だよ。質問に答えてもらおう。ゆうべマーコに追い出されたあと、この部屋には来なかったんだな?」

「はい、参りませんでした」従者はやはり静かな声で答えた。

「すぐに休んだと?」

「はい、そうです。その前にまず配膳室《はいぜん》へもどって、ほかにご用がないかをたしかめました。ご存じのとおり、ほかにもマンさま、コートさまもいらっしゃいましたし、カマーさまのことも頭にございましたから。そのときはまだ、カマーさまがさらわれたとは存じませんでした。けれど、何もご用がなかったので、わたくしは階下の自分の部屋へもどって休みました」

「マーコに言われてこの部屋を出たのは何時だった？」

「ほぼきっかり深夜の十二時だったと思います」

エラリーはまたため息をつき、首を振ってモーリー警視とマクリン判事に合図をした。怪訝《けげん》な顔でふたりが近づいてくる。

「ところで、ティラー、この二階で、マンさんと、そのあとからマン夫人が寝室へ向かうのを見たんじゃないかな？」

「はい、マンさまは十一時半ごろに。奥さまのほうはお見かけしませんでしたが」

「そうか」エラリーは脇へ寄った。「みなさん、そこに」上の空で言う。「例の手紙があります」


一同が最初に目に留めたのは、洗面台のふちに雑然と置かれたひげ剃《そ》り道具だった――石鹸《せっけん》の白い泡が乾いてこびりついた刷毛《はけ》、安全剃刀《かみそり》、緑色のローションのはいった小瓶、シェービング・パウダーの缶。だが、エラリーが親指で合図をして、一同が中へはいると、蓋《ふた》の閉まった便座の上に手紙があるのが見えた。

細かくちぎれたクリーム色の紙を集めたものだ――さっきテラスの丸テーブルの上にあった便箋《びんせん》と同じ種類の紙だった。多数の小片は、どれも皺くちゃで、端が焦げているものが多く――それらを並べて作った四角のなかにところどころ隙間があることから判断すると――いくつか欠けているようだった。何者かが暖炉から紙片を拾い集め、破れ目を合わせて、苦心して並べたらしい。

それとは別に、クリーム色の紙きれがもうひとかたまり、便器のそば、タイル張りの床にばらばらのまま山になって置かれていた。

「床のそれは気にしないで」エラリーが指示する。「そっちは封筒の断片で、かなりひどく焦げています。手紙のほうを読んでください」

「きみが並べ合わせたのかね？」判事が尋ねた。

「ぼくが？」エラリーは肩をすくめた。「ぼくはそっくりこのままのものを見つけただけです」

年長のふたりが便器の上にかがみこんだ。切れぎれだったが、手紙の内容は驚くほどはっきりとわかった。日付と挨拶《あいさつ》のことばはない。文面はタイプされていて、並べ合わせたものはこう読めた。

……夜の一……ラスでお会い……う。とても重……お会い……きりで。わたし

も……りで行きます。どう……忘れな……。　　　　ローザ

「ローザ！」判事があえぐように言った。「まさか――信じられん。そんなはずがない――何しろ物理的に不可能だ！」

「奇怪だな」モーリー警視がぼそりと言った。「何もかもがふつうじゃない。事件全体が奇怪だ」

「理解できん――気になるな」

「耐えがたいほどにね」エラリーが真顔で言った。「少なくとも、マーコはそう思ったはずです。ご存じのとおり、その指示に従うことによって、マーコは世に言う死の腕に頭から突っこんでいったわけですから」

「因果関係があると思っているのか」判事が訊《き》いた。「手紙がマーコを死へ導いたと？」

「それはたやすく断定できます」

「たしかに明らかだな」老判事は眉をひそめた。「〝今夜の一時にテラスでお会いしましょう。とても重〟――ああ、そうか！――〝要なことなので、お会いしたいのです、ふたりきりで。わたしも〟――ええと、これは――〝ひとりで行きます〟だな、きっ

と。あとは簡単だ。〝どうぞお忘れなく。ローザ〟」

「問題の若い令嬢に」モーリーはいかめしい顔で言いながら、ドアのほうへ歩きだした。「さっそく話を聞きましょう」それからゆっくりと振り返った。「ところで、いま思ったんですがね。いったいだれがこの紙片を集めたんです？　ひょっとして、ティラーでしょうか。もし――」

「ティラーは真実を話していました」エラリーがぼんやりと鼻眼鏡のレンズを磨きながら言った。「それはまちがいありません。それに、紙片を集めたのがティラーなら、すぐに見つかるような場所に置くなどという愚かな真似はしないでしょう。非常に頭の切れる紳士ですからね。見当ちがいですよ、ティラーのことは忘れてください。さて、ゆうべマーコが死の逢《あ》い引きに出かけたあと、何者かがここに忍びこみ、暖炉から紙片を拾い出して――おそらく、火が弱くて消えてしまったが、ひどく興奮していたマーコはそのことに気づかなかったのでしょう――この浴室に持ってきて、選《よ》り分け、封筒の切れ端のほうは必要ないから捨てて、残った手紙の断片を細心の注意を払って並べ合わせたんだと思います」

「なぜ浴室で？」モーリーは不服そうに言った。「そこもまた怪しいな」

エラリーは肩をすくめた。「それは重要だと思いません。たぶん、手紙を復元するあいだ、人に見られないようにするためでしょう――不意に邪魔がはいったときのことを考えたのか」財布からグラシン紙の封筒を取り出して、手紙の小片を注意深くしまう。「いまにこれが必要になります、警視。もちろん、ぼくはちょっと借りるだけですから」

「署名は」思考の流れを見失ったらしく、マクリン判事が小声で言った。「タイプしたものだ。とすると――」

エラリーは浴室のドアへ歩み寄った。「ティラー」にこやかに言う。

小男はひとり残された場所から動かず、かしこまって控えていた。

「なんでございましょう」

エラリーはのんびりとティラーのほうへ進み、煙草入れを取り出してあけた。「一本どうだい」

ティラーは驚いた顔をした。「そんな、いえ、いただけません!」

「よくわからないが、いかにもきみらしいな」エラリーは一本を口にくわえた。浴室の入口から、ふたりの年長者がとまどい顔でだまって様子を見つめている。どこに持っていたのか、ティラーがマッチを出して擦り、エラリーの煙草の先にうやうやしく差し出した。「ありがとう。さて、ティラー」エラリーは味わうように煙を吐きながらつづけた。「きみはここまでずっと、この件で貴重な働きを見せている。きみがいなかったら、われわれは途方に暮れていたよ」

「ありがとうございます。正義を果たさなくてはなりません」

「まさにそのとおりだ。ところで、この家にタイプライターはあるかな」

ティラーがまばたきをした。「ええ、ございます。書斎に」

「それひとつだけ？」

「はい。ゴドフリーさまは夏のあいだ、通常のお仕事はいっさいなさいません。ここには秘書さえお置きにならないのです。タイプライターが使われることはほとんどありません」

「ふうん……。そうそう、ティラー、きみには指摘するまでもないことだが、不運な点がひとつふたつある」

「ほんとうでございますか」

「ほんとうだ。たとえば——ゴドフリー氏の言い方を借りるなら——マーコを片づけた人類の救いの神を除けば、生きているマーコを最後に見たのは、どうやらきみのようだ。これはまずい。さて、もしわれわれにつきがあるなら——」

「つきでしたら」ティラーは小さな両手を体の前で握り合わせて穏やかに言った。

「ございますよ」

「えっ？」エラリーはすばやく煙草を口から抜きとった。

「というのも、生きているマーコさまを最後に見たのはわたくしではございません——

もとより犯人は除外しておりますが」ティラーは咳払《せきばら》いをしてことばを切り、神妙に目を伏せた。

モーリーがあわてて寄ってきた。「癪《しゃく》にさわるやつだな！」怒鳴る。「きみから何かを訊き出すのは、歯を抜くほど大変だというわけか。なぜはじめからそう言わ――」

「まあまあ、警視」エラリーが小声で言った。「ティラーとぼくとは、互いによく理解し合っています。こういうふうに物事を打ち明けるときには、ある程度――つまり――慎重な話運びが必要なんです。そうだね、ティラー」

ティラーはまた咳払いをしたが、今回はきまり悪さのせいだった。「お話ししてよいものか、わたくしにはわかりません。慎むべき立場にございまして――あなたさまのおっしゃるとおり――」

「話せ、さっさと！」モーリーが声を荒らげた。

「マーコさまに言われてこの部屋を離れたあと、配膳《はいぜん》室から出ようとしていたときに」ティラーは動じることなくつづけた。「どなたかが階段をあがってくる足音を耳にいたしました。そしてご婦人の姿を――」

「婦人だね、ティラー」エラリーが穏やかに言った。目でモーリーを制する。

「はい、さようでございます。そのかたが廊下を忍び足でマーコさまの部屋のほうへ進み、すばやく中へおはいりになるのを見ました……ノックもなさいませんでした」

「ノックもなしにか」判事がつぶやいた。「では、その女が——だれだか知らんが——その手紙を暖炉から拾い出した当人だ！」

「わたくしはそう思いません」ティラーが言いにくそうに言った。「と申しますのは、マーコさまはまだ着替えを終えていらっしゃらなかったからです。それは無理というものです。わたくしが部屋を出てほんの一分ほどしか経っていませんでしたから。マーコさまはまだ寝室にいらっしゃったはずです。それに、ふたりが押し問答をしているのが耳に——」

「押し問答！」

「はい、そうです。かなり激しく」

「たしか」エラリーが静かに訊いた。「その配膳室は廊下の向こうの端にあると言っていたな、ティラー。マーコの部屋のドアの外で話を聞いていたのかい？」

「いいえ。おふたりの話す声がとても——いっとき、とても大きくなりまして。否応《いやおう》なく耳にはいってきたのです。そのうちに静まりました」

モーリーは唇を嚙《か》み、室内を歩きまわりながら、首斬り人の斧《おの》が手もとにあればいいのにと言わんばかりの形相で、ティラーの小さくつややかな頭をにらみつけていた。

「さて、ティラー」エラリーは純粋な友情の笑みを浮かべた。「人目をはばかってマーコのもとに来た夜の訪問者というのはだれだったんだ」

ティラーは唇をなめて、そっと警視のほうをうかがった。それから口の両端をさげて、怯《おび》えた表情を浮かべた。「なんとも恐ろしいことでした。マーコさまが声をかぎりにそのご婦人を罵《ののし》ったのです――ことばも正確に覚えておりますので、失礼ながら申しあげます――〝このでしゃばりの売女《ばいた》〟と……」

「その女はだれだったんだ？」モーリーがこらえきれずにわめいた。

「ゴドフリーの奥さまです」

7 道義《morals》と殺人者《murderers》と女中《maids》についての論述

「前進です」エラリー・クイーン氏がうっとりと言った。「警視、われわれは有望な鉱脈を掘りあてました。またしても全知全能のティラーのおかげですよ」

「いったい、きみは」マクリン判事がいきり立って尋ねた。「なんの話をしているんだ。相手はゴドフリー夫人だった。マーコが暴言を吐き――」

「そしてふたりは話をした」エラリーは大きく息を吐いた。「男女の清らかな関係についてね。親愛なるソロン殿、刑事裁判所で居眠りするぐらいなら、家庭裁判所で二、三年経験を積むべきでしたね」

「いったい全体」モーリーがたまりかねて言った。「何を考えているんです、クイーンさん。わたしだって、こんなふうにつねにあなたに逆らうのはいやなんだ。しかし、いいですか――これは殺人事件の捜査であって、茶飲み話じゃないんです！　さあ、何もかも話してください！」

「ティラー」エラリーは目を輝かせて言った。「きみが人間という動物とその行動についての鋭い観察者であることは、ここまででじゅうぶん証明されている」ジョン・マーコのベッドに身を投げ出し、頭の後ろで両手を組む。「女に悪態をつくのは、どういう種類の男だろうか」

「そうですね」ティラーは遠慮がちに咳払いをしてから、低い声で言った。「小説においては――そう――ダシール・ハメットのタイプでございましょう」

「なるほど。ハードボイルドの外見に隠した黄金の心ってわけだ」

「はい、そのとおりです。不敬なことば、暴力の行使……」

「話を現実の世界に限定しよう、ティラー。ところで、察するに、きみは推理小説の愛好者だね」

「はい、そうです！　あなたさまの小説もたくさん拝読しておりますし――」

「ふむ」エラリーはあわてて言った。「その話はよそう。現実の世界ではどうかな、ティラー」

「現実の世界では」従者は悲しげに言った。「黄金の心はめったにございませんね。非情《ハード》な外見の者はたしかにいますけれど。女性に悪態をつく男性には、概して二種類あると言えましょう。ひとつは頑《かたく》なまでの女ぎらい、もうひとつは――亭主です」

「おみごと！」エラリーはベッドで上体を起こした。「何度も言うよ、実にみごとだ。聞きましたか、判事。女ぎらいと亭主。ほんとうにうまいことを言うな、ティラー。

まるで警句だ。いや、失礼、言いなおすよ。まぎれもなく警句だ」

判事は思わず小さく笑った。しかし、モーリー警視は両手を宙に差しあげて、エラリーをにらんだのち、足音を立てて戸口へ向かった。

「ちょっと待ってください、警視」エラリーはのんびりと言った。「これは無駄話じゃありません」モーリーが足を止め、ゆっくりと振り返る。「ここまでは上出来だ、ティラー。では、ジョン・マーコという名の紳士を念頭に置いて考察をつづけよう。少しでも分析すれば、あの男がどちらの分類にも属していないことがわかる。故人についてわれわれが知りえたかぎりでは、慢性的女ぎらいとは正反対の男だ。あの男は根っからの女好きだった。しかも、ゆうべ生々しい悪態を浴びせた婦人の亭主でもないことはたしかだ。それなのに、マーコは実際にその婦人を罵った。話の筋はわかるね?」

「はい」ティラーが小声で言った。「しかしながら、わたくしには――」

「つまり」モーリーが不機嫌そうに言った。「マーコがゴドフリー夫人を弄《もてあそ》んでいたという意味なら、なぜさっさとわかりやすい英語でそう言わないんですか」

エラリーはベッドから這《は》いおりて、手を叩《たた》いた。「物事の核心をつかむのは、老練な警官におまかせしよう!」含み笑いをする。「ええ、そうです、警視、ぼくが言おうとしたのはそういうことです。ティラー、もうひとつ別の分類があるんだよ。つまり、愛していたが飽きた男という種類だ。そういう男たちは——タブロイド紙や詩人のことばを借りれば〝情人〟は——〝聖なる炎〟を糧にしてきたのに、やがてその糧に飽きてしまった。悲しいかな！　その後は悪口雑言の季節がはじまる！」

マクリン判事が顔をしかめた。「きみがほのめかしているのは、まさかマーコとゴドフリー夫人が——」

エラリーはため息を漏らした。「悪い癖ですね、ほのめかすというのは。しかし、哀れな探偵に何ができましょう。無邪気な友よ、われわれは事実に目をふさぐわけにはいきません。ゴドフリー夫人は真夜中にマーコの部屋に忍びこんだ。ノックもしないで。スペイン風の客間にいかに愛着があろうと、それはもう単なる女主人としての行動ではない。それからまもなく、口にするのもはばかられる下品なことばで、マーコは夫人をでしゃばりだと声高に罵った。それは単なる客のおしゃべりなどではない……。ええ、そうです、ラ・ロシュフコーの箴言《しんげん》は正しい。〝女を愛すれば愛するほど、憎しみに近づく〟。ゆうべマーコがそこまで痛烈に罵倒《ばとう》したということは、かつては美しいステラに激しい恋情をいだいていたにちがいない」

「同感です」モーリーがすかさず言った。「ふたりのあいだに何かがあったはずだ。しかし、まさかあなたは、夫人が——」

「ぼくは、かの文学者スタール夫人と同じ考えです。恋愛は女性にとっては人生の歴史だが」エラリーは穏やかに言った。「男性の人生においてはひとつの挿話にすぎない。場合によっては、女性は愛情の死をかなり深刻に受け止めるものだと言えます。この場合については、ぼくがまちがっているかもしれませんが、しかし――」

ラウシュ刑事がドアをあけて、痛々しいほど張りきって言った。「食事の時間のようです、警視」

ステラ・ゴドフリーが戸口に姿を現した。一同はゴドフリー夫人を見て、噂をしていた当人とばったり会ったときにだれもが感じるやましさを覚えた。ティラーだけは神妙に床を見つめている。

夫人は落ち着きを取りもどしていた。顔の化粧が直され、ハンカチは皺がついていない。全員が完全に男としての目で、あらためてイヴの永遠の神秘に驚嘆した。目の前にいるのは、とびきり魅力ある体つきの女性で、美と気品を具《そな》え、堂々としていて裕福であり、生まれたときから最上の社会階級に属している人間だ。その冷静な様子を見ると、ついさっき醜悪な恐怖の泥沼でもがいていたとはとても思えなかった。古くさい愚行を犯す人間には見えず、か細く上品な手を荒々しく握りしめたばかりとは信じられない。人柄にしろ、風貌《ふうぼう》にしろ、物腰にしろ、夫人には本質に清らかなところがあった。清らかで超然としたところが。

ゴドフリー夫人は冷ややかに言った。「みなさま、お邪魔してすみません。お食事を用意させました。どなたもおなかが空《す》いていらっしゃることでしょう。バーリー夫人がご案内しますので――」

食事のことを考えてくれたのか！　マクリン判事は思わずごくりと唾《つば》を呑《の》み、目をそらした。エラリーは『マクベス』の台詞《せりふ》らしきものをつぶやき、すぐに笑みを浮かべた。

「ゴドフリー夫人――」喉《のど》が詰まったような声でモーリーが言いかけた。

「ありがたいお心づかいです」エラリーは快活に言って、モーリーの脇腹を軽く突《つつ》いた。「実はマクリン判事とぼくは、朝からずっと胃袋が空っぽで弱っていたんです。そう、きのうの夕食以来何も口にしていないものですから」

「こちらは家政婦のバーリー夫人です」ステラ・ゴドフリーが脇へ寄りながら静かに言った。

おどおどとした声が言った。「はい、奥さま」しゃちこばった年寄りの小柄な女が、夫人の後ろからそっと姿を現した。「小食堂のほうへご案内いたします、ほかのみなさまも――」

「ぜひとも行くよ、バーリーさん、ぜひとも！　ところで、何があったか知ってるのかい」

「はい、存じております。恐ろしいことです」

「まったくだ。ぼくたちに手を貸してもらえないかな」

「わたしがですか」バーリー夫人の目が巨大な円盤になる。「いいえ、できません。あの紳士についてはちらっとお見かけしただけですので。とてもわたしには――」

「まだ行かないください、ゴドフリー夫人」モーリーは、長身で肌の浅黒い夫人が体を動かしたのを見て言った。

「行きませんわ」夫人が眉《まゆ》をあげて言った。「申しあげることが――」

「あなたにお話がありまして――いや、クイーンさん、これはわたしの流儀でやらせてもらいますよ。ゴドフリー夫人――」

「どうやら」エラリーはしかめ面で言った。「昼食は少し先に延ばさなくてはならないようだよ、バーリーさん。当局の断固たるお達しがあったからね。ご馳走《ちそう》をあたたかくしておくよう料理人に伝えてくれ」バーリー夫人があいまいな微笑を浮かべて退く。「それから、ありがとう、ティラー。きみがいなかったら、どうなったかわからないよ」

従者は腰をかがめた。「ご用はおすみでございますか」

「きみが袖《そで》に何かを隠し持っていなければ」

「それはございません」ティラーはくやしげに答え、頭をさげながらゴドフリー夫人の脇を通って姿を消した。

　ゴドフリー夫人が急に凍りついた。ただ視線だけが室内をさまよい、ベッドに散らかった男物の衣類から抽斗《ひきだし》、衣装戸棚へためらいながら移っていく……。モーリー警視が鋭い視線を注ぐと、夫人はゆっくりと一歩後ろへさがった。モーリーは意味ありげな一瞥《いちべつ》をラウシュ刑事に投げながらドアを閉め、足で椅子を押しやって、夫人にすわるよう促した。

「これはどういうことですの？」夫人は腰をおろしながら小声で言った。唇が乾くらしく、舌の先で湿らせる。

「ゴドフリー夫人」モーリーが棘《とげ》を含んだ口調で言った。「打ち明けたらどうです？　なぜほんとうのことを話さないんですか」

「そんな」夫人はためらった。「おっしゃる意味がよくわかりませんわ、警視さん」

「わかりすぎるほどおわかりでしょう！」モーリーは手振りをしながら、夫人の前を行ったり来たりした。「何に直面しているのか、わかっていないんですか。生死の問題を前にして、個人の些細《ささい》な悩みになんの意味があると？　これは殺人事件ですよ、ゴドフリー夫人――殺人なんだ！」足を止め、夫人がすわっている椅子の肘掛《ひじか》けをつかんで上からにらみつける。「この州では人殺しは電気椅子送りになるんです、ゴドフリー夫人。人殺し――ひ、と、ご、ろ、し。おわかりですか」

「おっしゃる意味がわかりません」夫人は頑固に繰り返した。「わたくしをこわがらせようとなさっているの？」

「わかりたくないというわけですね！　あなたがたは食いちがう証言で捜査を混乱させれば、やり過ごせるとでも考えているんですか」

「わたくしはほんとうのことを話しています」夫人は小さな声で言った。

「あなたの話は嘘っぱちだ！」モーリーは怒気を含んだ声で言った。「醜聞を恐れているんですね。ご主人が知ったらなんと言うかを恐れて――」

「醜聞？」夫人は口ごもった。一同は夫人の防御が徐々に崩れかけているのを見てとった。胸の内の苦悩が顔に表れはじめている。

モーリー警視は首を伸ばした。「この部屋――マーコの部屋で、ゆうべ真夜中に何をしていたんです、ゴドフリー夫人」

防壁がまたひとつ崩れ落ちた。夫人は口をあけ、湿った灰のような顔色になって警視を見つめた。「わたくし――」急に両手で顔を覆い、すすり泣きはじめる。

エラリーはジョン・マーコのベッドに腰かけたまま、音を立てずにため息を漏らした。ひどく空腹で眠かった。マクリン判事は老いた両手を背中にまわし、いくつかある窓のひとつへ歩み寄った。海は青く美しい、と判事は思った。来る日も来る日もこんな海を見てすこぶる幸せに暮らせる者もいるのだ。冬はさぞかしすばらしいながめだろう。眼下の断崖《だんがい》にあたって砕ける波、荒ぶる水しぶきの歌、頬に吹きつける水泡の鞭《むち》……。判事は思わず目を凝らした。下のほうに、腰を曲げた男の姿が見えた。判事のいる高みから小さく見えるその姿は、小柄でごつごつしていて、忙しそうだった。永久の庭をうろついているジョラムだった。つづいて、みすぼらしい麦藁《むぎわら》帽子をかぶったウォルター・ゴドフリーの丸々とした姿が横から現れた。まるで太った小汚い使用人じゃないか、と判事は思った……。ゴドフリーがジョラムの肩に手をかけ、ゴムのような唇を動かす。ジョラムが見あげて、一瞬笑みを浮かべ、また草《カマラドリ》むしりをつづける。マクリン判事はふたりのあいだに親密さを感じ、暗黙の友情を少々不可解に思った……。百万長者が膝《ひざ》を突いて、燃え立つ赤い花を調べる。皮肉な光景だった。どうやらウォルター・ゴドフリーは庭に咲く花ばかりに目をかけ、屋敷のなかの花を顧みなかったらしい。そのせいで、いちばん大切な花を鼻先からかすめとられたわけだ。

判事は深く息をつき、窓から離れた。

モーリー警視の態度は一変していた。子を思いやる父親そのものだ。「ええ、そうですよね」ステラ・ゴドフリーの華奢《きゃしゃ》な肩を軽く叩《たた》きながら、シロップのような甘ったるい低音で言う。「おつらいのはわかります。認めるのは大変なことだ。相手が見知らぬ者ならなおさらね。しかし、クイーンさんとマクリン判事とわたしは、一般の人間ではありません。ある意味では、聖職者と同じとも言える。それに、わたしたちなら、告解のあと口をつぐむ術《すべ》を心得ています。だからどうです？　だれかに話せば気持ちも楽になりますよ」そっと夫人の肩を叩きつづける。

エラリーは煙草の煙にむせた。偽善者め、と腹のなかで笑いながら思う。

夫人がさっと頭をあげた。涙が頬の白粉《おしろい》ににじみ、年齢による皺《しわ》がいつの間にか魔法のように目と口のまわりに現れている。だが、口は固く引き結ばれ、表情は沈黙に耐えられなくなった女のものではなかった。「わかりました」冷静な声で言う。「ご存じのようですから、否定はいたしません。そうです、わたくしはここにおりました――あの人とふたりきりで――昨夜」

モーリーが〝どうです、みごとな駆け引きでしょう〟とでも言いたげに、これ見よがしに肩をぴくりと動かした。幅の広いその背中を、エラリーはおもしろがりつつも嘆かわしい気持ちでながめた。モーリーは夫人の目に浮かぶ表情が変わったのにも、口もとが引きしめられたのにも気づいていない。ステラ・ゴドフリーは魂の薄暗い倉庫のどこかで新たな防壁を見つけてきたらしい。「そのほうがいい」モーリーはささやくように言った。「賢明ですよ、ゴドフリー夫人。そういうことは秘密にしておこうなんて無理な話で――」

「そうね」夫人は冷ややかに言った。「わたくしもそう思います。むろん、ティラーでしょう？　配膳室《はいぜん》にいたにちがいないわ。そのことを失念していました」

夫人の口調の何かがモーリーをぞっとさせた。モーリーはハンカチを取り出して、不安を感じながら首の後ろをぬぐい、目の隅でちらりとエラリーを見た。エラリーが肩をすくめる。「で、そのときここで何をしていたんですか」モーリーはゆっくりと尋ねた。

「それは」夫人がやはり冷たい口調で答えた。「個人的なことですわ、警視さん」

モーリーは声を荒らげた。「あなたはノックもしなかったんですよ！」自分の負けを悟ったようだ。

「そうだったかしら。わたくしったら、うっかりして」

モーリーは怒りを押しとどめようと、ごくりと唾《つば》を呑《の》んだ。「なぜ真夜中に男の部屋に忍びこんだのか、答えるのを拒むというわけですね」

「忍びこんだっておっしゃるの、警視さん？」

「あなたは嘘をついた。さっきは、ゆうべ早く寝たと言ったのに！　マーコを最後に見たのも、あの男が階下でブリッジのテーブルを離れたときだと言ったんですよ！」

「当然です。だれだってそんなことは認めませんわ、警視さん」こぶしを固く握りしめ、指の関節が白くなっている。

モーリーはぐっとこらえ、両切り葉巻を口に突っこんでマッチを擦った。気持ちを落ち着かせようとつとめる。「けっこう。どうしてもその件について話すつもりはないというわけだ。しかし、マーコと争った。そうですね？」夫人はだまっている。

「マーコはあなたを罵《ののし》った、そうでしょう？」夫人は目に不快の色を浮かべたものの、唇を噛《か》みしめただけだった。「それはどのくらいつづいたんですか、ゴドフリー夫人。どのくらいいっしょにいたんです？」

「十二時五十分に別れました」

「四十五分以上いっしょにいたんですね？」モーリーはとげとげしい声で言い、途方に暮れて苦い煙を吐き出した。夫人は静かに椅子の端に掛けている。

エラリーがまたもやため息をついた。「あの——ゆうべあなたがこの部屋にはいったとき、マーコはすっかり着替えをすませていましたか、ゴドフリー夫人」

こんどは夫人も少し答えづらそうだった。「いいえ。つまり——すっかりではありませんでした」

「マーコは何を着ていましたか。個人的なことは話したくないかもしれませんが、ゆうべのマーコの着衣に関する問題はきわめて重要であり、それにまつわる情報を伏せていい理由はあなたにはないはずです。マーコの白い服は——ゆうべずっと着ていたものは——このとおりに、ベッドの上にありましたか」

「はい」夫人は指の関節を見つめた。「わたくしがはいっていったのは、あの人が着替えを——ズボンを穿《は》き替えた直後だったようです。ダークグレーでした。そのあと……話をしているあいだ、着替えのつづきをしていました。たしか、オックスフォード・グレーのダブルのスーツで、それに合わせてネクタイや何かもグレーでしたわ。白いシャツと――ああ、思い出せない！」

「帽子やステッキ、それにマントはありましたか」

「そんな――ええ、ありました。どれもベッドの上に」

「あなたが立ち去ったとき、マーコさんは着替えを終えていましたか」

「それは……はい。ネクタイを直し終えて、上着を着たところでした」

「いっしょに出たんですか」

「いいえ、わたくし――わたくしが先に部屋から出て、自室へもどりました」

「ひょっとして、マーコが出ていくのを見ませんでしたか」

「いいえ」思わず一瞬不快そうに、夫人が顔をゆがめた。「わたくしが自分の部屋へもどったあと――直後に――ドアの閉まる音が聞こえました。それでてっきり――てっきりあの人も部屋から出たんだと思いました」

エラリーはうなずいた。「ドアをあけて、たしかめなかったんですか」

「いいえ！」

「ふむ。なぜ着替えるのか、マーコは理由を説明しましたか、ゴドフリー夫人。どこへ行くのか言っていませんでしたか」

「いいえ！」声に奇妙な響きがあった。「言っていませんでした。けれど、とてもそわそわしていました。何か約束が……だれかと約束でもあるみたいに」

モーリー警視が鼻を鳴らした。「それであなたは、マーコのあとを尾《つ》けたいとも思わなかったわけですか。ええまあ、そうなんでしょうな」

「思いませんでしたわ、もちろん！」夫人はいきなり立ちあがった。「わたくし――わたくし、責め立てられるのはもうたくさんです。いままで申しあげたことは真実です。あまりに――あまり癪《しゃく》にさわって、あの人を尾ける気とか、探す気になんてなりませんでした。そのわけは、あなたがたには――いいえ、どなたにも――お話しできません。それで――それでわたくしはまっすぐベッドへ行って、あの人の生きている姿は二度と見ませんでした」

三人の男は夫人の声音から、真実を言っているのか、何を隠しているのか、どのぐらい強い感情なのかを推し量った。

やがてモーリーが言った。「わかりました。さしあたりこれでけっこうです」

夫人は背中をこわばらせながらも、いそいそと出ていった。ほっとしたのが全身から見てとれた。

「まあ」エラリーが言った。「こんなものですね。あの人はまだ口を割る気はありませんよ、警視。あなたはタイミングを誤った。あの夫人はあまり知性を具《そな》えてはいないが、性根がすわっている。あなたにそう忠告しようとしたんですが」

「これはまだまだ手こずりそうですよ」モーリーはうなった。「それと言うのも――」

それから少しのあいだ、モーリーが激しくよどみない口調で、ジョン・マーコの特質、癖、気性、経歴（推定）を包括的かつ明快に、具体性をもって述べたため、マクリン判事は驚き、エラリーは感心して目を見開いた。

「いやあ、おみごとです」エラリーは、モーリーが息を整えるためにやむをえずことばを切った隙に、心から言った。「悪口雑言の巧妙なる実例だ。これであなたも気が晴れたでしょうから、警視、ここらでバーリーさんの招待に応じて、動物としてのさらなる欲求を満たすことにしませんか」

昼食のあいだ――華奢《きやしや》なバーリー夫人のきわめて有能な監督のもと、副執事が給仕をし、アラビア風の豪勢な〝小〟食堂で供された王侯の食事のあいだ――モーリー警視は憂鬱《ゆううつ》の権化だった。それでもご馳走《ちそう》をむさぼる手が止まることはなかったが、その意気消沈ぶりは一同の気分に影響した。モーリーはしかめ面と嚥下《えんか》を交互に繰り返し、コーヒーをひと口飲むごとに大きなため息を漏らした。その様子に気づいたらしく、数人の取り巻きたちは気をきかせて食卓の下手で沈黙を守った。ただエラリーと判事だけが、食べ物を食べ物としてしっかり食事に没頭した。ふたりは空腹だった。

耐えがたい食欲の前では、死すら後まわしになるのは無理からぬことだ。

「おふたりにとっては、ただただけっこうなことなんでしょうね」モーリーがオーストリア風のタルトの上に顔を突き出してぼやく。「楽しみながら手伝うだけですから。もしわたしがこの事件でしくじっても、あなたがたにはなんの傷もつかない。いったいなぜ人は人を殺さずにはいられないのか！」

エラリーは最後のひと口を飲みこんで、ナプキンを脇へ置き、酒神バッカスのごとく満腹して息を吐いた。「中国人は正しい社交観念を持っていますね、判事。このバーリーさんのご馳走に報いるのは、堂々たるげっぷだけだ……。いやいや、警視、誤解です。あなたがしくじったら、それはわれわれが協力して最善を尽くしたにもかかわらず、実を結ばなかったということだ。実のところ、これは少なからず興味深い事件です。裸体主義の特徴は……」

「何か見解でも？」

「〝すべて神の子には見解がある〟ですよ、警視（ユージン・オニールの戯曲『すべて神の子には翼がある』のもじり）。ここにいる神の子には半ダースの見解があります。それには興味を掻き立てられる。そしてそのどれも正しくない気がしています」

モーリーは不満げに言った。「なるほど、では、それぞれをとって――」

「とると言うなら、むしろ」判事がコーヒーカップを置きながら言った。「わたしは仮眠をとりたいね」

「でしたら」ムーア式拱廊《きょうろう》から冷静な声が聞こえた。「そうなさったらいかがです、判事さん」

一同があわてて立ちあがると同時に、ローザ・ゴドフリーがはいってきた。半ズボンに穿き替えてきたため、引きしまった黄金色の肌が太腿《ふともも》の中ほどまであらわになっている。こめかみのあたりに残る打撲傷だけが、昨夜のウェアリングの家での出来事を思い起こさせた。

「すばらしい考えだね、お嬢さん」判事はばつが悪そうに切り出した。「車を一台出して、わたしをウェアリングの家まで送ってもらえませんかな……。エラリー、かまわんだろう。わたしはちょっと……」

「すでに車をまわして」ローザが軽く頭をあげながら答えた。「あの家へ向かわせています――バイク隊の警官の護衛つきで――あなたがたの鞄《かばん》やお荷物をこちらへ運ばせます。おふたりともここにお泊まりになってください」

「いや、それはどうも――」老判事が言いかけた。

「親切の化身ですね」エラリーが陽気に言った。「ゴドフリーさん、あなたは寛大な人だ。実は、自分で卵を掻き混ぜるのはあまり気乗りがしなかったんです。これほどのご馳走のあとですから、なおさらね。親愛なるソロン殿、ひどくお疲れのようですよ。さあ、お休みください！　あとはモーリー警視とぼくでつづけますから」

「そのほうがいいかもしれませんね」モーリーが考えをめぐらせながら言った。「だれかが屋敷に残ったほうがいい。妙案です。そうなさい、判事――どうぞ休んでください」

マクリン判事は顎《あご》をなでて、かすむ目をしばたたいた。「それに食料品はまだ車にそっくり積んだままだが……。まあ、ご厚意を無下にはできまい」

「そうですとも」ローザがきっぱりと言った。「ティラー！」小柄な従者が、どこからともなく突然現れる。「マクリン判事さんを東棟の青の間へご案内して。クイーンさんはその隣の部屋をお使いになります。バーリー夫人には、もうそのことは伝えてあるから」

判事がティラーのあとについて姿を消すと、モーリー警視が言った。「ゴドフリーさん、ご老人に親切になさったところで、わたしにもひとつ雅量を示していただけませんか」

「どういう意味ですか」

「お父さんの書斎へ案内してください」

ローザは先に立ち、立派な部屋をいくつも通って、宝石のような書斎に着いた。見た目のみならず、においも愛書家の部屋らしく、エラリーはうっとりと息を吸いこんだ。ここも、ほかと同じようにスペイン調にしつらえてあり、モロッコ革の装丁本が多く置かれている。まともな書斎としては当然のことだが、天井が高くて暗がりの多い空間で、思いがけないところに壁龕《へきがん》や奥まった小部屋が設けられ、腰まで深々とクッションに沈めて、紙表紙や革表紙のあいだに安らぎを見いだすことができるようになっていた。

だが、怒れるモーリー警視の心には、その美学を解する余地はなかった。鋭い小さな目で隅々まで調べたのち、ぶっきらぼうに言った。「ところで、タイプライターはどこにありますか」

ローザは驚いて言った。「タイプライター？　さあ、どこだったかしら――ああ、向こうです」ローザは小部屋のひとつに一同を連れていった。机がひとつと、タイプライターが一台、書類整理棚が数個とそれに類したものが置かれていた。「ここが父の〝事務室〟です――もったいぶってそう呼んでよければですけれど。ともかく父は、この岬にいるあいだはここでのんびり仕事の事務をします」

「お父さんは自分でタイプを打つんですか」モーリーが怪訝《けげん》そうに尋ねた。

「めったにありません。手紙を毛ぎらいしているもので。たいていの仕事は、あそこにある電話ですませます。ニューヨークの事務所に直通ですから」

「しかし、タイプは打てるんですか」

「ええ、どうにかこうにか」ローザはエラリーが勧めた煙草を一本とり、革の長椅子に腰をおろした。「なぜ父のことばかりお尋ねになるのですか、警視さん」

「お父さんはよくここを使うんでしょうか。この小部屋を」モーリーは淡々と尋ねた。

「一日に一時間ほどです」ローザは食い入るように警視を見つめた。

「お父さんのために、あなたがタイプを打つことがありますか」

「わたしが？」ローザが笑い声をあげた。「いいえ、ありません、警視さん。わたしはこの家の役立たずです。何ひとつできません」

モーリーは背筋を伸ばし、葉巻を灰皿に置いてさりげなく訊《き》いた。「なるほど、ではタイピングはできないんですね」

「申しわけありませんが、答えたくありません。クイーンさん、これはいったいどういうことかしら。新しい手がかりが見つかったんですか。何か――」ローザはいきなり姿勢を正し、組んでいた足をおろした。青い目を異様にきらきらさせている。

エラリーは両手をひろげた。「これはモーリー警視の胡桃《くるみ》なんですよ、ゴドフリーさん。これを割る優先権は警視にあります」

「ちょっと失礼」モーリーが言って、書斎から出ていった。

ローザは椅子にもたれて煙草を吸った。ぼんやりと天井を見あげると、その褐色の喉《のど》がエラリーの目の前にむき出しになった。エラリーは半ば微笑しながらその様子を観察した。この娘はたいした役者だ。冷静で落ち着いたふつうの若い娘にしか見えない。だが、喉もとの小さな神経が、とらわれの身のごとく躍って脈打っている。

　エラリーはかなり大儀そうに机へ向かい、自分の骨の動きすら感じながら机の後ろの回転椅子に腰をおろした。長時間働きどおしで、くたびれ果てている。それでも深く息をついたのち、鼻眼鏡をはずして熱心にレンズを磨き、仕事に取りかかる準備をした。ローザは顔を伏せることもなく、それを横目で見つめた。

「ご存じかしら、クイーンさん」ローザが小声で言った。「眼鏡をとると、あなたはなかなかの美男子よ」

「え？　ああ、そうなんです。だから眼鏡をかけているんですよ。下心のある女性を遠ざけるためにね。哀れなジョン・マーコはこの手の防御策を講じませんでした」レンズを磨きつづける。

　ローザはしばらく何も言わなかった。ふたたび口を開くと、もとの屈託のない調子で言った。「あの、あなたのお噂はかねてから耳にしていました。大半の者が聞いていると思います。なんと言うか、想像していたような恐ろしい人ではないのね。人殺しをおおぜい逮捕なさったんでしょう？」

「まあ、そうですね。きっと、そういう血が流れているんでしょう。体内に化学的な何かがあって、少しでも犯罪に近づくとそれが沸点まで跳ねあがるんです。フロイト的なものじゃありません。ひとえに、ぼくのなかにいる数学者のせいですよ。実は、ハイスクールでは幾何学は落第でした！　納得できませんよ。ぼくは不調和でばらばらな二と二を加えて答を出すのが得意なのに。中でも、暴力に関する数式がね。マーコは方程式の因数のひとつを表します。あの男には非常に興味をそそられますよ」エラリーは机の上でしきりに何かをいじっていた。ローザがこっそりのぞくと、明らかにそれは細かい紙片の詰まった半透明の封筒だった。「たとえば、殺されたことに加えて、裸にされたという猥褻《わいせつ》な性質。新たな趣向だ。まちがいなく、さらに高度な数学が必要になるでしょう」

それとなくエラリーが目を向けると、ローザの喉は前より激しくうねっていた。肩もかすかに震えている。「ひどく——ひどく恐ろしいことでした」ローザは息が詰まったような声で言った。

「いいえ、単に興味深いだけです。感情が捜査の妨げになるようではいけない。それじゃすっかり台なしだ」エラリーはだまりこみ、やりかけていた作業に没頭した。ローザが見つめるかたわらで、エラリーはポケットから珍妙な小ぶりの箱を取り出して開き、小さなブラシらしきものと、灰色がかった粉のはいったガラス瓶を選んだのち、紙片に——並べ合わせて一枚にしたものに——粉をふりかけ、ブラシを使って慣れた手つきで軽く表面を払った。それから悲しげな曲を口笛で吹きながら、一枚一枚紙片をていねいに裏返し、不可解なその作業を繰り返した。何かが目に留まったらしく、箱から小さな拡大鏡を出すと、紙片のひとつに机上の強力な照明の光をあてて、熱心にレンズをのぞいた。こんどは、エラリーは頭を振った。

「いったい何をしていらっしゃるの？」ローザは思わず尋ねた。

「驚くほどのことじゃありません。指紋を探しているんです」エラリーは口笛をつづけながら、ガラス瓶とブラシを箱にしまい、ポケットに入れて、机上の糊《のり》の壺《つぼ》に手を伸ばした。「ひとつふたつ勝手な真似をしても、きっとお父さまはお気になさらないでしょう」抽斗《ひきだし》を掻《か》きまわして、何も書かれていない黄色い用箋《ようせん》を一枚見つけ出す。それから、調べていた紙片をその黄色い紙に淡々と貼りつけはじめた。

「それは――」

「どうでしょう」エラリーは急に真剣な口調で言った。「モーリー警視を待つことにしませんか」その紙を机に置いたまま立ちあがる。「さて、ゴドフリーさん、ぼくのちょっとした気まぐれをお許しいただいて、手を握らせてもらえませんか」

「手を握るですって！」ローザが背筋を伸ばして、目を見開いた。

「そうです」エラリーは小声で言いながら、長椅子のローザの隣に腰をおろし、こわばった片手を自分の両手で包んだ。「こんなことはふつう、探偵の――なんと言うか――煩労の過程では起こらない僥倖《ぎょうこう》です。とても柔らかい、魅力豊かな褐色の手ですね——これはぼくのなかのワトソンのことばです。そして、これはホームズのことば。どうぞ緊張なさらずに」ローザは一驚して、手を引っこめることもできないでいた。エラリーは手のひらを上向きにしてローザの手を持ち、顔を近づけて、鋭い目で指先の柔らかなふくらみを調べた。それからその手を裏返して、爪を観察し、同時に指の先のふくらみをそっとなでる。「ふむ。断定はできないが、少なくともこの指先は嘘をついていません」

ローザは少し体を引いて、手を振り払った。目には怯《おび》えの色がある。「何をわけのわからないことをおっしゃっているんです、クイーンさん」

エラリーは大きく息を吐き、煙草に火をつけた。「つかの間だったな。人の世の真の喜びはじれったいほど短いものだと、いままた証明されたわけです……。まあ、まあ、ぼくのささやかな愚行は気になさらないでください、ゴドフリーさん。あなたがほんとうのことを話しているのか、たしかめようとしただけです」

「わたしを嘘つき呼ばわりなさるの?」ローザは息を呑《の》んだ。

「とんでもない。肉体の習慣は、可塑性のある人体に明らかなしるしを残します——そういう場合が非常に多いものです。ベル博士がそのことをコナン・ドイルに教え、ドイルはそれを懇切にホームズに伝えた。それがいわば大半のシャーロックの手品めいた推理の秘訣《ひけつ》でした。タイプライターを使うと指先が硬くなる。それに、女性のタイピストはふつう爪を短く切っているものです。あなたの指先は手近な詩人のことばを借りれば、鳥の胸の羽毛のごとく柔らかでした。また爪も、女性の不可思議な身ごしらえ《トワレット》に必要な長さをゆうに超えている。要するに、何が証明されるわけでもないんです。どのみち、あなたは常習的にタイプを打つ人間ではありませんからね。しかし、おかげであなたの手を握る機会を得ました」

「そんな手間をかける必要はありませんよ」モーリー警視が書斎に足を踏み入れながら言った。とびきり愛想よくローザにうなずく。「そんなのは、わたしが訓練中の新米だった時代の古い手ですよ、クイーンさん。このお嬢さんは問題ありません」

「〝かように内省はわれらすべてを臆病《おくびょう》にする（『ハムレット』第三幕第一場より）〟」エラリーは頬にやましさの火照りを覚えつつ、きまり悪げに言った。「でも、まったく疑ってはいなかったんですよ、警視」

ローザが小さな顎《あご》をこわばらせながら立ちあがった。「まさかわたしが疑われていたんですか――あんなひどい目に遭ったというのに」

「お嬢さん」モーリーがにやりと笑った。「潔白だとわかるまでは、だれであれ、疑いをかけられるものなんです。いまやあなたの疑いは晴れた。あなたはぜったいにあの手紙を書いていません」

ローザが捨て鉢気味に笑った。「いったいなんの話をなさってるの。手紙って？」

エラリーと警視が視線を交わし、エラリーが立ちあがって、机から一枚の紙を手にとった。そこには、マーコの部屋の浴室で見つけた、焼け焦げた手紙の断片がつなげて貼りつけてあった。エラリーがなんの説明もなくそれを手渡すと、ローザは困惑して眉《まゆ》をひそめつつ目を通した。だが、署名を見て息を呑んだ。

「まあ。書いたのはぜったいにわたしじゃありません！　だれが――」

「いま、あなたの供述の裏をとってきました」モーリーが笑顔を消していった。「タイプが打てないという件です。まちがいありませんでしたよ、クイーンさん――このお嬢さんはタイプを打てない。指を一本だけ使って少しずつ打つことはできるかもしれないが、この手紙のタイピングにはむらがなく、指一本で打ったものではこうならない。タイピングに慣れた人間が打ったはずです。それに誘拐の件と、ゆうべはひと晩じゅうウェアリングの家で縛りつけられていた事実とを考え合わせると、あなたの身の証《あかし》は立つと思いますね。この手紙はでっちあげです」

ローザが長椅子に身を沈める。「指紋はありませんよ」エラリーはモーリーに言った。「役に立ちそうなものはね。不鮮明なものばかりです」

「わたし――さっぱりわかりません。いつ――どこで――どういう意味かさえわからない」

「この手紙は」エラリーは根気よく説明した。「ゆうべ遅く、まわりくどい方法でジヨン・マーコの手に渡りました。ご覧のとおり、あなたが出したように見せかけて――やや勝手な解釈ながら――あのテラスで午前一時に会おうとマーコに約束を取りつけている」机をまわりこんで、タイプライターの覆いをとり、クリーム色で厚みのあるゴドフリー家の便箋《びんせん》を一枚差しこんで、すばやくキーを叩《たた》きはじめた。

ローザは書斎の薄明かりのなかで、死人のように青ざめていた。「では、その手紙が」小声で言う。「あの人を死へ導いたのね。そんな――とても信じられない」

「まあ、そういうしだいです」モーリーが言った。「どんな具合ですか、クイーンさん」

エラリーは紙を機械から剝《は》ぎとり、紙片を貼りつけた黄色い紙と並べて机の上に置いた。モーリーがのっそりとエラリーの後ろまで歩き、ふたりで二枚の紙を調べた。エラリーは貼り合わせた紙に書かれたとおりの文言を打っていた。

「同じ印字だ」エラリーは拡大鏡を取り出して、文字をひとつずつ調べながらつぶやいた。「ふむ。はっきりしていますよ、警視。大文字のIを見てください。下のひげ飾りの右側がわずかにかすれています。活字の金属が摩耗したんですね。それに、大文字のTの上部右側のひげ飾りがどちらもすっかり消えている。見たところ、インクリボンの濃度も同じらしい。小文字のeとoにも似たような汚れがついています」エラリーが拡大鏡を渡し、モーリーがしばらくのぞいたのち、うなずく。「そう、このタイプライターでまちがいありません。だれであれ、このもとの手紙をタイプした者は、まさにこの椅子にすわっていたわけだ」

エラリーがタイプライターに覆いをし、道具箱をポケットにしまうあいだ、だれもが沈黙していた。モーリーは荒々しく目をぎらつかせて歩きまわっていたが、ふと何か思いついたらしく、わけも言わずに飛び出していった。ローザは苦悩の表情を浮かべて、ぐったりと長椅子にすわっている。モーリーがもどり、しゃがれ声で勝ち誇って言った。「この機械が屋敷から持ち出されたことがないかをたしかめようと思いつきましてね。ええ、持ち出されたことはありませんでしたよ！ ようやく手がかりがつかめました」

「あなたがつかんだのは」エラリーが言った。「犯人がこの屋敷と関係があることを示す具体的な証拠ですよ、警視。これまでは、だれにも犯人の可能性があった。だからそう、まさに重大な発見です。それによっていくつかの問題点がはっきりすると思います。しかし……ゴドフリーさん、専門的な理屈を少々聞くおつもりがありますか」

「ありますわ！」ローザの青い目が燃えあがる。「何もかも聞かせてください。この屋敷のだれかが事件にかかわっているとしても――どんな事情があれ、人殺しは卑劣なことですもの。どうぞ話してください。できるならお役に立ちたいわ」

「指を火傷《やけど》するかもしれませんよ」エラリーはやさしく言った。しかし、ローザはいっそう唇を引きしめただけだった。「それならけっこうです。では、ここまでにわれわれは何をつかんだのか？　仮に殺人犯をXとすると、Xはジョン・マーコを拉致《らち》し、海へ連れ出して殺害し、死体を海中に捨てるために手先を雇った。手先とは怪人キャプテン・キッドであり、愚かにもあなたの叔父《おじ》さんのデイヴィッド・カマーをマーコとまちがえた。この筋書きにおけるあなたの役割は、まったく付随的なものです、ゴドフリーさん。Xはキッドに、マーコはあなたといっしょにいるはずだと教えた。そのせいであなたはウェアリングの別荘で縛りあげられることになった。すぐに警報を鳴らされては困るという、それだけの理由でね。キッドはあなたの叔父さんをウェアリングのクルーザーで連れ去る前に、Xに電話をかけたが……あらゆる事実から見て、Xはまさしくこの邸内にいたと思われます。キッドはXに〝マーコ〟をとらえたことを報告した。ここまでは、Xの企ては成功だった」

「つづけて！」

「ところが、キッドのばかげたまちがいによって」エラリーはゆっくりと言った。「Xの計画は台なしになった。キッドから電話で報告を受けた直後、Xは命が縮む思いをした。死んで海の底に沈んだとばかり思っていた当の男に、この屋敷でばったり会ったんです。Xは何が起こったかを瞬時に悟った。ちょっとでも人に尋ねるか、自分に観察しただけで、キャプテン・キッドがさらったのがカマーだったとわかったはずです。マーコはまだ生きていた。カマーはほぼまちがいなく死んでいて――お気の毒です、ゴドフリーさん――それについてXにはどうすることもできなかった。キッドに連絡をとる方法がありませんでしたからね。しかも、マーコに対するXのもともとの目的は果たされていないままだ。マーコを殺そうという欲求が、最初に計画を立てたときより弱まっているはずはありません」

「ああ、かわいそうなデイヴィッド」ローザはつぶやいた。

モーリーがうなるように言った。「それで？」

「Xは悪辣《あくらつ》で頭の切れる犯罪者です」エラリーは重々しくつづけた。「ぼくの解釈が正しければ、Xの行動すべてがそれを示している。マーコが生きているのを見たショックから、Xはたちまち立ちなおった。そして新しい計画を立てたんです。Xは、ゴドフリーさん、あなたがウェアリングの家で縛りあげられていて、だれかが助けにくるまで動きがとれないのを知っていた。それに――何度もすみません――あなたからの手紙が、ほかのどんな呼び出しよりマーコを動かすはずだとわかっていました。そこでXはここに忍びこむと、手紙をタイプして、あなたの名前を書きこみ、未明に敷地内の人目につかない場所で会いたいと記した。それからティラーの部屋へ行き、手紙を渡す頃合について特に指示を添え、ティラーの上着にピンで留めた」

「なぜティラーに？」モーリーが小声で尋ねた。

「ティラーの部屋は一階にあります。それで近づきやすかったんでしょう。それにマーコの部屋にはいるのをだれかに見られる危険を冒したくなかったんだと思います。これは手堅い計画で、実際うまくいった。マーコは一時に会う約束を守った。犯人はおりていって、そこでマーコを見つけ、背後から襲って気を失わせ、絞め殺した……」

エラリーは口をつぐんだ。その顔にこのうえなく奇妙な当惑の色がよぎる。

「そして裸にした」モーリーは辛辣《しんらつ》に言った。「そこが腑《ふ》に落ちないんですよ。わたしが途方に暮れているのはその部分です。いったいいなぜそんなことを？」

エラリーは立ちあがり、こわばった脚で机の前を行きつもどりつしはじめた。額に苦悩の皺《しわ》が刻まれている。「そう、そう、そのとおりです、警視。どこから出発しても、かならずそこへもどる。マーコを裸にした理由がわからないうちは、何も解決しません。そこだけが、どうしてもしっくりとおさまらないんです」

だが、どうしたことか、ローザががっしりした肩を震わせて嗚咽《おえつ》していた。「どうしました？」エラリーは気づかわしげに訊《き》いた。

「だって――だって、考えたこともなかったんです」ローザは涙にむせびながら言った。「わたしを巻き添えにするほど恨んでいる人がいるなんて……」

エラリーは小さく笑った。ローザが驚いて泣きやむ。「まあ、まあ、ゴドフリーさん。それはまちがいです。ちがいますよ。表面上はたしかに、あなたは人殺しの濡れ衣を着せられたように見える――何しろ、マーコを死へ導いた手紙に、あなたのものと思われる署名があるんですからね。しかし、よく考えてみてください。話はまったくちがってきます」

ロ一ザがまだ少し洟《はな》をすすりながら、不安そうにエラリーを見あげる。「そう、Xがあなたに人殺しの罪を着せるつもりだったとは思えません。Xはあなたに強力なアリバイがあることを知っていたんですから——ああいうふうにウェアリングの家で縛りつけられて発見されることをね。しかもどうやら、謎の第三者がコート青年にあなたの居場所を電話で知らせたあとなんですから。手紙について言えば、殺人犯はおそらくマーコが破棄するものと考えていたんでしょう。そうすれば、あなたの名前が記された手紙は、存在すら知られず、あなたが巻き添えになることもない。また、たとえマーコが破棄せず、手紙が見つかったとしても、Xにはわかっていたんです。アリバイがあるうえに、あなたがタイプを打つことができず、署名もタイプ打ちで疑わしいという事実から、手紙は偽物だと判明する、と。実のところ、偽物だと警察が見破っても、Xは少しもかまわなかったのでしょう。それがばれても自分の身の安全が脅かされることはないし、またそのころにはマーコは死んでいるはずですからね。そうですとも、ゴドフリーさん、Xはあなたにじゅうぶん配慮していたと思いますよ。その男はカマーやマーコのことよりずっと、あなたのことを気づかっていた」

ローザはハンカチの端を嚙《か》みながら、無言で話を吞《の》みこんでいた。「そのとおりだと思います」やがて低い声で言った。それからいぶかしげにエラリーを見あげた。「でも、なぜ〝その男〟とおっしゃるの、クイーンさん」

「なぜ〝男〟と言うのか」エラリーはぼんやりと繰り返した。「便宜上でしょうね」

「ほんとうに何もご存じないんでしょうね、ゴドフリーさん」モーリーが鋭い口調で訊いた。

「はい」ローザはエラリーに視線を向けたまま言った。それから目を伏せた。「はい、何も存じません」

エラリーは立ちあがり、眼鏡をはずして目をこすった。「さて」大儀そうに言う。「少なくともわかったことがある。マーコを殺した者がこの手紙をタイプしたということです。タイプライターがこの屋敷から持ち出されたことはなく、したがって犯人はこの屋敷のなかでこれをタイプした。あなたがたは懐に毒蛇を飼っているんですよ、ゴドフリーさん。滑稽《こっけい》に聞こえますが、由々しき事態です」

退屈そうな刑事が戸口から声をかけた。「警視、話がしたいという老人が来ています。それから、ゴドフリー氏がこの外でずっと怒鳴り散らしているんですが」

モーリーが振り返った。「だれだ？　話がしたいというのは？」

「庭師のジョラムです。何か大事な話があるとか――」

「ジョラム！」モーリーははじめてその名前を意識したかのように、驚いて繰り返した。「連れてきてくれ、ジョー」

ところが、先にはいってきたのは、汚れたズボンを穿《は》き、くたびれたソンブレロを頭の後ろのほうに載せたウォルター・ゴドフリーだった。膝《ひざ》には泥染みがあり、指の爪は土にまみれて黒い。蛇の目でエラリーと警視を射るようににらんだのち、自分の娘がいることに度肝を抜かれた顔をして、それから戸口を振り返った。

「おはいり、ジョラム。だれも嚙みつきやしないから」やさしい声で――先ほど娘や妻にかけていた以上にやさしい声で――言った。形の崩れた幅広の靴で床に土の跡を残しながら、老人がぎこちない足どりではいってきた。近くで見ると、ジョラムの肌は、遠くから見ていたときよりさらに驚くべきものだった。無数の皺が刻まれ、色は汚れた岩を思わせる。帽子をいじる両手は大きく、筋がくっきりと浮き出ている。まるで生きているミイラだ。

「ジョラムには胸にしまっていることがあるらしいんだ、警視」百万長者がいきなり言った。「それを打ち明けられてね。捜査が成功しようが失敗しようが、わたしはどうでもいいが、あんたも知っておいたほうがいいと思った」

「それはご立派なことで」モーリーは歯を食いしばって言った。「ジョラム、興味深い話があるなら、なぜ直接わたしのところへ来なかったんだ」

庭師は痩《や》せた肩をすくめた。「わしはお節介はしねえんです。自分のことをしっかりやるだけなんでね、わしは」

「ああ、そうかい。話してみろ」

ジョラムは灰色の無精ひげのある顎《あご》をなでた。「なんにも言うつもりはなかったんだが、旦那《だんな》さまが話せとおっしゃるもんで。だれにも訊かれんかったからね。腹んなかでこう思ってんですよ。〝なぜ自分から話さなくちゃならん？　物を訊くのがあんたらの仕事だろ？〟って」ジョラムは腹立たしげなモーリーの顔に、敵意のこもったまなざしを向けた。「あの人たちをテラスで見たんでさ」

「だれを見たって？」エラリーが前へ出て尋ねた。「いつのことかな」

「その紳士に答えなさい、ジョラム」ゴドフリーがやはりやさしい声で言った。

「へえ、旦那さま」老人はうやうやしく答えた。「ゆうべマーコさんがテラスにいるのを見たんでさ、ここの、ほら、ピッツって娘といっしょだった。ふたりして――」

「ピッツ！」警視が大声を出した。「ゴドフリー夫人の女中だな？」

「へえ、そうですよ」ジョラムは青いハンカチを取り出して、あざけるように洟をかんだ。「ピッツって生意気な女で。まったく、年増《としま》の雌鶏《めんどり》め！　ほんとうにどうしようもない女でね。だからほら、たいして驚きゃしませんでしたよ、あの女が――」

「ちょっと待って」エラリーが辛抱強く言った。「はっきりさせておこう、ジョラム。ゆうべ、マーコさんと女中のピッツがテラスにいるのを見たんだね。けっこう。それは何時だった?」

ジョラムは毛むくじゃらの耳を掻《か》いた。「何分かまではわからねえです」もっともらしく言う。「時計は持たねえもんだから。けど、たしか夜中の一時ごろか、ひょっとしたらもうちょっとあとだったかな。わしはテラスのほうへおりてったんですよ、ほら、寝る前に見まわりをしようかと――」

「ジョラムは夜警のようなものでね」ゴドフリーがぶっきらぼうに説明した。「本来のつとめではないが、目を配ってくれている」

「テラスは月が出ててじゅうぶん明るかった」老人はつづけた。「で、マーコさんはわしのほうへ背を向けて、テーブルのそばに腰かけてたよ。役者みたいにめかしこんで――」

「マントはつけていたかい、ジョラム」エラリーがすかさず尋ねた。

「へえ。前にもあの人があういうもんを着てるのを見ましたよ。あれを着ると、昔マーテンズの町で見たオッペラのミフィストフィレズとそっくりだ」下品な笑い声をあげる。「ピッツはすっかり女中のお仕着せ姿で、あの人のそばに立ってた。はっきり顔が見えたたな。えらく機嫌が悪そうでね。そうだ、ふたりの姿が見えてくる前に、平手打ちみてえな音が聞こえたっけ。それでピッツがそこに不機嫌な顔で立ってるのを見たんでさ。わしは自分にこう言い聞かせた。〝おっと、ジョラム、猿芝居が見られるぞ！〟そしたらピッツが怒った声で言うのが聞こえたんですよ。〝あたしにそんな口はきかないで、マーコさん。あたしはまともな女なのよ！〟ってね。で、ピッツがむっとして階段をこっちへあがってきたんで、わしは物陰に身を隠した。マーコさんは何もなかったみてえに、その場にすわったままだった。こと女にかけちゃ図々《ずうずう》しい人でね。前にも台所で働いてるテッシーにちょっかいを出してるのを見たことがある。けど、このピッツって娘、マーコさんに剣突を食らわすとはな。妙なこった……」

　ローザが両手を握りしめ、書斎から駆け出した。

「ピッツを連れてこい」モーリーが戸口の番に立つ刑事に向かって簡潔に命じた。

　誇らしげな羊飼いさながら、百万長者が庭師を急《せ》き立てて、ゴドフリーがジョラムとともに出ていくと、モーリー警視が両手を宙にあげた。「またしても厄介な話だ。忌々しい女中め！」

「かならずしも厄介じゃありませんよ。時間に対するジョラムの感覚が信用できるとしたら、われわれが最初に立てた推測はまだ有効です。検死官の見立てでは、マーコの死亡時刻は午前一時から一時半のあいだであり、ピッツという女はその時間にマーコといいちゃついていた。そしてそのピッツが立ち去るのをジョラムが実際に見ていたわけです」

「まあ、このピッツの一件に意味があるのかどうかは、まもなくはっきりするでしょう」モーリーは椅子に腰をおろして、太い脚を伸ばした。「いやあ、くたくただ！あなたもずいぶんお疲れでしょう」

エラリーは悲しげに微笑んだ。「それは禁句ですよ。いまのぼくには、マクリン判事がこの頭の上のどこかで幸せにいびきをかいてるってことしか考えられません。とにかく早く目を閉じないと。でなきゃ、この場で倒れそうだ」ぐったりと腰をおろす。「さて、ここに犯人の手紙がある。こちらの地方検事は重要な証拠と見なすでしょうね、この先──もし──この事件が訴追の段階に達したら」

モーリーは貼り合わせた手紙を注意深くしまった。ふたりは向かい合ってすわり、頭を空っぽにしてくつろいだ。書斎は静まり返り、まるで混乱の巷《ちまた》における修道院だった。エラリーのまぶたがおりはじめた。

ところが、騒々しい足音がして、ふたりは活気を取りもどした。警視が緊張して振り返った。そこにいたのは、使いに出した刑事で、ゴドフリー夫人を従えていた。

「どうした、ジョー。女中はどうした？」

「見つかりません」刑事が息をはずませた。「ゴドフリー夫人が言うには――」警視とエラリーは勢いよく立ちあがった。「つまり、いなくなったのかい」エラリーが抑えた声で言った。「けさ、お嬢さんにそのことについて何か話していらっしゃったのをたしかに聞いた気がするんですがね、ゴドフリー夫人」

「はい」夫人の浅黒い顔に当惑が浮かぶ。「実は、先ほどみなさまに昼食のことをお知らせに二階へ参りましたとき、ピッツがいなくなったことをお伝えしようと思っていました。それが、あんなことになって忘れてしまったのです」ほっそりした手で額をなでる。「重要なことだと思わなかったので――」

「重要なことだと思わなかった！」モーリー警視が声を荒らげ、体を大きく揺らした。「だれも、何ひとつ重要だとは思わないわけだ。ジョラムは口をつぐんでいる。あなたも話そうとしない。どいつもこいつも……。女中はどこです？　最後に見たのはいつですか。いったい、あなたには舌がないんですか、ゴドフリー夫人」

「怒鳴らないでください」夫人は冷ややかに言った。「わたくしは使用人ではございません。落ち着いて質問してくだされば、知っていることをお話しします、警視さん。きょうはみなすっかり気が動転していて、最初のうち、そういうことはわたくしの印象に残らなかったのです。ふだんは早朝にひと泳ぎして朝食の身支度のために屋敷へもどるまで、ピッツに会いません。もちろん、いろいろなことが――ご存じのとおり、起こりましたけれど……。けさはあの――あの死体を見つけたあと、屋敷へもどってようやく、女中を呼びました。ピッツがどこにいるのか、だれも知らないようでしたわ。それにわたくし自身、呆然《ぼうぜん》としていましたし、気がかりなことがほかにもあって、その件は追及しなかったのです。別の女中が代わりをしてくれましたの。ピッツが見あたらないことは、一日じゅう何度も思い出しましたが……」

「その女中の寝室はどこですか」モーリーは苦々しげに尋ねた。

「この一階の使用人棟です」

「そこは探したのか」モーリーは部下に向かってわめいた。

「探しました、警視」刑事は震えあがっていた。「だれもがまさかと思いましたが――その女中はいなくなりました。きれいさっぱり消え去ったんです。衣類と、鞄《かばん》と、何もかもを持って。どうしてわれわれにわかるはずが――」

「鼻先で逃げられたんだとしたら」モーリーは怒声を発した。「おまえらの警察バッジは取りあげる、みんなまとめてだ！」

「まあ、まあ、警視」エラリーが眉根《まゆね》を寄せた。「そんなわけがありません。あれほどおおぜいの警官が見張っているんですから。ゴドフリー夫人、きのう最後にその女中を見たのはいつですか」

「わたくしが自分の部屋にもどったとき、つまり――あのあと――」

「つまり、マーコさんの部屋から出たあとですね。ああ、なるほど。それで？」

「いつもピッツを呼んでベッドを整えたり、髪を梳《と》かしたりしてもらっています。呼び鈴を鳴らしたのですが、しばらく来ませんでした」

「それは珍しいことなんですか」

「はい。それでようやく現れたものの、気分が悪いと訴え、休ませてくれと言ったのです。とても顔が赤くて、熱っぽい目に見えました。もちろん、すぐさがっていいと許可しましたわ」

「ただの口実だ」警視が棘《とげ》のある口調で言った。「女中が部屋から出たのは何時でした？」

「正確なところはわかりませんが、一時ごろだったと思います」

エラリーが言った。「ところで、ゴドフリー夫人、その女中がここで働くようになってどのくらいですか」

「そう長くありません。前の女中がこの春ずいぶんと急に暇をとりまして、そのあとすぐピッツが参りました」

モーリーがいらいらと言った。「その女中がどこへ行ったのか、あなたはご存じないんでしょうな。実に困ったことに――」

バイク隊の警官の制服を着たたくましい男が、戸口から言った。「コーコラン警部補の使いでお知らせにあがりました、警視。車庫から黄色いロードスターがなくなっています。警部補がつい先ほど、あのジョラムという男とふたりの運転手を立ち会わせて確認しました」

「黄色いロードスター！」ステラ・ゴドフリーがあえぐように言った。「まあ、ジョン・マーコさんの車ですわ」

モーリーがふちの赤くなった目でにらんだ。そしてわめき立てながら、刑事に飛びかかった。「おい、なんででくの坊みたいにそこに突っ立ってるんだ？　さっさと仕事にかかれ！　その車の行方を突き止めろ。ピッツって女は夜のうちに逃げ出したにちがいない。消息をつかむんだよ、この抜け作！」

エラリー・クイーン氏はため息をついた。「それはそうと、ゴドフリー夫人、前の女中がずいぶんとあわててやめたとおっしゃいましたね。ご存じのかぎりで、何か理由はありましたか」

「それが、ありませんの」夫人はゆっくりと答えた。「いつも不思議に思っていました。できた娘でしたから、お給金もはずんでいましたのに。本人も仕事が好きだとよく言っていたものです。それが――いきなりやめてしまって。なんの理由もなく」

「ひょっとすると」モーリーが叫んだ。「共産主義者だったのかもしれませんな！」

「はっはっは」エラリーが笑った。「それでもちろん、その病弱なピッツは周旋所を通して雇ったんですね、ゴドフリー夫人」

「いいえ。あの娘は人から紹介されたんです。わたくし――」ゴドフリー夫人があまりに唐突にことばを切ったため、室内を歩きまわっていたモーリーまでが足を止め、夫人を見据えた。

「紹介された」エラリーが言った。「では、親切に世話を焼いたのはだれなんです、ゴドフリー夫人」

夫人は手の甲を噛《か》んだ。「それが妙でして」小声で言う。「いま思い出しましたわ……。ジョン・マーコさんでした。お知り合いに、仕事を探している娘さんがいるとかで……」

「さだめし」エラリーはそっけない口調で言った。「上等な女でしょうよ、ねえ、警視。なるほど。するとテラスでの一件は、ジョラムに見せるための一幕ではありえないということですね……。さて、警視、管轄内の難問の海と格闘なさっているところですが、ぼくのほうは眠くて死にそうだとお知らせします。ゴドフリー夫人、親切なお嬢さんがこの酷使された骨身に用意してくださったやすらいの場へ、どうかぼくを案内してくださるよう取り計らっていただけませんか」

8　もてなしについて

一艘《そう》の船が沈みかけていた。海には赤い波が大きくうねり、船はまるで玩具《がんぐ》だ。巨人が全裸で舳先《へさき》に仁王立ちになり、頭上数インチにある薄暗い月をにらんでいる。船が沈み、巨人の姿も見えなくなる。一瞬ののち、巨人の頭が凪《な》いだ水面に小さく浮かび、黒々とした天空をやみくもに仰ぐ。月の光がその顔を明るく照らし出した。ジョン・マーコだった。やがて海が消え、ジョン・マーコは小さな陶磁器の人間となって、グラスの水に浮かぶ。死んですっかり硬直している。透明な液体がマーコの白いエナメルの体を洗い、巻き毛を漂わせ、体をいたずらにグラスの側面に打ちつける。水が徐々に緋色《ひいろ》の染料で濁りはじめると、そのありさまはまるで……。

エラリー・クイーン氏は闇のなかで目を覚まし、喉《のど》の渇きを覚えた。

しばらくのあいだ、空っぽで混濁した頭で記憶をたぐり寄せようとした。やがて堰《せき》を切ったように記憶がもどると、エラリーは体を起こし、唇をなめながらベッドの脇のランプを手探りした。

って吸う。

「自慢の潜在意識も役に立ったとは言えないな」つぶやくと同時に、指でスイッチにふれた。部屋にたちまち生気がもどった。喉がからからだ。ベッドのそばのボタンを押したあと、ナイトテーブルに置いた煙草入れから一本とって火をつけ、仰向《あおむ》けになって吸う。

夢のなかで、幾人もの男女、海、森、妙に生々しいコロンブスの胸像、血まみれの巻いた針金、ゆっくり進むクルーザー、片目の怪人、そして……ジョン・マーコを見た。マント姿のマーコ、裸のマーコ、白い麻の服を着たマーコ、正装をしたマーコ、額に角を生やしたマーコ、太った女たちにハリウッド風の恋を仕掛けるマーコ、タイツを穿《は》いて緩徐調《アダージョ》で踊るマーコ、古めかしいダブレットとタイツというでたちで歌うマーコ、罰あたりなことばを叫ぶマーコ。だが、夢のなかでのその波瀾《はらん》万丈の人生のどこにも、マーコ殺害事件に対する理にかなった解答は、片鱗《へんりん》すら見あたらなかった。頭がひどく痛く、まったく休んだ気がしなかった。

ドアをノックする音に不機嫌に返事をすると、ティラーがグラスと酒瓶をいくつかずつ盆に載せて静かにはいってきた。父親めいた笑みを浮かべている。

「ぐっすりお休みになれましたか」そう言って、盆をナイトテーブルに置いた。

「さんざんだ」エラリーは瓶の中身を見て顔をしかめた。「ふつうの水を頼むよ、ティラー。喉が渇いてたまらない」

「かしこまりました」ティラーはくっきりした小さな眉《まゆ》を吊《つ》りあげて言い、盆を運び去ったのち、すぐさま水差しを持ってもどった。「きっとおなかも空《す》いていらっしゃるでしょう」ティラーは、エラリーが三杯目の水を飲みほすと、控えめな声で言った。「すぐにお食事を持ってあがらせます」

「しまった！　いま何時かな」

「夕食の時間はとうに過ぎています。奥さまから邪魔をしないようにと――クイーンさまとマクリン判事さまのお休みの邪魔をするなと言われました。まもなく十時でございます」

「気がきくね、ゴドフリー夫人は。食事だって？　ああ、たしかに腹ぺこだ。判事はまだ眠ってるのかい」

「そうだと思います。まだ呼び鈴を鳴らしていらっしゃいませんから」

「〝汝《なんじ》は眠れり、ブルータス。だが、ローマは鎖につながれている（ヴォルテールの悲劇『セザールの死』第二幕第二場より）〟エラリーは悲しげに言った。「だが、まあ、それは老化の最大の恵みだ。ご老体には休んでいただこう。それだけの働きはしてくれたからな。じゃあ、食事を持ってきてくれ、ティラー。そのあいだにぼくは体の垢《あか》を洗い落とすよ。そう、われわれは社会とわが身、そして〝神に相応の敬意を表さなくてはならない（フランシス・ベーコン『学問の進歩』より）〟」

「はい、かしこまりました」ティラーがまばたきをして言った。「僭越《せんえつ》ながら申しあげますと、このお屋敷にお越しになった紳士がたで、ヴォルテールとベーコンをひと息で引用なさったのはクイーンさまがはじめてでございます」ティラーは驚くエラリーをあとに残し、落ち着き払って出ていった。

たいしたものだな、あのティラーは！　エラリーは含み笑いをしてベッドから跳びおり、浴室へ向かった。

入浴してひげを剃《そ》り、さっぱりして出てくると、ティラーがクリーム色のクロスをひろげてテーブルを整えていた。蓋《ふた》のついた銀色の皿が大きな盆にいくつも載り、あたたかい料理のいいにおいが漂ってきて、口に唾《つば》がたまった。エラリーは急いで部屋着を身につけ（有能なティラーは、エラリーが浴室にいるうちに鞄《かばん》をあけ、身のまわりのものを出しておいたのだった）、それから食欲を満たすべくテーブルについた。ティラーはでしゃばらずに巧みな手際で給仕をし、数えきれないほどの多様な才とともに、執事の適性までも具《そな》えていることを示した。

「あの――いいかい、ティラー、きみの完璧《かんぺき》なもてなしに文句をつけるつもりはないんだけど」エラリーは最後にカップを置きながら言った。「これは本来、執事のつとめじゃないかな」

「まことに、そのとおりでございます」ティラーが忙しく皿を片づけながら言った。

「実は、執事がやめたいと申し出ておりまして」

「やめる! 何があったんだ」

「怖《お》じ気づいたのだと思います。昔気質《かたぎ》な者でして、人殺しなどというものが少々性に合わないのです。また、モーリー警視の部下のかたがたの——執事当人のことばを借りれば——〝あきれ果てた〟粗野なふるまいに立腹しているようです」

「ぼくが正しくモーリー警視のことを理解しているとしたら」エラリーはにやりとした。「やめると申し出たとしても、ここから出してはもらえないだろうな——この事件が片づくまでは。それはそうと、ぼくが前後不覚に眠りこんでいるあいだに、何か変わったことはあったかい」

「何もございません。モーリー警視は部下のかた数人を残して、引きあげられました。明朝また来るとクイーンさまにお伝えするようことづかっております」

「ふむ。どうもありがとう。さて、ティラー、この散らかったのを片づけてもらって……。いや、いい、着替えは自分でちゃんとできる! 長年そうしてきたからね。この家の執事と同じで、ぼくも自分のやり方を変えるのがきらいなんだ」

ティラーが出ていくと、エラリーは清潔な白い服に手早く着替え、隣室へ通じるドアをノックしたが、返事がなかったので、こっそり中へはいった。ロイヤルブルーのきらびやかな部屋で、マクリン判事が安らかに寝息を立てていた。ずいぶん派手なパジャマを着て、白い髪が光輪さながら盛大に逆立っている。ご老体はきっと朝までぐっすりだろうと見てとり、エラリーはそっと部屋から出て、階下へおりた。

リア王の娘リーガンが生来のやさしさから、年老いたグロースターの顎《あご》ひげを引き抜いたとき、グロースターは哀れっぽく言った。〝わしは主《あるじ》じゃ。もてなしの主の顔に、追いはぎの手でかような狼藉《ろうぜき》を働くとはけしからん（『リア王』第三幕第七場より）〟と。この訓戒がリア王の娘の胸に悔恨の情を呼び起こしたという記述はない。

エラリー・クイーン氏は進退窮まっていた。もっとも、それは今回が生涯ではじめてではない。ウォルター・ゴドフリーは申し分のないもてなし役とは言いがたく、顔の毛穴から何も生えていないような背の低い太り肉《じし》の男だ。しかし、エラリーとしては食事と寝所を提供してもらった恩義がある。それなのに――『リア王』の構図にならって――ゴドフリーの顎ひげを引き抜くことは、もてなしの精神を足蹴《あしげ》にする厚かましい行為だ。

要するに、エラリーは盗み聞きすべきか否かという月並みなジレンマに陥っていたのだった。つまり、盗み聞きはもてなしへの侮辱だが、探偵の仕事には不可欠であり、エラリーが心中にかかえている最大の問題は、まず客人たるべきか、まず探偵たるべきかということだった。エラリーはその機が訪れた直後に心を決めた。自分は黙許によって特別な事情のもとで客になったにすぎず、したがって鋭敏な耳をできるかぎりそばだてて聞くことこそが、自分自身に対して、また真実という大義に対して責務を果たすことになる、と。そしてエラリーは耳を傾け、意義深い結果を得た。嘘のない率直なひとつのことばをひたすら追い求めるのに比べたら、聖杯探しすら困難ではないと思った。

その機会はまったく思いがけなく訪れ、エラリーはただちに、良心との闘いを余儀なくされたのだった。エラリーは、一見したところだれもいない区画へ足を踏み入れた。広々した洞窟《どうくつ》のような居間には人気《ひとけ》がなく、書斎をのぞいたものの真っ暗で、パティオも閑散としていた。みなどこにいるのだろうと考えながら、おぼろな月明かりのもと、かぐわしい庭へひとりで歩いていった。

ひとりである、と少なくともエラリー本人は思っていた。ほかに人はいないと考えていたが、貝殻で飾られた小道の曲がり角に着くと、女のすすり泣きが聞こえた。庭のそのあたりは木々が鬱蒼《うっそう》として、かなりの高さがあるため、エラリーの姿はすっかり木陰に隠れた。そのうちに、男の話し声がして、エラリーは曲がり角の向こうに思いがけずゴドフリー夫妻がいることを知った。

ウォルター・ゴドフリーは声を落として話していたが、それでもしなるような独特の口調は消せなかった。「ステラ、おまえに話をしなくてはいかん。もういい加減に、だれかが決着をつけるべきだ。この件の真相をおまえが自分の口から話すか、さもなければわたしが理由を調べる。わかったな?」

エラリーはほんの一瞬だけ迷い、そのあとはとにかく一心に聞き耳を立てた。

「ああ、ウォルター」ステラ・ゴドフリーはすすり泣いていた。「わたくし――わたくし、とてもうれしいわ。だれかに話さずにはいられなかったの。思ってもみなかったわ、あなたが……」

告白の時間だった。月が心和む光を投げ、庭が迷える魂をいざなっている。

百万長者がうなったが、いつもよりやさしい声だった。「なあ、ステラ、わたしにはおまえのことがわからんよ。なぜ泣くんだ。結婚してこのかた、おまえはずっと泣いてばかりのような気がする。神もご存じのとおり、望むものはなんでも与えてきたし、おまえも知ってのとおり、わたしにはほかに女はいない。すると、マーコの件かね」

夫人の声がくぐもり、不安定になる。「あなたはわたくしになんでも与えてくれたけれど、関心だけは向けてくださらなかったのよ、ウォルター。わたくしのことは、ずっと蔑《ないがし》ろだった。結婚したころは、ロマンチックな人だったのに。それに、こんなに――こんなに太っていらっしゃらなかった。女はロマンスがほしいのよ、ウォルター……」

「ロマンスだと！」ゴドフリーは鼻を鳴らした。「くだらん。おまえはもう子供じゃないんだぞ、ステラ。ローザとあのコート青年なら、それもかまわん。だが、わたしとおまえ――わたしたちにとっては過去のことだ。わたしにとってはそうだ。おまえもそうならなくてはな。問題は、おまえがいつまでも大人にならないことだ。孫がいてもおかしくない歳だというのがわからんのか」しかし、その声にはためらいの響きがあった。

「わたくしにとっては、過去のことではありません」夫人は声を張りあげた。「あなたにはそれがおわかりにならないんだわ。それだけではないの」落ち着いた声になる。「あなたは、わたくしを愛さなくなったばかりではなく、わたくしをあなたの人生から締め出したのよ。ウォルター、もしあの薄汚れた老人のジョラムに払う関心の十分の一でもわたくしに向けてくださっていたら、きっと――きっと幸せでしたのに！」

「つまらんことを言うな、ステラ！」

「どうしてもわからなかったの、なぜあなたが……ええそう、ウォルター、あなたが――わたくしを追いこんで――」

「どこへ追いこんだと？」

「この――この何もかもへよ。この恐ろしい騒ぎへ。マーコは……」

ゴドフリーが長いあいだ黙していたので、どこかへ立ち去ったのではないかと、エラリーは思いはじめた。しかし、そのうちにゴドフリーがしゃがれた声で言った。「そういうことか。まぬけだな、わたしは。頭を働かせなくてはいかん。おまえが言うのはつまり――ステラ、この手でおまえを殺してやりたいくらいだ！」

夫人はささやき声で言った。「自分でもそう思うわ」

風が起こって庭を吹き抜け、奇妙な余韻を漂わせた。エラリーはそのただなかにじっと立ち、機を逃さず目覚めさせてくれた運命に感謝した。発覚の気配があった。思いも寄らないことが――

百万長者が静かに尋ねた。「いつからなんだ、ステラ」

「ウォルター、そんなふうに見ないで……。この――この春からよ」

「あの男と出会った直後だな。わたしはなんておめでたい男だったんだ。ウォルター・ゴドフリーの大切な桃を、あの男は苦もなく摘んだというわけか。まったく、まぬけだな。コウモリ並みに何も見えていなかった。まさに鼻先で……」

「何も――きっと何も起こらなかったと思うの」夫人が声を詰まらせる。「もしあんなことがなければ……。ねえ、ウォルター、あの夜あなたはわたくしを邪険にしたわ――ひどく冷淡で、ひどく無関心で。わたくしは――わたくしを、あの人が家まで送ってくれた。それ以来、いつもそうするようになって。あちらが――あの人が言い寄ってきたの。はねつけようとしたのよ、でも……。ともかく、持っていたフラスクからわたくしにお酒を飲ませた。そして、おかわりも。そのあとは――わからない。ああ、ウォルター――あの人の部屋へ連れていかれて――そうなってしまった。わたくしは――」

「ほかに何人そういう男がいたんだ、ステラ」背の低い男の声は冷たい鋼鉄のようだった。

「ウォルター！」恐慌を来して声が高くなる。「誓うわ……あの人がはじめてです！ひとりだけよ。もうだまっているのに耐えられなかったの。ああ、話さずにはいられなかった。だって、あの人――あの人があんなことに……」夫人の若々しい肩が震えるのが見える気がした。

どうやら、ゴドフリーは小道を行ったり来たりしているらしく、靴が小刻みに砂利を踏む音が聞こえた。エラリーは驚いた。ナポレオンを思わせるその男が、意外にも大きな吐息を漏らしていたからだ！「わかったよ、ステラ、わたしも悪かったのかもしれない。妻の不貞を知った亭主というのはどんな気持ちなのかと考えたことは何度もある。新聞でそういう記事を見かけるからな――亭主がリボルバーを取り出したとか、妻の頭を殴ったとか、自殺を図ったとか……」間をとって言う。「しかし、つらいものだ。実につらいものだよ、ステラ」

夫人はささやいた。「ねえ、ウォルター、わたくしはけっしてあの人を愛してなどいなかった。ただ——おわかりになるわね、何が言いたいのか。あんなことをしてしまって、すぐに死にたくなったわ。たとえ——たとえ酔わされたせいだとしても。どんなに悔やんだか、おわかりにならないでしょうね。でも、わたくしは罠《わな》にかけられたの。あの人は——おお、恐ろしい人だった」

「それであの男をここへ招くことになったのか」ゴドフリーは小声で言った。「わたしも物言わぬ動物なりに、妙だと思っていたよ。これまでおまえはくだらん連中を招待してきたが、あの男は独特だったからな。しかもおまえの情人だとは！」

「いいえ、ウォルター、わたくしは会いたくなかったのよ！　とうの昔にすっかり終わったことだった。でも、あの人に——強引に迫られて、お客さまとして迎えることに……」

砂利を踏む足音が止まる。「勝手に押しかけてきたと、わたしに面と向かって言うのかね？」

「そうよ。お願い、ウォルター……」

「なんとも愉快な話だ」声が怒気を帯びる。「勝手に押しかけてきて、わたしの食べ物を口にし、わたしの馬に乗り、わたしの花を摘み、わたしの酒を飲み、わたしの妻に言い寄るとは。このわたしが、ずいぶんとあの男に甘いじゃないか！　それで、ほかの連中は？　あのマンとかいう夫婦と、あのむさくるしいコンスタブルって女——

あの連中はどこから来たんだ。いつもの場所か、でなければどこだね？　話すんだ、ステラ。気づいていないかもしれんが、おまえのせいでわたしたちはとんでもない窮地に陥っている。もし警察がおまえとあの男のことを嗅《か》ぎつけたら――」

だしぬけに女の服が鋭く擦《こす》れ合う音がして、エラリーはステラが夫の腕のなかに跳びこんだのだとわかった。

エラリーは辟易《へきえき》した。まったくもって不愉快だった。死体の解剖にでも立ち会っている気分だ。それでも唇を引き結んで、いっそう集中して聞いた。

「ウォルター」夫人がささやいた。「しっかり抱きしめて。こわいの」

「だいじょうぶだ、ステラ、だいじょうぶ、だいじょうぶ」ゴドフリーが何度もやさしく、ただ漫然と繰り返した。「わたしがなんとかする。だが、真実をすべて打ち明けなくてはいけない。ほかの連中はどうなんだ。どこから来た？」

夫人は長いあいだ黙していた。茂みでコオロギが一匹盛んに鳴いている。やがて夫人は、深い呼吸にも聞こえるほどひどくかすれた声で言った。「ウォルター、あの人たちがここへ来るまで、だれとも一度も会ったことがなかったの」

エラリーにはゴドフリーが驚いたのがわかった。それは手にふれられぬ突風となって、すがすがしい空気のなかにひろがった。ゴドフリーは声を失い、はっきりとことばを口に出すのにしばらく時間がかかった。「ステラ！」ようやく咳《せ》きこんで言う。

「どうしてそんなことが？　ローザの知り合いなのか。それともデイヴィッドの知人かね」

「いいえ」夫人がうめくように答える。「ちがいます」

「しかし、どうして連中は――」

「わたくしが招待しました」

「ステラ、わかるように話しなさい！　さあ、しっかりするんだ。ここはとにかく重要なところなんだぞ。どうして招待できるんだ、知りもしないのに――」ゴドフリーにはまだ真相が見えていなかった。

「招待しろとマーコがわたくしに命じたの」夫人が悲しげに言った。

「マーコが命じた？　いきなり、あいつらの名前と住所を知らせてきたのか」

「そうよ、ウォルター」

「なんの説明もなく？」

「ええ」

「で、ここへ来てどうしたんだ？　何しろ、連中にしたって、そんなふうに招かれてすんなり納得するはずが――」

「わからない」夫人がゆっくりと言った。「ほんとうにわからないの。ひどく奇妙で――なんとも恐ろしい、とっても恐ろしい悪夢を見ているようだったわ。中でも、コンスタブル夫人は特に変だった。はじめから偽っていたの。まるでずっと昔からわたくしと知り合いだったようなふりをして……」

　ゴドフリーの声にいつもの生気がもどった。「はじめから？　ここへ来てすぐマーコに会ったのか」

「ええ。マーコとはじめて顔を合わせたとき、コンスタブル夫人ときたら――卒倒しそうに見えたわ。それでいて、マーコを知らないふうでもなかった。前からの知り合いなのに――固く覚悟を決めて会ったのに――それでも思わず動揺してしまったんだろうと、わたくしは確信しました。マーコは落ち着き払っていて、しかも――しかもあざ笑っていたわ。はじめて会うような顔で紹介を受けて……。ところが、コンスタブル夫人のほうも急にごまかしはじめた。恐れていたの――夫人は死ぬほど恐れていたわ」

　コンスタブル夫人が恐れていたのは、あなたを脅かしてきたのと同じものですよ、ステラ・ゴドフリー、とエラリーは苦々しく思った。しかも、あなたはこの期に及んでなお何かを隠している。いまこの瞬間にも、ステラ・ゴドフリー、あなたがひどく恐れて話そうとしない何かがある――

「あの醜い肥満女め」百万長者が考えながら言った。「まったく、さもありなんだ……。では、マン夫婦は？」

夫人の返事には、ぞっとするほどの憔悴《しょうすい》した響きがあった。「あのふたりも妙だったわ。特にマン夫人のほうがね。あの夫人は――変わった人よ、ウォルター。安っぽくて、厚かましい人間で、タブロイド新聞でよく見る種類の人、貪欲《どんよく》なコーラスガールのたぐいだわ。そういう女はこわいもの知らずなのがふつうでしょう？　ところが、マン夫人もあの人に会ったとたん、死ぬほど怯《おび》えたの。わたくしたち――わたくしたち三人の女は、目隠しをして崖《がけ》のふちを歩いていたのよ。三人とも恐れていた。話すことを恐れ、息をすることを恐れ、お互いに打ち明けることを恐れて――」

「では、マンは？」ゴドフリーはぶっきらぼうに訊《き》いた。

「まったく――まったく理解できない人だった。正体のつかめない人よ、ウォルター。不作法で下品で、それでいて妙にたくましい。何を考えているのか、けっして表に出さない。ここでは、ああいう手合いの人にしてはほんとうにうまくふるまっているわね。〝上流社会〟の人間らしくしようとつとめている。上流だなんて！」

「マーコにはどう接していたんだ」

夫人はややヒステリックな笑い声をあげた。「まあ、ウォルター、なんだか滑稽《こっけい》ね。あなたとも同じ屋敷で暮らしていた人について、わたくしの口から説明しなくてはならないなんて……。軽蔑《けいべつ》していたわ。マンさんはあの人をきらっていました。いっさい関心を示さなかった。ただ一度、ある夜マーコさんがマン夫人を庭へ散歩に連れ出したことがあって、そのとき——わたくし、マンさんの目に浮かんだものを見たの。ぞっとしたわ」

またしばし沈黙がおりた。やがて、ゴドフリーが静かに言った。「なるほど、わたしには単純明快に思えるな。おまえたち三人の女は、マーコが別々に言い寄った相手だ。おまえの弱味に付けこんで、夏じゅうただで過ごせるうえに、愉快で清廉潔白な楽しみを得る機会を見つけた。卑劣なドブネズミめ！　それでほかの連中をここへ招待させたんだ……。わたしがそのことを知っていたら。話してくれさえしたら。ローザも危ういところだったと思うとな。ローザにも言い寄っていたんだ、あのろくでなしめ！　わたしの娘があんなやつに——」

「ウォルター、ちがうわ！」夫人が悲痛な声で叫んだ。「あの人はローザを誘ったかもしれない……。でも、きっとほかに——ローザはちがう。ローザはちがうわ、ウォルター。わたくしは自分のことで手いっぱいで、何が起こっているのか見えていなかった。アールの態度から気づいたはずなのに。かわいそうに、あの青年はすっかりあわててしまって……」

エラリーは、夫人が急に息を呑《の》む音を聞き、注意深く茂みを離れた。小枝が折れて音を立てたが、ふたりには聞こえなかったらしい。月明かりのもとで、ふたりは寄り添って小道に立っていた。女のほうが男より背が高い。だが、男が女の手首をつかみ、醜い傲慢《ごうまん》な顔にこのうえなく奇妙な表情を浮かべている。

「さっき、おまえを助けると言った」男がはっきりと告げる。「だが、おまえはまだすべてを話していない。あの忌々しいジゴロの言いなりになったのは、ただわたしに知られるのを恐れたからなのかね？　それだけか——あるいはほかに理由があったのか。あとのふたりを縮みあがらせていたのと同じ理由が」

ところが、踏みにじられた当主たちの権利を守る大いなる力が、この世にはたしかに存在した。それに盗み聞きというのは、どう贔屓目《ひいきめ》に見ても、あてにならないものだ。

だれかが小道をのぼってきた。ゆっくりと向かってくる、その引きずるような重い足どりは、芯《しん》から疲れ果てていることを物語っていた。

エラリーはとっさに灌木《かんぼく》の茂みに隠れた。その夜のステラ・ゴドフリーの返事は、結局聞けない運命だった。エラリーは物陰にうずくまって息を殺し、さっきあわてて離れたばかりの小道に目を据えた。

ゴドフリー夫妻もその足音を聞いたらしく、ぴたりと静かになった。

やってきたのは、コンスタブル夫人だった。ぼんやりと姿が見えてくる。青白い大柄な亡霊がいびつに出っ張ったオーガンジーの服を着ていて、肉づきのいいむき出しの腕が、月の光を受けて大理石のように見える。なおも擦るような重い足どりで砂利を鳴らして歩き、大きな顔は夢遊病者のごとく表情がなくうつろだった。ひとりで来たらしい。

巨大な尻《しり》がエラリーの頭から数インチのところをかすめ、コンスタブル夫人は小道の角を曲がっていく。

いっせいに驚きの声があがったが、玩具《がんぐ》の鳥の機械仕掛けによる歌と同じ、偽物のさえずりだった。

「コンスタブル夫人！　いままでどこにいらっしゃったの？」

「こんばんは、コンスタブル夫人」

「これはどうも。わたし――ただ散歩をしていたんです……。ほんとに恐ろしい一日で……」

「まったくです。みな同じ気持ちで――」

エラリーは運命の女神の復讐《ふくしゅう》心に苦々しい思いで歯ぎしりしながら、小道へ這《は》い出て、こっそりとその場から立ち去った。

9　夜、紺青の狩人

　マクリン判事は目を覚ました。あるときは、粘ついた黒い靄《もや》のなかを這いのぼろうともがいていたが、いまやすっかり目が覚め、あらゆる感覚が覚醒《かくせい》し、聞いていると意識する前に聞き耳を立て、まぶたが開く前から闇に目を凝らしていた。老いた心臓がピストンのごとく激しく打つのを感じて驚いた。危険に気づき、横たわったままじっと身をこわばらせる。

　だれかが部屋にいるのがわかった。

　スペイン風のバルコニーに面した、床まである大窓を、目の隅で見やった。カーテンが半分しか引かれておらず、星をちりばめた空が見える。ということは、夜にちがいない。何時ごろだろう。無意識に体が震え、寝具がかさかさと音を立てた。夜の訪問者はご免こうむりたかった。ましてや殺人がおこなわれた家ならなおさらだ。

　だが、何事も起こらず、分別が抵抗力を呼び覚ますにつれ、徐々に脈がゆっくりになって正常に近づいた。だれであれ、相手は不意打ちで命を奪おうとしている、と判事は懸命に考えた。ベッドから跳ね起きるべく、老いた筋肉に力をこめる。取っ組み合いで成果も示せぬほど、まだ老いぼれてはいない……。

突然、ドアが小さく音を立て――すでに目は闇に慣れている――判事は何か白いものがひらりとドアから出ていくのをたしかに見た。訪問者が去ったのだ。

「ふう」声に出して言いながら、判事は素足を床に振りおろした。

どこか近くから、落ち着いた声が淡々と言った。「おや、ようやくお目覚めですね」

判事は仰天した。「びっくりさせるな！　エラリーか」

「ええ、生身のね。あなたも、われらが友の歩きまわる音をお聞きになりましたね？　いやいや、だめです、明かりはつけないで」

「すると、きみだったのか」判事は息をはずませた。「いまここから――」

「出ていったのが、ですか？　ちがいます。ボーデの法則によると、ふたつの物体が同時に同じ空間を占めることはできないでしょう？　まあ、それはどうでもいい。ぼくは昔から科学が苦手でして。さっきのは、ぼくが待ち受けていた徘徊者《はいかい》です」

「待ち受けていただと！」

「白状すると、いまの女がこの部屋に来るとは予想していなかったんです。まあ、たやすく説明はつきますが――」

「女？」

「ええ、そうですよ、あれは女性でした。白粉《おしろい》のにおいがしませんでしたか？　残念ながら、製造元と香り《オドウール》は特定できませんが。ぼくはその方面についてはファイロ・ヴァンスほどくわしくないのでね。ただ、さっきの女はまちがいなく、長くてひらひらした白いものを身につけていました。ぼくはもう一時間以上もあれこれと見張っていたんです」

老判事はことばを詰まらせた。「ここでかね？」

「いいえ。おもにぼくの部屋でね。女がここのドアをあけるのを見て、ぼくは――ええと――危急の際には、隣との仕切りのドアから忍びこもうと考えたんです。あなたはまったく崇高な老天使だな。あの女に殴られたっておかしくなかったんですよ、気《け》怠《だる》く誘う天女の夢を見つづけているあいだにね」

「下品なことを言うな！」判事はきびしい口調で言ったが、声は抑えたままだった。「なぜわたしを襲おうとするんだ。ここの連中とは知り合いではないし、むろんだれに対しても何もしていない。きっと何かのまちがいだ。女が部屋をまちがえた、それだけの話だよ」

「ええ、たしかにそうでしょう。いまのはほんの冗談ですよ」まだベッドの上にいる判事には、なんの音も聞こえず、つぎにエラリーの声がしたときには、部屋の別の方向から――ドアのほうから――聞こえた。「ふむ。あの女はいったん戦略的退却をしたんですね。こちらとしては、待つしかないかもしれません。あなたがベッドを出ようとごそごそ音をさせたんで、びっくりして逃げ出したんでしょう。どうするつもりだったんですか」エラリーが含み笑いをした。「ターザンよろしく相手の喉《のど》に跳びかかるとか?」

「女だとは思わなかった」判事はばつが悪そうに言った。「とはいえ、ここに横になったまま、切り刻まれるつもりはなかったがね。あれはいったい何者なんだ」

「それがわかればありがたいんですけどね。だれであってもおかしくありません」

マクリン判事はふたたび片肘《かたひじ》を突いて寝そべった。そして、ドアがあるとおぼしきあたりに視線を据えた。エラリーの微動だにしない姿がかろうじて見分けられた。

「おい」ついに判事は声をあげた。「話さないつもりなのか。ここで何が起こっているる? なぜきみは待ち構えていた? どうしてそう思った? わたしはどのくらい眠っていた? まったく腹の立つ男――」

「どうどう。一度にひとつずつにしてください。ぼくの腕時計では、まもなく二時三十分です。あなたはよほど安らかな心をお持ちなんだな」

「あの忌々しい女が現れなかったら、まだ寝ていたとも。また気になってうずうずしてきたところだよ。それで、どうなんだ」

「長い話です」エラリーはドアをあけて、頭を突き出した。そしてすぐに引っこめてドアを閉めた。「まだ何事もありません。ぼくも十時まで寝てたんです。腹が減ったでしょう？　ティラーがとびきりうまい料理を——」

「ティラーはどうでもいい！　それに腹も減っとらん。訊《き》いたことに答えろ、このばか者！　今夜だれかがうろつくとなぜ察しがついた？　何を見張っている？」

「ぼくが見張ってるのは」エラリーは言った。「だれかが隣の部屋にはいっていくところをとらえるためです」

「隣？　きみの部屋じゃないか」

「反対側ですよ。端の部屋です」

「マーコの部屋か」老判事が言い、しばらくだまりこんだ。「だが、見張りがついているではないか。たしかラウシュという刑事が——」

「妙なことに、ラウシュって刑事は、ティラーの寝室の簡易ベッドに手脚を伸ばして、疲れを癒《いや》すべくまどろんでいますよ」

「だが、それではモーリーがかんかんだぞ！」

「だいじょうぶでしょう。少なくとも、ラウシュに対してはね。実を言うと、ラウシュは命令を受けてあの部屋の見張りから離れたんです。いえ、その——ぼくの命令で」

判事は口をあんぐりあけて闇を見つめた。「きみの命令だと！　わけがわからないな。罠《わな》を仕掛けるとでも？」

エラリーはまた廊下へ顔を出して確認した。「あの女も震えあがったにちがいありませんよ。あなたのことを幽霊だと思ったんじゃないかな……。おっしゃるとおり、罠です。大半の者が十二時前に引きとりました。かわいそうに！　みな疲れきってましたよ。それなのに、ぼくはついうっかりその人たちに——全員《アン・マス》に——教えたんです。死人の部屋のドアに見張りをつけてもなんの意味もない、特にあの部屋はすっかり調べあげたんだから、と。ついでに、ラウシュ刑事が眠りの国へ出払うであろうこともみなに知らせました」

「なるほど」判事はぼそりと言った。「では、その罠にかかると考えた理由は？」

「それは」エラリーは穏やかに言った。「また別の話です……。しっ！」

判事が息を止めると、頭皮がちくちくとうずいた。エラリーが耳打ちをする。「女がもどってきました。音を立てないでください。ぼくはちょっと偵察の旅に出ます。頼みますよ、ソロン殿、この一幕を台なしにしないでくださいね！」そして出ていった。床まである大窓のカーテンが音もなくかすかに揺れ動き、人影が横切って消えた。判事はふたたび、彼方《かなた》に浮かぶ冷え冷えとした星をながめた。

そして、身震いをした。

十五分経っても、マクリン判事の耳には、崖下《がけした》の岩に砕ける波と、窓から吹きこむ凍える海風以外、なんの音も聞こえなかった。判事は音もなくベッドから這《は》い出すと、パジャマに包まれた痩《や》せた体をベッドの絹の上掛けでくるみ、絨毯地《じゅうたんじ》のスリッパを履いて、窓へ忍び寄った。頭頂のあたりが逆立って房になった髪型が昔のアメリカ先住民独特の髪型を思わせ、肩に上掛けを巻いた姿は滑稽《こっけい》で、戦陣に赴く斥候さながらだった。けれども、珍妙な風体にもかまわず、判事は先住民のよき伝統にのっとるかのように、鉄柵《てつさく》をめぐらせた細長いバルコニーへ忍び出て、数ヤード先の窓のあたりにいるエラリーのそばまで行った……亡きジョン・マーコの寝室の窓だ。

エラリーは窮屈な姿勢で横向きに寝そべり、漏れた光が作る台座に視線を釘《くぎ》づけにしていた。ブラインドがおりきっていなかったため——侵入者が不注意にも見落としたのだろう——むき出しになった下の隙間から室内がまる見えだった。エラリーは判事が近づいてくるのを見て、頭を振って用心を促し、少し場所をあけた。

老紳士はそっと上掛けをひろげて、その上に痩せた尻《しり》をおろし、エラリーのかたわらから体を折るようにして室内をのぞいた。

広々としたスペイン風の寝室は、乱雑をきわめていた。衣装戸棚のドアはあけ放たれて、故人の衣類がひとつ残らず床に投げ散らかされ、引き裂かれているものもある。部屋の真ん中にトランクがひとつ運ばれ、抽斗《ひきだし》があいて中が空《から》になっていた。いくつか手提げ鞄《かばん》とスーツケースが、失望した何者かの手でほうり出されている。ベッドも荒らされて、無残なありさまだ。マットレスがナイフで裂かれ、中身がむき出しになって、ボックス・スプリングが半分見えている。スプリングそのものも襲撃を受けたらしい。天蓋《てんがい》の垂れ幕は引き剝《は》がされている。部屋じゅうの抽斗という抽斗が引っ張り出され、中身が床にめちゃくちゃにばら撒《ま》かれていた。壁に掛かった絵が傾いているところからすると、そんなところまで調べたのだろう。

判事は頬が火照るのを感じた。「忌々しい食屍鬼《グール》はどこだ」小さな声《ソット・ボーチエ》で言う。「こんな冒瀆《ぼうとく》を犯したやつはどこだ。喜んでそいつの首を絞めあげてやる！」

「いや、取り返しがつかないほどの被害じゃありません」エラリーは光の台座から目を離さず、つぶやくように言った。「実際よりひどく見えるだけです。女はいま、浴室にいます。同じように大暴れしているにちがいない。ナイフを持っています。壁に飛びかかるところを見ていただきたかったですよ！　まるでオッペンハイムやウォレスの小説に出てくる秘密の通路がここにもあると言わんばかりでした……。お静かに。淑女のご登場だ。美人ですよね」

判事は目を瞠《みは》った。セシリア・マンだった。

セシリア・マンが浴室の入口に立っていたが、仮面が剝がれていた。常日頃、世間に向けている顔は、ただ化粧の厚さぶんのものだったらしい。その下にはまったく別の顔があって、いまそれが臆面《おくめん》もなくさらけ出されている。生々しく露骨で、意地の悪い顔は、ゆがんだ唇と、張りのある青い肌、虎の目を具《そな》えていた。片手で虚空を搔《か》き、もう一方の手で、台所からくすねてきたらしいありふれたパン切りナイフを振りまわしている。ローブがはだけて、激しく鼓動する小ぶりな胸が半ばあらわになっていた。

セシリア・マンはだれもが目にしたことのある人間の憤怒、困惑、絶望、恐怖を、きわめてくっきりと体現していた。それは金髪にまで及び、気味悪く逆立った毛髪は乾いたモップそっくりだ。棘《とげ》があって毒々しく、愛らしさのかけらもないその女を見て、判事とエラリーは気分が悪くなった。

「いやはや」老判事が声をひそめて言った。「あの女は――あれは獣《けだもの》だ。あんなものは見たことがない……」

「恐れてるんです」エラリーは小声で言った。「こわがってる。あの人たちはみな恐れてるんですよ。マーコはマキアヴェリとベルゼブブ（聖書などに登場する悪霊のかしら）を合わせたような人間だったにちがいありません。人に恐怖を与えて――」

金髪の女が猫のように跳んだ――まっすぐ照明のスイッチに向かって。そして、あたりは漆黒の闇に包まれた。

判事とエラリーは身を伏せたままじっとしていた。あんなふうに瞬時に筋肉の反射運動を起こす理由は、ひとつしか考えられない。だれかがやってくる音を聞きつけたのだ。

長い時間が経ったかのように思えた。実際には、エラリーの腕時計の針が二、三度動いたにすぎない。すると、いきなり明かりがついた。ふたたびドアが閉まり、コンスタブル夫人が戸口のそばのスイッチに片手を置いたまま、ドアを背にして立っていた。マン夫人の姿は消えていた。

太った女は全身がゼリーのようで、肉も目も垂れさがっていた。目が出っ張り、胸が出っ張り、どこもかしこも出っ張っている。だが、判事とエラリーの興味を引いたのは、とりわけ夫人の目だった。その目が、切り裂かれたベッド、散らかった床、空っぽの抽斗をとらえていく。スローモーションの映画を見ているようだった。夫人の目とだらしない顔につぎつぎと去来する思いを、ふたりはすべて読みとることができた。コンスタブル夫人はもはや、木でできているのでも、無表情でもなかった。繻子《しゅす》の化粧着に包まれた体を激しく震わせ、肥満した肉の細胞ひとつひとつをわななかせている。驚愕《きょうがく》。戦慄《せんりつ》。理解。絶望。そして最後に、それらが溶け合った恐怖。巨大な蠟燭《ろうそく》が熱い油に変わるかのように、夫人は恐怖そのものと化していた。

化粧着と肉のかたまりとなって床にくずおれながら、夫人は胸が張り裂けんばかりに泣いた。声もなく泣いていて、それがいっそう夫人の悲しみをおぞましいものに見せた。口を開いたとき、喉《のど》の赤い洞窟《どうくつ》がのぞいた。大粒の涙が顔をくねり落ちる。ひざまずいた姿勢で、太ってだぶついた脚を化粧着からむき出しにし、コンスタブル夫人は悲嘆に暮れて体を前後に揺すっていた。

マン夫人がベッドの後ろから猫のようにそっと出てきて、床ですすり泣く巨体を見おろした。そのきつく美しい顔には、先ほどの獣じみた表情はなかった。蔑《さげす》みの目に同情に近い色が浮かんでいる。手にはまだナイフを握っているが、そのことをすっかり忘れているようだ。

「哀れな太っちょさん」床の女に声をかけた。

エラリーたちにもはっきりと聞こえた。

コンスタブル夫人が体を揺するのをやめた。のろのろと目をあげる。つぎの瞬間、繻子をひらめかせてあわてて立ちあがり、広い胸もとを押さえながら、ブロンドの女を凝視した。

「わたし――わたし――」そのとき、コンスタブル夫人の悲しげな視線がマン夫人の手のナイフに留まり、たるんだ頬からわずかに残っていた血の気が引いた。何かを言おうと二度口を開いたものの、二度とも声帯が思うようにならなかった。やがて夫人は切れ切れに言った。「あなた……ナイフ……」

マン夫人は驚いた顔をした。けれども、太った女が何に怯《おび》えているかを見てとると、にっこり笑って、ナイフをベッドへほうった。「ほら！　こわがらなくてもいいのよ、コンスタブル夫人。持ったままなのを忘れてただけだから」

「そう」半ばうめき声だった。コンスタブル夫人は目をほとんど閉じて、化粧着のふちを弄《もてあそ》びはじめた。「たぶん、わたし――歩いたのね……眠ったままで」

「このセシリアには、そんなふうにごまかす必要はないのよ」マン夫人はそっけなく言った。「あたしもお仲間の女だから。すると、あの男はあなたにもハードルを跳び越えさせたってわけ？　意外ね」

太った女は唇を湿らせた。「それは――それはどういう意味なの？」

「気づくべきだった。あなたもあたしと同じで、ここの奥さまの階級じゃないんだから。あいつ、あなたにも手紙を出したのね？」マン夫人は相変わらず憐憫《れんびん》と蔑みの混じったきつい目で、不恰好《ぶかっこう》な見苦しい中年女をながめている。

コンスタブル夫人は化粧着を強く掻き合わせた。ふたりの視線がぶつかる。コンスタブル夫人がしゃくりあげながら言った。「そうよ」

「即刻ここへ来いと言われたんでしょ？　〝即刻〟って。あたしの夫も好きなことばよ」どういうわけか、マン夫人は身を震わせた。「ゴドフリー夫人から招待されるからって、きっとあの男が言ったのね。で、そのとおりに招待が来た。なんの説明もなく。まるでゴドフリー夫人のずっと前からの知り合いみたいにね。まるでおさげ髪のころ、いっしょにシャルロット・ケーキをつまみ食いした仲みたいに……。そう、わかる。あたしも同じだったから。それでここへ来たのよ。ねえ、そういうことなんでしょ！　逆らうのがこわかったのね」

「そうよ」コンスタブル夫人はささやいた。「こわかった——来なかったらどうなるか」マン夫人の唇がゆがみ、目がぎらぎらと光った。「あのろくでなし……」

「あなたが」コンスタブル夫人は言いかけて、ことばを切った。だまって手で弧を描く。「あなたの仕業なの？　これ全部が」

「ええ、そうよ！」マン夫人はとげとげしく言った。「あたしが手をこまねいてるとでも思ったの？　あいつにはもうさんざん苦しめられたのよ、あの嘘つき男！　最初で最後の機会だと思った。おまわりさんは眠りこんでるし……」肩をすくめる。「でも、だめだった。ここにはなかったの」

「そんな」コンスタブル夫人が小声で言った。「ないの？　てっきり——いいえ、あるはずよ！　ああ、ないなんて考えられない。生きていけないわ——あなたが来て見つけたものと思ってたのに」凶暴なまでに目をぎらつかせ、マン夫人の肩をつかむ。「嘘でしょう？」しゃがれ声で言う。「隠してるんじゃない？　ねえ、お願い。わたしには年ごろの娘がいるの。息子も結婚したばかりで。子供たちは成人してる。これまでずっとまともに暮らしてきたのに。あれは——あれはなんだったのか、いまでもわからない。いつも夢見ていたの、だれかが——あんな男の人が……。ねえ、言って……。見つけたと言って——言って、言ってよ！」声が絶叫にまで高まった。

マン夫人が相手の顔に鋭い平手を見舞った。叫び声が途切れ、コンスタブル夫人が頰を押さえながらよろよろと後ろへさがる。「ごめんね」マン夫人は言った。「でも、そんなふうにわめいたら、死人だって目を覚ます。すぐ隣の部屋にあのおじいさんが寝てるのよ——さっきまちがえて、そっちの寝室にはいっちゃってね……。さあ、しっかりして。ここから引きあげるのよ」

コンスタブル夫人はだまって腕をとらせた。いまはおとなしく泣いている。「でも、わたし、どうしたらいいの？」うめくように言う。「どうしたらいいの？」

「腰を据えて、口をつぐんでいることね」マン夫人は打ちひしがれた女を見つめ、肩をすくめた。「朝になって、おまわりさんがここへ来てこのありさまを見たら、大騒ぎになる。あたしたちは何も知らない。わかるでしょう？　なんにもよ。あたしたちは子羊のように眠ってた」

「だけど、あなたのご主人は——」

「だいじょうぶ。あたしの夫は」金髪の女の目が険しくなった。それから、女はぶっきらぼうに言った。「下の部屋で派手にいびきをかいてるから。行きましょう、コンスタブル夫人。この部屋はなんか——なんだか体によくないから」

マン夫人はスイッチへ手を伸ばした。明かりが消えた。すぐに、ドアが閉まる音が窓のそばにいる男ふたりの耳に届いた。

「ショーは終わりです」エラリーが苦労して立ちあがりながら言った。「さあ、もうベッドにもどってください、お若いかた。肺炎にかかりたいですか」

マクリン判事は上掛けを拾いあげ、何も言わずにせまいバルコニーを自分の部屋の窓のほうへ進んだ。エラリーはそのあとにつづいて窓から中へはいり、まっすぐドアの前へ行って、少しあけた。それからまたドアを閉めて、無造作に明かりをつけた。

老判事はベッドのふちに腰かけて、考えこんでいた。エラリーは煙草に火をつけ、ほっとして椅子に身を沈めた。

「それで」ついにエラリーは、微動だにしない連れの姿に物問いたげな視線を向けつつ言った。「裁判長、判決は？」

判事が身動きをした。「わたしが部屋へ引きあげたあとで何があったかを話してくれたら、もう少しはっきりと筋道をつけられるんだがね」

「たいしたことはありませんでしたよ。最大のニュースは、ゴドフリー夫人が何もかも話したことです」

「どういうことだ」

「妻が月明かりの庭で夫に不貞を告白する。探偵が耳をそばだててそれを聞くというわけですよ」エラリーは肩をすくめた。「それで光明がもたらされました。いつかは口を割るだろうと思ってましたが、まさか亭主に打ち明けるとは予想外だった。驚くべき男です、ゴドフリーは。たいしたものだ。すべてを考えて、妻の告白を立派に受け止めたわけですから……。夫人のことばによって、ぼくたちが以前話していた内容が裏づけられました——スペイン岬に招くまでは、コンスタブル夫人にもマン夫人にも一度も会ったことがなかったんです。さらに、あの連中を招待しろと強要したのは、マーコだったらしい」

「ほう」判事は言った。

「それで、コンスタブル夫人とマン夫妻は——少なくともマン夫人のほうは——ゴドフリー夫人と同じくらい、その事態に当惑したようです」

老判事は上の空でうなずいた。「ああ、そうか、なるほど」

「ところが、告白の肝心の部分は、そこへコンスタブル夫人が思いがけず割りこんできたせいで中断されました。まあ」エラリーは嘆息した。「たいしたことじゃありません。でも、ゴドフリー夫人本人の口から聞けたらおもしろかったんですけどね」

「ふむ。つまり、夫人はほかにもまだ何か隠しているというのかね」

「まちがいありません」

「しかし、夫に何を話すつもりだったか、きみにはわかっているんだろう?」

「ええ」エラリーは言った。「わかってるつもりですよ」

判事は組んでいた長い脚を伸ばして、浴室にはいっていった。出てきたときには、タオルに顔をうずめていた。「ああして」くぐもった声で言う。「隣の部屋のちょっとしたドラマを見たからには、わたしにもわかると思う」

「それはいい！　では、いっしょに考えてみましょう。あなたの見立ては？」

「ステラ・ゴドフリーのような女のことはたぶん理解できる」マクリン判事はタオルをほうり出して、ベッドに寝転んだ。「ゴドフリーが社会学上いかなる人間であろうと、その妻は少なくとも、〝階級の誇り〟と知られる、貴族階級によくある病の犠牲者だ。知ってのとおり、夫人はロイスダール家の生まれだ。あの一家についての醜聞は、いっさい新聞で見かけることがない。マンハッタンの旧家、正真正銘の本物だ。当今の経済状態がこんなふうだから、財産の面では特に恵まれてもいないが、レンブラントやファン・ダイクの絵、オランダの骨董品《こっとう》、その他もろもろの伝統に関して言えば、まぎれもない名士だ。夫人にはその血が流れている」

「すると、どうなるんです」

「ロイスダール家にとっては、重大な罪とはひとつだけ――それは扇情的な新聞の手中に落ちることだ。醜聞を起こすなら、ひそかにやれ。ただそれだけなんだよ。夫人の恐怖は具体的な何かに支配されている。夫人は悪党とかかわりを持った。その悪党が証拠を握っていた。そういう単純なことだと思う」

「おみごと」エラリーは含み笑いをした。「社会心理学に関するあやふやな論考ですね。特に独創性があるわけでもない。結論というものは、いくつかの事実からおのずともたらされるものじゃありません。でも、あの悪党はたしかに証拠を握っていました。あの男を悪党と仮定すれば、証拠を握っているだろうと考えるのは妥当と言っていい。ぼくもそのやり方で取り組んで、大いに推理の労が省けました。あの男が証拠を握っているという仮説に立つと、すべてがぴたりと符合します。ゴドフリー夫人の常軌を逸した狼狽《ろうばい》ぶりと、どうしても口を割らない頑固さ――それらは、おっしゃるとおり、夫人の遺伝による性質だと思われます――それに、コンスタブル夫人の凍りつくほどの怯《おび》え方、マン夫人の警戒と見え透いたごまかし……。コンスタブル夫人とマン夫人がともに命じられてここへ来たことがわかったとき――これは初歩の推理ですが――どこかでマーコの女たらしの才の餌食《えじき》になったとぼくは結論しました。そして、マーコの命令にすみやかに従ったところを見ると、ふたりとも恐れていたわけです。マーコが握っている証拠をね。三人の女たちはマーコの持つ証拠を恐れていた」

「手紙だな、むろん」判事はつぶやいた。

エラリーは手を振った。「それはどうでもいいんですよ。なんであれ、三人は恐怖を覚えるほどにそれを重要なものだと考えている。ところが、この状況にはそれ以上にずっと興味深い点があるんです。なぜマーコがコンスタブル夫人とマン夫人をここへ呼びたがったか、考えたことがありますか」

「サディズムによる衝動だろう。いや、しかし――マーコほどの器量の男が――」

「ほらね」エラリーは悲しげに言った。「心理学のせいで、その手の混乱に陥るんです。サディズム！　いえいえ、ちがいます、ソロン殿。そんな気の利いたものじゃない……。ゆすりですよ」

マクリン判事は目を見開いた。「ああ、そうか！　今夜のわたしはぼんやりしているな。恋文――ゆすり。ふたつは切り離せない、まったくだよ」

「そのとおり。そして三人の犠牲者を集めたことから、あの男が準備をしていたことがわかる――なんの準備でしょう」

「〝清算〟か！　殺されたときに、あの手紙でペンフィールドに宛てて書きかけていたあれだな」

エラリーは眉根《まゆね》を寄せた。「そこから先は児戯に等しいですね。女たちは三人とも必死でした。マーコはけちな泥棒じゃない。ぼくたちが継ぎ合わせた情報から考えても、それはたしかです。もしゆすりに出たのなら、目当ては金だったはずだ。欲張りすぎたんじゃないかな。たぶんそうだと思います。その結果、一時的に行き詰まり、ありがたいことに、そのあいだに何者かが値打ちのないマーコの命を抹殺した。でも、証拠は——手紙だかなんだかわかりませんが——残ったままだ。それはどこにあったのか」新しい煙草に火をつける。「そこでぼくは、証拠を取りもどすためなら、女たちはどんな危険でも冒すだろうと考えました。全力を尽くして見つけようとするでしょう。探す場所として最も理にかなうのは、マーコの部屋です。だから」大きく息を吐く。「ぼくはわれらがラウシュに、睡眠欲を満たすよう勧めたわけです」

「ゆすりとは考えつかなかった」老判事は認めた。「だが、わたしにもわかったよ——事件のあと——マーコの部屋で、あの女たちが何を探していたのか。しまった！」ベッドの上でいきなり体を起こした。

「どうしました？」

「ゴドフリー夫人だよ！　きっとあの人も今夜のような機会を見逃すはずがない！マーコの部屋に見張りがつかないことをきみがほのめかしたとき、夫人もその場に居合わせたのかね」

「いましたよ」

「だったら、夫人も探しに——」

「来ましたよ。たしかに」エラリーは穏やかに言った。そして立ちあがり、両腕を伸ばした。「いやあ、もうへとへとだ！　ベッドにもどります。あなたもそうなさったほうがいいですよ」

「つまり」判事が大声をあげた。「ゴドフリー夫人は今夜すでに、隣の部屋を探したというのかね」

「はい、判事殿、午前一時きっかりに。奇妙なことに――最も重要な客がこの世から旅立ってからちょうど二十四時間後です。まあ、それは単に母なる偶然の微妙な配剤でしょう。ぼくは絶好の位置にあるあのバルコニーの窓のそばにいました。衝動に駆られたマン夫人とちがって、ゴドフリー夫人は周到でしたね。部屋をすっかりもとどおりに整えて出ていきました」

「すると、夫人は証拠を見つけたんだな！」

「いいえ」エラリーは隣室との境のドアへ進みながら言った。「見つけていません」

「しかし、だとすると――」

「あそこにはないということです」

判事は憤慨して上唇を嚙《か》んだ。「だが、なんだって、きみはそんなにはっきり言いきるんだ」

「それは」エラリーはさわやかな笑みを浮かべ、ドアをあけて言った。「十二時三十分ちょうどに、ぼく自身があの部屋を探したからです。さあさあ、ソロン殿、熱が出ますよ。もう寝てください！　とれるだけ休息をとったほうがいい。あすは盛大に花火があがる気がします」

10　ニューヨークの紳士

「さて、クイーンさん」翌朝、モーリー警視が不満げに言った。郡庁所在地のポインセットで——スペイン岬から内陸へわずか十五マイルで着く——警察本部の警視の部屋に三人の男がすわっている。「ゆうべラウシュをひどい目に遭わせましたね。けさ、本人から電話で報告を受けました。当然、わたしとしてはラウシュを制服組にもどさざるをえません」

「ラウシュを責めないでください」エラリーがすかさず言った。「すべてぼくの責任でやったことです、警視。いかなる意味においても、ラウシュは任務を怠ってはいません」

「ええ、本人もそう言っていました。それと、マーコの部屋がヤマネコの群れを放ったようなありさまだったと報告がありましてね。そっちもあなたの責任ですか」

「控えめな意味ではそうです」そしてエラリーは前夜のことを話した。庭で立ち聞きしたゴドフリー夫妻の会話からはじめて、三人の女による死者の寝室への夜の訪問で結ぶ。

「ふむ。なるほど、それはなんとも興味深い。さすがですね、クイーンさん。しかし、なぜ私を仲間に入れてくださらなかったんですか」

「あなたはこの青年をご存じない」マクリン判事が淡々と言った。「この男はとらわれた一匹狼でね。わたしに言わせれば、この男がだまっていたのは、例の忌々しい論理に基づいて事を運んだわけではなかったからだ。数学的な〝確実性〟がなく、ただの蓋然《がいぜん》性しかなかった」

「よくお見通しですね」エラリーは小さく笑った。「そんなところですよ、警視。いまのぼくのちょっとした物語をどうお考えですか」

モーリーが立ちあがり、鉄格子のはまった窓から、小さな町の静かな本通りへ目をやった。「わたしとしては」つっけんどんに言う。「大いに気になりますね。三人の婦人が何を探していたかについては、疑問の余地はないでしょう。マーコはその三人を手中におさめた――いささか時代遅れの恋愛にあこがれる三人の愚かな女たちを。そして女たちの弱味を握り、圧力をかけて、法外な金を払わせた。よくある話ですよ。その女たちはその証拠を探していたにちがいない……。ともあれ、わたしはそう確信しています。そうそう、マーコについて特ダネを手に入れましたよ」

「もう？」判事が大声をあげた。「仕事が早いな、警視」

「いや、たいしてむずかしくはありませんでした」モーリーが謙遜《けんそん》して言った。「けさの郵便ですばらしい報告がありましてね。むずかしくなかったのは、あの男に関する情報があったからなんです」

「へえ」エラリーは言った。「すると、前科があったんですね」

モーリー警視は机の上の分厚い封筒をひっくり返した。「厳密に言うと、ちがいます。わたしの友人がニューヨークで私立探偵をやっていましてね。きのうの午後、わたしはあのマーコという男のことをずっと考えていました。考えれば考えるほど、その名前に聞き覚えがある気がしたからです。ありふれた名前じゃありませんからね。そうするうちに、どこで聞いたか思い出したんです――つい六か月ほど前にニューヨークへ行ったときに、その友人の口から聞いたんだ、と。そこで電報を送ったところ、自分の考えが正しかったとわかりました。それで、友人がすべての情報を航空便の速達で送ってくれたんですよ」

「ほう、私立探偵か」判事が考えながら言った。「そう聞くと、嫉妬《しっと》深い夫のにおいがするな」

「そのとおり。レナードは――友人の名前ですが――マーコについて調べてくれと、ある男から依頼を受けた。どうやら、その男の妻がマーコと親しくなりすぎたらしい。もちろん、レナードは自分の仕事を心得ています。じゅうぶんに調べあげて、のらりくらりとしたあのイタチに尻尾《しっぽ》を巻かせ、関係のある手紙と写真を吐き出させた。当然ながら、レナードの情報は個別の案件を解決するためのもので、それ以外には言及していないので、マーコがいつ、どうやってマン夫人と結びついたのかはわかりません。でも、あの男がコンスタブル夫人と結びついたいきさつはわかります。というのは、レナードがマーコを内密に調べた際に、それも明らかになったからです」

「では、コンスタブル夫人との関係は、ほかの面々より先だったわけだ。ふむ。どのくらいの期間なんだね」

「ほんの二、三か月です。それ以前にも犠牲者の長いリストがありましてね。レナードは具体的な情報をあまりつかんでいませんでした。おわかりでしょう――マーコのかつての女友達はみな口をしっかり閉ざしていましたから。それでもレナードは、依頼者の前からマーコに姿を消させるぐらいはやってのけたわけです」

「マーコにもなんらかの過去はある」マクリン判事は考えこんだ。「ああいう悪党はたいがいそうだ」

「まあ、なんとも言えませんね。レナードによると、六年ほど前にどこからともなく唐突に現れたそうです。スペイン人で、良家の出ながら、落ちぶれたのではないかとレナードは見ています。いずれにしても一流の教育を受けているらしく、英語を母国語のように話し、詩を始終口ずさんでいた――シェリー、キーツ、バイラン、そして恋愛を謳《うた》うほかの詩人の……」

「最後のはバイロンですね、きっと」エラリーは言った。「でも、感心しました、警視。あなたが恋愛詩人にくわしいなんてだれも思いませんよ」

「どういうものかはわかりますよ」モーリーはウィンクをした。「いま話したとおり、マーコは金持ちや有名人のことを、まるでひとつの皿から蜜《みつ》をなめ合ったかのように話し、カンヌやモンテカルロ、スイス・アルプスといったばかげた場所を熟知していました。大金を持って姿を現したようですが、それも芝居の一部にすぎなかったんじゃないかとわたしはにらんでいます。社交界にはいりこむのにたいして時間はかからず、その後は順風満帆だった。保養地で好んで仕事をしたようです――フロリダや、カリフォルニアの海岸や、バーミューダですね。そして、歩いた跡に、怯《おび》えたスカンクのような悪臭を残した。ただし、それを証明するのはひと仕事です」

「姦通《かんつう》に付けこむゆすりはそこが厄介なんだ」判事がうなるように言った。「言いなりに金を払うこと自体が、その後の沈黙を恐喝者に保証するわけだからね」

「レナードの報告によれば」モーリーは眉《まゆ》をひそめた。「ほかにもあるけれど、正確に突き止めることはできなかったそうです」

「ほかにもある？」エラリーがすかさず言った。

「その……共犯者がいた形跡がかすかにあるんだとか。ただの疑いにすぎませんがね。

どうもマーコはだれかと組んでいたらしいんです。しかし、それが何者で、どういう関係なのかは、レナードにはわからずじまいでした」

「おや、そこはきわめて重要かもしれんな」マクリン判事が大きな声で言った。

「いまわたしが調べています。さらに厄介なのは」警視が付け加えた。「詐欺師とからんでいたことです」

「えっ？」

「そいつの肩書は〝弁護士〟なんですよ」モーリーが答えた。

「ペンフィールドだ！」エラリーと判事が同時に叫んだ。

「おふたりとも優秀です。わたしとしては、その紳士を疑うべきではないのかもしれない。だが、真っ当な弁護士なら、マーコみたいなごろつきと付き合ったりしないはずですから、その男もぺてん師だとわたしは考えます。マーコはこれまで罪に問われたことも、裁判にかけられたこともなく、弁護士を必要としたこともなかったようです。ただ、マーコの代理として、レナードと交渉して事をまるくおさめたのが、そのペンフィールドでした。当のスペイン人は姿も見せなかったとか。ペンフィールドがレナードを訪ねて、少々語り合った。そのときペンフィールドは、自分の〝依頼人〟が尾行されて非常に迷惑していると言ったんです。レナードさん、あなたの犬たちを引っこめてもらえないか、と。そこでレナードが、手紙や写真などのちょっとしたことがあって自分の依頼人も悩まされている、と爪を見つめながら答えると、ペンフィールドは〝そうですか。それはさぞお困りでしょう！〟と言ったそうです。それでふたりは握手をして別れ、翌朝レナードのもとに手紙と写真がすべて、最初の便で送られてきた。差出人の住所はありませんでしたが――小包はパーク・ロウの郵便局から発送されていた。おふたりはペンフィールドの住所を覚えておいでですね。どうです、したたかでしょう？」

この驚くべき独白のあいだ、エラリーと判事は幾度も顔を見合わせた。モーリーが息をつくとすかさず、ふたりは同時に口を開いた。

「わかってます、わかっていますとも」モーリーが言った。「あなたがたは、マーコがコンスタブル、マン、ゴドフリー各夫人の手紙をゴドフリーの屋敷には置かず、ペンフィールドという男が代わりに保管しているんじゃないかとおっしゃりたいんですね」机上のボタンを押す。「なあに、すぐわかりますよ」

「ペンフィールドを外に呼んであるのか」判事が大声で言った。

「当署は仕事が早いんです、判事殿……。ああ、おい、チャーリー。紳士を連れてきてくれ。いいか、チャーリー、手荒に扱うな。〝壊れ物〟の札がついている」

ルーシャス・ペンフィールド氏は笑顔で戸口に現れた。〝壊れ物〟にはまったく見えなかった。それどころか、きわめて頑丈そうな、背の低いずんぐりした男で、ウェブスター（アメリカの政治家、ダニエル・ウェブスター）を思わせる大きな頭はほぼ禿《は》げあがり、灰色の口ひげを短く整えていて、これまでエラリーが人間の顔に見たこともないほど無邪気な目を具《そな》えていた。大きくてあどけなく、天使のようで――美しい輝きを放つ、柔らかな褐色の瞳《ひとみ》だ。心のなかで絶えず冗談を言っているかのように、その目を楽しげにきらめかせる。この男がどことなくディケンズの作品を思い出させるのは、古びてオリーブグリーン色になった、形の崩れたゆるい背広をひどく妙な具合に着ているうえに、高い襟をつけ、幅広のネクタイをダイヤモンド入りの馬蹄《ばてい》形の飾りピンで留めているせいだ。甲虫《かぶとむし》を踏みつけるのをこわがっているかに見える。

　しかし、どうやらマクリン判事はこの男をそんなふうにとらえていなかった。判事の仏頂面にはいかめしい皺《しわ》が刻まれ、冷たい目はふたつの浮氷さながらだ。

「おや、アルヴァ・マクリン判事じゃありませんか」ルーシャス・ペンフィールド氏が大きな声をあげ、手を伸ばしながら歩み寄った。「意外なところでお目にかかりましたね。これはこれは、お久しぶりです、判事。時が経つのは速いものだ」

「困ったことだな」判事は差し出された手を無視して、冷淡に言った。

「はっはっは！　ほら、ご職業柄のそういう気むずかしいところもお変わりない。わたしはいつも言っていたんですよ、あなたが引退なさって、法曹界は最も誠実な司法の精神の持ち主をひとり失ったとね」

「きみが引退するときに、こちらから同じことばを本心から送れるかどうか、はなはだ疑問だよ。もっとも、きみが引退することがあればの話だがね。その前に弁護士資格を剝奪《はくだつ》される可能性が高そうだから」

「辛辣《しんらつ》なのもそのままですね、判事、はっはっは！　つい先日も、刑事裁判所のキンジー判事に言ったんですが――」

「くだらん話はけっこうだ、ペンフィールド。こちらはエラリー・クイーンくんだ。きみも噂を聞いたことがあるだろう。忠告しておくが、この男の邪魔はしないことだ。そしてこっちは――」

「まさか、あのエラリー・クイーンさん？」禿頭《はげあたま》の小男は叫び、柔和なおどけた目をエラリーへ向けた。「いやはや、実に光栄です。足を運んだ甲斐《かい》がありましたよ。お父上をよく存じあげています、クイーンさん。センター街の警察本部で最も重要なかただ……。そして、判事、いま紹介しかけていたこちらのかたは、モーリー警視で、多忙きわまるわたしをここへ呼び立てた紳士ですね」

ペンフィールドは笑みを浮かべてその場で頭をさげ、陽気な目で愉快そうにすばやく一同を見まわした。

「かけたまえ、ペンフィールド」モーリーが愛想よく言った。「きみに話がある」

「部下のかたから、そううかがっています」ペンフィールドはすみやかに椅子に腰かけた。「わたしの以前の依頼人と関係があることですね？　そう、ジョン・マーコ氏。まことに不幸な事件です。あの人が亡くなったことはニューヨークの新聞で読みました。ご承知のとおり――」

「ほう。すると、マーコはまちがいなくきみの依頼人だったんだな」

「いやはや、それがわたしにとっては実に悩ましい話でしてね、警視。ところでこれは――つまりいわゆる――〝非公開《イン・カメラ》〟と考えてよろしいですか。気兼ねなく話してかまわないと？」

「ああ」モーリーがきびしい声で言った。「もちろんだ。そのために、きみをポインセットまで連行させたんだからな」

「連行させた？」ペンフィールドはいつもよりほんの少しよけいに眉を吊《つ》りあげた。「きわめて不愉快な言い方ですね、警視。自分は逮捕されたわけじゃないと思ってますよ――はっはっは。これだけは言っておきますが、迎えにきた刑事さんの説明を聞いてすぐに――」

「へつらいは要らんよ、ペンフィールド」モーリーはぶっきらぼうに言った。「きみとあの死んだ男にはつながりがあった。それがなんなのか知りたい」

「いま説明するところだったんです」ペンフィールドは鷹揚《おうよう》に言った。「あなたがた警察官はほんとうにせっかちだ！　マクリン判事に訊《き》いてもらえばわかりますが、弁護士というのは依頼人の僕《しもべ》なんです。いままでおおぜいの依頼人がいました――まあ――どちらかと言えば手広くやっているほうなのでね。ただ、思うがままに注意深く依頼人を選ぶことはかなわなかったらしいですね、おそらく。その結果、まことに残念ながら、ジョン・マーコは――なんと言うか――最高に好ましい人物ではなかったと認めざるをえません。それどころか、どちらかと言えば、芳しからぬ人物でした。しかし、あの人についてお話しできるのは、ほんとうにこれで全部です」

「なるほど、それがきみの立場だということか」モーリーは不満げに言った。「で、あの男はいったいどういう事情できみの依頼人になったんだ」

ペンフィールドは、ダイヤモンドの指輪をふたつはめた丸々とした片手で漠然と弧を描いた。「さまざまな事情ですよ。あの人は――そう――ときどき訪ねてきて、仕事上の問題について助言を求めました」

「仕事上の問題とは？」

「それは」ペンフィールドは残念そうに言った。「勝手にお話しするわけにはいきませんね、警視。ご承知のとおり、依頼人に対する弁護士の義務ですから……。依頼人の死後も――」

「だが、殺されたんだぞ！」

「それは」ペンフィールドはため息を漏らした。「大変気の毒です」

沈黙がおりた。やがてマクリン判事が言った。「たしかきみは刑事弁護士だったな、ペンフィールド。仕事となんの関係があるのかね」

「時代が変わったんですよ、判事」ペンフィールドは悲しげに言った。「あなたがお辞めになってからね。それに、人は生きていかなくてはなりません、そうでしょう？　最近ではそれがどんなに骨が折れることか、あなたには想像がつきますまい」

「できるだけ努力して考えているとも。つまり、きみの場合をな。ペンフィールド、どうやらきみは、最後に会って以来、倫理規範の特別な要素だけを発展させてきたらしい」

「発展ですとも、判事、まさしく発展です」ペンフィールドは笑みを浮かべた。「わたしだって時代の趨勢《すうせい》に影響されないわけにはいかないでしょう？　この職業における革新政策《ニュー・ディール》ですよ……」

「ばかばかしい」判事は言った。

エラリーは表情が変わるペンフィールドの顔から目を離さなかった。絶えず動いていた――目も、唇も、眉《まゆ》も、皺の寄った肌も。窓から差すひとすじの日差しが輝く頭のてっぺんを照らし、後光の効果をあげている。驚くべき男だ、とエラリーは思った。それに危険な相手でもある。

「マーコと最後に会ったのはいつだ」モーリーが大声で尋ねた。

ペンフィールドは両手の指先を合わせた。「そうですね、さて……ああ、そうだ！　四月でしたよ、警視。いまやその人が死んだわけだ。ええ、それこそ運命の高潔なることを示す、またひとつの証左だ、そうでしょう、クイーンさん？　悪人……死。まさにぴったりだ。法律技術の力を借りて二十年ものあいだ法廷の手からすり抜けてきた凶悪犯が、ある日バナナの皮で滑って首の骨を折る。これがわが国の司法制度の嘆かわしい実態なんです」

「どんな用だったんだ」

「え？　ああ、失礼しました、警視。四月になんの用で会いにきたかということですね。ええ、そう、そうでした。いつもの——ええ——仕事上の相談です。わたしは考えうる最善の助言をしました」

「で、その助言というのは？」

「やり方を変えるということです、警視。いつもあの人に言って聞かせていました。好ましい人でしたよ、ええ、いろいろ欠点はありましたがね。しかし、わたしの話に耳を貸そうとしなかった。気の毒な人だ。それでほら、このとおりです」

「どうしてマーコが悪人だとわかったんだ、ペンフィールド。あの男との関係がそれほど清らかなものだったと言うなら」

「直感ですよ、警視殿」ペンフィールドは深く息をついた。「ニューヨーク州の法廷で三十年も刑事事件の弁護士をしていれば、いやでも犯罪心理に関して、言うなれば不可思議な第六感が働くようになる。言っておきますが、それ以上──」

「われらがペンフィールドとそんなやりとりをしても、埒《らち》が明かんぞ」マクリン判事が凄《すご》みのある笑みを浮かべて言った。「何時間でもこの調子でつづけられるんだからな。わたし自身、その手を食わされたことがあるんだよ、警視。単刀直入に言ったほうがいい」

モーリーは相手をにらみ、抽斗《ひきだし》を手荒く引きあけて何かを取り出すと、机の向こうにいる小男の目の前に叩《たた》きつけた。「読んでみろ」

ルーシャス・ペンフィールド氏は驚いた様子を見せたあと、咎《とが》めるような笑みを浮かべ、胸ポケットから出した鼈甲《べっこう》縁の眼鏡を鼻の先にかけて、こわごわとその紙片を拾いあげ、目を通した。入念に読んでいく。それから紙片を置き、眼鏡をはずしてポケットにおさめると、椅子にふたたび身を預けた。

「それで？」

「これはどうやら」ペンフィールドが小声で言った。「故人が書きかけた手紙で、わたしに宛てたものですね。急に途切れているところから見て、死が邪魔をしたものであり、したがってあの人が生きているあいだに最後に考えたのは、わたしのことだった。何か月か前、依頼人の利益のために。しかし……」

すそれに、たしかにレナードさんを――すばらしい人でしたよ――訪ねていきまし

がらつぶやいた。「ええ、この夏マーコと手紙をやりとりしていたというのは事実で

「ほう。怠けていたわけじゃないんですね」ペンフィールドは感心して目を輝かせな

という言い方でわたしの目をくらまそうなどと考えんほうがいい」

を何もかも記した報告書が届いてる。わかるか？　だから、内密の仕事上の相談など

「わたしの友人である、メトロポリタン探偵社のデイヴ・レナードから、きみのこと

してください」

「いろいろとご存じのようですね」ペンフィールドが落ち着き払って言った。「説明

度、きみがその始末をつけたこともな。ほかにも――」

していたのはわかってるんだ！　ゆすりの企てが手に負えなくなって、少なくとも一

すことはできんぞ！」声を張りあげる。「この夏、マーコと定期的に手紙をやりとり

こぶしで机を叩き、モーリーがすっくと立ちあがった。「そんなに簡単にはぐらか

「道化だな」マクリン判事が穏やかに言った。

ばになりません」実際にズボンからハンカチを取り出して洟《はな》をかんだ。

てくださったことに感謝します。なんと言えばいいんでしょう。胸がいっぱいでこと

たと推定できます。いやはや、感激ですよ、警視。ありがたいお心づかいです、見せ

「マーコがきみ宛《あて》に書きかけていた〝清算〟というのはどういうことだ」モーリーが怒鳴った。

「いやはや、警視、声を荒らげる必要はありません。マーコの考えを解明するのは無理だと思いますよ。あの人がどういうつもりだったかなんて、わたしにはさっぱりわかりませんね。まともじゃありませんでしたから。かわいそうな人だ」

警視は口を開いたものの、また閉じて、ペンフィールドをにらみつけた。それから向きを変え、荒々しい足どりで窓へ歩み寄って、自制を働かせようとつとめた。ペンフィールドは待ち構えるかのように悲しげな笑みを浮かべている。

「さて――質問があります、ペンフィールドさん」エラリーが悠然と言った。弁護士は少し警戒しながら顔をそちらへ向けた。だが、笑みは漂わせたままだ。「ジョン・マーコは遺言を残しましたか」

ペンフィールドは目をぱちくりさせた。「遺言？　知るわけがないじゃありませんか、クイーンさん。あの人のためにそういう書類を作成したことはありません。むしろん、ほかの弁護士が作った可能性はある。しかし、わたしは手がけていません」

「マーコは財産を所有していたでしょうか。資産を残していたかどうかを、ご存じではありませんか」

笑みが消え、はじめてペンフィールドが余裕綽々《しやくしやく》ではなくなった。エラリーの質問のどこかに、罠《わな》が仕掛けられていると感じたらしい。エラリーをまじまじと見つめたのち答えた。「資産？　知りませんね。さっきも申しあげたとおり、わたしたちの関係はそういう――なんと言うか――」ことばに窮してだまる。

「なぜこんなことを尋ねたかというと」エラリーは鼻眼鏡を弄《もてあそ》びながら、つぶやくように言った。「マーコがある重要な書類の保管をあなたに託したのではないかと考えたからです。なんと言っても、あなたのおっしゃるとおり、弁護士と依頼人の関係は、程度の差こそあれ不可侵なものですから」

「程度の差はあるがね」判事が言った。

「重要な書類？」ペンフィールドがゆっくりと繰り返した。「残念ながら、わたしにはよくわかりません、クイーンさん。債券とか株券とかそういうものですか」

エラリーはすぐには返事をしなかった。眼鏡のレンズに息を吹きかけて、考えをめぐらせながら磨いたのち、鼻の上にもどす。そのあいだ、ルーシャス・ペンフィールドはかしこまって一心に見つめていた。やがてエラリーが軽い口調で言った。「ローラ・コンスタブル夫人をご存じですか」

「コンスタブル？　コンスタブル。知らないと思います」

「では、ジョーゼフ・A・マンは？　それにマン夫人はどうです？　元女優のセシリア・ボールです」

「ああ、なるほど！」ペンフィールドは言った。「現在ゴドフリー家に滞在している人たちのことですね。前に名前を聞いたことがある気がしたんですよ。しかし、存じあげているとは言えませんね、はっはっは！」

「マーコの手紙に、その人たちのことは書いてありませんでしたか」

ペンフィールドは赤い唇を引き結んだ。どうやらエラリーがどこまで情報をつかんでいるかがわからず、いくつかの疑問と戦っているらしい。天使のような目をエラリーの顔に三度走らせたあと答えた。「わたしはあきれるほど物覚えが悪いんですよ、クイーンさん。そういうことが書いてあったかどうか、思い出せません」

「ふむ。ところで、あなたがご存じの範囲で、マーコには素人写真の趣味がありましたか。昨今流行してますね。ふと疑問に思いまして……」

弁護士はまばたきをし、モーリーは眉《まゆ》をひそめてそっぽを向いた。しかし、マクリン判事は背の低い弁護士の顔に冷ややかな視線をじっと注いだ。

「ずいぶん話が飛びますね、クイーンさん」ようやくペンフィールドが苦笑しながら小声で言った。「写真？　やっていたかもしれません。わたしは知りませんが」

「少なくとも、あなたのもとに写真を残してはいないんですね」

「ぜったいにありません」小柄な男は即答した。「ぜったいにありませんよ」

エラリーはモーリーをちらりと見た。「警視、これ以上ペンフィールドさんをお引き止めしても意味はないと思います。このかたが——つまり——助けにならないのは明らかです。ご足労いただいて感謝します、ペンフィールドさん」

「いやいや、どういたしまして」ペンフィールドはたちまち機嫌を直して大声で言った。そして勢いよく椅子から立ちあがった。「ほかに何かありますか、警視」

モーリーが力なくうなるように言った。「お引きとりを」

薄手の時計がペンフィールドの手のなかに唐突に現れた。「いやはや、急がないと、クロスリー・フィールドから出るつぎの飛行機に間に合わない。ではみなさん、お役に立てず、すみません」ペンフィールドはエラリーと握手し、判事に一礼し、モーリー警視を巧みに無視して、戸口へさがった。「またお目にかかれて光栄でした、マクリン判事。キンジー判事によろしく伝えます。それからもちろん、クイーンさん、あなたにお会いしたとクイーン警視にお知らせ——」

ペンフィールドがなおも話し、微笑み、頭をさげているあいだに、天使のような柔和な目の前でドアが閉まった。

「あの男は」マクリン判事がドアを見つめたまま険しい顔で言った。「いままで何度も陪審団を説き伏せ、少なくとも百人の常習の殺人者を無罪にしている。証人を買収し、それに応じない正直者を脅しつけるんだよ。判事を意のままに操ってきた。証拠を故意に隠滅してな。一度など、殺人事件の裁判の直前に、裏社会の名だたる女との醜聞をでっちあげて、若き地方検事補の有望な未来をぶち壊したこともある……。そんな人間から、きみは情報を引き出そうとしたわけだ！」モーリーの唇が音もなく動く。「忠告しておくがね、警視、あの男の存在は忘れるんだ。あれほど悪賢い男は、まじめな警察官の手に余る。それに、たとえマーコの死になんらかのかかわりがあるとしても、つながりを突き止めることも、証拠を手に入れることもできまい」

モーリー警視は重い足どりで内勤の警官の部屋へはいり、自分の指示が実行されたかどうかをたしかめた。ルーシャス・ペンフィールド氏は、本人が知ってか知らずか、〝尻尾《しっぽ》〟つきでニューヨークへ帰っていった。

スペイン岬へ車でもどる途中、判事が唐突に言った。「どうも信じられんのだよ、エラリー。あの利口な男が、そんなことをするはずがない」

ぼんやりとデューセンバーグを運転していたエラリーが言った。「いったいなんの話ですか」ペンフィールドが去ったことで、モーリーの執務室は情報欠乏のウイルスに感染したかのようになっていた。続々と情報は押し寄せたものの、どれもまったく意味がなかった。検死官がジョン・マーコの亡骸《なきがら》を内と外から検査し、死因については当初の見解に付け加える点はいっさいないと報告した。沿岸警備隊からも知らせが届き、海岸一帯の地元の警官からも〝進捗《しんちょく》〟の報告が無数にはいってきたが、ホリス・ウェアリングの盗まれたクルーザーさえ見かけた者はいない、事件の夜以降、特異な人相のキャプテン・キッドらしき人間はこの沿岸で目撃されていない、デイヴィッド・カマーの遺体もいまだ浜に打ちあげられていないという内容だった。何もかもが気の滅入《めい》ることばかりで、エラリーと判事は、無力のシチューのなかで湯気をあげるモーリーを残して、部屋から出てきたのだった。

「ペンフィールドが例の手紙を持っているという考えのことだ」

「ああ、気になってるのはそれですか」

「抜け目がない男だから、自分の手を汚してまでさわるわけがないさ、エラリー」

「むしろぼくは、あの男はできるものなら真っ先にその書類を手に入れたと思いますよ」

「いや、ちがう。ペンフィールドはそんなことはしない。助言や指図はするかもしれんが、みずから手は出すまい。マーコの犯罪行為を知っていることは、それだけでじゅうぶんな威力を持ったはずだ――つまり、そのことが頭にあるだけで、マーコを支配することができた」

エラリーは何も言わなかった。

スペイン岬の入口の反対側に立つギリシャ風の柱の前に、デューセンバーグは停まった。ハリー・ステビンズの腹が給油所のドアを押しあけた。

「判事じゃありませんか！　おまけに、クイーンさんも」ステビンズはデューセンバーグのドアになれなれしく両腕をかけた。「きのうあなたがたがスペイン岬からあわてて出たりはいったりするのを見ましたよ。とんでもない殺人事件なんでしょ？　バイク隊の警官が話してくれたんですが……」

「ひどく恐ろしい事件だよ」判事が上の空で言った。

「そんなことをしたやつは、つかまるんでしょうね？　聞けば、このマーコってのは、見つかったとき素っ裸だったとか。いったい世の中どうなるのか、おれはそれが知りたいですよ。ただ、いつも言ってるんだが――」

「わたしたちはいま、岬に滞在しているんだよ、ハリー。だから家政婦を探す話はもういい。ともあれ、ありがとう」

「ゴドフリー家に滞在なさるんですか」ステビンズは息を呑《の》んだ。「たまげたな！」半神半人を見るかのように目をまるくする。「いや、もう」油まみれの両手を作業着でぬぐう。「いや、もう、びっくり仰天だ。ゆうべちょうどアニーに家政婦の件を話してたとこでね。アニーが言うには――」

「ぼくらとしてもゆっくりして、ステビンズ夫人の意見を聞かせてもらいたいけどね」エラリーがあわてて言った。「おもしろいにちがいないが、ちょっと急いでるんだよ、ステビンズさん。ここへ寄ったのは、ひとつふたつ質問したいことがあったたからなんだ。土曜の夜は何時まで店をあけていたんだろうか」

判事がとまどい顔でエラリーに目を向けた。ステビンズが頭を掻《か》いて言った。「ええ、土曜はいつも、夜通し店をあけてますよ、クイーンさん。儲《もう》けどきなんでね。ウェイランドから車がひっきりなしに来るんです――ほら、ここから南へ十マイルばかり行った遊び場ですよ」

「店はまったく閉めないんだね？」

「そうです。土曜の午後、ワイから手伝いの若者が来たら、おれは昼寝をするんですよ。おれの家はここからほんの二百ヤードほどのところでね。でも、八時ごろにはもどってきて、夜通し店をあけてます。その若僧がもうそろそろやってくるころだ、おれが休憩できるようにね。アニーが支度をして待ってて、熱々のうまい――」

「わかるよ、ステビンズさん。それこそが結婚生活の楽しみのひとつなんだってね。ところで、訊《き》くけど――この給油所が土曜に夜通し営業してることは、広く知られているのかな？」

「そりゃもう、あそこの柱に看板が出てる。それに十二年近くもそうしてきましたから」ステビンズは含み笑いをした。「みんなまあ、知ってると思いますよ」

「ふむ。それで土曜の夜はここにいたのかい」

「ええ、いましたとも。いまそう言ったばかりだ。あのね、おれは――」

「午前一時ごろには、店の外にいた？」

太鼓腹の男は呆然《ぼうぜん》とした顔をした。「一時？　ええ、いや……はっきりしないな。実のところ、クイーンさん、土曜の夜は忙しかったんだ。なんていうか、不意打ちでね。どこからか降って湧いたように車が押し寄せて、しかもみんないっせいにガソリンを切らしたみたいで。ずいぶんな売上が……」

「とにかく、外にいたんだね」

「いたと思いますよ。ひと晩じゅう、店から出たりはいったり駆けまわってました。なぜそんなことを？」

エラリーは肩の上で親指を振って、背後を示した。「向かいのスペイン岬の道からだれかが出てきたら、気づいただろうか」

「あ！」ステビンズは鋭い目でふたりを見た。「そういうことですか。ええ、ふだんの夜なら気づきましたよ。この店の照明はかなり明るくて、あの二本の石の柱をまともに照らすんだ。けど、土曜の夜は……」かぶりを振る。「朝の三時近くまでずっと立てこんでて。レジが店のなかにあって、釣りを出すのに、どうしてもしょっちゅう中にはいってたから……。だれか出てきたかもしれませんね」

「たしかかな」エラリーはつぶやくように言った。「たしかにだれも見なかったんだね？」

ステビンズはかぶりを振った。「いや、どっちとも言えません。見たかもしれないです」

エラリーはため息を漏らした。「残念だ。はっきりしたことが聞けるんじゃないかと、多少は期待していたんだが」ブレーキレバーに手を伸ばしたものの、思いなおして、ふたたび体の向きを変えた。「ところで、ゴドフリーの家の運転手たちはどこでガソリンとオイルを調達するんだろうか、ステビンズさん。ここかな？」

「そうですよ。うちじゃ最高の品だけを――」

「ああ、そうだろうさ。ほんとうにありがとう、ステビンズさん」エラリーはブレーキを解除し、ハンドルをつかんで、道を隔てた石の柱のほうへ車を向けた。

「ところで、なぜ」私有林を抜ける涼しい木陰の道を進んでいるとき、判事が尋ねた。「あんな質問をしたんだ」

エラリーは肩をすくめた。「たいした意味はありませんよ。ステビンズが見ていなかったのは残念でした。気がついていたら、いろいろな問題に片がついたのに。きのうわれわれは、犯人が陸路から逃走したことを論証しました。この道を通らずに、どこへ行けるでしょう？　断崖《だんがい》から飛びおりでもしないかぎり、さっきの幹線道路を使うほか、脱出できる道はなかったはずです。この私有林を抜けて逃げるのは無理だ――あの高い鉄条網は、猫を別にすれば、どんな動物もよじのぼれるものじゃない。給油所の向かいの道からだれも出てこなかったとステビンズが証言すれば、おおむね満足できる程度に証明できたはずなんです——殺人犯があの屋敷へ逃げこんだことを」

「なぜそれを疑うのかさえ、わたしにはわからん」老判事が言った。「きみは事実と言って差し支えない事柄を〝証明〟するのに、とてつもない手間をかける！　基本的な状況から見て、十中八九、外部の人間の犯行ではないとじゅうぶんわかっているはずだがね」

「正しいと証明するまでは、何事もわかったとは言えないんです」

「ばかばかしい。人生は数学的に秩序立てることなどできん」判事が言い返した。「たいていの物事は、事実に基づく証拠なしに〝わかる〟ものだ」

「ぼくはかの詩人コールリッジの言う〝思考の闇に閉ざされた懐疑主義者〟なんですよ」エラリーは浮かない顔で言った。「ぼくはあらゆることを疑います。自分自身が考えた結果さえ疑うことがある。ぼくの精神生活は非常に複雑なんです」またため息をつく。

判事が鼻を鳴らして、ふたりしてまた押しだまり、やがてデューセンバーグは屋敷の前に停まった。

コート青年がパティオの入口にいて、沈んだ顔でぶらついていた。その向こうに、ローザが丈の短い海水着姿でデッキチェアに寝転び、日光浴をしているのが見えた。

周囲にはほかにだれもいない。

「どうも」コートがおずおずと言った。「何かわかりましたか」

「まだだ」判事が小声で言った。

「戒厳令は解かれないんですね」青年の褐色の顔が曇ってしかめ面になる。「さすがに神経にさわりはじめてきましたよ。ご存じでしょうが、ぼくは働いてるんです。それなのに、この忌々しい屋敷から出られない。刑事がそこかしこにいて、まいりますよ。けさなんか、あれはぜったい、浴室のなかまでついてこようとしてたな。目つきでわかりました……。二、三分前にあなたに電話がかかってきましたよ、クイーンさん」

「ああ、そう」エラリーが車から跳びおり、老判事があとにつづいた。制服の運転手が駆け寄って車へ乗りこみ、走り去る。「だれからだい」

「モーリー警視からだと思います……。あ、バーリーさん！」折よく年老いた小柄な家政婦が上のバルコニーを通りかかる。「さっきクイーンさんに電話をかけてきたのは、モーリー警視だったかな？」

「さようでございます。こちらにお越しになったら、すぐ電話をくれとおっしゃっていました、クイーンさま」

「すぐにもどります」エラリーは叫んだのち、パティオを突っ切り、ムーア式拱廊《きょうろう》の下へ姿を消した。判事は石敷きの中庭をゆっくりと進み、ほっとしたようなうなり声をあげて、ローザのそばに腰をおろした。コート青年はパティオの化粧漆喰《しっくい》の壁に背をこすりつけながら、ひどくむっつりと強情そうな顔でふたりを見つめている。

「それで？」ローザが小声で尋ねた。

「何もありませんよ、お嬢さん」

ふたりは日の光を浴びながらしばらくだまっていた。ジョーゼフ・A・マンの背の高いたくましい姿が屋内からぶらりと出てきて、そのすぐあとに退屈そうなひとりの刑事がつづいた。マンは水着を穿《は》いていて、がっしりした上半身は濃い褐色に日焼けしている。判事は目を細めてマンの顔を観察した。これほど完璧《かんぺき》に、しかもこれほど苦もなく自制された顔は見たことがなかった。突然、判事の脳裏に、長い歳月のほこりにまみれた窓から見るように漠然と、ある別の顔が浮かんだ。ふたりの顔立ちはまったくちがうのに、表情が驚くほど似ている。それは悪名高きある犯罪者の顔であり、強姦《ごうかん》、殺人、銀行強盗のほか、あまたの軽犯罪で一ダース以上の州で指名手配されていた男の顔だった。かつて辛辣《しんらつ》な地方検事がきびしい陪審団の前で、その犯罪者を激しく糾弾するあいだ、判事はじっとその顔を見ていた。怒りの評決が届いたときも、みずからが死刑の判決をくだしたときも、判事はその顔を見つめていた。しかし、一度たりとも男の表情は変わらなかった……。ジョーゼフ・A・マンはそれと同じ資質、すなわち平然として動じない肝の太さを具《そな》えていた。瞳《ひとみ》さえ内心の思いを映さず、力強いふたつの目は、ぎらつく灼熱《しゃくねつ》の太陽のもとで広漠たる彼方《かなた》を見つめつづけて過ごすうちに刻まれた、深々とした皺《しわ》のあいだに半ば隠れていた。

「おはよう、判事」マンが太く低い声で上機嫌に言った。それから一瞬にやりとした。「いいもんだな。〝おはよう、判事！〟か。さて、どんな調子かな」

「さっぱりですよ」判事は小声で言った。「この様子だと、マンさん、殺人犯は野放しのまま、正体もわからずじまいになる可能性が高い」

「そいつはいけないな。マーコって野郎《オンブレ》は好きじゃなかったが、殺す必要はない。人は人、自分は自分というのがおれのモットーでね。おれの故郷じゃ、戦いたいときは、おおっぴらに決着をつける」

「アルゼンチンでしたか」

「その近くだ。大きな国だよ、判事。あっちへもどろうと思ってる。そんな気はさらさらなかったんだが、こういう大都会には何もないとわかったんでね。出ていけるようになったら、さっさと女房を連れて帰るつもりだ。あいつもまた大いに人気が出るさ」含み笑いをする。「カウボーイ《バケーロ》どもにな」

「奥さんがそういう生活を望むと思いますか」判事がぶっきらぼうに訊《き》いた。

含み笑いが消える。「これから」大男は言った。「好きになるよう学ばせる」そして煙草に火をつけて言う。「じゃあ、またな。あんまり深刻に考えんことだ、ゴドフリーのお嬢さん。そんな値打ちのある男なんていやしない——あんたのような娘さんにとってはな……。さて！　泳ぎにでも行くか」マンは筋肉のついた腕を親しげに振り、パティオから出口のほうへ進んだ。日に焼けた褐色の上半身が陽光を浴びて光る。ローザと判事はその姿を目で追った。マンは足を止め、戸口でじっと不機嫌に番をしていたコート青年に何やらことばをかけたのち、大きな肩をすくめ、パティオから出ていった。刑事があくびをしながら、ぶらぶらとそのあとを追った。

「なんだかぞっとする人ですね」ローザが眉《まゆ》をひそめながら言った。「あのアメリカ版のフィルポ（アルゼンチン人のボクサー、重量級チャンピオンのルイス・フィルポ）にはどこか——」

エラリーが靴のかかとで敷石を鳴らしながら、中庭にはいってきた。目が輝き、引きしまった頬はいつになく紅潮している。判事は椅子から半ば腰を浮かせた。

「何か見つかったのか」

「え？　ああ、モーリーが電話で、ピッツに関する最新の報告があったと言ってましたよ」

「ピッツ！」ローザが叫んだ。「つかまったんですか」

「そんなに興奮するほどのことはありません。お母さんの女中は、実にうまく姿をくらましましたよ、ゴドフリーさん。しかし警察は、ピッツが逃走に使った車を見つけました。五十マイルほど北で。マーテンズの駅のそばです」

「マーコのロードスターね！」

「はい。乗り捨ててあったんですよ。車自体にはなんの手がかりもなかったけれど、発見場所が捜査の糸口になる」エラリーは煙草に火をつけて、燃える目でそれを見つめた。

「それだけかね」判事がまた椅子に身を沈めながら言った。

「じゅうぶんですよ」エラリーはぼそりと言った。「そのおかげで、ぼくは仰天するようなことを思いつきました。まったく突拍子もなくて、しかも」顔を曇らせる。「不穏な考えをね。ぼくが言ったことを覚えていてくださいよ、判事。ぼくたちは文字どおり、のっぴきならない事態に陥っています」

「というと？」

「それは」エラリーが言った。「いまにわかります」

11　カロン（黄泉の川の渡し守）への渡し賃

エラリー・クイーン氏はかつてつぎのように述べた。「犯罪は、デュカミエだかだれだかが言ったように、社会という肉体にできた癌である。妙な言い方だが、そのとおりだ。というのも、癌は異常に増殖する組織でありながら、一定の法則を持っているはずだからだ。科学では事実として認められていることだが、研究者たちは各自の実験室でその法則をつかもうといまなお奮闘している。これまで失敗がつづいたことにはたいして意味はなく、法則はかならず存在する。同じことが犯罪の捜査についても言える。法則を見つければ、真相はもう手の届くところにある」

いちばんの問題は、いまだに法則がつかめないことだ、とエラリーは冷静に考えた。大食堂でほかの面々とともにいささか緊張しながら、早めの昼食をとったあと、自分の部屋ですわって煙草を吸いながら思いをめぐらせていた。実のところ、ときおりぼんやりと法則が垣間《かいま》見える気がするが、結局いつもひらりとすり抜けて、揺らめく不快な塵《ちり》となって消えてしまう。

何かがまちがっている。その実体はわからないが、自分自身が誤りを犯したか、あるいはだれかにだまされてまんまと同じ結果に陥れられたか、そんなところにちがいない。ジョン・マーコ殺しはみごとな一撃であり、論理ずくの計画の、論理ずくの結果だったと、エラリーは確信を深めた。それは冷静かつ的確な熟慮と——いわば予謀の殺意のあらゆる徴候を具えている。エラリーを悩ませていたのはそこだった。計画が論理的であればあるほど、たやすく見抜けるはずだ。簿記係は、たとえ複雑でも正しく計算された勘定書ならやすやすと処理する。滞るのは、勘定書のどこかに誤りがあったときだけだ。しかしながら、ジョン・マーコ殺しのこみ入った意図は、見当がつかないままだった。どこか均衡がとれていないように見える。エラリーはふと思った。妙に思考が停滞しているのは、犯人の計画が巧みだったからでも、自分が誤りを犯したからでもなく、単なる偶然に負うところが大きいのではないか……。

偶然！　そう考え、興奮の波が高まった。やはり、それが答であってもまったくおかしくない。いかによく練られた計画でもしばしば頓挫《とんざ》するものだと、エラリーは経験から知っていた。それどころか、計画を練れば練るほど、失敗する可能性が増す。計画の成功は多くの要因に左右され、計画を立てる人間は、それらの要素が調和して作用することをあてにしている。殺人の計画には特にそれがあてはまるとエラリーは承知していた。ひとつの要素が適切に機能しないと、計画全体が危うくなる。立案者はただちに修復を試みるものだが、もはや制御できない状況が連鎖して起こりはじめているのではないか……。そこで不協和音が忍び入って論理を乱し、計画の均衡を失わせて、捜査官の目を曇らせる。

　そうだ、そういうことだ。考えれば考えるほど、ジョン・マーコ殺しの犯人がまったくの不運にぶつかったことがいっそうはっきりしてきた。いったい、その不運とは何だったのか。エラリーは椅子から跳びおりて、室内を歩きはじめた。

　この厄介な問題にいくら灰色の脳細胞を働かせても、すぐに成果をあげるのは無理だろうと思っていた。とはいえ、可能性はある。ジョン・マーコが裸だったこと……永遠の、謎めいた裸。きっと障壁があり、なんらかの目くらましをした者がいたはずだ！　裸というのは常軌を逸している。犯人のもともとの計画にはなかったはずだ。エラリーはそう直感し、確信した。それにしても――何を意味するのか。何を意味しうるのだろうか。

　エラリーはしかめ面で唇を噛《か》みしめながら、床を踏み鳴らして歩いた。それに、キャプテン・キッドのまちがいの件がある……そう、まちがいだ！　ここまでずっと犯人の不運という線に沿って考えてきて、まぬけな船乗りの大失策のことは一度も頭に浮かばなかった！　デイヴィッド・カマーは殺人犯の計画の中心にうっかり足を踏み入れたのだ。ことによるとカマーは、この問題全体を解く鍵《かぎ》なのかもしれない――不運なその男自身というより、カマーが象徴する事実、つまりキャプテン・キッドがカマーをマーコとまちがえた事実が。そのせいで計画がおかしくなったのはたしかだ。それが原因で、殺人犯は早まった行動をとったのだろうか。単にあわてたための失態の副産物というのが、答のすべてだろうか。それ以上に悩ましいのは、キッドのまちがいと犯人が死者の服を脱がせた事実のあいだに何か関係があるのかどうかだった。

エラリーは首を振りながら、大きく息を吐いた。事実が不足している。あるいは、事実がすべてそろっていたとしても、視界を曇らせる邪魔な何かがある。エラリーは不幸にも出くわしてきた犯罪捜査のなかで、今回の事件が最も不愉快だとつい思いたくなるのをこらえ、ほかのことを考えはじめた。

というのも、考えるべきことがほかにもいくつかあったからだ。エラリーには、いま何が起ころうとしているのかを頭のなかに明瞭《めいりよう》に思い描ける気がしていた。

エラリーがマクリン判事を最後に見たとき、尊敬すべき裁判官は長い脚をほぐそうと、大いなる期待をもってゴルフコースのあるスペイン岬の反対側へ向かっていた。ほかの者たちは各自の部屋にいるか、邸内に散らばって、ジョン・マーコの亡霊から逃れるべく、いくぶん落ち着かないながらも、ふだんどおりに過ごそうとしていた。刑事たちはくつろいでのらくらしている。これは絶好の機会だと、エラリーは思った。暗がりで放った一撃が的に命中していたら、いますぐにでも事が起こるはずだ。

エラリーは白い上着を身につけて、煙草を灰皿にほうり投げ、静かに階下へおりていった。

それはきっかり二時三十分に起こった。

エラリーは一時間以上、一階の大広間にあるせまい仕切り部屋を忍耐強く見張っていた。そこに小型の交換台があって、電話の外線と内線を管理している。ふだんは副執事が番をしているが、エラリーはさっさとその男を追い払っていた。交換台にはていねいに作られた図があり、すべての部屋について、使用している者の名と、どの内線がどの部屋に通じているかが示されていた。待つ以外にすることが何もなく、エラリーは未知なるものへの期待もあいまって根気強く待ちつづけた。一時間以上、交換台のブザーは沈黙したままだった。

だが、突然ブザーが耳障りな音を立てると、エラリーはすぐさま交換台の前にすわり、耳にヘッドセットを装着して、本線のプラグを操作した。

「もしもし」使用人らしく仰々しい口調で言った。「こちらはウォルター・ゴドフリー邸です。どなたにご用ですか」

エラリーは一心に聞いた。耳に響いたのは妙な声だった。しゃがれてくぐもっていて、口に何かを詰めたのか、目の粗い綿布を通して話しているかのようだ。わざとらしい作り声で、ごまかそうと精いっぱいつとめているのが明らかだった。

「ローラ・コンスタブル夫人に話がある」妙な声が言った。「つないでもらえるかな」つなぐ！　エラリーの口もとが引きしまった。すると相手は交換台があることを知っているわけだ。待ちかねていたのはこの電話だと、エラリーは確信した。「少々お待ちください」やはり気どった声で答えた。そしてコンスタブル夫人の部屋を示す札の下のレバーを押し、ベルを鳴らした。応答がなかったのでもう一度鳴らし、さらに繰り返す。ようやく受話器をとる音がして、眠りから覚めたばかりらしい、ろれつのまわらないかすれた声が聞こえた。「奥さま、お電話でございます」エラリーはおごそかに告げ、すぐに線をつないだ。

椅子のなかで身を縮め、両手でイヤフォーンを押さえて精神を集中する。コンスタブル夫人がなおも午睡の腕に半ば抱かれながら言った。「もしもし。コンスタブルです。どなたでしょう？」

くぐもった声が言った。「だれだっていい。まわりに人は？　遠慮なく話ができるか」

太った女が息を吐き出す音がエラリーの鼓膜にとどろいた。一瞬のうちに、その声から眠そうな気配は消え去っていた。「もしもし！　あなたはだれ――」

「よく聞くんだ。あんたの知り合いじゃない。会ったこともない。この電話を切っても、どこからかかってきたか、突き止めようとはしないことだ。警察にも話すな。これはあんたとふたりだけの、ちょっとした取引だ」

「取引？」コンスタブル夫人が息を呑《の》む。「それは——それはどういう意味？」

「わかってるはずだ。いま、一枚の写真を見ている。死んだ男とあんたがアトランティック・シティーのホテルの一室でいっしょにベッドにいるところを写したものだ。ただし、そのときはまだ、男は死んじゃいなかったがね。夜にフラッシュを焚《た》いて撮った写真で、あんたはぐっすり眠ってて、ずっとあとまでそのことに気がつかなかった。ほかに映画の八ミリフィルムも一巻ある。そっちは、あんたとその男がキスをしたりいちゃついたりしてるやつだ。去年の秋、セントラル・パークであんたが知らないうちに撮られたもんだよ。去年の秋から冬にかけてあんたが雇ってた女中の署名がはいった供述書もある。セントラル・パーク・ウェストのあんたの部屋で、家族が留守のあいだにその女中が見たり聞いたりした——あんたと死んだ男の——恥ずべき行為について証言してるよ。その男に宛ててあんたが書いた手紙も六通——」

「なんてこと」コンスタブル夫人が奇妙な声で言った。「あなたはだれ？　どこで手に入れたの？　それはあの人が持っていたはずよ。わたしには——」

「まあ、聞くんだ」ぼやけた声が言った。「だれだろうと、どこから手に入れようと、そんなことはどうでもいい。肝心なのは、こちらがそれを持っていることだ。手に入れたいだろう？」

「ええ、ええ」コンスタブル夫人がささやく。

「では、譲ろう。相応の値で」

あまりに長いあいだだまりこんでいたので、エラリーは夫人の身に何か起こったのかと思った。しかし、そのうちに夫人が答えた。とても疲れて打ちひしがれ、絶望した口調だったため、エラリーは憐《あわ》れみを覚えて胸が締めつけられた。「払えない……あなたの言う額は」

恐喝者は驚いたのか、口ごもった。「どういう意味だ――払えないと言うのは。コンスタブル夫人、もしこれがはったりで、フィルムや手紙は持ってないと思ってるなら――」

「そんなことは思っていません」太った女がぼそぼそと言った。「ここにないんだもの。だれかが持っているにちがいな――」

「そのとおり！　ここにある。ひょっとして、金を払っても現物を渡さないんじゃないかと心配してるのか。いいか、コンスタブル夫人――」

おかしな恐喝者だ、とエラリーは顔をしかめて思った。恐喝者が下手《したて》に出て理屈をこねるのをはじめて聞いた。結局のところ、これは誤った手がかりではないだろうか。

「あの人に何千ドルも巻きあげられた」コンスタブル夫人が陰気な声で言う。「何千ドルも。持っていたお金を全部。そのたびにあの人は約束した……。だけど、守らなかった。渡してくれなかったの！　だましたのよ。人をぺてんにかけて、そのうえ——その……」

「こんどはちがう」くぐもった声が熱心に言う。「信頼していいんだ。いただくものをいただいたら、それ以上面倒はかけない。あんたの気持ちはわかる。金を払ったら現物はかならず返す。こちらの指示する方法で五千ドルを送れば、つぎの便で品物がもどる」

「五千ドル！」コンスタブル夫人が笑い声をあげた——その声があまりに不気味で、エラリーの髪の毛が逆立った。「話はそれだけ？　五千セントだって無理よ。あの男に搾りとられて、からからだもの。わたしにはお金がないの、聞こえて？　一セントもね！」

「なるほど、それがあんたの言い分か」正体不明の話し手が凄《すご》みのある声を出す。「金がないから勘弁しろと言うのか！　あの男はあんたからたんまり金を巻きあげた。コンスタブル夫人、あんたは金持ちの奥さんだ。そう簡単に逃れられると思わないことだな！　五千ドルを要求する。払うんだ、さもなきゃ——」

「お願いです」夫人が苦しそうにささやくのが、エラリーの耳に届いた。

「——さもなきゃ、払えばよかったと後悔する羽目になる！　亭主はどうしたんだ？

ほんの二年前にひと財産作ったんだろう。亭主から引き出せないのか」

「だめ！」夫人が突然叫んだ。「だめよ！　主人にはぜったいに頼めない」涙声になる。「ねえ、お願い、わからない？　結婚してずいぶんになる。わたし――わたし、もう歳をとりすぎているのよ。子供たちは成人している、いい子たちよ。あの人が――主人がこのことを知ったら、死んでしまう。重い病気なの。ずっとわたしを信じて、ずっといっしょに幸せにやってきた。主人に話すくらいなら、いっそ――死んだほうがましよ！」

「コンスタブル夫人」恐喝者の声は切羽詰まった響きを帯びていた。「どうやらあんたは自分がだれを相手にしてるかわかっていないようだ。言っておくが、こっちはどんなことでもするからな！　こんなふうに強情を張ったって、どうにもなりゃしないんだ。必要とあらば、亭主のところへ押しかけてでも金はいただく！」

「主人を見つけられるはずがない。どこにいるか、あなたは知らないはずだもの」コンスタブル夫人がかすれた声で言う。

「子供のところへ行くさ」

「無駄よ。ふたりとも自分のお金は持ってないもの。自由になるお金なんかない」

「ああ、よくわかった、上等だよ！」くぐもっていても、怒り心頭に発しているのがわかった。「いいか、忠告したからな。目に物見せてやる。はったりだと思ってんだろうが、写真も、八ミリフィルムも、供述書と手紙も、すぐにモーリー警視の手に渡ることに――」

「やめて、お願い、お願いです！」コンスタブル夫人が叫んだ。「やめてください。さっきも言ったとおり、わたしは無力で、お金がなくて――」

「だったら、作るんだ！」

「でも無理なの、そう言ってるでしょう」夫人がすすり泣く。「頼める人もいない――ああ、わからないの？　だれかほかの人からお金をとったら？　わたしは自分の罪は償った――ええ、何千倍も――涙と、血と、持っていたお金すべてで。どうしてあなたはそんな無情なことができるの、そんな――そんな……」

「おそらく」声が強い調子で言った。「五千ドル工面すればよかったと悔やむことになる。モーリー警視がこれを手に入れて、あちこちの新聞社に引き渡したらな！　この太った愚かな雌牛め！」そして、受話器を叩《たた》きつける音がした。

エラリーの指が交換台の上を激しく動きまわった。コンスタブル夫人のまぎれもない絶望のすすり泣きを聞きとるや、エラリーは接続を切って、交換手を呼び出した。

「交換手！　いまの通話の発信者を調べてくれ。いま切ったばかりだ。こちらは警察――ゴドフリーの屋敷にいる。至急頼む！」

エラリーは爪を嚙《か》みながら待った。〝太った愚かな雌牛〟。これもまた明らかに、電話の相手がマーコの件に通暁していることを示している。罪の証拠となる写真や文書を単なる偶然から手に入れて知った程度ではなく、もっと事情に通じただれかだ。事件ときわめて深いかかわりを持つだれか。エラリーは確信した。いろいろなことがわかってきて、漠然とした考えが透明な結晶になっていた。時が来れば、その考えが正しいことが明らかになるだろう。それまでに、事を迅速に進めることができれば……。

「申しわけありません」交換手がはっきりと言った。「ダイヤル電話からのものでした。調べる方法がございません。では、失礼します」そしてエラリーの耳に、カチリという小さな音が聞こえた。

エラリーは眉《まゆ》をひそめながら椅子に寄りかかり、煙草に火をつけた。しばらくそのまま押しだまる。やがてポインセットのモーリー警視の部屋を呼び出した。しかし、警視は外出中だと内勤の警官に言われたため、折り返し電話をくれとモーリー宛《あて》の伝言を託し、ヘッドセットをはずして部屋から出た。

大広間で何か思いついたエラリーは、砂を敷いた鋳鉄の灰皿で煙草を揉《も》み消し、二階へのぼってコンスタブル夫人の部屋まで行った。エラリーは臆面《おくめん》もなくドア板に耳をつけて聞いた。涙にむせぶような声がした。

エラリーはドアを叩いた。すすり泣きがやんだ。それからいつもと様子のちがうコンスタブル夫人の声が言った。「どなた？」

「ちょっとお話しできませんか、コンスタブル夫人」エラリーは親しみをこめて言った。

沈黙。それから夫人が言った。「クイーンさんですか」

「はい、そうです」

「すみません」やはり妙な声で言う。「すみません、話をしたくないんです、クイーンさん。わたし――気分が悪くて。どうぞお引きとりください。またそのうち」

「しかし、お話ししたいことが――」

「お願いです、クイーンさん。ほんとうに具合が悪いの」

エラリーはドアを見つめ、肩をすくめて言った。「わかりました。失礼しました」

そしてその場を離れた。

エラリーは自分の部屋へもどり、水着に着替えて、ズック靴とローブを身につけ、入江へおりていった。テラスで見張る警官にうなずきながら、この忌まわしい事件が片づく前に少なくとも一度は大西洋で泳げるわけだ、と苦々しく思った。きょうはもう交換台に張りついていても何も得るものはないはずだと考える。これは見せしめだ……ほかの者たちへの。モーリー警視からまもなく連絡がはいるだろう。

潮がかなり満ちていた。エラリーはローブと靴を砂の上に落として、海へ飛びこみ、沖へ向かって力強く水を掻《か》いた。

エラリーはぶしつけに肩を軽く叩かれ、目をあけた。モーリー警視がかがみこんでいる。警視の大きな赤ら顔にひどく奇妙な表情が浮かんでいるのを見て、いっぺんに目が冴《さ》え、いきなり砂の上に身を起こした。太陽は水平線に沈もうとしている。

「まったく」モーリー警視が言った。「こんな時間に寝ているなんて」

「何時ですか」エラリーは身震いした。裸の胸にあたる微風が冷たかった。

「七時過ぎです」

「いやあ。遠くまで泳いで入江へもどったら、この柔らかな白砂に抗《あらが》えなくて。何かあったんですか、警視。あなたの顔に書いてある。電話をくださいと内勤のかたに伝言を託したんですがね。あれは午後の早い時間だった。二時半以後、執務室へおもどりにならなかったんですか」

モーリーは唇を固く結び、探るように首《こうべ》をめぐらせた。しかし、テラスは閑散としていて、見張り番の警官がいるだけだった。左右どちらの断崖《だんがい》の上にも人影はなく、崖《がけ》の輪郭が空にくっきりと浮かびあがっている。モーリーはエラリーのかたわらの砂浜にしゃがみ、ふくれたポケットに手を突っこんだ。

「見てください」静かに言う。「これを」警視の手が平たい小さな包みを取り出した。

エラリーは手の甲で鼻をこすり、吐息を漏らした。「ずいぶん早いな」包みを受けとる。

「え？」

「失礼しました、警視、ひとりごとです」

それは無地の茶色の包装紙でくるまれ、安物のかなり汚れのついた白い紐《ひも》でくってあった。包みの片面に、郵便局のものらしき淡い青色のインクで、モーリー警視の名前とポインセットの警察の所番地がブロック体で記されている。エラリーが包みと紐を取りはずすと、何通かの封筒の薄い束と、小ぶりの写真と、映画のフィルムとおぼしき小さなものがひと巻き出てきた。エラリーは手紙の一通を開き、署名にしばし目をやって、困惑の色をちらつかせながら写真を調べ、フィルムを数フィート引き出して、細長いセルロイドを光にかざした……。それから全部をもとどおりにして、包みをモーリーに返した。

「さてと」しばらくして、モーリーがうなるように言った。「あまり驚いていないんですか。ご興味もありませんか」

「第一の質問に対しては――驚いていません。第二の質問に対しては――大いにあります。煙草をお持ちでしょうか。忘れてきてしまって」マッチを擦って差し出す警視に、エラリーは頭をさげた。「この件をお話しするつもりだったんですよ、警視、さっき電話をかけたときに」

モーリーが早口で言った。「ご存じだったんですか」

エラリーはコンスタブル夫人と謎の人物との電話を盗み聞きした内容を根気よくていねいに話して聞かせた。モーリーは思案げに眉をひそめて、耳を傾けていた。「ふむ」警視はエラリーが話し終えると言った。「すると、だれであれそいつは、脅迫どおりにこれをわたしに送ってきたわけだ。しかし、教えてください、クイーンさん」エラリーの目をまっすぐ見据える。「どうして電話がかかってくると知っていたんですか」

「知っていたわけじゃない。そうなりそうな気がしただけです。実際の思考の過程を論じるのはあとにしましょう。いつかお話ししますよ。いまは、何が起こったかをあなたのほうから説明してもらうほうがいい」

モーリーは包みを手のひらに載せた。「ピッツという女の足どりについて、有力な手がかりを調べにいっていたんです。マーテンズまで出向きました。ところが、足どりは途絶えてしまった。それで執務室へもどってきたら、あなたから電話があったと聞いた。折り返し電話をかけようとしていたところへ――一時間以上前です――使いの者が来ました」

「使いの者？」

「ええ。十九歳ぐらいの青年です。去年二十ドルで買ったという古ぼけたフォードでやってきました。ほんの子供ですよ。調べてみましたが、怪しいところは何もありません」

「どういう事情で、その青年がこの包みを持っていたんですか」

「マーテンズに住む青年なんですが、町ではよく顔が知られていて、夫に先立たれた母親と暮らしています。さっそくマーテンズの警察に電話で確認をとりました。青年の言ったことは、母親の話と一致しましてね。きょうの午後三時ごろ、青年と母親が家にいると、玄関ポーチで大きな音がした。出てみると、この包みがあった。包みには、筆跡をごまかしたメモと、十ドル札一枚が添えられていた。メモにはただ、包みをポインセットのわたし宛に至急届けてくれと書いてあった。そこで青年は愛車のおんぼろフォードに乗って届けにきた。親子はその十ドルがほしかったそうです」

「ふたりはポーチに包みを投げこんだ人物を見なかったんですか」

「外へ出たら、もういなかったとか」

「残念だ」エラリーは考えながら煙草を吹かし、紫色に変わりはじめた海をながめた。

「ところが、まだまずいことがあるんです」モーリーは浜辺の砂をひと握りすくいあげ、太い指のあいだからさらさらと落としながら、小声で言った。「これを受けとってひと目見たとき、わたしはコンスタブル夫人に電話を――」

「なんだって？」エラリーははっと驚いて、煙草を手から取り落とした。

「ほかに何ができたと？　あなたが盗聴して話を全部聞いていたなんて知りませんでしたからね。わたしには情報が必要だった。夫人と話をしたとき、様子が変だと思いました。だから夫人に言って――」

「まさか」エラリーはうなった。「手紙やなんかが届いたことは、何も言わなかったでしょうね！」

「それが……」モーリーは浮かない顔をした。「ほのめかすようなことを言った気がします。そして、これを送ってきた人物を突き止めるのにマーテンズの警察との連絡で忙しくなると思ったんで、夫人に対して、ちょっと話がしたいからご自分の車で署まですぐ来てもらいたいと頼んで――ゴドフリー邸にいる部下のひとりに、夫人を外へ出してもいいと電話で指示をしたんです。夫人は――たしか、すぐ来ると言っていました。それからわたしは電話で忙しく、気がついたら一時間近く経っていた。ところが、太った夫人は来ていない。当然着いているころなのに。ここからポインセットまで、ゆっくり車を走らせても三十分以上はかかりませんからね。それで屋敷にいる部下に電話をしたら、夫人は屋敷から出ていないと言う。だから――まあ、こうして出向いたわけです」その声には、良心の呵責《かしやく》ゆえの切羽詰まった響きが混じっていた。

「なぜ夫人の気が変わったのか、調べてみます」

エラリーは荒々しい目をしばたたいて海を見つめた。それからローブとズック靴をつかんで、さっと立ちあがった。「警視、あなたはとんでもないへまをしました」鋭く言い放ち、苦心して靴とローブを身につける。「行きますよ！」

モーリー警視はおとなしく立ちあがり、砂を払って、子羊のようにあとに従った。

ふたりはパティオで花壇の植え替えをしているジョラムを見つけた。「コンスタブル夫人を見なかったかい」エラリーは息を切らして訊《き》いた。テラスから急いでのぼってきたせいで、呼吸が荒い。

「あの太った奥さんかね」老人はかぶりを振った。「見ないな」顔もあげずにむっつりと作業をつづける。

ふたりはまっすぐコンスタブル夫人の部屋へ向かった。エラリーがノックをしたが、返事がないので、ドアを押しあけてふたりで中へはいった。室内は雑然としていた――寝具は乱れて皺《しわ》が寄り、化粧着はまるめて床に投げ出され、ナイトテーブルの上の灰皿には鼻を突くにおいの吸い殻があふれている……。ふたりはだまって顔を見合わせ、部屋から出た。

「いったい、どこにいるんだろう」モーリーがエラリーの目を避けながらうなるように言った。

「いったい、だれがどこにいるというのかね？」穏やかなバリトンの声が尋ねた。ふたりが振り返ると、廊下の中ほどにある階段の向かいにマクリン判事がいた。

「コンスタブル夫人です！　見かけませんでしたか」エラリーが勢いこんで尋ねた。

「見たよ。何かあったのか」

「何もないと思いたいですね。どこで見たんですか」

老判事はふたりに目を向けた。「岬の反対側だ。ほんの二、三分前だよ。わたしはゴルフコースへ行って散歩をしていてね。崖っぷちに腰かけているコンスタブル夫人を見た――足をぶらぶらさせて――海をながめていたな。北側だ。で、そっちへ歩いていって声をかけたんだ。かわいそうに、ひどくさびしそうだった。振り向きさえしなかったよ。わたしの声も耳にはいらなかったようでね。眼下の海をじっと見ていた。物思いの邪魔はするまいと、そのまま――」

だが、エラリーはすでに廊下を走りだし、階段へ向かっていた。


一同はむき出しの岩壁を削って作られた急な石段を駆けあがった。エラリーが先頭を、そのあとに息を切らしたモーリー警視がつづき、マクリン老判事がいかめしい顔でしんがりをつとめた。スペイン岬の北の部分は、やはり表面は平坦《へいたん》だったが、高木も灌木《かんぼく》も南側よりずっとまばらで、整えられた地面になだらかに芝が植わっていて、人の手がかけられているのがわかった。みなが石段をのぼりきると同時に、マクリン判事がまっすぐ前方を指さした。三人はそちらへ走り、木立を抜けると、いきなりまた開けた場所に出た——そこで足を止めた。

だれもいなかった。

「おかしいな」判事が言った。「たぶんもうどこかへ行って——」

「手分けしましょう」エラリーが早口で言った。「探し出さなきゃ」

「しかし——」

「言うとおりにしてください！」


空には紫色の層があり、刻一刻と暗くなっていた。

三人は北側の中央、いちだんと木々が深く茂るあたりを分かれて進んだ。ときおり、ひとりが開けた場所へ進み出て、あたりを見まわし、また木立のなかへもぐっていった。


ローザ・ゴドフリーはゴルフバッグを片方の肩にかけ、コースから海のほうへ歩いていた。疲れた様子で、髪が風に吹かれて無造作に乱れている。

ローザは突然立ち止まった。遠く、断崖《だんがい》のふちあたりで、白いものが一瞬きらりと光ったのが見えた気がした。けれども、何も考えずに目をそらし、そばの雑木林の木陰へ向かった。ひとりでいたかった。夕暮れの空と寄せくる波には、人といっしょにいるのを煩わしく思わせる何かがあった。

アール・コートは視線をさまよわせながら、六番ホールのティーグラウンドを歩いていた。

コンスタブル夫人は、草の生えた断崖の端で太い両脚を宙に垂らしてすわっていた。うなだれて、顎《あご》が胸につきそうだ。どんよりした目で眼下にあるものを凝視している。しばらくすると、丸々とした両手を崖《がけ》のふちにかけ、体をよじって後ろへのけぞらせながらも、海のほうへ身を乗り出した。尻《しり》が草の根もとの小石をこすり、危うく体が横倒しになりかけた。夫人は両脚を引きあげて、断崖の際に立った。

視線はなおも海へ注いだままだ。

夫人は波立つ海に向かって立っていた。両足のスリッパの先が崖のふちから一インチ突き出している。化粧着の裾《すそ》が風にはためく。夫人は動かず、身じろぎもしない。化粧着だけが風にひるがえっている。夫人は空にくっきりと浮かびあがる黒い影となって、微動だにせず立っていた。

エラリー・クイーン氏は木立から滑るように抜け出した。これで十度目だ。緊張して見つづけているため、目が疲れている。心臓が重たく、鉛のように感じられ、みぞおちへ引っ張りこまれそうだった。エラリーは歩みを速めた。

いま、コンスタブル夫人は断崖のふちに立って、海を見つめていた。つぎの瞬間、その姿は消えていた。

何が起こったのか、ことばでは表しがたい。夫人が両腕を振りあげ、しゃがれた原始的な何かが、喉《のど》をふさぐ筋肉を押しのけて飛び出し、夕暮れの空気をつんざいた。そしてまるで大地に呑《の》みこまれたかのように、夫人は跡形もなく消えた。たそがれの薄明かりのなかで、それはどこか魔術のようだった。魔術のようで、しかも恐ろしい。たとえ太陽がふたたび水平線の下から駆けのぼってきて、海がまたたく間に消え去ったとしても、これほど恐ろしくはなかっただろう。ひと吹きの煙のごとく消えるとは……。

エラリーは木立から飛び出した。そして、立ち止まった。

ひとりの女が断崖の端の近くで、草にうつぶせになっていた。両手で顔を覆い、肩が震えている。ニッカーボッカーを穿《は》いた男がひとり、体の横で両のこぶしを握りしめ、崖のふちから一フィートのところに立っていた。ゴルフのクラブのはいったバッグがそばに転がっている。

背後で物音がして、エラリーが振り返ると、モーリー警視が茂みから出てきた。

「あれを聞きましたか」モーリーがかすれた声で叫んだ。「あの悲鳴を」

「聞きました」エラリーは奇妙なため息を漏らして言った。

「だれが――」モーリーが男と女の姿を見つけ、顔をしかめて雄牛のように突進した。

「おい！」大声を出す。男は振り向きもせず、女も顔をあげなかった。

「間に合わなかったのか」震える声が聞いた。マクリン判事がエラリーの肩に手をかけた。「何があったんだ」

「愚かな人だ、気の毒に」エラリーは穏やかに言って、返事もせず断崖の端へ向かって歩いた。

モーリーが女を見おろしていた。ローザ・ゴドフリーだった。男のほうは金髪で、帽子をかぶっていない。アール・コートだ。

「さっきの悲鳴をあげたのはだれだ」

男女ふたりは周囲の騒ぎに気づく様子もない。

「コンスタブル夫人はどこかね」モーリーが空咳《からせき》混じりのしゃがれ声で訊《き》いた。

コートが急に身震いをして、振り向いた。顔は灰色で、汗まみれだった。ローザのかたわらにひざまずき、黒っぽい髪をなでる。「だいじょうぶだよ、ローザ」ぼんやりと繰り返した。「だいじょうぶだ、ローザ」

年嵩《としかさ》の男三人が崖のふちへ歩を進めた。何か白いものが六十フィートほど下で静かに揺れている。だが、見えるのは半分だけだ。エラリーは腹這《はらば》いになって、前へにじり寄り、崖のふちから顔を突き出した。

崖下に突き出たナイフを思わせるいくつもの岩のひとつに、翼をひろげた鷲《わし》のような姿でコンスタブル夫人が仰向《あおむ》けに横たわり、逆巻く波に洗われていた。長い髪の毛がほどけて、化粧着や脚とともに水に漂っている。夫人のまわりだけ海面が赤く染まっていた。その姿は、高所から落ちて岩で砕けた、太った牡蠣《かき》を思わせた。

12　恐喝者が困難にぶつかるとき

静かに死ぬ権利は、凡人のためのものだ。暴力による死は、とるに足りない者《プ・ド・ショーズ》を受難の重要人物におのずと変え、平凡なものから重要な表象を生み出す。ローラ・コンスタブルは、生前あれほど懸命に悪名から逃れようとしていたにもかかわらず、死によってそれを得た。そして、その砕けた体は、当局の穿鑿《せんさく》の目の焦点となった。草の生えた崖の上から、黒ずんだ海に突き出た灰色の岩まで、降下したほんの一瞬のうちに、コンスタブル夫人は現代の報道界に永久に残る一大事を成しとげた。

男たちが来た。女たちが来た。いくつものカメラのレンズが、ローラの醜い姿を凝視した。その体は、死の過程で受けた苦痛を経て、以前にも増してきわめて醜悪になっていた。鉛筆が暴露のことばを殴り書きする。電話が耳障りな短い音信を響かせる。痩《や》せた検死官が、いくぶん倦《う》んだ非情な指で、夫人の青みがかった太った肉体を冒瀆《ぼうとく》する。不思議なことに、化粧着の一部が失われていた。欲に駆られて特権の倫理を逸脱した何者かの手で引き裂かれたのだろう。

こうした騒然とした動きのなか、モーリー警視は顔を伏せて胸中の思いを隠しつつ、無言で歩きまわっていた。死体と、スペイン岬の北の一端と、血に染まった岩については、新聞記者たちの好きなように取材させた。部下の警官たちは事態の急転にすっかり当惑し、首を切られた鶏さながらあたふたと駆けまわっていた。ゴドフリー一家、コート青年、マン夫妻はパティオに集まり、貪欲《どんよく》なカメラマンたちに応《こた》えて放心のままでポーズをとり、質問におざなりに答えた。モーリーの部下のひとりがすでにコンスタブル夫人のニューヨークの住所を割り出し、息子に電報を打っていた。夫の居所を突き止めるのはよそうと意見したのは、亡き夫人の悲痛な声を思い出したエラリーだった。あらゆることが起こりながら、何も起こらなかった。悪夢そのものだった。

記者たちがモーリーを取り囲んだ。「どういうことですか、警視」モーリーが鼻を鳴らす。「だれがやったんです？　あのコートって男ですか。警視、自殺ですか、他殺ですか。このコンスタブルって婦人とマーコの関係は？　情婦だって噂もあるが、ほんとなんですか、警視。ねえ、教えてくださいよ。このメリーゴーラウンドのことじゃ、なんにも話してくれないじゃないですか！」

その騒ぎがおさまって、最後の記者が無理やり追い払われると、警視は部下のひとりに合図をしてカンテラのともるパティオの戸口へ行かせ、疲れた様子で額をこすったのち、いかにも打ち解けた口調で言った。「さあ、コートくん、どういうことかね」

青年はふちが赤くなった目でモーリーをにらんだ。「この人はやってません。やってない!」

「だれが何をやってないって?」

いまやすっかり夜が更け、巧みに電気を利用して輝くスペイン風の松明《たいまつ》が、敷石の上に長い光のしぶきを投げていた。ローザは椅子にすわって身を縮めている。

「ローザですよ。ローザは夫人を突き落としたりしてない。誓います、警視」

「突き落とすって――」モーリーは目を見開いて高笑いをした。「コンスタブル夫人が突き落とされたなんて、だれが言ったんだ、コートくん。わたしはただ記録をとるために、話を整理したいだけだ。そう、報告書を作らなくてはならないんでね」

「すると」青年は小声で言った。「ちがうと思ってるんですか――殺人じゃないと」

「おいおい、わたしがどう思うかは関係ない。何があったんだ。きみはそのお嬢さんといっしょにいたのか、あのとき――」

「そうです!」コートは熱をこめて言った。「ずっといっしょでした。だからまちがいなく――」

「いっしょではありませんでした」ローザが疲れた声で言った。「やめて、アール。それでは事を面倒にするばかりよ。わたしはひとりきりでした――あれが起こったとき」

「なんなんだ、アール」ウォルター・ゴドフリーがうなるように言い、醜い顔が苦悩の怪物《ガーゴイル》と化した。「ほんとうのことを話せ。事態はいっそう――いっそう……」かなり冷えこんでいるにもかかわらず、顔の汗をぬぐう。

コートが唾《つば》を呑んだ。「ローザのことは――ぼくはずっとローザを探していました」

「またかね」警視が笑った。

「はい。なんだか、あまり――ええ、何もする気になれなくて。だれかが――そこにいるマンさんだったと思いますけど――ローザがゴルフコースを歩いてるのを見たと教えてくれて、それでそっちへ行ったんです。それで、あの――例の場所に近いあそこの茂みから出たら、ローザがいた」

「それで？」

「ローザは崖《がけ》から身を乗り出していました。ぼくにはわけがわからなかった。大声で呼んだけど、ローザは聞いてもいなかった。そのうちに体を引いて、草に倒れて泣きだしたんです。そっちへ行って、上からのぞいてみたら、崖下の岩にあの死体があるのが見えた。話はそれだけです」

「では、お嬢さん、あなたは？」モーリーはふたたび笑みを浮かべた。「さっきも言ったように、記録をとるだけですから」

「アールの言ったとおりです」ローザは手の甲で唇をこすり、口紅で赤くなった肌をじっと見つめた。「そういういきさつで、アールはわたしを見つけました。こっちに向かって叫んでいるのは聞こえたんですが、わたし……呆然《ぼうぜん》としていて」身震いして、早口に先をつづける。「ひとりで少しゴルフボールを打ってまわっていたんです。ここはあまりに――あまりに気が滅入《めい》るものですから、あれ以来……。そのうち疲れてきたので、崖の近くまで行って横になろう――ええ、ちょっと横になろうと思いました。ひとりになりたくて。でも、コースのハザードになっているあの木立から踏み出したとたん……夫人の姿が目にはいりました」

「なるほど、そうですか」マクリン判事が熱心に言った。「そこが何より肝心なところですよ、お嬢さん。夫人はひとりだったのか？　何を見たんだね」

「ひとりだったと思います。ほかには――何も気づきませんでした。夫人だけです。こちらに背を向けて、海のほうを向いて立っていました。それがあまりに崖っぷちで、わたし――恐ろしくなってしまって。こわくて、動くことも叫ぶことも、何もできなかった。もし急に音を立てたら、夫人がびっくりしてバランスを崩してしまうんじゃないかと思って。だからじっとそこに立って、様子を見ていたんです。夫人はまるで――ああ、こんなこと、ヒステリーじみてばかげてるって自分でもわかってるんです！」

「いや、ゴドフリーさん」エラリーはおごそかに言った。「つづけてください。あなたが見たこと感じたことを、すべて話してください」

　ローザはツイードのスカートを指でつまんだ。「不思議な感じがしました。ええ、ほんとうに！　あたりはだんだん暗くなっていた。夫人はそこにじっと立っていて、黒い影が空にくっきり浮かびあがって、まるで――そう」大きな声をあげる。「石像みたいでした！　それから、わたしきっと、少しどうかしていたんだと思います。だって、夫人が――あの場面全体が――なんだか映画から抜け出してきたように見えたんです、まるで……そう、台本があるように思えたの。ほら、光と影の効果を計算してあるみたいにね。もちろん、ひどく興奮していただけなんですけど」

「ところで、ゴドフリーさん」モーリー警視がにこやかに言った。「お話はよくわかりました。しかし、コンスタブル夫人についてはどうでした？　正確にどんなことが起こりましたか」

　ローザは身じろぎもしなかった。「それから……。ただ消えたんです。お話ししたとおり、夫人は石像のように立っていました。つぎにわたしにわかるのは、夫人が両腕をあげて、なんと言ったらいいか――悲鳴のようなものをあげながら、崖の向こうへ前向きに倒れたんです。消えてしまった。音が――どさっという音が聞こえました、打ちつけられたときに……。ああ、きっと一生忘れられない！」ローザは椅子のなかで身をよじり、口もとを震わせながら、やみくもに母の手を探った。硬直した様子のゴドフリー夫人がぎこちなく娘をさする。

沈黙がおりた。やがてモーリーが言った。「どなたでもけっこうです、何かを見た人はいませんか。何か聞いた人は？」

「いいえ」コートが言った。「つまり」つぶやくように言う。「ぼくは見ても聞いてもいません」

ほかにはだれも答えなかった。モーリーはくるりと向きを変え、口の端でエラリーと判事に言った。「行きましょう、おふたりとも」

三人は各自の考えにふけりながら、順にばらばらと二階へあがった。コンスタブル夫人の部屋の前の廊下に、衛生局の制服を着たふたりの男が、見慣れた少々気味の悪い棺《ひつぎ》を足もとに置いて待っていた。モーリーが鼻を鳴らしながらドアをあけ、エラリーと判事がそれにつづいた。

検死官がシーツをもとにもどしたところだった。そして体を起こし、振り返って不機嫌な一瞥《いちべつ》を投げた。死体はベッドの上で山のように盛りあがり、シーツに点々と血がついている。

「さあ、ブラッキー」モーリーが声をかけた。

痩《や》せて骨張った男は戸口へ行って、外のふたりの男に何か言った。ふたりがはいってきて棺を下へ置き、ベッドのほうを向いた。エラリーと判事はなんとなく目をそらした。ふたたびそちらへ目をもどしたときには、ベッドが空《から》になって、棺が埋まり、制服姿のふたりが額をぬぐっていた。ふたりが出ていくまで、だれも口をきかなかった。

「まったく」検死官が言った。怒っているらしく、死人さながらの青白い頬に赤い染みが浮かんでいる。「いったいわたしをなんだと思っているんだね、魔術師だとでも？　いいかね！　あの女は死んでる、それだけのことだ。転落の結果、死亡した。実のところ、背骨がふたつに折れたほか、頭蓋骨《ずがいこつ》と両脚に少々損傷がある。ああ！あんたがたにはうんざりだ」

「何をいらいらしてるんだ」モーリーがぼやいた。「銃創、刃物による切り傷――そういったものは何もなかったのか」

「ない！」

「そいつはいい」モーリーは両手を揉《も》み合わせながらゆっくりと言った。「それはけっこうだな。はっきりしていますよ、みなさん。コンスタブル夫人は破滅に直面した――まさに自分の招いた生き地獄にね。死の床にある亭主や、コルセットで背中を締めあげられるような中産階級の暮らしも追い打ちをかけただろう。醜聞を揉み消すために亭主に相談に行くわけにもいかず、かと言って自分に金があるわけでもない。そんなとき、わたしから電話があって、手紙や何かが届いたと聞き——あいにくだったが、どうしようもない！——夫人は唯一思いついた逃げ道をとったわけだ」

「自殺したと言いたいのかね」判事が訊《き》いた。

「そのとおりです、判事」

「今回ばかりは」検死官は手荒に診察鞄《かばん》を閉めながら、怒気を含んだ声で言った。「あんたの話は筋が通ってる。わたしもまったく同意見だ。他殺であることを示す物的証拠は何もない」

「考えられるな」マクリン判事がつぶやいた。「情緒が不安定なうえ、自分の世界がすっかり崩れかけていて、女として危険な年齢にあり……ああ、たしかに、じゅうぶん考えられる」

「それに」モーリーは満足そうに妙な調子で言った。「あのローザという娘の話がほんとうだとしたら——そして、あの娘があらゆる点から見て潔白なのは確実です——これは自殺以外の何物でもありえない」

「いや、ありえますね」エラリーが悠然と言った。

「えっ？」モーリーは驚いた。

「警視、議論をはじめたいのでしたら……繰り返しになりますが、理論上は自殺以外もありえます」

「しかし、夫人が飛びおりたとき、五十フィート以内にはだれもいなかったんですよ！　銃で撃たれてはいない、これはたしかです。ナイフによる傷もいっさいない。そういうことですよ。いやはや、こんなに苦もなく片づくとは喜ばしい！」だがエラリーをじっと見つめる顔には、不安の色がまざまざと浮かんでいた。

「喜びは人によってさまざまです。先生、夫人は仰向《あおむ》けに地面へ落ちたんですね？」

検死官は鞄を持ちあげて、しかめ面をした。「答える必要があるのかね」不服そうにモーリーに尋ねる。「この男の訊くことと言ったら、ばかげた質問ばかりだ。会った瞬間から気に食わなかった」

「おいおい、ブラッキー、面倒なことを言うな」警視がうなった。

「まあ、いい」検死官はあざ笑うように言った。「そう、仰向けだ」

「あなたはソクラテスの問答を認めていらっしゃらないらしい」エラリーは微笑んで言った。それから笑みを消し、つづけて言った。「崖《がけ》から落ちる直前、夫人はふちに立っていたんですね？　まちがいなくそうでした。バランスを失わせるのは造作もないことだったでしょう？　ええ、もちろんね」

「何を立証したいんだ、エラリー」判事が尋ねた。

「わが親愛なるソロン殿、モーリー警視はかのカエサルに与《くみ》して、〝およそ人は好んでみずからの望みを信じる《フエレ・リベンテル・ホミネス・イド・クオド・ウオルント・クレドウント》（カエサル『ガリア戦記』より）〟と考えていらっしゃるんです。警視、あなたはコンスタブル夫人が自殺だったほうが大いに都合がいいと思っていますね？」

「いったい何が言いたいんですか」

「〝願望は思考の父〟ってやつですよ（シェイクスピア『ヘンリー四世』第四幕第二場より）」

「いいかげんに――」

「いやいや、ぼくは」エラリーはのんびりと言った。「コンスタブル夫人は自殺したのではないと言い張るつもりはない。ただ、あの状況下でも殺された可能性はあるはずだと指摘したかっただけです」

「どうすればそんなことが？」モーリーが声を荒らげた。「どうやったって？　帽子からウサギを取り出すような真似をいつまでもつづけることはできませんよ！　しっかり説明――」

「いま説明するところだったんですよ。ええ、大変原始的な方法によってではありますが、この場合、現代の見かけ倒しなやり方よりはるかに望ましいのはたしかです。ぼくが言いたいのは、だれかが近くの藪《やぶ》、それもローザやわれわれから死角になるところにいて、コンスタブル夫人の背中にただ石を投げつけたということも、理論上はありうるということです――夫人の背中の解剖学的な作りを思えば、きわめて大きな的《まと》ですから」

一同は死の沈黙でこれを迎えた。検死官は打ち負かされてくやしげにエラリーをにらみ、モーリーは爪を噛《か》んだ。

やがて、マクリン判事が言った。「ローザが物音を聞かず、襲撃者を見かけなかったらしいというのは認めよう。だが、まっすぐコンスタブル夫人を見ていた。石があたれば気づいたはずじゃないか」

「そうですよ」モーリーがきびしい表情を消し、すぐさま言った。「そのとおりですよ、判事！　ローザが気づくはずでしょう、クイーンさん」

「ぼくはそう思いません」エラリーは肩をすくめた。「そもそもひとつの見解にすぎないんですよ。いいですか、現実に起こったと言ってるわけじゃない。ぼくはただ、結論に飛びつくのが危険だと指摘しているだけです」

「しかし！」モーリーが皺《しわ》になったハンカチで顔をぬぐいながら言った。「わたしは、自殺については疑問の余地はないと思います。お説はごもっともだが、埒《らち》が明きません。それに、すでに全貌《ぜんぼう》がつかめたと考えています。クイーンさん、これはあなたにも覆せない説ですよ」

「事実すべてにあてはまる説ですか」エラリーは露骨に驚いた顔で言った。「それがほんとうなら、警視、あなたに謝らなくてはいけない。ぼくがいままで見落としていた何かを、あなたが見つけることになるわけですからね」声に皮肉な響きはない。

「では、その説を聞かせてください！」

「だれがマーコを殺したのか、わかると言うんだな？」判事が口をはさんだ。「そうならいいと心から思うよ。これではとても休暇とは言えん。正直なところ、きょうにでもここから退散したいくらいだ！」

「ええ、犯人はわかっています」モーリー警視は、ねじれた両切り葉巻を取り出して、口に突っこみながら言った。「コンスタブル夫人です」


寝室から出た一同が、検死官とともに階下へおりて車まで送り、パティオを抜けて、月光の降り注ぐ庭へ出ていくまでのあいだ、エラリーはずっとモーリー警視から目を離さなかった。パティオには人気《ひとけ》がなかった。モーリーはレスラーの顎《あご》を持つ男で、知性の面で格別恵まれているようには見えなかったが、エラリーは苦労して得た経験から、人を外見や通りいっぺんの知識だけで判断してはならないと学んでいた。モーリーは滋養に富む何かを探りあてたのかもしれない。エラリーは道すがら、こんどの事件では自分の考えは実りがないと感じつづけていた。だから、ひとり悦に入るモーリーが説明してくれるのを、苛立《いらだ》たしく待っていた。

モーリーは、みなが木の葉の薄暗い屋根を戴《いただ》く静かな場所に着くまで、口を開かなかった。それからまる一分をかけて葉巻を吹かし、そよ風が苦いにおいの煙を運び去るのをながめていた。

「そう」ようやくモーリーは焦《じ》らすようなゆっくりした口調で言った。「夫人がみずから命を絶ったいまとなっては、隠すまでもない。白状しますが」いたって謙虚に言う。「それまで、特に夫人のことは考えもしませんでした。しかし、この仕事はそういうものでしてね。霧のなかにいながらも、機が熟すのを待つと、そのうちにどかんと——何かがはじけ、決着してあとは喝采《かっさい》を待つばかりとなる。必要なのは忍耐だけです」

「古《いにしえ》の詩人プブリリウス・シュルスが言ったとおり」エラリーはため息混じりに言った。「〝あまりに頻繁に踏みにじられれば、狂気に変わる〟ですよ。話してください、さあ、話して！」

モーリーは小さく笑った。「マーコはこのコンスタブルという女にいつもの手を使い、言い寄り、防壁を叩《たた》き壊して、情夫になった。夫人を落とすのは、おそらくたやすかったでしょう——あのくらいの歳の女にとって、美男の顔は映画館でうっとり見とれて、自宅で夢見るものですからね。ところが、すぐに目が覚めた。マーコは手紙と写真と映画フィルムを手に入れるとさっそく、持ち札をテーブルに並べた。金を出せ、甘っちょろいまぬけめ、とね。夫人は死ぬほど怯《おび》え、金を払った。そして絶望しながらもこう考えたでしょう。要求どおり支払って証拠を取りもどし、何もかも葬り去ろう、と。ところが、そううまくはいかなかった」

「そこまでは」エラリーが小声で言った。「たしかに驚くことは何もないし、おそらくあたっています。先をどうぞ」

「ところが、きょうの午後にあなた自身が盗み聞きした会話からわかるとおり」モーリーは落ち着いてつづけた。「夫人はだまされました。金を払ったのに、証拠を取りもどせなかった。ふたたび金を払い、さらにまた払って、ついに……どうなったか」葉巻を振りまわして身を乗り出す。「ついにすっからかんになりました。あのスカンクの口に詰める金がもうなくなったんです。夫人に何ができたでしょう。絶体絶命です。亭主のところへは行けないし、行くつもりもなく、ほかに金を作るあてはまったくなかった。それでも、夫人がここへ来たのがマーコの指示によるものだったことを考えると、マーコは夫人の言うことを信じなかったらしい。まだいくらか搾りとれると思わなかったら、ここへ招くよう細工などしなかったでしょうからね。そうじゃありませんか」

「ええ、まったくそのとおりです」エラリーはうなずいて言った。

「さて、マーコは最後の清算のために舞台を整えているところでした。犠牲者を全員集めて、いっぺんに追いつめ、金を取り立てて、ローザを連れ去る――思うに、おそらくローザと結婚するつもりだったんでしょう――それをもとに暮らしを立てようともくろんだ。あんな娘婿と手を切って娘を連れもどすためなら、ゴドフリーは大金を払うでしょうからね。そしてどうなったか？　コンスタブル夫人はやってきました。マーコに命じられ、どうしようもなかったからです。マーコはさらに金を要求し、夫人は金がないと訴える。マーコは情け容赦なく言い放つ。ごちゃごちゃ言うのはやめろ、金を払わなければ証拠の品をタブロイド紙か亭主に送りつける、と。けれども、夫人に金がないのはほんとうなので、進退窮まってしまう。そこでどうするか」

「ああ」エラリーが妙な口調で言った。「なるほど」落胆しているふうだ。「それで、夫人は、どうするんです？」

「マーコを殺そうと計画します」モーリーは得意げに言った。「もっと正確に言えば、マーコが殺されるように計画する。ひょっとしてマーコが手紙や何かを持ってきたら、それを取り返して破棄しようという魂胆です。そこで、ここにいるあいだに噂を聞いたキャプテン・キッドなる男を探し出し、マーコを殺してくれと雇う。ところが、キッドがまちがえてカマーをとらえる。夫人はすぐにそのことに気づき、手紙をタイプして、偽の約束でその夜テラスへマーコを誘い出してから、おりていってコロンブスの胸像をつかみ、マーコを殴ったのち、持参した針金で絞め殺す。そして……」

「死体の服を脱がせる？」エラリーが静かに言った。

モーリーは苛立たしげな顔をした。「あれはただの子供だましです！」いきり立って言う。「目くらましにすぎない。なんの意味もありませんよ。たとえあったとしても、興奮していただけで――まあ、言わんとすることはおわかりでしょう」

マクリン判事がかぶりを振った。「親愛なる警視殿、あらゆる点で同意しかねますな」

「つづけてください」エラリーが言った。「警視の話はまだ終わってませんよ、判事。ぼくは最後まで聞きたい」

「ええ、わたしもそのほうがいい」モーリーはいらいらした声でぞんざいに言った。「夫人はそのとき、自分は安全だと考えていました。手がかりは何も残していない。偽の手紙は破られたか、そうでなかったとしても、ローザに疑いがかかるだけだ。それから写真と自分の書いた手紙を探しにかかる。ところが見つからない。そして現に、もう一度探すつもりで、つぎの晩もう一度行っている――つまりゆうべ、あなたがたがコンスタブル夫人と、あのマンの別嬪《べっぴん》夫人と、ゴドフリー夫人を見かけたときのことです。その後、コンスタブル夫人は実際に証拠の品々を手に入れた人物から電話を受け、またしても忌まわしいゆすりに引っかかってしまったことに気づく。人をひとり殺したのに無駄になった。こんどはだれが自分をゆすっているのかもわからない。万事休し、夫人が自殺をする。そういうことです。夫人の自殺は罪の告白にほかならない」

「それだけかね」マクリン判事がつぶやいた。

「それだけですよ」

老判事は首を左右に振った。「警視」穏やかに言う。「その仮説に含まれる多くの矛盾は別としても、心理学的に見て夫人が犯罪者にあてはまらないのは、きみもわかっているだろう？　夫人はスペイン岬に到着した瞬間から、怯えて身をすくませていた。あれは中産階級の中年女――まさに家庭の主婦そのものだ。悪くない家柄の出で、道徳面での視野がせまく、家庭と夫と子供たちに愛着がある。マーコとの出来事は、言うなれば感情の爆発であって、はじまってすぐに終わったんだ。ああいう女はね、警視、とことん追いつめられて衝動的に人を殺すことはあるかもしれないが、あらかじめ周到に計画した巧妙な殺人は犯さないものだ。夫人の頭脳がそれほど明晰《めいせき》だったとは考えられない。それに、まともな知性の持ち主なのかすら疑問だね」判事は形のよい頭を振った。「いや、警視、きみの説が正しいとは思えない」

「おふたかたの言い合いがすんだのなら」エラリーがゆっくりとした口調で言った。「警視、質問に二、三、お答えいただけませんか。いずれは記者たちに答えなくてはいけません。そう、連中は頭が切れますからね。俗っぽいことばで言えば、あなたもズボンをおろしているところを見とがめられたくはないでしょう？」

「質問をどうぞ」モーリーが言った。もはや得意げでも苛立たしげでもなく、どちらかと言えば不安な面持ちだ。すわって指の爪を噛《か》み、ちょっとしたことばさえ聞き逃すのを恐れるかのように頭を一方にかしげている。

「第一に」エラリーはすぐに切り出し、丸木のベンチの上で姿勢を正した。「あなたの説によると、コンスタブル夫人は脅迫されてその金が払えず、マーコを殺す計画を立てた。ところが同時に、計画を立てるにあたって、穢《けが》れた仕事をさせるためにキャプテン・キッドを雇ったとお考えです。では、お尋ねしましょう。夫人はキッドに払う金をどこから調達したんですか」

モーリーは何も言わず、爪を噛んでいた。それから小声で言った。「ええ、そこに難があるのは認めますが、仕事がすんだら払うと約束しただけかもしれません」

判事は笑みを浮かべ、エラリーはかぶりを振った。「約束を破ったら、隻眼の巨人キュクロプスに首根っこをつかまれる危険があるのに？　ぼくはそう思いません、警視。それに、キッドは前金をとらずに人殺しをするような悪党には思えない。ええ、あなたの仮説には少なくともひとつ弱点があるんです、きわめて根本的な弱点がね。第二の質問は、いかにしてコンスタブル夫人はマーコとローザの関係を知ったのか——手紙の餌に相手が食いつくと確信できるほどくわしく」

「それは簡単です。目を絶えず見開いていて、気づいたんでしょう」

「しかし、ローザは」エラリーは微笑んだ。「どうやらひた隠しにしていたらしい。

ぼくの異論に説得力があるとしたら、そこが第二の欠点になります」

モーリーは口を閉ざした。「しかし、そんなことは――」しばらくして言いかけた。

「そして第三に」エラリーが気の毒そうにつづける。「あなたはマーコが裸であった点を説明していない。最大の手抜かりですよ、警視」

「マーコの裸なんて知ったことか！」モーリーは勢いよく立って怒鳴った。

エラリーは肩をすくめて立ちあがった。「残念ながら、この事件はそう簡単に解決できませんよ、警視。それではじゅうぶんな説とは言えません。なぜ裸だったかをしっかり説明する理屈が見つからないかぎり――」

「しっ！」判事がささやき声で言った。

三人は同時にそれを聞いた。息が詰まったような弱々しい女の声だが、庭のどこか近くであがった悲鳴だった。

一同は叫び声のしたほうへ急ぎ、生い茂った草の上を音もなく走った。悲鳴は繰り返されなかった。女がぼそぼそ話す声が三人の耳に届き、進むにつれて大きくなる。音を立ててはならないと全員がとっさに感じた。

イチイの生垣からのぞくと、トウヒを環状に植えた木立があった。ひと目見て、モーリー警視は生垣から跳び出そうと筋肉に力をこめた。その腕をエラリーの手がつかみ、モーリーはまた腰を落とした。

南米から来たポーカーフェイスの百万長者ジョーゼフ・A・マン氏が、木々に囲まれるなか、緊張と怒りをみなぎらせた顔をして、大きな褐色の手で妻の口を押さえていた。

マンの手が妻の顔をほぼすっぽり覆い、隠れていないのは夫人の恐怖におののく目だけだった。夫人は半狂乱でもがいている。口から漏れるのは、夫の手に押さえつけられてゆがめられた、かすれてくぐもった声だ。両腕を頭上で振りまわして、背後の夫の顔を打ち、靴のとがったかかとで脚を蹴《け》りつけている。夫のほうは打たれたり蹴られたりしても意に介さず、虫のあがきほどにしか見なしていない。

この瞬間のジョーゼフ・A・マン氏は、富豪にもポーカーフェイスの賭博《とばく》師にも見えなかった。これまで細心の注意を払って貼りつけていた薄板が、一瞬の激情とともに剝《は》がれ、かぶっていた冷たい仮面がついに落ちて、すさまじい憤怒があらわになっていた。たくましい顎《あご》の筋肉が縮み、獣めいたうなり声があがる。肩の大きな筋肉の隆起と、鋼鉄のかたまりのごとき上腕が、ぴんと張った上着を通して見てとれた。

「妻の扱い方の第一課か」エラリーがつぶやいた。「なんとも教育的じゃないか……」

判事がとがった肘《ひじ》でエラリーの脇腹を小突いた。

「口をつぐむなら」マンがしゃがれ声で言った。「放してやる」

夫人はさらに激しく暴れ、くぐもった声が甲高い悲鳴に変わった。夫は黒い目をぎらつかせ、妻の体を地面から浮かせた。夫人の頭が後ろへのけぞり、呼吸が遮断される。うめき声がやんだ。

マンは妻を草の上へほうり投げ、さわったせいで汚れたとでも言いたげに、両手を上着でぬぐった。夫人はうずくまり、ほとんど聞こえないくらいの声であえぎながら泣きはじめた。

「いいか、よく聞け」マンは声をひどく押し殺して言い、ことばが不明瞭《ふめいりょう》になった。「正直に質問に答えろ。その蛇の二枚舌でこの場をごまかそうなんて思うなよ」凶暴な目で妻をにらみつける。

「ジョー」夫人が哀れっぽい声を出す。「ジョー、やめて。殺さないで。ジョー――」

「ただ殺すなんておまえには贅沢《ぜいたく》だ！　蟻塚に磔《はりつけ》にしてやる、この裏切り者の雌犬め！」

「ジ、ジョー……」

「〝ジョー〟はやめろ！　白状するんだ！　さっさとしろ！」

「なんのことだか……わからない――」夫人は恐怖にわななきながら、こぶしから身を守ろうとするかのように夫を見あげて、むき出しの両腕をあげた。

マンが突然身をかがめて、片手を女の腋《わき》に差し入れ、苦もなく持ちあげた。夫人が後ろへ吹っ飛び、ベンチにどさりと落ちる。マンが一歩足を踏み出し、片手を振りあげて、女の頬の同じところを三度平手で打った。そのたびに拳銃《けんじゅう》を撃つような音がする。衝撃が背骨にまで伝わって、女が頭をのけぞらせ、ブロンドの髪が乱れる。夫人は怯《おび》えきって、叫ぶことも抵抗することもできない。頰を押さえてベンチにくずおれたまま、会ったこともない男を見るかのように鋭い目で夫を見あげている。

エラリーの両側にいるふたりが小声で不満を口にした。「だめです！」エラリーは抑えた声で強く言い、ふたりの腕に指を食いこませた。

「さあ、吐け」マンが抑揚のない口調で言って後ろへさがった。大きな両手を背広の上着のポケットに突っこむ。「おまえとあの下種《げす》野郎とがそんなふうになったのはいつだ」

夫人は歯の根が合わず、しばらく口もきけなかった。やがてぎこちない声で言った。「それは——あなたが——お仕事でアリゾナへ行っていて留守だったとき。結婚して——まもないころです」

「どこで出会ったんだ」

「パーティーで」

「どのくらいのあいだ、やつと——」マンは喉《のど》を詰まらせ、下品で辛辣《しんらつ》なことばで最後を結んだ。

「二――二週間。あなたが留守のあいだ」

マンがまた平手を見舞った。夫人が赤くなった顔を両手にうずめる。「おれの家でか？」男の声は三人にはほとんど聞きとれなかった。

「は――はい……」

マンの手がポケットのなかで握りしめられた。女が顔をあげ、ポケットのこぶしに気づいて、静かに恐れおののく。「やつに手紙を書いたのか」

「一通だけ」いまや夫人の声はか細くなっている。

「恋文ってやつか」

「ええ……」

「おれの留守中に女中を替えたな？」

「ええ」夫人の声にひどくおかしな響きがあり、マンが鋭い視線を向けた。エラリーの目が険しくなる。

マンは後ろへさがり、顔に不穏なものを浮かべながら、つながれた獣《けだもの》さながら木立のあいだを歩きまわった。夫人は不安で息も絶えだえといった面持ちで見つめている。

やがて、マンが足を止めた。

「おまえは運がいい」マンが棘《とげ》を含んだ声で言う。「殺しはしない、わかるか？　おれが柔《やわ》になったからじゃない。ここはおまわりが多すぎるからだ。西部かリオの田舎なら、平手打ちなんていう腑抜《ふぬ》けた真似じゃなく、首をねじ折ってるところだ」

「ねえ、ジョー、けっして悪気は――」

「だまれ！　いつおれの気が変わるかわからんぞ。あのマーコの野郎は、おまえからいくら搾りあげたんだ」

夫人があとずさりをした。「も――もうぶたないで、ジョー！ほとんど――ほとんど全部よ……あなたがあたしの銀行口座に入れてくれたお金を」

「留守中の小づかいに一万ドル渡したはずだ。いくら巻きあげられた？」

「八千」夫人は自分の手を見つめた。

「おれたちをこのスペイン岬へ招待させたのも、あの女たらしか」

「そ――そうよ」

「ただの泊まり先だと思ってた。おれはなんてめでたい男だったんだ！」マンは苦々しげに言った。「きっとあのコンスタブルって女も、ここのゴドフリーの女房も、同じ舟の乗合だったんだな。でなきゃ、あのでぶ女が自殺するわけがない。おまえもその手紙を取りもどせなかったんだな？」

「ええ。そうよ、ジョー、だめだったの。あの男はあたしをだました。写真を渡す気なんてなかったのよ。あたしたちがここに着いたとき、あいつは要求したの――もっと出せって。五千ドルよこせって。そんな――そんなお金、あたしにはなかった。そしたら、亭主に出してもらえって言うの。さもないと、あなたに手紙を——女中の供述書も渡すって。とてもそんなことできないって答えたら、言うとおりにするのが身のためだって言われてね。そんなとき——だれかがあの男を殺したのよ」

「しかも、なかなか手際のいい仕事だった。ただし、正しい殺し方じゃない。南米では、こういうことにはもっとうまく始末をつける。ナイフで奇跡をやってのけるんだ。おまえがやつをやったのか」

「いいえ、ちがうの、ジョー。誓って、あたしじゃない。たしかにあたし——あたしもそれは考えたけど、でも——」

「ああ、そんなところだろうな。おまえはいざとなると、シラミほどの度胸もない。それはどうでもいい。まったく、そのひん曲がった口はほんとうのことを言おうとしても言えないってわけだ。手紙は見つけたのか」

「探したのよ、でも」——身震いする——「あそこにはなかった」

「それなら話はわかる。だれかがおまえを出し抜いたんだ」マンはきびしい顔で考えた。「だからコンスタブルって女は崖《がけ》から身を投げた。ゆすりに耐えきれずに」

「ジョー。どうして——知ったの？」金髪の女はささやいた。

「二時間ほど前にうさんくさい声の何者かから電話があった。そいつが何もかもしゃべったんだ。手紙と女中の供述書を売りたいと持ちかけてきた。一万ドルでな。金に困ってる口ぶりだった。考えておくと答えた――で、こういうわけさ」妻の顔をゆっくりと上へ向かせる。「ただ、あの馬泥棒はこのジョー・マンのことをわかっていない。直接おまえのところへ行って、金を盗み出させればよかったものを」指先が夫人の肉に容赦なく食いこんでゆく。「セシリア、おまえとは縁を切る」

「はい、ジョー……」

「この事件の悪臭が消えしだい、すぐに離婚の手続きをとる」

「はい、ジョー……」

「おれがくれてやった宝石は全部取りあげる――おまえが後生大事にしてるやつも残らず」

「はい、ジョー……」

「ラサールのロードスターも墓場行きだ。冬用に買ってまだ一度も袖《そで》を通していないミンクのコートは燃やす。おまえの服を一着残らず火祭りにしてやる」

「ジョー……」

「最後の一セントまで返させるからな。そのあとどうするかわかるか」

「ジョー！」

「おまえをどぶへ蹴《け》りこむ。肥溜《こえだ》めで仲間とせいぜい楽しく――」しばらくマンの声が淡々とつづき、並べられたアメリカとスペインの罵《ば》詈《り》雑言《ぞうごん》に、聞いている男たちまでいたたまれなくなった。そのあいだずっとマンの指は妻の腫《は》れた頬にめりこみ、黒い目が妻の瞳《ひとみ》を焼いていた。

やがてマンは罵《ののし》るのをやめて、夫人の顔を軽く後ろへ押しやり、きびすを返して屋敷のほうへ小道をおりていった。女はベンチで縮こまり、寒気《さむけ》でもするかのように身震いをしていた。顔にはみみず腫れができ、月光の下で黒く見える。それでも女の態度には、自分がまだ生きているのがとても信じられないとでもいうような不思議な歓喜が見受けられた。

「ぼくの落ち度です」三人でマンのあとを追い、早足ながら用心深く屋敷へ向かう途中、エラリーが眉根《まゆね》を寄せて言った。「マンへの電話を予見すべきでした。とはいえ、こうも早いとは！　予想しようがありません。きっと相手は悪あがきの最後の段階にいるんでしょう」

「またかけてきますよ」モーリーが息をはずませながら言う。「マンがそんなようなことを言っていました。地獄へ落ちろとマンは返事をするでしょうね――あの男はぜったい払わないつもりですよ――でもそのときに、相手がどこから電話をかけてきたかを突き止められるかもしれません。ひょっとすると、屋敷のなかからじゃないでしょうか。いくつも内線が――」

「いや」エラリーはきっぱりと言った。「マンはほうっておきましょう。最初の電話のときにわからなかったのと同じで、こんどの電話も発信元を突き止められる確証はありません。何もかも台なしにする恐れもある。われわれには切り札が一枚残っています――手遅れでなければの話ですが」エラリーは足を速めた。

「ゴドフリー夫人かね」マクリン判事がつぶやいた。

しかし、エラリーはすでにムーア式拱廊《きょうろう》の下に姿を消していた。

13　悪事は露見するものだ（シェイクスピア『ハムレット』第一幕第二場）

エラリーはゴドフリー夫人の居間のドアを執拗《しつよう》に叩《たた》いた。驚いたことに、百万長者自身がドアをあけ、敵意をむき出しにした醜い顔で一同をにらんだ。

「なんだね」

「奥さまとお話ししなくてはなりません」エラリーは言った。「きわめて重要な問題で――」

「ここは妻の私室だ」ゴドフリーがぶっきらぼうに言い返した。「わたしたちはあちこちへ追い立てられて、我慢も限界を超えた。わたしの見るかぎり、きみたちがしたのは、しゃべり立てて駆けずりまわることだけだ。その〝重要な〟問題は、朝まで待てんのかね」

「待てません」モーリー警視がぞんざいに言ったが、エラリーの頭にどんな考えがあるかのは知らずにいた。モーリーは百万長者を押しのけて部屋のなかへはいった。

ステラ・ゴドフリーが幅広の寝椅子から緩慢な動きで立ちあがった。たっぷりした薄い服を着て、素足にかかとのないスリッパを履いている。化粧着を掻《か》き合わせたが、目には奇妙な光が――柔らかく、夢見るようで、安らかと言ってもよい表情が――あり、三人をとまどわせた。

ゴドフリーは紋織りの部屋着姿で妻のほうへ歩き、かばうような恰好《かっこう》で妻の少し前に立ちはだかった。三人は驚きの視線を交わした。ゴドフリー家にようやく平和が訪れたのだ――これまでなかった平和と理解が。すると、この小男は評判をはるかに超える、端倪《たんげい》すべからざる人物なのか……。この瞬間、三人は庭で妻にのしかかっていたジョーゼフ・マンの顔に身悶《みもだ》えするほどの怒りが浮かんでいたことを思い起こさずにはいられなかった。マンは獣《けだもの》であり、単純な心理を持つ原始人だ――野蛮な所有欲を持ち、それが侵害されると、見境のない憤懣《ふんまん》が、傷つけ、いたぶり、虐げたいという衝動となって現れる。一方、ウォルター・ゴドフリーの心理は洗練されたもので、退廃的とさえ言える。二十年以上も妻は結婚の誓いに忠実だったが、ゴドフリーにとっては妻など存在しないも同然だった。ところが、ついに妻が誓いを破ったと知ったとき、ゴドフリーはその存在を認識し、どうやら過ちを許して、もう一度妻に愛情を注ぎはじめたらしい！　むろん、ゴドフリーを妻へ引き寄せたのは、ローラ・コンスタブルの不幸な死だったのかもしれない。あの太った女は、沈黙してさえ悲劇の人物であり、その無残な最期はゴドフリー一家の上に棺覆いを投げかけた。あるいは、危険が迫り、法の脅威が垂れこめ、いくつものありふれた恐怖が混ぜ合わさって襲ってきたせいかもしれない。いずれにせよ、マン夫妻が修復できぬほどの溝によって決裂したのと同じくらいに、ゴドフリー夫妻は深い愛情によってふたたび結ばれた。それだけは明らかだった。

「コンスタブル夫人を」ステラ・ゴドフリーが口を開いた。目の下の隈《くま》がいっそう濃くなっている。「あのかたを——もう運んでいったんですか」

「はい」モーリーが重々しく言った。「自殺です。少なくとも、殺人事件がひとつ増えてさらに事が複雑にならずにすんだことをありがたく思うべきでしょうね」

「ほんとうに恐ろしいことです」夫人は身を震わせた。「あの人はひどく——ひどくさびしそうでした」

「こんな時間にお邪魔してまことに恐縮です」エラリーは控えめに言った。「暴力は暴力を生むものです。おおぜいに押しかけられて、さぞかしご不快でしょう。しかし、ゴドフリー夫人、われわれには果たさなくてはならない任務がありましてね。実のところ、ご協力いただければ、そのぶん早くわれわれを厄介払いできます」

「どういうことですか」夫人はゆっくりと尋ねた。

「手のうちのカードを包み隠さずはっきりとテーブルの上にさらけ出すときが来たと、われわれは思っています。あなたが沈黙していたせいで、ずいぶん難儀させられましたが、さいわいにもほかの方法によって事の真相をほぼすべて知ることができました。もうだまっている必要はありませんよ、信じてください」

夫人の浅黒い手が夫の手を探った。「よろしい」突然、ゴドフリーが口をはさんだ。「そうしよう。どこまでつかんでいるのかね」

「マーコと奥さまの件については」エラリーは気の毒そうに言った。「何もかもです」

ゴドフリー夫人があいているほうの手を喉《のど》にあてた。「どうして――」

「あなたがご主人に過ちを告白なさっていたのを立ち聞きしたんです。お世話になっていながら心苦しいのですが、われわれとしてはやむをえませんでした」

夫人は目を伏せた。暗い色が顔を染める。ゴドフリーが冷ややかに言った。「その是非について論じる気はない。ただ表沙汰《おもてざた》にならないといいんだがね」

「新聞記者たちには何も話していません」モーリーが言った。「さあ、クイーンさん。あなたのお考えは？」

「もちろん」エラリーは言った。「これは厳密に、われわれ五人だけのあいだの話です……。ゴドフリー夫人」

「はい」夫人は顔をあげて、エラリーの視線に応《こた》えた。

「そのほうがいい」エラリーは微笑んだ。「ジョン・マーコはあなたをゆすっていたんですね」

エラリーは夫妻をじっと見つめた。夫人が怯《おび》え、百万長者が動揺するか怒るかだろうと予想していたとしたら、失望することになる。ゆうべの庭園での懺悔《ざんげ》以来、夫人がすっかり心の重荷をおろしたのは明らかだった。ある意味では喜ばしい、とエラリーは感じた。事が単純になるからだ。

「そうです」夫人は即答し、ウォルター・ゴドフリーはきっぱりと言った。「妻はすべてわたしに打ち明けたんだよ、クイーンくん。要は何が訊《き》きたいんだ」

「何回マーコに金を払ったんですか、ゴドフリー夫人」

「五回か六回です。よく覚えていません。最初はニューヨークで、あとはここで」

「かなりの額を？」

「ずいぶんと」ほとんど聞きとれないほどの声だった。

「要点を言いたまえ！」ウォルター・ゴドフリーが耳障りな声で言った。

「でも、あなた個人の銀行口座は空《から》になってはいないんですね」

「妻は自分名義でかなりの財産を持っている！　要するに何が言いたいんだ？」ゴドフリーは声を荒らげた。

「落ち着いてください、ゴドフリーさん。ぼくはけっして下劣な好奇心から質問してはいません。さて、ゴドフリー夫人、マーコとの関係や、脅されて払った金について、だれかに――むろん、ご主人は別ですが――話しましたか」

夫人は小声で言った。「いいえ」

「ちょっと待ってください、クイーンさん」モーリーが身を乗り出し、エラリーが苛《いら》立《だ》たしげな顔をする。「ゴドフリー夫人、土曜の夜にマーコの部屋を訪れた件を説明してください」

「ああ」夫人が弱々しい声で言った。「わたくし――」

「それについては妻からすべて聞いた」ゴドフリーが怒気を含んだ声で言った。「妻は訴えにいったんだ。その日早く、やつは最後通牒《つうちょう》を突きつけ、月曜日に法外な金を払えと迫っていた。それで土曜の夜、妻は勘弁してくれと頼みにやつの部屋へ行った。わたしに見つからずに金を引き出すのはもう無理だと思ったわけだ」

「そのとおりです」夫人はささやいた。「わたくし――わたくしはひざまずかんばかりにして頼みました……。でも、容赦ありませんでした。それでわたくし――コンスタブル夫人やマン夫人のことを尋ねたんです。あの人は、おまえは自分の心配をしろと言いました。ここはわたくしの家なのに！」顔が真っ赤になる。「そして、ひどいことばで……」

「ええ、ええ」エラリーは急いで言った。「もうじゅうぶんです。いいですね、警視。ところでゴドフリー夫人、マーコに口止め料を払っていたのをだれも知らないというのはたしかですか」

「だれも知りません。ええ、たしかで――」

夫人の閨房《けいぼう》へ通じるドアがあいていて、そこからローザが張りつめた声で言った。

「ごめんなさい、お母さま、聞こえてしまったの……。母の言ったことは事実じゃありません、クイーンさん。でも、嘘をついたわけじゃないんです。母はただ、まわりに見透かされていたのに気づいていなかっただけで鈍感な父以外は、だれもが勘づいていました」

「まあ、ローザ」ステラ・ゴドフリーが息を呑《の》んで言う。娘は母に駆け寄って、褐色の腕で抱きかかえた。ゴドフリーはたじろぎ、何やらぶつぶつ言いながら少し顔をそむけた。

「いったいどういうことだ」モーリーが大声で言った。「つぎからつぎへと新しいことがわかってくる！　すると、お嬢さん、マーコとお母さんのあいだに何が起こっていたか、あなたはすべて知っていたと言うんですね」

「さあ、お母さま」ローザはすすり泣く母親に声をかけたのち、静かに言った。「はい、知っていました。言われなくても気づきました。わたしは女ですし、ちゃんと目もあります。それに、母は芝居が下手ですから。あの獣《けだもの》がここに来てからずっと、母がなめてきた苦しみを、わたしもひそかに味わっていました。もちろん、わたしは知っていました。みんな気づいていたんです。叔父《おじ》のデイヴィッドもはっきり見抜いていたのはたしかです。アールでさえ――あのアールでさえ！　――知っていたと思います。当然、使用人たちも全員……。ああ、お母さま、お母さま、なぜわたしに打ち明けてくれなかったの？」

「それなら――でも――」ステラ・ゴドフリーがあえぎながら言った。「あの人とあなたとのことは――」

「ローザ！」百万長者が怒鳴った。

ローザは小さな声で言った。「なんとかしなくてはいけなかった。あの男の注意をそらすために。どんなことだって……。ディヴィッドにさえ打ち明けられませんでした。昔からなんでも話してきたのに。自分で――ひとりで処理しなくちゃいけないと思ったの。ああ、いま思えば、わたしは愚かで、まちがっていました。母と父に相談して、みんなで真っ向から問題に立ち向かうべきだった。それなのに、ばかみたいにひとりでやろうとして――」

「ともあれ、勇敢なる愚者だよ」マクリン判事がやさしく言った。その目は輝いていた。

「なるほど！」エラリーは深く息を吸いこんで言った。「コート青年にとっては朗報でしょうね……。先へ進めてください。われわれが考えているほど時間の余裕がないかもしれませんから。ゴドフリー夫人、マーコが殺されたあと、謎の人物があなたに近づき――マーコが持っていた、あなたとあの男との関係を示す物的証拠と引き換えに、もっと金を払えとゆすってきたのではありませんか」

「いいえ！」夫人は考えるだに恐ろしいという様子で、子供のようにローザの手にしがみついた。

「もし突然そんな要求を突きつけられたら、どうなさいますか」

「わたくしは――」

「戦う！」ゴドフリーが叫んだ。「断固戦うとも」小さな鋭い目がぎらぎらと光る。「おい、クイーンくん、何か奥の手があるんだろう。ずっと注意して見てきて、きみのやり方が気に入った。これは協力しろということかね」

「そうです」

「では、そのとおりにしよう。ステラ、どうか落ち着いてくれ。この件は分別をもって進めよう。こういうことにかけて、この人たちはわたしたちよりもくわしいし、きっと慎重にやってくれるにちがいない」

「すばらしい」エラリーは心から言った。「さて、何者かが奥さまといまは亡き男との関係を示す証拠を握っています。ゴドフリー夫人、その人物はいまにもあなたに連絡してきて、証拠の品と引き換えに金で解決するよう要求するはずです。われわれの言うとおりに動いてもらえれば、恐喝者を捕らえて、この事件の解決の妨げである大きな問題をひとつ取り除ける見こみがじゅうぶんにあります」

「よくわかりました、クイーンさん！　精いっぱいやってみます」

「その意気です。このほうがずっといいですよ、ゴドフリー夫人。恐喝者には思いも寄らない団結の力が――」

「すると」ゴドフリーがすかさず尋ねた。「その恐喝者がマーコ殺しの犯人だということかね」

エラリーは笑みを浮かべた。「モーリー警視はそう信じています――まあ、一度にひとつにしておきましょう、ゴドフリーさん。さあ、警視、経験がたっぷり詰まったあなたの脳みそを働かせて――」


翌朝十時になっても、予期していた電話はゴドフリー夫人にかかってこなかった。三人の男は不安を募らせつつ、無言で家のなかをうろついていた。とりわけエラリーは気を揉《も》んだ。恐喝者が罠《わな》に勘づいたとは思えなかった。昨夜十時半にはその人物が電話をかけてきて、マンにつなげと言った。マンは自分に監視がついているとは思ってもいないらしく、手短に相手を罵《のの》しり、電話を切った。モーリーの命令を受けて――エラリーの忠告にもかかわらず――交換台で盗聴していた刑事は、発信者を突き止めることができなかった。だが、それで相手が盗聴に気づくことはないはずだ、とエラリーにはわかっていた。

朝刊の到着と同時に、謎の一部が解けた。郡の地方紙と、マーテンズ市の大手タブロイド紙の両方に、ほぼ同じ内容を伝える大見出しを掲げていた。セシリア・ボール・マンと故ジョン・マーコとの不義を報じる記事だ。両紙は社主が同じだったから、どちらにも同じ証拠——手紙と写真——が掲載されていた。

「これも予見すべきだった」エラリーがぼそりと言って、いとわしげに新聞をほうり出した。「むろん、蛆虫《うじむし》がまた同じ芸当を試みるはずがなかったんだ。こんどは証拠の品を新聞社に送りつけた。ぼくも焼きがまわったもんだ」

「確実を期したんだろう」判事が考えながら言った。「今回は揉み消されないようにな。コンスタブル夫人の証拠をモーリーに送り、こんどはマン夫人の証拠を新聞社に送ったおもな目的は、コンスタブル夫人とマン夫妻を罰するというより、ゴドフリー夫人への警告だったにちがいない。わたしが思うに、まもなく電話がかかってくる」

「早ければ早いほどいい。じれったくなってきましたよ。モーリー警視も気の毒に！　記者会見から生きてもどれないでしょう。ラウシュの話によると、記者たちに追いまわされてるそうですから」両紙の社説は、〝のろまな〟警察がようやくマーコ殺しの動機を突き止めたらしいとおおっぴらに憶測を書き立て、さらにコンスタブル夫人の自殺についても、ひとつの仮説——殺人犯の暗黙の告白——として強調していた。しかし、当局が認めたとはどこにも書かれていなかった。どうやらモーリーは自分の〝解答〟について考えなおしたらしく、マン夫妻に関心を集中させ、記者たちには目も届かず手も出せないところにふたりを隠していた——女はいまにもヒステリーを起こさんばかりで、男は寡黙で用心深く険悪だった。

警視は足音荒くもどってきた。疲れと怒りが顔の上でせめぎ合っている。三人は何も言わず、交換台のある仕切り部屋へこもった。待つ以外、何もすることがなかった。ゴドフリー夫妻は夫人の閨房にいる。刑事がひとり、頭にイヤフォーンをつけて速記帳を前にひろげ、交換台にすわっていた。臨時の線が本線につながれ、三人の頭にそれぞれイヤフォーンが装着されている。

十時四十五分、呼び出し音が一同の耳に響いた。第一声を聞き、エラリーは力強くうなずいた。まぎれもなく、例の奇妙なくぐもった声だ。その声がゴドフリー夫人につなげと言った。刑事は落ち着いて夫人の部屋へつなぎ、鉛筆を持って待ち構えた。

エラリーは夫人がうまく役を演じてくれるようにと小声で祈った。

案ずることはなかった。狼狽《ろうばい》して言いなりになる役を夫人は完璧《かんぺき》に演じた——胸の内に押し寄せる安堵《あんど》からか、熱心と言ってよいほどに。

「ステラ・ゴドフリーさんかい」切羽詰まった響きが奥底にある。

「そうですが」

「まわりにだれもいないか」

「だれもいな――あなたはどなた？　なんのご用ですか」

「いないんだな？」

「ええ、どなた――」

「そんなことはいい。急いでるんだ。けさの《マーテンズ・デイリー・ニューズ》は見たか」

「見ましたわ！　でも――」

「セシリア・マンとジョン・マーコの記事は読んだのか」

ステラ・ゴドフリーは無言だった。答えたとき、夫人の声はかすれて、力がなかった。「ええ。なんのご用ですの？」

電話の声が事実を列挙し、ひとつ言うごとにステラ・ゴドフリーは怯《おび》えた声をあげた……。電話の声はいまや甲高くて執拗《しつよう》になり、ほとんど取り乱さんばかりだった。それがあまりに妙で、モーリー警視とマクリン判事が怪訝《けげん》な顔になる。「こういうのを新聞社へ送ってもらいたいか」

「いいえ、そんな、困ります！」

「それともご主人へ送ろうか」

「やめて！　なんでもしますから、それだけは――」

「それがいい。物わかりがよくなってきたじゃないか。二万五千ドルいただこう、ゴドフリー夫人。あんたは金持ちの奥さんだ。自分の懐から払えるだろう。それでだれにも気づかれずにすむ」

「でも、もう払ったわ――何度も――」

「これで最後だ」声が熱をこめて言う。「わたしはマーコのように愚かじゃない。こんどは公明正大にやる。言われたとおりに金を払えば、あんたはつぎの郵便で、写真と手紙を取りもどせる。わたしは本気だ。あんたをぺてんにかけたりは――」

「返していただけるなら、なんでもします」ゴドフリー夫人はすすり泣いた。「あれからずっと……ああ、毎日がみじめでした！」

「そうだろうとも」声は前より力強く、いまや自信に満ちていた。「あんたの気持ちはわかる。マーコは卑しい犬だった。報いを受けたんだよ。だが、わたしは困っていてね、金が要るんだ……。二万五千ドルそろえるのにどれくらいかかる？」

「きょうのうちに！」夫人が叫んだ。「現金は無理ですが、屋敷のわたくし専用の金庫に……」

「いや」声の調子が変わった。「それはだめだ、ゴドフリー夫人。小額紙幣で現金をよこせ。危険を冒す気は――」

「でも、現金と同じですわ！」この点について、夫人は特に念入りに指示を受けていた。「流通証券ですから。それに、どうすればそんな大金を小額紙幣で用意できるのです？　かえって怪しまれますわ。警察のかたがたが家じゅうにいます。屋敷を出ることさえできません」

「一理あるな」声がつぶやく。「だが、わたしをだまそうなんて考えなら――」

「警察に知られたら？　わたくしのことをばかだとお思いなのかしら。わたくしがいちばん困るのは、だれかに――知られることです。それに、あなたは証券を現金にするまでは、その――証拠の品を返さなくてもいいのよ。ああ、お願い――わたくしに機会を与えてください！」

電話の相手は危険を秤《はかり》にかけているらしく、押しだまった。やがて切迫した調子で言った。「いいだろう。そうしよう。どのみち、あんたに自分で運んでもらうわけじゃない。こちらがとりにいくわけにもいかない――家じゅうに警官がうようよいるからな。証券を郵送することはできるのか。見つからずに包みを送ることは？」

「できると思います。ええ、できますとも。どちらへ――」

「紙に書くな。あんただってだれかにメモを見つけられたくないだろう。これから言う宛先《あてさき》を覚えろ」声が途切れ、一瞬ゴドフリー邸が墓場になる。「マーテンズ中央郵便局留。J・P・マーカス。復唱しろ」ゴドフリー夫人が震える声で従う。「よし。証券をその宛先へ送れ。ふつうの茶封筒に入れて封をするんだ。第一種郵便で送れ。

至急。すぐにかかれば、今晩マーテンズ郵便局が閉まる前に着くはずだ」

「はい。わかりました」

「忘れるなよ、もし妙な真似をしたら、この写真や何かは《マーテンズ・デイリー・ニューズ》の編集長の手に渡り、その記事が第一面を飾るのを止める手立てはなくなる」

「やめてください！　けっしてそんな――」

「それでいい。おとなしく従えば、二、三日のうちに証拠はあんたのもとにもどる。こちらで証券を現金に換えたらすぐに」

カチリという音がして、通話が切れた。二階ではゴドフリー夫人が妙にやさしい表情の夫の腕に倒れこんだ。交換台で、四人の男たちがイヤフォーンをはずし、互いに顔を見合わせた。

「どうやら」モーリーが声をひそめて言った。「うまく行ったようですね、クイーンさん」

クイーン氏はしばらく何も言わず、眉《まゆ》を寄せて鼻眼鏡のふちで唇を軽く叩《たた》いていた。それからつぶやくように言った。「ティラーの協力を得るべきでしょうね」

「ティラーだと！」

「ええ、必須《ひっす》と言ってもいいです。ぼくの予想どおりに事が運ぶとすればね。予想がはずれた場合も、別に害はありません。肝心なところは話さなくていいんですよ。ティラーはわずかな情報のかけらを食べて生きる珍しい渡り鳥みたいなものですから」

モーリーは顎《あご》をさすった。「まあ、これを仕切るのはあなたですから、ご自分が何をしているかわかっていらっしゃるんでしょう」警視はそっけなく命令をくだしたのち、目下の最重要事項となった郵便の発送作業を監視すべく二階へ行った。

「ひとつだけ気がかりなことがあります」その日の午後遅く、大型の黒い警察車の後部座席にすわってマーテンズへ急ぐ途中、モーリー警視が打ち明けた。前方の運転手の横にいるティラーの、山高帽をかぶった小ぎれいな頭がちらっと目にはいり、思わず声を落として言う。「恐喝者がG夫人に関して持っている、写真や供述書や手紙、その他もろもろのことですよ。恐喝者が証拠をどこかに隠していないとどうして言いきれるんです？　そいつをつかまえることはできても、証拠の品が指のあいだからこぼれ落ちるかもしれません」

「気が咎《とが》めますか」エラリーは煙草を吸いながら言った。「警視、さっきはマーコ殺しの犯人を逮捕できるのを、どちらかと言うと心待ちにしてませんでしたっけ？　もっともな仮説、すなわち――もしマーコが証拠のために殺されたんだとしたら――いまその証拠を手にしている者こそが殺害犯だという考えに基づいてね。女主人が急に気の毒になったなんて言うのはやめてくださいよ」

「しかし」モーリーは不満げに言った。「実のところ、あの夫人にしたらとんでもない厄介事ですし、根は立派なご婦人ですからね。無用な心痛を与えるようなことはしたくありません」

「証拠を手に入れそこなう危険はあまりないな」マクリン判事が首を振りながら言った。「そいつにとっても大切な品だから、そこらにほうり出しておくわけがない。それに、これが罠《わな》だと気づいているなら――電話での話しぶりから判断すると、まずそれはないと思うが――そもそも金を取り立てようとは思うまい。相手はいまや切羽詰まっているはずだ、何しろコンスタブルとマンのゆすりに失敗しているんだからな。いや、ちがう、あの脅しは見せかけにすぎん。つかまえたら、そいつが身につけている証拠が手にはいるさ、警視」

モーリー警視の主張を受けて、一同は人目につかぬようにスペイン岬から出てきたのだった。また、モーリーの指示によって、すべての警戒が目に見えてゆるめられていた。目立たない色だが馬力のある車が一台、私服警官を満載してエラリーたちの車に随行し、その一方で、同じく目立たない色だが馬力のある別の車が一台、あらゆる不測の事態に備えてスペイン岬の外の幹線道路にひそんでいた。マーテンズの警察と打ち合わせたすえ、市の中央郵便局の建物にただちに監視網が敷かれた。局員たちは警戒すべく配備され、入念な指示が与えられている。一見すると恐喝者の指示どおりだが、中に偽の証券を入れた包みが用意され、ひとりの使用人が最寄りのワイの町でほかの郵便物といっしょにこれ見よがしに投函《とうかん》して、通常の経路で郵便局へ送られた。モーリー警視はどんなこともけっして運まかせにはしなかった。

二台の車はマーテンズ郵便局から数ブロック離れたところで、みなをおろした。二台目の車からおりた刑事たちがひとりずつばらけて大理石の大きな建物へ向かい、十分後には目に見えない非常線が張りめぐらされた。モーリー警視の一行は、裏口からひそかに建物にはいった。小さな目を物問いたげに光らせたティラーは、局留め郵便の大きな囲いの一隅に配置され、こまごまとした指示を与えられた。

「見覚えがある人間を目にしたらすぐに」エラリーは言った。「局員に合図を送るんだ。あとはそいつがやる。または、ぼくたちに合図をしてもいい。局員には名前でわかるだろうから」

「はい、かしこまりました」ティラーが小声で言った。「事件に関係のある人なんですね？」

「そのとおりだ。見落とすなよ、ティラー。自分の生活が大切ならね。モーリー警視はこの午後をとても重視している。窓口に来る人間の顔が、向こうからは見えなくて自分からは見えるような場所にいてくれ。いま探している相手は、きみを見たら一目散に逃げ出すかもしれない」

「信頼してくださってけっこうです」ティラーはおごそかに言い、囲いのなかで配置についた。モーリーと判事とエラリーは、戸口に近い仕切りの後ろに隠れ、それぞれ椅子を用意して、仕切り壁にあいた真新しい三つののぞき穴に目を釘《くぎ》づけにした。数名の刑事が広々とした部屋にとどまって、テーブルで走り書きをしたり、為替《かわせ》用紙の空欄をだらだらと意味もなく埋めたりしている。ときおりそこからひとりが往来へ歩き去り、すぐに交代で外から別の刑事がはいってきた。モーリーはきびしい目で部下たちを観察したが、どこにも抜かりはなかった。こうして仕掛け終えた罠は、不自然なところがまったくなく、あとは獲物が罠にかかるのを待つばかりだった。

一時間二十分待った。壁の大時計の針が動くたびに緊張の度が増す。郵便局の通常業務がつづけられ、人々が出入りしたり、切手や為替や小包が窓口を行き来したりする。郵便貯金の窓口は利用客が途切れず、長い列ができては消え、またできた。

モーリーの両切り葉巻はとうに火が消えて、引き潮どきの沈み木さながら口から突き出している。会話はまったくなかった。

みなが緊張し警戒していたにもかかわらず、いざその瞬間が来たときには危うく見逃すところだった。偽装はそれほど完璧《かんぺき》に近かった。局員とティラーがいなかったら――ふたりの怠りない目配りにモーリー警視はのちほど心から感謝した――大混乱が起こって目的の獲物を取り逃がし、貴重な時間が無駄になっていたかもしれない。

終業時刻のわずか十分前、勤め帰りの人々で混雑しているところへ、顔の浅黒い小柄で痩《や》せた男が通りからはいってきて、局留め郵便の窓口へ歩み寄った。地味な服装で、黒いひげを少し生やし、左目の下、頬骨のいちばん高いところにほくろがひとつある。その男は長い列に加わって、ときおりハツカネズミを思わせる足どりで前へ進んだ。目立ったところがあるとすれば、歩き方だった。ちょっと尻《しり》を振るようにして歩くのがずいぶん奇妙だ。けれども、ほかには特徴がなく、どんな人だかりにも溶けこみそうな人物だった。

自分の前の客が窓口から退くと、その男は歩み出て、浅黒い小さな片手をカウンターに載せ、風邪で喉《のど》を痛めているかのようなしゃがれ声で言った。「J・P・マーカス宛《あて》のものは？」

穴からのぞいていた三人の男たちは、局員が右耳を掻《か》いて顔を横に向けたのを見た。それと同時に、仕切りの向こうからティラーの顔が現れ、ささやいた。「まちがいありません。変装しています！　しかし、あの人です」

局員の合図とティラーのささやきが三人を立ちあがらせ、にわかに活気づけた。モーリーが歩いていって、音もなくドアをあけ、右手をあげた。その姿は、大きな板ガラスの窓越しに表の通行人にも見えた。そのとき、局員がやや平たい小さな包みを持って窓口にもどってきた。茶色の紙でくるまれ、インクで宛名が記されて、切手に正しく消印が押されている。小柄な浅黒い男は細い手で小包をつかみ、窓口から退いて、半ば向きを変えた。

遅まきながら第六感が働いたらしく、男ははっと顔をあげ、部屋じゅうの人間が無言でにらんでいるのに気づいた。自分を囲んで強面《こわもて》の男たちが堅固な壁を作り、じわじわと迫ってくる。男の顔に妙な青白い色がひろがった。

「その小包には何がはいっているんですか、マーカスさん」モーリー警視が愛想よく尋ねつつ、左手で男の肩をつかみ、右手を上着のポケットに深く突っこんだ。

茶色の小包が痩せた手から滑って床に落ちた。浅黒い男はよろめき、包みを追って崩れるように倒れる。モーリーはすばやくかがみ、男の胸ポケットを軽く叩《たた》いた。警視の顔に、仰天のあまり滑稽《こっけい》な表情が浮かぶ。

「おい、その男は気絶しているぞ!」マクリン判事が叫んだ。

「〝男〟ではございません」背後からティラーの穏やかな声が言う。「口ひげは偽物です。言ってみれば、その男は女です、、、――たったいま警視さんもお気づきになったでしょう」ティラーは礼儀正しく手で口を覆って忍び笑いをした。

「女?」判事は息を呑《の》んだ。

「すっかりだまされましたよ」モーリーは立ちあがりながら、誇らしげに言った。

「しかし、ありがたいことに、証拠はこの女のポケットにある。やりましたね！」

「うまく変装したものだ」エラリーがつぶやいた。「だが、特徴のある腰の動きのせいで化けの皮が剝《は》がれたわけか。ゴドフリー夫人の元女中だね、ティラー」

「ほくろでわかりました」ティラーがつぶやくように言った。「いやはや、なんとたやすく罪人に身を落とす者がいるものか！　さようでございます、これはピッツです」

14　独立独行の女中の驚くべき告白

ポインセットの警察本部は、この数日来はじめて喜びに包まれていた。本部内にはさまざまな噂が飛び交い、記者たちは聞く耳を持たぬドアに向かってわめき立て、ほかの課の面々は捕らえられた女を警察医が診察する様子を見ようとモーリー警視の部屋をのぞき、そこかしこで電話が騒々しく鳴ってばかげた合唱をしていた。警視が報告書の束を押しやると、署内のだれよりも冷静なエラリーがそれを思う存分調べたが、何も目新しい情報はなかった。それによると、ホリス・ウェアリングのボートも、キャプテン・キッドやディヴィッド・カマーも、それに――エラリーは小さく笑った――ピッツも、依然として消息はつかめぬままで、交代で勤務する刑事たちが細心の注意を払って捜査しているにもかかわらず、ルーシャス・ペンフィールドに関する報告は何もなかった。

室内に秩序らしきものがもどり、女が尋問できる状態であることを警察医が眉《まゆ》をあげて示すと、全員の視線が女に集まった。

女は大きな革椅子にすわり、肘掛《ひじか》けを固く握りしめていた。肌には血の気がなく、色が冴《さ》えない。黒っぽい巻き毛を男のように短く刈っているが、帽子を脱ぎ、つけひげをとると、まぎれもなく女性だった——陰気そうな褐色の瞳《ひとみ》と、小ぶりでナイフを思わせる目鼻立ちを持つ、怯《おび》えた小柄な女だ。歳は三十か、それよりひとつかそこら上と言ったところか。こうなってすら小妖精《ようせい》の美しさが漂うが、根底に冷酷で穢《けが》れたものがあるのを感じさせる。

「さて、ピッツ、おまえは」モーリーは愛想よく口を切った。「つかまって一巻の終わりなんだぞ」ピッツは何も言わずに床を見つめている。「ウォルター・ゴドフリー夫人の女中、ピッツであることは否定しないな？」警察の速記係が机に向かい、帳面を開いている。

「はい」郵便局で聞いたのと同じしゃがれ声で、女が答えた。「否定しません」

「いい子だ！　スペイン岬のローラ・コンスタブル夫人に電話をかけたのはおまえだな？　マン氏に二度かけたのも。けさゴドフリー夫人にかけたのもそうか？」

「盗聴してたのね」女は笑い声をあげた。「自業自得ってことか。ええ、あたしがやりました」

「コンスタブル夫人の手紙や何かをマーテンズからわたしに届けさせたのは、おまえか」

「ええ」

「マン夫人の資料を新聞社に送ったのも？」

「ええ」

「いいぞ。仲よくやっていけそうだ。では、先週土曜日の夜から日曜日の早朝にかけて何が起こったのか話してくれ。何もかも」

女がはじめて、陰気な褐色の目をあげて警視を見返した。「話す気はないと言ったら？」

モーリーの顎《あご》に力がこもる。「いや、話してもらう。話すとも。おまえはむずかしい立場にいる。この州で恐喝にどんな罰が科されるか知っているかね」

「恐縮ながら」エラリーが穏やかに言った。「ピッツさんは殺人に科される罰のほうにずっと関心があると思いますよ、警視」

モーリーはエラリーをにらんだ。女が乾いた唇をなめ、視線をエラリーの顔へ滑らせたのち、床へ落とす。「ここはわたしにまかせてください、クイーンさん」警視がいらいらと言った。

「失礼しました」エラリーはぼそりと言い、煙草に火をつけた。「しかし、ピッツさんのために状況をはっきりさせておいたほうがいいと思います。そうすれば、この人にも沈黙が無益なことがわかるでしょう。

まず、ゴドフリー夫人の失踪《しっそう》中の女中が恐喝者だとぼくがほぼ確信していたことを申しあげましょう、警視。そのことに思い至ったのは、あまりにもあつらえ向きな偶然の一致が重なっているのに気づいたときです。ジョン・マーコが殺害されたとされるおおよその時間に、ピッツはマーコといっしょにいるところを――ジョラムに――目撃されています。その直前に何者かがマーコの部屋へ忍びこみ、テラスでの面会を求める偽の手紙の断片を見つけてつなぎ合わせた。これは偶然の一致でしょうか。また土曜日の夜、ゴドフリー夫人が自分の部屋へもどってすぐに、呼び鈴を鳴らして女中を呼んだところ、女中はしばらく姿を見せなかった。そのあとやってきたものの、気分が悪いと訴え、しかも興奮した様子だった。これも偶然の一致でしょうか。この女中は、人殺しがあったころに姿を消した。逃走にマーコの車を使っている。これも偶然の一致でしょうか」女の目が光る。「ピッツの足どりはマーテンズで途絶えていた。証拠の包みはマーテンズから、警視、あなたに届けられました。偶然の一致でしょうか。実のところ、ゆすりはすべてピッツの失踪直後からはじまっています。偶然の一致でしょうか。ゴドフリー夫人の前の女中がはっきりした理由もなく突然辞めたとき、ピッツを夫人に推薦したのはジョン・マーコでした。偶然の一致でしょうか。しかし、何より注目すべきは――コンスタブル夫人、マン夫人、ゴドフリー夫人に関する三つの事件すべてを通じて、不幸な夫人たちに不利に働く重大な証拠のひとつが

……ある女中の署名がはいった供述書だったことです」エラリーは苦笑いをした。ぼくはピッツ
「これも偶然の一致でしょうか。とうていそんなことはありえません。ぼくはピッツ
が恐喝者だと確信していました」

「自分が賢いと思ってるわけ？」女は薄い唇をゆがめてあざけるように言った。

「ぼくは評価してるよ」エラリーは小さく頭をさげて言った。「自分の才能をね、ピッツさん。それだけじゃなく、きみとマーコの関係の本質を見抜いたと確信してる。

警視、あなたは先日、ニューヨークで私立探偵をしているレナードというご友人が嗅《か》ぎつけたことを話していましたね。マーコには共犯者がいて、犠牲者を罠《わな》にかけるのを手伝った可能性がある、と。三つの別個の件において、進んで女主人に不利な証言をした穿鑿《せんさく》好きな女中は――当然ながら、それぞれの供述書に署名された別々の名前は単なる偽名でしょうが――マーコのような男がいかにも使いそうな共犯者の姿にぴったり符合します。ゴドフリー夫人の女中である恐喝者をマーコの共犯者と考えるのに、さして想像力は必要ありませんでしたよ」

「弁護士を呼んで」急にピッツが言って、立ちあがりかけた。

「すわるんだ」モーリーがしかめ面で言った。

「たしかに、きみには憲法が保障する法的助言を求める権利はあるよ、ピッツさん」

エラリーはうなずいた。「心あたりの弁護士はいるかい」

女の目に希望の色が差す。「いるよ！　ニューヨークのルーシャス・ペンフィールド！」

みなが息を呑《の》み、沈黙した。エラリーは両手をひろげた。「ほらね。これ以上の証拠が期待できますか、警視。ピッツはジョン・マーコの悪辣《あくらつ》な弁護士を呼んでくれという。これもまた偶然の一致でしょうか」

女は椅子に沈み、唇を嚙《か》んで、見るからに動揺していた。「あたし――」

「万事休すだよ」エラリーは思いやるような口調で言った。「何もかもすっかり打ち明けたほうがいい」

女はなおも唇を嚙みしめている。褐色の目が何かを必死で計算するようにぎらつく。やがて言った。「あんたらと取り引きする」

「なんだと、この――」モーリーが声を荒らげた。

エラリーは警視の胸に片手をあてて押さえた。「まあ、いいじゃありませんか。実業家のように事を進めるのも悪くありません。少なくとも、申し出に耳を傾けるだけなら害はない」

「聞いてちょうだい」女は熱をこめて言った。「自分が泥沼にはまってるのはわかってる。でも、まだとんでもなくいやなやつにだってなれるのよ。あんたらとしては、このゴドフリー家の醜聞が世間に知られたら困るんでしょ？」

「だから？」モーリーが怒鳴った。

「だから、あたしをまともに扱ってくれたら、だまっててあげる。あたしがその気になったら、いくらだってしゃべれるんだから！　直接新聞記者に話すか、弁護士を通じてばらしてもいい。止めようがないのよ。でも、大目に見てくれたら、静かにしてる」

モーリーは苦々しげに女を見て、エラリーに目をやったのち、唇をこすり、しばらく歩きまわった。「わかった」やがてうなるように言った。「わたしとしてはゴドフリー家に恨みはないし、あの人たちが傷つくのを見たくはない。だが、いいか、確約はできんぞ？　地方検事に話をして、罪状を軽くできないか訊《き》いてみよう」

「もちろん」エラリーが穏やかに付け加えた。「きみがすっかり泥を吐けばの話だ」

「わかった」女はつぶやいた。鋭い顔立ちに不機嫌な表情が浮かぶ。「どうして何もかも知ってるのかわからないけど、そのとおりよ。あたしはマーコの差し金で、まずコンスタブル夫人、つぎにマン夫人、それからゴドフリー夫人のところに住みこんだ。アトランティック・シティーで、夜にあの太った夫人の写真を撮った。目と耳を使って、材料をできるかぎり掻《か》き集めたの。コンスタブル夫人とマン夫人は、スペイン岬に来たとき、すぐにあたしに気づいた。ふたりはゴドフリー夫人がどんな羽目に陥るかわかったと思うけど、マーコがあたしのことはだまってろってふたりに釘《くぎ》を刺したの。きっとあの人たち、いまでも打ち明けるのを恐れてると思う。さあ、何もかも話したよ。ねえ、ルーク・ペンフィールドを呼んで！」

　モーリーは目を輝かせた。しかし、抜かりなく言った。「ただの道具だったたってわけか。で、ボスを出し抜いた。日曜日の早朝、やつの部屋から手紙や何かを盗み出して、ちょっとばかり甘い汁を吸うつもりで逃げ出した。ちがうか」

　女の浅黒い顔が激情でゆがんだ。「いけない？」声を張りあげる。「たしかにそのとおりよ！　あれはあの人のものでもあったけど、あたしのものでもあるの！　ずっと引き立て役を演じていたけど、主導権はあたしにあって、あの人も重々それをわかってたんだから！」女は息を継いだのち、不気味なほど勝ち誇って叫んだ。「道具？冗談でしょ。あたしはあの人の妻よ！」


　一同は呆気《あっけ》にとられた。マーコの妻！　その瞬間、マーコの不実さの全貌《ぜんぼう》が浮かびあがった。ローザ・ゴドフリーがどんな危機から免れたのかを思い、だれもが嫌悪を覚えた。ジョン・マーコが消えて世界から脅威がひとつ取り除かれたことに対して、大いなる満足感があらためてみなの胸によぎった。

「マーコの妻だと？」なんとか口がきけるまでに落ち着きを取りもどすと、モーリーがだみ声で言った。

「そう、妻よ」ピッツが苦しげに言った。「いまじゃ、ぱっとしないかもしれないけど、これでも前は娘らしい体型で、顔だってまんざら捨てたもんじゃなかったんだから。あたしたち、四年前にマイアミで結婚したのよ。あの人はそこでどこかのお金持ちの未亡人のジゴロをやっていて、あたしもいい相手を探してた。すぐに付き合うようになった。あの人はあたしの生き方が気に入ったの。あたしに首っ丈だったから、結婚して、じっくり味わわせてあげたのよ。あの人をほんとうにまいらせたのは、あたしだけだったと思う……。それからはふたりでいろんな勝負をしてきた。この女中って手は、あの人の思いつきで最近はじめたことでね。あたしはどうしても好きになれなかった。でも、この手でずいぶん稼いで……」だれも話を止めなかった。ピッツはいまや椅子の肘《ひじ》掛《か》けをつかんで、宙を見つめている。「ちょっとした仕事がすむと、さっさと切りあげて休んで、惜しげもなく使う。それでお金がなくなったら、また仕事をする。そんなふうにつづけてきた。マーコが死んで、あたしはまったく身動きがとれなくなったの。蓄えもなく、絶体絶命だった。あたしだって生きていかなきゃいけないでしょ？　あの人もあそこまで欲を掻かなかったら、きっといまも生きていられたでしょうに。だれが殺したのか知らないけど、いい仕事をしたと思う。たしかにあたしも天使じゃないけど、あの人はこの世で最低のくずだった。性根が腐ってるって、あたし自身が思うようになったもの。それに、たしかにあたしは落ちぶれてたけし！」

　モーリーが歩み寄って、ピッツの前に立った。ピッツは口をつぐみ、はっとして警視を見あげる。「だからおまえはマーコの首に針金を巻きつけた」モーリーはきびしい口調で言った。「厄介払いして、金を手に入れるために！」

　ピッツが勢いよく立ちあがって叫んだ。「あたしはやってない！　そう言うと思ってたんだよ。それが心配だった。頭の鈍いおまわりにわかってもらうのは無理だって」エラリーの腕をつかみ、袖《そで》にしがみつく。「ねえ、聞いて。あんたには脳みそがありそうだから。まちがいだって言ってやってよ！　たしかにそうしたい――殺してやりたいって思ったかもしれないけど、あたしはやってない。誓って、殺してない！　だけど、岬にとどまって見つかるわけにはいかなかった。お金のことさえあきらめられたら、ちゃんと逃げられたのに。ああ、もう、自分でも何を言ってるんだかわかんない……」

　ピッツはすっかり取り乱していた。エラリーは静かに腕をとって、ふたたび椅子にすわらせた。女は椅子の隅に縮こまってすすり泣く。「たぶん」エラリーは慰めるように言った。「少なくとも、無実を証明するために戦う機会をぼくたちはきみに提供できる――もしほんとうに無実ならね、マーコ夫人」

「もちろん、ほんとよ……」

「それはいずれわかる。土曜の夜、なぜマーコの部屋へ行ったのかな」

電話で聞いた例のかすれてくぐもった声で、ピッツが言った。「ゴドフリー夫人がはいっていくのを見たの。たぶんあたし、ちょっと妬《や》いてたのね。それに、話す機会が――マーコとは二日ほどふたりきりで話せてなかったから、三人の女たちとどう話を進めてるのか知りたかった。大儲《おおもう》けする手筈《てはず》をすっかり整えてるはずだったから」

ピッツがことばを切って洟《はな》をすすると、判事がエラリーにこっそり言った。「どうやらマーコがローザと逃げるつもりだったのを知らなかったようだな。あの男は本気で重婚を考えていたのか？　悪党め！」

「ぼくはそう思いません」エラリーが小さな声《ソット・ボーチェ》で言った。「そんな危険は冒さなかったはずです。マーコ自身は結婚まで考えていたわけじゃない……。つづけて、マーコ夫人！」

「とにかく、見張ってたら、一時まで二、三分ってときに、ゴドフリー夫人が出てくるのを見たの」ピッツは顔を覆っていた手を離して、うつろな目をエラリーに注ぎながら背を伸ばした。「マーコの部屋へはいろうと思ったとき、ちょうど本人が出てくるのが見えた。引き止めたり、話しかけたりするのはためらわれたのよ、だれかに見られたら困ると思って。どこかへ出かけるみたいだった。めかしこんでいて。わけがわからなかった……。あたしは部屋にはいって、あの人がもどるのを待った。そしたら暖炉のなかに紙きれがあったんで、拾い集めたの。だれかがはいってきて姿を見られたら困るから、紙きれを持って浴室にはいった。そこに書かれた内容を読んで、かっとなっちゃってね。あたしはローザって娘のことは何も知らなかった。あの娘をだますなんて話はなかったはずよ。マーコが仕事と楽しみをごっちゃにしてるにちがいないと思って……」両手を握りしめる。

「そうか」モーリー警視が急に思いやるように言った。「裏切られてると知って、おまえがどんな気持ちだったかわかるよ。それでマーコを見張るためにテラスへおりたんだな？」

「ええ」ピッツは小声で言った。「ゴドフリー夫人から休みをもらってね――気分が悪いと訴えたのよ。自分の目でたしかめたかったから。屋敷は静まり返ってた――ずいぶん夜も更けてて……」

「何時だった？」

「テラスの石段のてっぺんあたりまで行ったのが、一時二十分ごろよ。そしたら――」唾《つば》を呑《の》む。「あの人が死んでたの。ひと目見てわかった。すわってて、ぴくりとも動かなかった、こっちに背中を向けてね。月が首筋を照らしてた。髪の下に赤い線が見えて」身を震わせる。「だけど、それだけじゃない。それだけじゃなかった。あの人――裸だった。素っ裸だったのよ！」またすすり泣きをはじめた。

エラリーがはっとして言った。「どういうことだ？　きみが見たときに……。さあ早く！　どういうことなんだ？」

だが、ピッツはエラリーのことばなど聞こえなかったかのようにつづけた。「あたしは石段をおりてテラスへ、テーブルのそばへ行った。なんだかぼうっとしてた気がする。あの人の前に紙が一枚あって、片手はペンを持ったまま床のほうへ垂れていたと思う。だけど、とにかくこわくって、あたし――あたし……。そのとき、いきなり足音が聞こえたの。砂利道を近寄ってきてね。まずいことになったと思った。だれであれ、テラスへ向かってくる人に姿を見られずに逃げることなんかできそうもない。とっさに考えなくちゃいけなくてね。月明かりがあったから、少しは見こみはあった……。あの人のあいてるほうの手にステッキを握らせて、頭に帽子をかぶせてから、肩にマントをかけて、首のところで留めて隠したの、あの――あの赤い線を」恐怖に憑《つ》かれたような視線は、一同を素通りし、月下の光景に据えられていた。「あの人が裸だってことを、マントで隠せると思った。あたしは足音が近づくまで待って、しゃべりはじめた――なんでもいいから、頭に浮かんだことをね――あの人から言い寄られているように見せかけて、怒りを抑えてしゃべってるふりをしたの。だれだかわからないけど、相手が聞き耳を立ててるのはわかってた。それから、あたしは石段を駆けあがった……。相手が石段のてっぺんあたりに隠れるのを見たけど、気づかなかったふりをしたのよ。あれはジョラムだった。あんなことを聞いた以上、ジョラムが下へ行くはずはないとわかってたけど、あたしは万一の場合を考えた。で、屋敷へ駆けもどって、マーコの部屋から手紙と写真の束を持ち出し――あの人が衣装戸棚に隠してたのよ――自分の部屋へ行って、持ち物を荷作りしたあと、こっそりと車庫へおり、あの人の車に乗って逃げた。車のキーは持ってたの。そりゃそうよ。あたしは……妻なんだから」

「もし潔白なら」モーリーがきびしい口調で言った。「逃げ出したら、いかにも怪しく見えると気づかなかったのかね」

「逃げずにはいられなかった」ピッツは必死になって言った。「見つかるのがこわくてね。すぐに出発したのは、もしあの人が死んでるのをジョラムが知ったら、きっと騒ぎ立てて、あたしは屋敷から出られなくなるからよ。それに、手紙やなんかのこともあったし」

モーリーは渋い顔で耳を掻《か》いた。ピッツの声にも話自体にも、まぎれもない真実の響きがあった。たしかに、ピッツの罪を示す申し分のない状況証拠があり、いまの供述の正式な速記記録もあるわけだが、しかし……。エラリーの顔へちらりと目をやったそのとき、当の痩《や》せた青年が急に体を動かし、警視はぎくりとした。

エラリーは急に向きを変えて、すばやくピッツのそばへ寄り、腕をつかんだ。女が悲鳴をあげながら、体を後ろへ引く。「もっとしっかり説明するんだ！」エラリーは語気荒く迫った。「テラスで最初にマーコを見たとき、素っ裸だったと言ったね」

「ええ」ピッツは震え声で言った。

「帽子はどこにあった？」

「そりゃ、テーブルの上よ。ステッキも」

「じゃあ、マントは？」

「マント？」心からの驚きに、女の目が見開かれる。「マントがテーブルの上にあったなんて言ってない。それとも、言った？　すっかり頭がこんがらがって――」

エラリーはゆっくりピッツの腕を放した。灰色の目に希望が湧きあがる。「なるほど、テーブルの上にはなかったんだな」押し殺した声で言う。「どこにあった――テラスの敷石の上かい？　いや、当然だな。殺人犯はマントをそこにほうって、マーコの服を脱がせたにちがいない」ガラス玉のごとく無表情なエラリーの目が、女の唇を一心に見つめている。

ピッツは当惑した。「ちがう。テラスにはなかった。それって――そんな大騒ぎすること？　ああもう、別に意味はなかったの！　意味なんてなかったのよ。あんたの考えじゃ――」声が高くなって、ふたたび叫び声に近くなる。

「ぼくの考えなんかどうでもいい」エラリーは息をはずませて言いつつ、またピッツの腕をつかんだ。そして激しく揺さぶったため、ピッツは息を呑み、頭を後ろへのけぞらせた。「話すんだ！　どこにあった？　どうしてあの場にあった？」

「二階のあの人の部屋で手紙を読んだとき」ピッツはいっそう青ざめ、小声で言った。「徒手《からて》でテラスへおりるのはまずいと思ったの。だれかに見られたときのために、あそこへ行く口実が必要だった。そのとき、ベッドにマントがあるのが目にはいったの。あの人が持っていくのを忘れたのね」エラリーの顔に熱く荒々しいものが燃えあがる。

「あたしはマントを手にとり、それを持って下へ行った。とってこいと頼まれたって言うつもりで――だれかに呼び止められたときのためにね。けど、だれにも見つからなかった。あの人が裸なのを見たとき、あたし――体を覆うものを持っててよかったと思った……」

　だがエラリーはピッツの腕を振り離し、後ろへさがりながら、足の爪の先まで思いきり息を吸った。モーリーと判事と速記係は、怯《おび》えにも近いとまどいの目でエラリーを見た。体に空気が詰まって急に大きくなったように見えた。

　エラリーは身動きもせずにたたずみ、ピッツの頭越しにモーリーの執務室のがらんとした壁を見つめていた。やがて、ひどくゆっくりと手をポケットに突っこみ、煙草を取り出した。

「そのマントが」かろうじて聞きとれるくらいの小さな声で言った。「そう、そのマントこそが……欠けていたピースだ」指で煙草を揉《も》みつぶし、目を激しく輝かせながら、くるりと向きを変えた。「さて、みなさん、わかりましたよ！」

読者への挑戦状

〝真理の山にのぼりて〟ニーチェは言う。〝徒労に終わることはない（『人間的な、あまりに人間的な』より）〟

おとぎ話の世界は別として、麓《ふもと》に立ったまま、頂を制することを願うだけで、山にのぼることができた者はいない。この世はきびしく、そのなかで事を成しとげるには努力が要る。探偵小説から最大限の愉悦を得るには、読者もある程度、探偵の足跡をたどる努力をするべきだと、かねてからわたしは考えている。足どりの探求に骨を折れば折るほど、読者は究極の真相に近づき、愉悦もますます深まるものだ。

わたしはもう何年ものあいだ、緻密《ちみつ》な観察と、選《よ》り分けた事実への論理の適用と、個々の結論の最終的な関連づけによって、事件を解いてもらいたいと読者諸氏に挑んできた。多くの読者から手紙であたたかいお褒めのことばをいただき、この慣例をつづけるよう励まされた。一度も試みたことのないかたには、ぜひそうすることを心からお勧めする。途中で思わぬ障害にぶつかるかもしれないし、さんざん考えてもなんの結論も出ないかもしれない。だが、成功しようとしまいと、これまで数えきれぬほどの読者にとって、愉悦が増すという形で努力がじゅうぶん報われてきた。

理論上、障害となるものはひとつもない。ジョン・マーコの死にまつわる物語のこの段階で、事実はすべて出そろっている。読者諸氏は、それらをつなぎ合わせ、論理に基づいて、考えうる唯一の殺人犯を指さすことができるだろうか。

エラリー・クイーン

15　中断

スペイン岬へもどる車中は、終始ぴりぴりした沈黙に包まれていた。エラリー・クイーン氏は大きな車の後部座席に背をまるめてすわり、下唇をなめながら、果てしなく深い物思いに沈んでいた。マクリン判事はエラリーの渋面にときおり好奇の目を向けた。助手席にいたティラーは、一定の間隔で振り返らずにはいられなかった。だれも何も言わず、聞こえるのは勢いを増す不穏な風の音だけだ。

先刻エラリーは、モーリー警視の矢継ぎ早の質問を受けつけなかった。気の毒な警視は神経を昂《たか》ぶらせ、動揺を見せていた。

「まだ早すぎます」エラリーはそう告げた。「ぼくがこの難事件を完全に解いたような印象を与えたんだとしたら、申しわけありません。マーコのマントに関する先ほどのピッツの話……あれは道を示しています。実に明確に。いまぼくには、自分がどこでまちがえたか、犯人の計画がどこで乱れたかがわかっています。この事件も戦いの峠を越しました。でも、まだ最後まで考え抜いてはいないんですよ、警視。時間が必要です。考える時間が」

三人は、卒中を起こさんばかりに興奮しているモーリー警視の手に、疲れて途方に暮れた罪人を預けて出てきたのだった。マーコ夫人、別名ピッツは、恐喝未遂の罪で正式に告発され、郡拘置所に収容された。目を泣き腫《は》らした若い男女ふたりが郡の死体安置所を訪れ、ローラ・コンスタブルの遺体引きとりの法的手続きをとる悲しい幕《まく》間《あい》もあった。刑事たちと記者たちがエラリーを質問攻めにしたが、混乱のなかでもエラリーはにこりともせず平静を保ち、機を見てすかさずポインセットから抜け出したのだった。

車がハリー・ステビンズの給油所で幹線道路からそれ、スペイン岬へ通じる私有林の道へはいったとき、ようやく沈黙が破られた。

「ひどい嵐になりそうです」警察の運転手が心配そうに言った。「前にもここで、こういう嵐に遭ったことがありますよ。あの空を見てください」

私有林の木々は着実に勢いを増す疾風にあおられて、激しく揺れていた。車は林を抜けて、本土から岬へ渡る岩の隘路《あいろ》に差しかかり、一同は夕暮れの空へ目をやった。煤《すす》けた鉛色の空は、波打つ水平線から押し寄せる、大きくふくれあがった黒雲に覆われている。隘路では風をまともに受け、運転手は車をしっかり保とうとハンドルと格闘した。

だれも運転手のことばに答えず、やがて車は無事に岬の断崖《だんがい》の陰に到着した。

エラリーが体を前へ傾けて、運転手の肩を軽く叩《たた》いた。「止めてください、屋敷へのぼる手前で」車がブレーキをかけて止まった。

「いったい、どこへ――」判事が毛深い眉《まゆ》を吊《つ》りあげて言いかけた。

エラリーはドアをあけて路上におりた。まだ額に皺《しわ》を寄せているものの、目には熱っぽいきらめきがある。「すぐに合流します。どうやら、ぼくの犬歯はこの件に正しく食いこんでいるようですね。現場にあたってみます……」エラリーは肩をすくめて、微笑みで暇乞《いとまご》いを告げ、テラスへ向かう小道をのんびりおりていった。

空が急速に暗くなっていく。稲光が小道を照らし、エラリーがテラスの石段のてっぺんに達して、くだりはじめているのが見えた。

マクリン判事が大きく息をついた。「屋敷のほうへあがったほうがよさそうだ。じきに雨になって、エラリーもあわてて駆けもどってくるさ」

車は屋敷へと道をのぼった。

エラリー・クイーン氏はゆっくりとテラスの石段をおり、色鮮やかな敷石の上で少し立ち止まったのち、ジョン・マーコが死んでいた丸テーブルの前へ行き、椅子に腰かけた。岩の絶壁にはさまれて、四十フィート以上深く埋もれている形なので、テラスはどんなひどい風も及ばない安息の場となっている。エラリーは背を預けてゆったりと椅子にくつろぎ、ふだん考え事をするときに好む姿勢をとった。入江の口から外海を見つめる。目の届くかぎりでは、一艘《そう》の舟も見あたらない。嵐に備えてみな退避したのだろう。入江の海もいまや大いに荒れ、絶えず白波を立てている。

さらに遠くの、形のないものを見つめるにつれ、泡立つ波は目にはいらなくなった。すわっているうちに、テラスは闇を深めていった。ようやく暗さに気づいたエラリーは、吐息をついて立ちあがり、浜への石段の上へ行って、頭上の明かりのスイッチを入れた。日除《ひよ》け傘が揺れてはためいている。エラリーはふたたび腰をおろして、紙とペンを手にとり、ペンをインク壺《つぼ》に浸して書きはじめた。

音から察するに大きな雨粒がひとつ、傘に落ちた。エラリーは書く手を止め、体をひねった。それから、思案の色を目に浮かべて立ちあがり、石段の下の左側に置かれた巨大なスペイン風の壺へ近寄って、その周囲に目を走らせた。それからすぐ、壺の後ろへまわりこんだ。うなずきながら出てくると、石段の右側の壺でも同じことを繰り返した。それからテーブルへもどって腰をおろし、髪を風に吹き乱されながら書き物を再開した。

長いあいだ書いていた。雨粒は大きさと強さを増し、落ちる間隔も短くなっていく。

目の前にある紙に滴がひとつ跳ね、文字がにじんだ。エラリーは書く速度をあげた。

本降りの襲来と同時に書き終えた。紙をポケットにしまって勢いよく立ちあがり、明かりを消したのち、屋敷の建つ高台へのぼる石段に向かって小道を急いだ。パティオの雨除けまで着いたときには、肩がぐしょ濡《ぬ》れだった。

恰幅《かっぷく》のいい執事が主廊下でエラリーを出迎えた。「夕食はあたたかくしてございます。奥さまのお言いつけで――」

「ありがとう」エラリーは上の空で答え、片手を振って辞退した。交換台のある仕切り部屋へ急ぎ足で行ったあと、番号をダイヤルして、穏やかな表情で待った。

「モーリー警視を……。ああ、警視ですか、そこにいらっしゃると思ってましたよ……。ええ。かなりね。実を言うと、いますぐスペイン岬へ来てくだされば、この厄介な事件をご満足のいくよう解決できると思いますよ、今夜じゅうに」

隔絶された居間のなかは、そこかしこにともる明かりで照らされていた。外のパティオや、屋根の上で、篠突《しのつ》く雨がとどろいている。烈風が窓を打ち叩く。激しい雨音にも負けず、岬の断崖に砕けて鳴り渡る磯波《いそなみ》の響きが聞こえた。室内で過ごすのにふさわしい夜で、だれもが暖炉の炎をありがたく見つめた。

「みなさんおそろいですね」エラリーが穏やかな声で言った。「ただし、ティラーがいない。ぼくはとりわけティラーに来てもらいたいんです。かまいませんか、ゴドフリーさん。ティラーはこの事件でただひとつの明るい光であり、褒賞を受けるに値します」

ウォルター・ゴドフリーは肩をすくめた。妻を取りもどすとともに社交面での責任感まで回復したかのように、はじめてどうにかまともな身なりをしていた。呼び鈴の紐《ひも》を引き、執事にそっけなく何かを伝えたあと、ステラ・ゴドフリーのかたわらに身を沈めた。

みな集まっていた——ゴドフリー家の三人、マン夫妻、アール・コート。マクリン判事とモーリー警視は珍しく控えめで、ほかの者たちから少し離れて腰かけていた。事前に打ち合わせたわけでもないのに、モーリー警視のすわった椅子が戸口にいちばん近かったのは、意味ありげだった。九人のうち、ただひとり楽しげだったのは、コート青年だった。ローザ・ゴドフリーの膝《ひざ》もとにしゃがむコートの顔には、満足ゆえに間が抜けたかのような表情が浮かんでいる。ローザの青い目にもうっとりとした様子があることからすると、ジョン・マーコの影はふたりから振り払われたらしい。マンは長い茶色の葉巻を歯で嚙《か》み切って吸っていた。夫人は死んだように静かだった。ステラ・ゴドフリーは落ち着いてはいるが緊張し、両手でハンカチを握りしめている。そして小柄な百万長者は警戒していた。室内の雰囲気は、まぎれもなく重苦しかった。

「お呼びでございましょうか」ティラーが戸口から慇懃《いんぎん》に言った。

「さあ、はいって、ティラー」エラリーは言った。「掛けてくれ。かしこまって立ってることはない」ティラーがいくぶんおずおずと後方の椅子の端に浅く腰をおろしつつ、ゴドフリーの顔をちらりとうかがった。しかし、当の百万長者は、用心深い目を間断なくエラリーに注いでいる。

エラリーが暖炉へ歩み寄り、火に背を向けて立つと、顔が影になり、その姿が黒いのっぺりしたかたまりとなって炎に浮かびあがった。明かりが一同の顔を不気味に照らす。エラリーはポケットから紙の束を取り出し、かたわらの小さな台に、自分から見えるように置いた。それからマッチを擦って煙草に火をつけ、話しはじめた。

「いろいろな意味において」エラリーはつぶやくように言った。「これは大変悲しい事件でした。今夜、ぼくは一度ならず事実に目をつぶって立ち去ろうかと思いました。ジョン・マーコはきわめて性質《たち》のよくない悪党だった。あの男の場合、悪しき思考《マラ・メンス》と悪しき魂《マルス・アニムス》の隙間にとどまることもなかったようです。まちがいなく犯罪者の心を持ち――良心による抑制に煩わされることもまったくなかった。われわれが知るかぎりにおいてすら、ひとりの女性の幸福を脅かし、別の女性の破滅を企て、また別の女性の人生をめちゃくちゃにし、またまた別の女性を死に至らしめた。マーコの台帳を見ることができたら、きっと同じような例が山ほど記されているはずです。要するに、駆除するにじゅうぶん値する悪党だった。先日ゴドフリーさんがおっしゃったとおり、だれであれ、マーコを殺した者は人類の救いの神だったわけです」エラリーはことばを切り、考えながら煙草を吹かした。

ゴドフリーが耳障りな声で言った。「だったら、なぜそっとしておかんのかね。どうやらきみは結論に達したらしい。あの男は殺されてしかるべきだった。いないほうが世界はよくなる。何もわざわざ――」

「それは」エラリーは大きく息をついた。「ぼくの仕事はある種の象徴を扱うものであり、人間を扱っているわけではないからですよ、ゴドフリーさん。それに、親切にもご自分の管轄区域でぼくに勝手な行動を許してくださったモーリー警視に対する義務がある。事実がすべて判明すれば、マーコ殺しの犯人には陪審の同情を得る見こみが大いにあると思います。これは計画的な犯罪ですが――ある意味では、あなたがほのめかしたとおり――果たされなくてはならない犯罪だった。ぼくは人間的要素に目をつぶって、この事件を数学の問題として扱うことを選びました。犯人の運命については、その手のことを裁定する人たちに委《ゆだ》ねます」

台からいちばん上の紙を手にとると同時に、静かな緊張の帳《とばり》がおり、エラリーはちらつく火影にかざしてざっと目を通し、また紙を置いた。「ぼくがまさに今夜まで、どれほど混乱し、途方に暮れていたかはとうてい言い表せません。事実の明晰《めいせき》な解釈を妨げるものがあったんです。それを感じ、わかってはいたものの、突き止めることができずにいました。しかも、そこまでの計算のなかで、はなはだしい誤りをひとつ犯していたんですよ。あのピッツという女が――マーコ夫人であることは、もうみなさんもご存じですが――ある事実を明かすまで、ぼくも文字どおり霧のなかにいました。しかし、マーコが発見されたとき着ていたマントは、マーコの死後、ピッツがテラスに持っておりたものだった――言い換えれば、犯行時にはマントは現場になかった――とピッツから聞いて、ぼくははっきりと光明を見たんです。あとは時間と適用と相互関係の問題にすぎませんでした」

「いったいマントが事件とどう関係すると？」モーリー警視がつぶやいた。

「すべてにですよ、警視。いまにわかります。しかし、いまはマーコが殺されたときにマントを持っていなかったことがわかったわけですから、実際に持っていたとわかっているものから話をはじめましょう。マーコはあらゆる付属品も含め、完全なひとそろいの衣服を身につけていた。ところで、殺人犯はマーコの服を脱がせて、着衣を一式すべて――ほぼすべて――持ち去ったことがわかっています。上着、ズボン、靴、靴下、下着、シャツ、ネクタイ、それにポケットのなかにあったであろうすべてです。ここで最初に解決すべき問題は、なぜ犯人は死者の服を脱がせて持ち去ったのかということです。一見常軌を逸したこの行動に、実は正当な、きわめて正当な理由があるるとぼくは確信していました。そして、事件全体の解決はこの問題の解答にかかっていると直感したんです。

ぼくはこの問題がしまいに擦り減ってもとの繊維になるまで、頭のなかでこねまわしました。そしてついに、殺害された人物——ごく一般的な意味での、殺された人物——の服が盗まれた場合、それを説明できる論理は五つしかないという結論に達したんです。

第一に」エラリーは覚書をちらりと見たあとつづけた。「犯人が服のなかにあった、ものののために盗んだという説明が考えられます。マーコと関係のある何人かの心の平穏を脅かす、ある種の文書が存在していたことと照らし合わせると、これは特に重要でした。そしてその文書を身につけていた可能性もあった。しかし、犯人が求めていたのが文書であり、それが服のなかにあったとしたら、なぜ文書だけとって、服をそのまま残していかなかったのか。この場合、目的が服のなかにある何かなら、犯人はポケットをさらうか、裏地を切り裂くかすれば、死体の服を脱がさなくても目当てのものを得られたはずです。したがって、第一の仮説は明らかにまちがいです。

第二は、当然考えられる説明です。モーリー警視に尋ねればわかりますが、川から引きあげられた死体、あるいは森で発見された死体は、着衣が損なわれていたり、すっかりなくなっていたりすることが珍しくありません。それらの大部分については、理由は簡単です。被害者の身元を隠すため、すなわち身元の確認を妨げるために服を損傷させるか、盗むかする。けれども、マーコの場合はそうではないと容易にわかります。というのも、被害者はたしかにマーコであり、マーコ当人であることに疑いを差しはさむ者はなく、衣服によって別人だと示しうるはずがなかったからです。今回の場合、服があろうとなかろうと、死体の身元についてはなんの疑問もなかったし、あろうはずもなかった。

　逆に言えば、マーコの着衣を盗むことが、なんらかの形で殺害犯の身元を隠す役に立つという第三の可能性もあるわけです。みなさん、よくわからないといった顔をなさっていますね。ぼくが言っているのは、仮にマーコの着衣の一部が——あるいは全部が——犯人のものだったとしたら、それを発見されると自分の身が危うくなると犯人は考えるのではないかということです。しかし、これもやはり見当はずれだと言いきれます。というのは、われわれにとってかけがえのない人物、ティラーが——」ティラーは両手の指を組んで、慎《つつ》ましく目を伏せていたが、小さな耳がテリアのようにぴんと立っていた。「証言したところによると、土曜の夜、マーコが着替える直前にティラーが用意した特別の衣装は、マーコ自身のものだったそうです。しかも、マーコの衣装戸棚からなくなっていた衣類はそれだけでした。したがって、マーコがあの夜着ていたのは自分のものであり、犯人のものではありえなかった」

だれもが押しだまっていたため、樹脂を含む薪《まき》のはじける音が室内に銃声さながらに響き渡り、外の雨音が瀑布《ばくふ》のとどろきのごとく耳を圧した。

「第四は」エラリーは言った。「着衣に血痕《けっこん》がつき、なんらかの事情で、その血痕が犯人にとって、あるいは犯人の計画にとって危険だったという場合です」モーリーの物憂げな顔に驚きの色がひろがる。「いやいや、警視、これはさほど初歩じゃありません。もしその血がマーコのものなら、この説はふたつの点でつじつまが合いません。つまり、犯人が持ち去ったマーコの衣類すべてに血痕がつくことはありえないという点と――靴下や、下着や、靴に血がつくでしょうか――さらにもっと重要なのは、この犯罪の被害者に関するかぎり、血は流れなかったという点です。マーコは頭を殴られて失神し、その過程においてまったく血は流れなかった。そのあと絞殺されましたが、そのときも血は流れていません。

しかし、もし――判事、こう訊《き》きたいんじゃありませんか――それが犯人の血だった場合はどうか、と。死体の姿勢から考えておそらくありえませんが、マーコが殺害者と格闘し、その途中で犯人が負傷して、はからずもマーコの服に殺害者の血がついたのではないかということですね。これにもまた、ふたつの反論があります。ひとつは――先ほどと同じく、マーコの衣類すべてに血痕がつくはずがなく、それなのになぜ全部持ち去ったのかということです。もうひとつは――自分が血を流したことを殺害者が隠したい唯一の理由は、けがをしている人間に警察の目を向けさせたくないからであるという前提に立てば――単に、この事件の関係者にけが人はひとりもいないということです。ローザさんは例外ですが、この人については、そんな手のこんだごまかしなど必要ないくらい申し分なく筋の通った説明がつく。したがって血痕説は成立しません。

となると、まさに」エラリーはひと息入れたのち、静かに話をつづけた。「考えうる説がひとつだけ残されています」

雨音が響き、暖炉の火が音を立ててはじけている。いくつものひそめた眉《まゆ》とまどいの目があった。だれひとり――マクリン判事さえ――答を思いついていないのは、まずまちがいなかった。エラリーは煙草を火のなかへほうった。

振り返って口を開く……。

そのとき、ドアがいきなり開いた。モーリーがすばやく立ちあがり、一同は仰天して顔をそちらへ向けた。戸口でラウシュ刑事が息をはずませていた。全身がびしょ濡《ぬ》れだ。唾《つば》を三度呑《の》みこんだあと、ようやく意味のわかることばを発した。

「警視！　いま――大変なことが……。テラスからずっと走って……。キャプテン・キッドを追いつめました！」

一瞬だれもが呆気《あっけ》にとられて、ただ口をあけていた。

「なんだと？」モーリーがしゃがれ声で言った。

「沖で嵐につかまったんです！」ラウシュが水のしたたる両腕を興奮して振りまわしながら叫んだ。「沿岸警備隊がたったいま、ウェアリングのボートを見つけました。どういうわけか、あの大猿は岸へ向かっています――岬へ向かっているんです！ 故障したらしく……」

「キャプテン・キッド」エラリーはつぶやいた。「どうして――」

「行くぞ！」モーリーが大声で言いながら、部屋の外へ躍り出た。「ラウシュ、さあ――」その声は、走り去る警視とともに消えた。部屋にいた者たちは、躊躇《ちゅうちょ》したのち、いっせいに警視を追って駆けだした。

マクリン判事はその場に残り、エラリーを見つめていた。「どうかしたのか、エル」

「わかりません。この展開はきわめて変だ――ちがう！」謎めいたことばとともに、エラリーはみなのあとを追って飛び出した。

一同は荒々しく沸き返る群れとなって、豪雨をものともせずテラスへ向かった――女も男もたちまちずぶ濡れになり、顔が奇妙に生き生きとして、期待と興奮に輝いていた。先頭を行くモーリーがぬかるんだ地面を踏んで盛大に足音を立てる。マクリン判事だけは、嵐への身構えを思いつくだけの分別があったらしく、屋敷のどこで見つけたのか、長身に防水衣をまとい、いちばん後ろからゆっくりやってきた。

刑事の一団が上着から雨をほとばしらせつつ、テラスの屋根のむき出しになった白い梁《はり》の上で危なっかしくバランスをとりながら、二基の大きな真鍮《しんちゅう》の投光器の旋回継手と取り組んでいる。ジョラムがかたわらに立って、威厳すら感じさせる無関心な態度で見ていた。男たちの服が風に激しくはためいている。

モーリーが大声で指示を出しながらテラスへ突進した。頭上で荒れ狂う風雨のなか、濡れた梁から滑り落ちて首を折る者がひとりも出なかったのは奇跡だった。やがてスイッチが見つかり、幅一フィートの白くまばゆい二本の光線が同時にさっと闇のなかに現れて、空中を貫いた。光の道が照らし出したのは、水のあふれかえる鉛色の地獄だった。

「まっすぐ沖へ向けるんだ、まぬけども！」モーリーは飛び跳ねて両腕を振りつつ怒鳴った。「前方の入江の口を照らせ！」

二本の光線はふらつきながらも位置を定めた。そしてテラスと平行になり、入江の外で波立つ海面の十五フィート上で合わさったり交差したりした。

一同は顔から滴を垂らしながら、緊張して首を伸ばし、目印となる確固たる光の道を目で追った。最初は、黒い水面を叩《たた》く濁った豪雨の壁しか見えなかった。しかし、一方の投光器が少し動くと、はるか沖に激しく揺れる小さな点がひとつ見えた。まさにその瞬間、第三の光線が海のほうからさっと視界にはいってきた。その光線が点のまわりを舞う。

「沿岸警備隊だわ」ゴドフリー夫人が叫んだ。「ああ、つかまえて、あの男をつかまえて！」両のこぶしは固く握りしめられ、髪がぐっしょりと束になって顔に張りついている。

沿岸警備艇のとがった舳先《へさき》が海水を割りながら、ホリス・ウェアリングのボートへ近づいていく。

ボートはどう見ても難破していた。縦揺れがすさまじく、危険なまでに船尾が低く傾いている。近づいてくるにつれ、よろめきながら甲板を歩きまわる小人のような人影が見えてきた。あまりに小さくて、だれなのか見分けることはできなかったが、その動きから必死なのがわかった。そのとき突然、だれもが凍りつき、呼吸を止めた。船首が垂直に立って、巨大な波の衝撃で船体が震え、その直後に波に呑みこまれ……。

波が崩れると、船は消えていた。

人々はいっせいにうめいた。光線が船影を探して右へ左へ動く。

「あそこよ！」ローザが叫んだ。「泳いでる！」

光線の一本が、波間に見え隠れする黒い頭をとらえていた。両腕が海中に出たりはいったりする。力強く泳いでいるが、荒波に揉《も》まれて、なかなか入江のほうへ進まない。沿岸警備艇は前より大きく見えるようになったが、泳いでいる者に接触するのを恐れて、近づけずにいる。救命索が蛇行して海の上できらめいたものの、目標には届かなかった。しかし、断崖《だんがい》の間近まで迫っていて、船がこれ以上近づくのは危険だった。

「泳ぎ着くぞ！」モーリーがわめいた。「だれか毛布を持ってこい！　濡らすなよ！」

しだいに泳ぐ速度が落ちたが、男は入江へほんの少しずつ近づいてきた。衰弱していて、もはや頭のてっぺんしか見えない。

なす術《すべ》もなく一同はただ見守った。長い時間を経たのち、それは悪夢の山場さながらに終わった。男は入江の口に近づいたところで、いきなり鰯《いわし》のごとく海に吸いこまれた。岸にいる者たちから見えたのは、もつれた手脚だけで、男は右手の断崖のそばまで急激に押し流され、まるでコルクのようにはずんで、入江の比較的安全な場所に打ちあげられた。

手脚をばたつかせて半ば溺《おぼ》れている男に、刑事たちは投光器の光をうまくあてつづけることができなかった。三人の刑事がテラスへ跳びおりて、モーリー警視の後から砂浜を駆け、水際で力なく脚を動かす男のもとへ急いだ。やがてモーリーが男の襟首をつかんで力いっぱい引っ張ると、大波の手から男を救い、返す波にさらわれぬよう部下たちの助けを借りて陸へ引きあげた。

マクリン判事と並んで超然と立っていたエラリーには、救助された男の姿はまったく見えなかった。だが、ふたりにも前に群がる人たちの顔は見え、そこに浮かんだ表情に、少なくともマクリン判事は目つきを険しくした。みな一様に、驚異を目のあたりにした表情を浮かべ、衝撃の大きさに声も出ない様子だった。

毛布を防水布でくるんで持ってきた者が、人垣を押し分け、救助された男のそばにひざまずいた。そのときゴドフリー夫人が鋭い声をあげて、前へ躍り出た。よく見ようと、人々がさらにそばへ押し寄せた。

男の疲れきった低い声が聞こえた。「ありがたい……神よ……わたしは――あいつが――わたしを――どこかの――海岸沿いに――閉じこめた。わたしは――」声が止まる。胸を震わせ、大きく息を呑んであえぐ。「逃げ出して――今夜――戦った――ボートの操縦ができなくなって――殺したんだ――あの男を……死体は海へ――ボートが壊れて――嵐で……」

エラリーはマンとウォルター・ゴドフリーを肩で押しのけた。横たわった男の体を警視が毛布でくるんでいる。背の高い男だった。目は充血して赤みを帯び、頰には無精ひげが長く伸びて、ひどい目に遭ったらしくやつれた様子だ。着衣は――かつて白い麻のスーツだったものだが――ずぶ濡れのぼろきれだった。

ローザと母親が男のかたわらにひざまずき、しがみついて泣いていた。

エラリーの顔が苦悩にゆがんだ。身をかがめ、男の疲れ果てた顔を上へ向ける。疲労でやつれてはいるものの、力強く毅然《きぜん》とした、感じのよい顔だ。

「デイヴィッド・カマーさんですね？」エラリーは口をきくのに難があるかのように、声を絞り出した。

カマーが息を呑んだ。「え――ええ。あなたは――」

エラリーは身を起こし、水のしたたるポケットに濡れた両手を突っこんだ。「大変お気の毒です」やはり気の進まぬ様子でかすれた声を出す。「よい計画であり、よい戦いでした、デイヴィッド・カマーさん。しかし、ジョン・マーコ殺しのとがであなたを告発しなくてはなりません」

16　赤裸々な真実《ヌダク・ウェリタス》

「こんなにつらい役目を果たしたのははじめてですよ」エラリー・クイーン氏はぼやいた。悄然《しょうぜん》とのしかかるようにデューセンバーグのハンドルを握り、流れ去る道路を見つめる。ふたりは北へ向かって家路についていた。

マクリン判事が深く息をついた。「これできみにも、裁判官がしばしば直面する問題がわかっただろう。理論上は死刑に相当する罪でも、被告の運命は対等な立場の陪審員たちによって決定される。だが、法廷では頻繁にこういうことが起こる……。われわれの誇る文明をもってしても、真の公平の問題は解決していないんだよ、エラリー」

「ほかにどうできたと言うんです?」エラリーは叫んだ。「個人的な偏向など自分にとってなんの意味も持たないと、ぼくはつねづね胸を張って言ってきました。でも、忌々しいことに、そうじゃない。意味があるんです!」

「あの男が、あそこまで悪魔のごとき賢明さを発揮しようとせずにいてくれたら、結果もちがっただろうに」判事は悲しそうに言った。「本人の主張によると、マーコがいかに姉ステラの身を持ち崩させ、姉の心の平穏をどんなふうに乱したかを重々承知していたという。その後、姪《めい》のローザの身に何が起ころうとしているかを知った——あるいは、知ったと思った。あの連中の難点は、だれかに打ち明けて相談しようという者がどうやらいなかったことだ。マーコに対して当然の憤りを覚え、殺そうと決心したのだとしても、なぜ拳銃《けんじゅう》を持ち出してマーコを撃ち、片をつけなかったのか。どんな陪審だって有罪にはするまい。衝動による犯行だ、喧嘩《けんか》の結果だと本人が訴えればなおさらな。あの状況なら——」

「そこが才走った人間の困ったところです」エラリーはつぶやいた。「そういう人間の考えでは、犯罪を必要とするとき、解決できないよう巧妙に事を運ぼうとする。しかし、利口であればあるほど、また計画が複雑であればあるほど、手ちがいが起こる危険が多くなる。完全犯罪なんて！」疲れた様子で首を振る。「完全犯罪というのは、目撃者のない暗い路地で、見知らぬ相手を行きあたりばったりに殺すことです。手のこんだものではありません。毎年百件の完全犯罪が起こっている——いわゆる精神に問題のある暴漢が起こしたものです」

ふたりは何マイルものあいだ押しだまっていた。スペイン岬の巨大な岩塊にある何かがふたりに吐き気を催させ、罪人さながらこっそりと抜け出してきたのだった。気分が慰められた唯一のことばは、ガソリンタンクを満たすために立ち寄った給油所で、ハリー・ステビンズの口から発されたものだった。

「カマーさんとは知り合いでしてね。いい人なんです」ステビンズは穏やかに言った。「マーコってやつについて聞いた話が全部ほんとうなら、この郡の陪審はカマーさんを有罪にしたりはしませんよ。もう無罪放免も同然だ」

ディヴィッド・カマーはポインセットの郡刑務所に収容され、嵐のなかで真の災禍に見舞われた衝撃からは立ちなおっていないものの、静かに厳然たる態度を貫いている。ゴドフリーは義弟のために東部でも指折りの高名な弁護士を雇った。暗い影に覆われたスペイン岬は不機嫌な顔をして、突如襲われた悪天候のなかでふさぎこんでいる。ローザ・ゴドフリーはコート青年の腕のなかに、ローザの母親は夫の腕のなかにもぐりこんだ。ティラーだけがいつもと変わらず——礼儀正しく控えめで、ひたすら沈着だった。

「まだ聞かせてもらっていないんだがね、エラリー」疾走する車のなかで、判事が淡々と言った。「あの頭脳的手品の離れ業をどんなふうにやってのけたのか。それとも、まぐれあたりだったのかね?」鋭い目を据えると、エラリーににらみ返され、判事は小さく笑った。

「とんでもない！」エラリーは憤然と言ったあと、にやりと笑い、ばつが悪そうに道路へ視線をもどした。「心理学の問題です！……それに、あの覚書もなかなかのものだったんですよ」深く息をつく。「でも、ゆうべから何度も頭のなかで繰り返していたんで、すべて記憶しています。難破船の邪魔がはいったとき、どこまで話してましたっけ？」

「着衣に関する五つの可能性のうち、五番目だけが真実だという結論に達したところだ」

「ああ、そうでした！」エラリーは道路に目を据えたままだ。「つまり、犯人がマーコの服を持ち去った理由は、単に服が必要だったからだという説ですね」老判事が結論の簡潔さに目を見開く。「しかし、なぜ犯人はマーコの衣服を衣服として必要としたのか？　自分で着るためですよ。となると、犯人が自分の服を持っていなかったのは明らかです。驚くべきことですが、必然としてそうなります。では、なぜ犯人は犯行後に衣服を必要としたのか？　これまた明らかで――逃走を果たすためです。逃げるのに必要だったんですよ」

エラリーはいくぶん忌々しげに片手を振った。「ぼくは最初、この可能性を無視していた。なぜ犯人がマーコの着衣を全部持ち去りながらマントだけ残したのかがわからなかったからです。マントは、言ってみれば、物を包み隠すのに最も適した衣類です。犯人が逃走のために衣服を衣服として必要としていたのなら、姿を隠すのにうってつけのこの衣類を――夜のように黒くて、喉《のど》からかかとまで達するものを――ほうっておくわけがない。実のところ、犯人は殺害後、なんとしても急ごうとしていたわけですから、実際に持ち去ったものすべてとは言わないまでも、大部分を――上着、シャツ、ネクタイはもちろんのこと、おそらくズボンも――とらずに、マントだけを持っていくこともたぶんできたはずです。ただし、せめて足を守るために靴だけは必要だったでしょうね。それなのに、犯人は切羽詰まっていながら、わざわざマーコの着衣を残らず持ち去って、マントだけを残していった！　だから、自分の五番目の説がまちがいで、ほかの説があるはずだと結論するしかありませんでした。それから長いあいだ、ぼくはその考え方に立ちもどりませんでした――残念なことです。そして霧のなかへ迷いこんでしまった。きのうの午後遅くのマーコ夫人の証言によって、マントは犯行時にマーコが身につけていなかったし、テラスにもなかったとわかってはじめて、ぼくは五番目の説が――逃亡のために衣類を衣類として必要としたという説が――結局のところ正しいのだと気づきました。犯人が持っていこうにも、マントはなかったんです。マントが今回の事件の最も重要な要素だったとぼくが言っているのは、そういうしだいなんですよ。マントに関する重大な情報が欠けたままだったら、この事件が解決することはなかったでしょう」

「ようやくわかってきた」判事が考えながら言った。

「しかし、きみがどうやってカマーにたどり着いたのかは、やはり謎のままだがね」

エラリーはクラクションのボタンを乱暴に押し、驚いているピアース・アローを一台追い抜いた。「お待ちください。犯人は自分の服を持っていなかったとさっきぼくが指摘しましたね。そのことを説明する必要があります。自分の服を持っていなかったというのがどの程度なのかと、ぼくは自問しました。つまり、殺すつもりで現場に姿を見せたとき、犯人はどの程度服を脱いでいた状態だったのかということです。ところで、殺したあとで犯人が死体から何を盗んだのかを、われわれは正確に把握していました。だから、マーコから奪ったものについては、同じものを犯人が身につけていたはずがないと言いきることができた。つけていたら、奪ったりしませんからね。つまり、現場に現れたとき、犯人は上着、シャツ、ネクタイ、ズボン、靴、靴下、下着をつけていなかったんです。たしかにマーコの帽子とステッキは残していきましたが、最初にあげた数々のものを身につけず、それでいて帽子かステッキ、あるいは両方を自分で持ってきていたなどと考えるのは、もちろんばかげています。単に、帽子とステッキは必要がないから、そのまま残していったんでしょう。ともかく、来たときには帽子もステッキも持っていませんでした。では、犯行のために浜のテラスへ出向いたとき、どんな恰好《かっこう》だったことがほかに考えられるでしょうか」

いと思う」

「ふむ」判事が言った。「たとえば、水着姿だった可能性をきみが見落とすわけはな
「おっしゃるとおりです。見落としてはいません。実のところ、水着だけ、水着とローブ、ローブだけのいずれかで現れた可能性を考えました」

「それで——」

エラリーは疲れた声で言った。「ところで、犯人が逃走のためにマーコの着衣を奪ったことはすでに立証しました。犯人が最初から水着か、水着とローブか、ローブだけだった場合、逃げることはできたでしょうか。もちろん、できます」

「そうは思えんな」老判事が異議を唱えた。「もし犯人が——」

「何をおっしゃりたいのかはわかります。しかし、すでに疑問の余地がないまでに分析したんですよ。犯人がテラスから屋敷へ逃げる気なら、いま分類した三つのいずれでも——水着だけ、水着とローブ、ローブだけのいずれであっても——事足りたはずで、マーコの着衣を奪う必要はなかったでしょう。早朝に〝ひと泳ぎ〟してもどってきた者がいたところで——もしだれかに見られたとしても——人目につくという意味では特に問題はないはずです。こうお尋ねになりたかったんでしょうね——犯人が屋敷へ逃げたのではなく、幹線道路を通ってどこか遠くへ行ったとしたらどうなのか、と。その点について言えば、犯人がその経路で逃走したのなら、水着かローブのいず

れか、あるいは両方を着ていれば問題はありませんでした。この前の日曜の朝、お友達のハリー・ステビンズが言っていたことを思い出してください。ふたつの浜を結ぶ公道では――スペイン岬の出口も含めて――海水浴客は水着だけの姿で歩いてよいと定めるこの地方の法令があるという話でした。現に、ぼくらと会ったとき、公共の海水浴場から歩いてもどってきたステビンズは水着姿でしたね。もしそれが公の慣行なら、何時であろうと、殺人犯はそういう恰好で無事に逃げおおせたでしょう――呼び止められる心配はなかったわけです。もう一度言いますが、犯人が水着姿で幹線道路を通って逃げたのであれば、マーコの着衣は必要なかったはずだ。ほかに――屋敷と幹線道路を除いて――唯一考えられる逃走経路は、海だけです。しかし、もちろん、海から逃げるのに着衣は奪わないでしょうし、砂に足跡がなかったのですから、入江のほうから逃げたのではないとわかる」

「だが、その分析が正しいとすると」判事はとまどい顔で言いかけた。「よくわからんが――」

「結論は自明じゃありませんか」エラリーは大声で言った。「もし犯人のいでたちがはじめから水着だけ、水着とローブ、ローブだけのいずれかだったなら、逃走のためにマーコの着衣を奪う必要はなかったはずです。けれども、いま示したとおり、犯人は逃走のためにマーコの着衣を必要とした。したがって、犯人は現場に現れたとき、最初から水着もローブも身につけていなかったと結論せざるをえません」

「だが、それはつまり――」老判事は衝撃を受けて言った。

「そのとおりです。それはつまり――」エラリーは落ち着き払って言った。「犯人は何も着ていなかったということです。言い換えれば、マーコに忍び寄って頭を殴ったとき、殺人犯は生まれ落ちたその日と同じく素っ裸だったわけです」

ふたりともだまりこみ、デューセンバーグの強力なエンジン音が大きく響いた。

しばらくして判事がぼそりと言った。「なるほど、ジョン・マーコの裸があっさり犯人の裸に変わったわけだ。実に鮮やかだよ。まったくすばらしい。つづけてくれ、エル。こいつは奇想天外だ」

エラリーは目をしばたたいた。ひどく疲れていた。まったく、何が休暇だ！　それでも気力を振り絞って話を進めた。「犯人が裸で現れたのであれば、当然ながらつぎに浮かぶ疑問は、どこから行ったかということになる。それについてはなんの苦もなくわかりました。どう考えても、屋敷から裸で行ったわけはない。むろん、幹線道路からでもありません。裸で行くことができたのは、考えうる三経路の最後のひとつ、つまり海からだけです」

マクリン判事は組んでいた長い脚を悠然と直して向きなおり、エラリーに目を据えた。「ほう」そっけなく言う。「どうやら、瑕《きず》なき玉にも人間らしい弱点が見つかるらしい。まったく耳を疑うよ。いまきみは殺人犯が海から行ったにちがいないことを証明したが、ついこの前の日曜日に、殺人犯が海から行ったとは考えられないことを、いまと劣らずきっぱりと証明するのを聞いたばかりだ」

エラリーは顔を赤くした。「まあ、〝恨みに報いるに恩をもって恥じ入らせよ（ローマ書十二章二十節などより）〟ですよ。ぼくが以前の推理に重大な過ちがひとつあったとゆうべ言ったのを覚えていらっしゃいますね。ええ、ぼくはそれを〝証明〟しましたが、あれは浅慮の瞬間を示す記念碑として永遠に胸に残るでしょう。誤謬《ごびゅう》の影響を受けない議論などめったにないということです。われわれはただ望むのみで……。あれはこの忌々しい事件におけるぼくの大きなしくじりでした。ぼくの〝証明〟がふたつの推理に基づいていたのをご記憶でしょう。マーコは襲われる前にテラスできわめて個人的な手紙を書きはじめましたが、そこに一時とあり、ひとりきりだと記してあったがゆえに、犯人より先に来たにちがいないと考えたのがひとつ目です。さて、もしマーコのほうが先に着いていたのなら、犯人は一時以降に来たことになる。ところが、一時ごろには潮がすっかり引いていて、浜が少なくとも十八フィートは露出していたのに、砂の上に足跡がひとつもありませんでした。だからぼくは、犯人が海から来たとは考えられない、陸のほうからあの小道を通ってきたものと推理したんです。ぼくの推理にある誤謬がわかりますか」

「正直言って、わからんな」

エラリーはため息を漏らした。「単純ながら、引っかかりやすいものでしてね。ぼく自身がわかったのも、第二の推理から第一の筋が誤りだと気づき、再検討してからなんですよ。その誤謬とは、一時にテラスにひとりでいるとマーコが書いたのを、そのまま信じたということです。ひとりきりだとマーコは書きましたが、だからと言って――たとえ本人には嘘をついているつもりも、そうする動機もないにしても――そのことばが事実だったとはかぎらない。マーコはひとりきりだと思いこんでいただけなんです！　どちらの場合も――ひとりだと思いこんでいた場合も、実際にひとりだった場合も――おそらく結果は同じで、腰をおろして私信を書きはじめます。思いこんでいた場合というのを、ぼくは愚かにも考慮に入れ忘れたわけです」

「なんと！」

「すると、最初の〝証明〟がなぜまちがっていたかがわかります。もしひとりきりだとマーコが思いこんでいただけなのであれば、手紙を書いていたときに実はひとりではなかった可能性がある。言い換えれば、マーコが先に来ていたのではなく、犯人が先に来て、マーコにわからないようテラスに隠れて待ち伏せしていたのかもしれない」

「だが、どこに？」

「もちろん、あの巨大なスペイン風の壺《つぼ》の陰に決まっていますよ。あつらえ向きの場所だ。人の背丈くらいの大きさだから、楽に隠れられます。しかも、ご記憶でしょうが、マーコを気絶させるのに使ったのはコロンブスの胸像で、もともと『アラビアン・ナイト』風の壺から近い壁龕《へきがん》に置いてあったものでした。犯人はただ手を伸ばして像をつかみ、爪先立《つまさきだ》ちで——裸足《はだし》のまま——進むと、すわって手紙を書いていたマーコに背後から近づき、卑劣な悪党の頭を殴りつけた。それから、自分の首、あるいは手首か足首に巻いて持ってきた針金で、失神している男を絞め殺した。針金だけを使ったことは——もっとありふれた凶器を使わなかったことは——ある意味では、犯人が海から来たことを裏づけていると言えます。針金なら泳ぐ邪魔になりません。軽いうえ、銃とちがって使えなくなることもなければ、ナイフとちがって持ち運ぶのに危険でもない。おそらくナイフは歯でくわえて運ばざるをえず、そうなると呼吸しづらくなる。もちろん、この最後の問題は重要ではありません。肝心なのは、この推理があらゆる条件をしっかり満たすということです」

「しかし、砂浜には」判事は叫んだ。「足跡がついていなかった！　犯人はどうやって——」

「ふだんはもっと洞察力をお持ちなのに」エラリーは小声で言った。「犯人が先に着いていた場合、到着は一時より前のいつでもおかしくありません。潮が引く前、浜が十八フィートも露出する前なら！」

「だが、あの手紙がある」老判事は食いさがった。「一時よりずっと前に行ったとは考えられない。実際、偽の手紙はマーコと一時に会おうと指定している。ずいぶん早く着く羽目になるのに、なぜ犯人はそんなことをしたんだ？　時間など都合のいいように——」

エラリーは深く息をついた。「手紙には一時と書いてありましたか」

「あったとも！」

「まあ、まあ、早まらないで。思い出してください。あのタイプされた手紙は、数字の1のすぐあとに来る紙片がなくなっていました。不幸な偶然ですよ、判事。実際の数字は12だったにちがいない。紙片が欠けて、2が抜けたんです」

「ふむ。しかし、なぜ12だったとわかる？」

「そうに決まっています。もし11か10なら、マーコが十一時三十分までブリッジの勝負に加わっていたはずがない。約束に遅れないようにもっと早く切りあげたでしょう。となると、どう考えても約束の時刻は十一時半以降で最も近い——十二時だったことになる」

「なるほど、そうか」判事はつぶやいた。「カマーにとっては不運だったな。すぐにマーコが来るものと考え、十二時少し前にテラスに着いた。思うに、泳ぐときにできるだけ手脚が自由に動かせるように、裸で行ったんだろう。しかも、身につけているものが少なければ少ないほど、体から手がかりとなるものを落とす危険も小さくなると考えたにちがいない。ところが、思いがけずマーコが自室でゴドフリー夫人に引き止められて、まる一時間遅れた。夜の浜辺で、何も着ないで一時間も外で待たされることを想像してみたまえ！」

「カマーの立場からすると、恐ろしさはその程度のものじゃなかったはずです」エラリーはそっけなく言った。「どうやら、肝心なところをつかんでいらっしゃらないようですね。カマーが服を奪ったのは、まさにその予期せぬ一時間の遅滞のせいなんです！　マーコが時間どおりに来ていたら、カマーへつながる手がかりは何ひとつなかったでしょう」

「よくわからんな」判事がうなった。

「わかりませんか」エラリーが大きな声で言う。「犯人は潮を計算に入れていたはずだということですよ。着いたのが十二時少し前なら、潮は高かった――満潮だった。テラスへつづく石段のいちばん下の段に、水中からそのまま足をかけることができたでしょう。砂浜には足跡がまったく残らない。マーコが時間どおりに来ていたら、犯人は殺害後、海から引きあげていったはずで――その時間ならまだ足跡は残らなかった。そのときはまだ潮が満ちていて――それなら犯行にはわずか一、二分しかかからないでしょう——犯人は砂浜を跳び越えて波打ち際に着地すればよかった。ところが、潮が引いていくのをテラスでなす術《すべ》もなく傍観するしかなかったんです。砂地がどんどん露出し、ひろがる一方なのに、マーコは現れませんでした。ええ、そう、カマーにとっては大変な窮地です。カマーはそこにとどまって計画を断行することに決め、待っているあいだに方策を練りました。おそらく、殺しても無事に逃げおおせる場所にマーコをおびき出せる機会は、二度とないと考えたのでしょう。マーコの着衣を奪うという思いつきは、自分とマーコの背恰好《せかっこう》が似ていると気づいたことから生じたにちがいない。

ともあれぼくは、犯人が十二時前に海から裸でやってきたことを知りました。ところで、殺人がおこなわれた時期に、犯人はゴドフリーの屋敷で暮らしていたのでしょうか。しかし、もしそうなら、なぜ泳いで海から——長くて、骨の折れるまわり道になるのに——来なければならなかったのか。屋敷を出て小道を行く陸からの経路のほうがはるかに楽なはずなのに」

老判事は顎《あご》をこすった。「犯人がそのとき実際に屋敷で暮らしていたのに、それでも泳いでいくほうを選んだとしたら、犯人は外部の人間だから外側の経路を使って海から向かわざるをえなかったと見せかけるためとしか考えられない。言い換えれば、自分が屋敷で暮らしているという事実を隠すためだ」

「完璧《かんぺき》な説明です」エラリーは賞賛した。「でも、それが目的なら、海から向かったことを露見させようとしたんじゃないでしょうか」

「それが目的なら——たしかにそのとおりだ」

「当然ですね。犯人が海から来たという事実を強調し、その痕跡《こんせき》をはっきりと残して、自分の思惑どおりにわれわれを信じこませたはずです。ところが、それとは逆に、犯人は海から来た事実を隠すために、あらゆる努力を払っているんです！」

「それはなんとなく感じるよ。きみはどう説明する？」

「そうですね、まず、犯人はわかりやすい逃走経路、つまり来た道を——浜から海へ行く道を——選ばなかった。もしその経路を使っていたら、逃げる足跡が砂に残り、ひと目でいきさつが見てとれたでしょう。そして、そのとき屋敷で暮らしていたのなら、足跡を残すことをまったく気にしなかったはずだ。ところが、殺人犯は実際にどうしたか。足跡を残さないよう、懸命につとめたんです！　死体の服を脱がせて、その借り物の服を自分で着たんですから——海ではない経路から逃げる目的のためだけに……。言い換えれば、砂に足跡を残すのを避けるために犯人がどんな労苦も惜しまなかったこと、それに海から来た事実を隠したかったことは明らかです。しかし、犯行当時ゴドフリー邸にいた者なら、海から来た事実を隠そうとはしなかったはずです。したがって、この人物は犯行時にゴドフリー邸にいなかったことになる。証明終わ《Q.E.》

「しかし」判事が小さく笑った。「それはある点までだろう。その先はどう推理したのかね」

「そうですね」エラリーは物憂げに言った。「殺人のおこなわれた時点で犯人が屋敷にいなかったことがわかってからは、造作もありませんでした。犯行の夜、屋敷のなかか周囲にいた者はすべて、殺人の容疑者からはずさなくてはいけません。その結果、ゴドフリー夫妻、コンスタブル夫人、セシリア・マンとそのご立派な夫、コート、ティラー、ピッツ、ジョラム、その他もろもろが除外されました――残ったのが、ローザ・ゴドフリー、カマー、キッドです」

「しかし、どうやってそこからカマーだけにたどり着いたんだ。それとも最も有力な容疑者としてカマーを選んだまでなのか。実のところ、カマーが死んでいないと考える理由はなかったんじゃないかね」

「ご無事で何より」エラリーは歌うかのように言った。「それは論証できることでした。この犯人の特徴はなんなのか――それを犯罪のあり方から推定できましたから。特徴は六つあって、ぼくはそれらを注意深く並べあげました。

一、犯人はマーコとその人間関係をくわしく知っていた。というのも、マーコとローザとの内密とされるつながりをよく知り、ローザが書いたふうに見せかけた偽の手紙を使って、嘘の約束でマーコを罠《わな》にはめたからである。
二、犯人はゴドフリー夫人が毎日早朝に浜へ泳ぎにおりることを知っていた。知らなければ、行きと同じ経路から逃げたはずである——入江から外海へ出るために、砂浜を通って足音を残しながら。というのも、午前中の遅い時間になれば、上げ潮が足跡を洗い流し、跡形も残らないからだ。犯人がその経路を選ばなかった事実は、潮が足跡を消す前にゴドフリー夫人が現れることを予見していたと示すものであり、したがって犯人は夫人が来るのを知っていたことになる。
三、犯人には土地鑑があり、入江の潮の干満の時刻を熟知していた。
四、犯人は泳ぎが達者だった。はじめは海から現れたのだから、沖に——人目を引かないよう、岸からいくらか離れたところに——停めたボートにいたにちがいない。ボートから出かけたのなら、犯行後、ボートへもどらなくてはならなかったはずだ。ところが、いま説明してきたとおり、幹線道路から逃げざるをえなくなり——」
「待ってく——」

「つづけさせてください。幹線道路の経路から逃げるためには服が必要だった。犯人は水着もロープも着ていなかったからです。ステビンズの店は岬の出口の真向かいにあり——陸路を通れば、敷地から出るにはそこを通るしかなく——煌々《こうこう》と明かりに照らされた出口から裸で出ていくところを人に見られる危険は冒せなかった。そこで、マーコの衣服を着て幹線道路を歩き、公共の海水浴場のどちらかへ行った。知ってのとおり、どちらの浜も入江から一マイルほどです。それからどうしたか。海水浴場で犯人は着ているものを脱ぎ――午前一時半過ぎだから人気《ひとけ》はありません――それをひとまとめにすると（その場に残していく危険は冒さないはずです）、衣類を持って最低でも一マイルを泳いでボートへもどった。したがって、犯人は泳ぎが達者だったことが論理で示されたと言える」

「いくつか抜け穴がある」判事はエラリーがひと息入れたところで指摘した。「ボートから出かけたならボートへもどらなくてはならなかったときみは言うが、確実にそうとは――」

「ほぼ確実です」エラリーは言い返した。「犯人はそもそも裸で出向いたんでしたね？　では、裸で――陸路から逃げるつもりだったのでしょうか。いいえ、ボートへ泳いでもどるつもりだったんです。そういう計画なら、逃走用の移動手段を待機させて、やはり泳いでもどったはずだ。しかし、話を先へ進めましょう。

五、犯人はマーコと体格が似ていたにちがいない。なぜそう言えるか。マーコの服がよく体に合っていて、たとえステビンズに見られても、公共の海水浴場へ行く途中にだれかに出会っても、服装はごく自然で、見とがめられてその場で厄介なことになったり、証人になりかねない相手の記憶に消しがたい印象を残したりするようなことはなかった。であれば、大柄な男――マーコとほぼ同じ体格でしょう。
六、犯人は以前からゴドフリー邸に出入りしていた。これが最も重要な点です」
「手紙のことかね？」

「そのとおり。犯人は偽の手紙を書くのにゴドフリーのタイプライターを使った。ところが、そのタイプライターが屋敷から持ち出されたことはない。したがって、タイプした者がそれを使うには、ゴドフリー邸を訪れたか、ゴドフリー家の一員だったかのどちらかである必要があります」

　エラリーは赤信号で減速した。「ともかく」深く息をつく。「ぼくはそんなふうに考えました。ローザ・ゴドフリーについては、ひと晩じゅうウェアリングの家で縛られていたという本人の供述の信憑性《しんぴょうせい》を疑ったとして――犯人だったと考えられるでしょうか。無理です。ローザは泳げません。タイプを打つこともできない。また、マーコの服を着て変装できたかもしれないが――理論上ですよ――女性らしい髪を隠すために、マーコの帽子を奪ったはずです。ところが、マーコの帽子は持ち去られていなかった。となると、少なくとも三つの点で失格です。

　キッドはどうか。やはりありえません。配られた人相書によると、伝説の巨人のごとき男で、並はずれて大柄でしたから、マーコの服を着ることなどとうていできなかった。それに靴も――めっぽう大きい足だったと、ローザが震えあがって話していたじゃありませんか。ええ、ちがいます、キッドではありません。ほかにも」エラリーは記憶をたどりつつ、疲れた笑みを漂わせてつづけた。「何人か気になる容疑者はいました。たとえば、コンスタブル氏――不幸なローラの病身の夫です。しかし、この人物も論理に基づいて除外できました。ゴドフリー家の人間と一度も会ったことがなく、したがってゴドフリー夫人の泳ぎの習慣を知っているわけがない。また、ゴドフリーの屋敷に一度も足を踏み入れたことがなく、したがって〝ローザ〟の手紙をタイプできるわけがありませんからね。

つぎにウェアリング。あの家とクルーザーの持ち主です。なぜウェアリングではありえないのか。ローザのことばによると、非常に小柄な男だからです。それに一度も――ソロン殿、あなたの証言によれば――ゴドフリーの屋敷のなかにはいったことがないからです。

カマーだけが残りました。カマーが死んだと断定はできなかったので、当然考えてみる必要がありました。そして、カマーが六つの条件すべてを満たしているとわかって驚きました。カマーはローザに、マーコとの関係を知っているとほのめかしていたらしい。姉のステラが毎朝泳ぎにいくのを知っていたのもたしかです。それどころか、ともに行くことも多かったと姉自身が言っていました！　カマーはスポーツマンでした――岬を愛し、船で海に出ていたんですから、潮の知識があったのはまちがいありません。泳ぎはどうか。姉の話では、非常に達者とのことでした。マーコの服を着ることができる体格だったか。ええ、そうです。死んだ男とほぼ同じ背恰好《せかっこう》だったとローザが言っていました。そして最後に、カマーは屋敷に滞在していましたから、もちろんゴドフリーのタイプライターに近づくことができた。よって、これらすべての条件を満たす唯一の人物であり、しかも事件当夜（キッドを除いて）海上にいた唯一の人物であるカマーこそ犯人にちがいない。とまあ、こういうわけです」

「どうやら」沈黙の間があったあと、判事が述べた。「何が起こったかを再現するのは、たいしてむずかしくはなさそうだ――唯一考えられる犯人としてカマーを割り出したあとはな」

エラリーがアクセルを強く踏み、車は音を立ててキャタピラーのトラックの横を過ぎた。「もちろんです。一目瞭然《りょうぜん》ですよ。カマーが犯人なら、誘拐事件全体がまったくのぺてんだったことは明らかです。同情される状況のもとで自分を始末させ、心理的にも物理的にも犯人ではありえないように見せかけるぺてんだった。実に巧妙です――巧妙すぎるくらいだ。

カマーは自分を誘拐させるために、キッドなる悪党をひそかに雇ったにちがいありません――おそらくその怪人には、いたずらのようなものだとでも説明したのでしょう。あるいは、ほんとうのことを話し、たっぷりと口止め料を払って、少なくとも当面の沈黙を約束させたのかもしれない。カマーがローザを巻きこんだのは、何があったのかを証言する人間が必要だったからです――叔父《おじ》がいかに勇敢に行動したか、ゴリラのようなキッドにつかまっていかに手も足も出なかったかを、事件後、警察に証言してくれる、信頼できる目撃者です。それに、ローザがいては偽手紙の計画が台なしになりかねませんから、遠ざけておくほうが都合がよかった。

カマーとキッドのあいだで、芝居全体の稽古《けいこ》をしたんでしょう。キッドの腹へのパンチや、カマーを〝失神〟させた一撃までもね。すべてはローザのためでした。キッドがカマーをマーコと取りちがえたように見せかける手は――実際にマーコと呼びかけてさえいるんです！　――カマーは潔白であって、マーコ殺しの犯人は外部の人間か邸内のだれかだと警察に信じさせることを意図した妙案だった。頭のいいカマーは、警察がキッドをマーコ殺しの真犯人と見なさないだろうとわかっていました。ふたりのあいだには、なんのつながりもありませんからね。だから、キッドに〝電話〟をさせたんです――もちろんローザに聞こえるようにであり、それも注意深く計画されたものでしょう――あたかもキッドが外部の雇い主に報告をしているかのように、あたかも上に立つ人物が（むろん、カマーではない人物が）いるかのように。その電話をかけているあいだ、カマーは浜で〝気絶〟して倒れていたわけですから、策略は完璧《かんぺき》でした。では、実際には何があったか。キッドがゴドフリー家の番号のひとつをダイヤルし、相手が受話器をとるか、線のつながった音がするまで待って、それを聞いたらすぐに親指で接続を切り、あとはひとりで一方通行の会話をしてみせたのでしょう。すばらしきキャプテン・キッドを見くびるだろうというカマーの仕掛けた罠《わな》に、だれもがみごとにはまってしまった。キッドは愚かな男などではなく、忠実に命令に従い、申し分なくそれを実行したわけです。ちょっとした海の壮士ですね」

「しかし、タイプした手紙の件はどうやった？　カマーは屋敷にいなかったんだぞ、ちょうど手紙が――」

「見つかったとき、でしょう？　そのとおりです。しかし、手紙を置いたときは邸内にいました。カマーは夕食を終えると階下のティラーの部屋へ行って衣装戸棚に手紙を置き、それからすぐローザを誘って、話をしようと外へ出たんです。ティラーが九時半まで手紙に気づかないはずだとカマーは知っていて――なお、このティラーの習慣を知っていたこともまた犯人の条件のひとつです――そうなると、手紙がタイプされて置かれたのは、キッドが〝上の人間〟に電話をかけたあとだと推定されることもわかっていた。ぼくたちがウェアリングの家でローザを見つけた朝、コートに匿名の電話がかかってきて、ローザの居場所を教えたことも覚えていらっしゃるでしょう。もちろん、その電話をかけたのはカマーです。海沿いのどこに隠れていたにせよ、カマーはその電話をかけるために、人前に姿をさらす危険を冒した。思うに、あの男は髪の毛一本でもローザを傷つけるくらいなら、自首するほうを選んだでしょう。できるだけ早くローザが見つけ出されるよう、カマーは確実を期したんです」

「そうは思えんがね、ローザの名を騙《かた》って手紙に署名し、苦境に陥れた事実を考えると」

エラリーは首を横に振った。「ローザには揺るぎないアリバイができるとわかっていたからですよ。何しろタイプを打てないし、ウェアリングの家で縛りあげられているところを発見されることになっていた。カマーとしては、手紙が偽物であることを警察に見破られてもかまわなかったんです。むしろローザのために、見破られたほうがいいとさえ思っていた。それに、考えてもみてください。もしマーコが破棄するときにずさんなやり方をしなければ、そもそも手紙が見つかることはなく、その件でローザが問われることもなかった」

車は大きな町に近づき、苛立《いらだ》たしいまでに交通量が増えていた。エラリーは呪いのことばを吐きながら、しばらくのあいだ、事故を起こさぬようデューセンバーグを進めることに専念した。マクリン判事は顎《あご》をなでて、物思いに沈んでいた。

「どの程度」判事が急に尋ねた。「カマーの自供は真実だと思っているんだね」

「えっ？　どういう意味ですか」

車はにぎやかな本通りへゆっくりとはいっていった。「わたしは、ゆうべカマーが怪人キッドについて話したことをずっと疑わしく思っていた。つまり、嵐を利用して劇的な再登場を果たし、わざとクルーザーを沈めて命からがら岸に泳ぎ着いたという説明のあとだ。最初の話は――きのうの夜、船上で揉《も》み合いになってキッドを殺したという話は――嘘だったとあの男は認めた。そして、実際には土曜の夜――〝誘拐〟のあと――ウェアリングのクルーザーでスペイン岬から見えないところまで出るとすぐに、人気《ひとけ》のない場所にボートをつけて、キッドに金を払い、立ち去らせたと言った。キッドは生きていて、どこだか知らないところへ去っていったという印象をことさら与えようとした。しかし、どうも嘘くさく聞こえてね」

「なんと、ばかばかしい」エラリーはにべもなく言い、クラクションを鳴らした。顔を引きつらせて車から身を乗り出し、割りこんでくるタクシーに向かって、自動車乗り特有のひとり勝手な憤懣《ふんまん》をぶつけた。「おい、何やってんだ！」そしてにやりと笑い、頭を引っこめた。「実は、カマーがマーコ殺しの犯人だという結論にたどり着いたとき、キッドはどうなったのかと当然ながら自問しました。キッドが単なる道具にすぎなかったことは明らかです。問題は、キッドが真相を知っていたのか、それともカマーが〝誘拐〟の手品の裏にある真の目的についてキッドをだましていたのか、ということです。そしてぼくは、ふたつのことが二重の犯罪《クリム・アン・ドゥブル》を妨げていたと知りました……。カマーがキッドも殺したと疑っているんですね？」

「白状すると」判事は眉《まゆ》をひそめて小声で言った。「そんな考えも頭に浮かんだ」

「それはまちがいです」エラリーは言った。「キッドを殺していないとぼくは確信しています。ひとつは、カマーには自分の真意をキッドに告げる必要はなかったからです。そしてもうひとつは、カマーがいわゆる〝生まれつきの〟人殺しではないからです。だれにも劣らず法を遵守する、しごく真っ当な人間ですよ。分別を失うような人間じゃない。単に殺し自体を目的としてや、慈悲が仇《あだ》になるわずかな可能性を考えて、同胞の命を奪うような男でもない。悪党のキッドは、たっぷり金を手にしたはずです。たとえどこかで殺人事件のことを新聞で読み、カマーをゆすることを考えついたとしても、自分自身が共犯者だったことに気づいて思いとどまるでしょう。自分が雇った男に対してカマーが用意していた防御策です。ええ、カマーの言ったことは真実ですよ」

ふたりはそれきり口をきかず、やがて車は町をあとにして、ふたたび広々とした道へ出た。空気に混じる秋の前ぶれの冷ややかさが肌を襲い、老判事は急に身を震わせた。

「どうしました?」エラリーが気づかうように尋ねた。「寒いですか」

「どうだろう」判事は含み笑いをした。「殺人事件のせいなのか、風のせいなのかはわからんが、寒いようだな」

エラリーはわけも言わずに車を停めた。勢いよく外へ出て、物が詰まった後部の折りたたみ座席をあけ、中を引っ搔《か》きまわすと、黒くて柔らかな、何やらかさばったものを取り出した。

「それはなんだね」老判事が怪訝《けげん》な顔で尋ねた。「どこから持ってきた？　そんなものは、荷物に入れた覚えが――」

「これを肩にかけてください、ご老体」エラリーは車に跳び乗り、老人の膝《ひざ》の上へそれをほうった。「ぼくたちの体験のささやかな記念品です」

「いったい――」判事はびっくりして、それをひろげながら言った。

「正義の殺人者を自任する者よ、論理の道を迂回《うかい》させる者よ」エラリーは声を張りあげて演説口調で言い、ハンドブレーキを解除した。「誘惑に抗《あらが》えませんでした。ありていに言うと、けさモーリー警視の鼻先からくすねてきたんですよ！」

マクリン判事はそれを持ちあげた。ジョン・マーコの黒いマントだった。

老判事はまた身震いし、息を継いだのち、凜々《りり》しい身のこなしでマントを肩に羽織った。エラリーはにやりとしてアクセルを踏んだ。まもなく老判事が力強いバリトンで、いつ終わるとも知れぬ〈錨《いかり》を上げて〉を歌いはじめた。

あとがき

ある秋の夜、イースト・サイドのロシア料理店でマクリン判事とエラリーとともに卓を囲み、バラライカの調べを聴きながら、丈の高いグラスで紅茶を飲みながら語り合ったのを覚えている。隣のテーブルに黒い頰ひげを生やした大柄なロシア人がひとりいて、正統なロシアの流儀にのっとり、大きな音を立てて皿から紅茶を飲んでいた。その男の体の大きさから、話がおのずとキャプテン・キッドのことになり、すぐにジョン・マーコ事件へ移った。覚書をまとめてふたりのスペイン岬での経験について本を書くよう、わたしはしばらく前からエラリーに勧めていたため、本人がその気になりそうなこの機に押してみようと考えた。

「ああ、もうわかったよ」ついにエラリーが言った。「世界一、人使いの荒い男だな、J・J。たしかにあれは、近年巻きこまれたどの事件にも劣らず興味深いと思う」エラリーはこの夏解決しそこねたチロル事件の影響で、まだふさぎこんでいた。

「あれを小説にするなら」マクリン判事がさりげなく口をはさんだ。「いささか大きく開いた穴がひとつあるから、ふさいだほうがいい」

エラリーは獲物を見定めるセッター犬さながら、さっと頭を振り向けた。「それはいったい」判事を問いただす。「なんのあてこすりですか」

「穴？」わたしは言った。「何もかも話は聞きましたが、穴なんて気づきませんでしたよ、判事」

「いや、それがひとつあるんだ」老判事は小さく笑った。「どちらかと言うと、わたし個人に関することでね。きみたちは数学者だ。しかし、厳密な論理にこだわるなら、愛読者たちから勝ち誇った手紙が殺到して、日々みじめな思いをするのは望むところではあるまい」

「さあ、焦《じ》らさないでください」エラリーが強い口調で言った。

「ふむ」判事は夢見るように言った。「きみはあの分析ですべての人物を除外できたと思っているんだろうね」

「もちろんです！」

「ところが、ちがうんだよ」

エラリーはいささか大げさなそぶりで煙草に火をつけた。「ほう」口を開く。「ちがいますか。ぼくはだれを見落としたんですかね」

「マクリン判事だ」

いつもは平然としているエラリーの顔に、どこか滑稽《こっけい》な驚きの表情が浮かんだのを見て、わたしは飲んでいた紅茶にむせた。判事がわたしにウィンクをし、バラライカに合わせて鼻歌を歌いはじめる。

「やれやれ」エラリーは小声で悲しげに言った。「たしかにぼくは衰えてる。そう、きみの本の刊行は流れるかもな、J・J。誤謬《ごびゅう》か。ふむ……。親愛なるソロン殿——家を出る娘羊に母羊が言ったことばじゃありませんが——思いあがらぬことですよ」

老紳士は鼻歌をやめた。「というと、このわたしのことも疑ったというのか——。まったく、この青二才め！　いつもよくしてやっているのに！」

エラリーは満面に笑みを浮かべた。「お世話になっているのは認めます。しかしやはり、真は美であり、美は真であって、旧友かどうかなど関係ないということですよ。ぼくは純粋に、論理の実践としてあなたのことを考えました。除外できるとわかってほっとしたことを白状しますよ」

「そいつはありがたいね」判事は言った。意気消沈している。「いままで話してくれなかったな」

「それは——まあ——友人に話すべきことじゃないので」

「しかし、どういう点で除外できるんだ、エラリー」わたしは大声で言った。「わたしにしてくれた説明のなかに、たぶんなかったが……」

「そうだったかもな」エラリーは笑い声をあげた。「でも、できあがった本にはしっかり盛りこむことにするよ。ソロン殿、ご記憶ですか、日曜の朝にステビンズとことばを交わしたことを」老判事がうなずく。「あのときぼくがステビンズになんと言ったか、覚えていますか」老判事が首を振る。「こう言ったんです。判事は泳げない、とね！」

J・J・マック

解説　九つの秘密　九つの国をしめて　フーダニットの終わらんとす

飯城勇三

――エラリーは、犯人が被害者の死体を裸にした理由を分析することで犯人を特定する。この推理がすばらしいのだが、注目すべきは、この推理を容易にはさせないために、二つのミスディレクションが仕掛けられていることだ。本作を高く評価するのは、犯人特定の推理とともに、このミスディレクションがあまりにも見事だからだ。

（大山誠一郎《おおやませいいちろう》「〈国名シリーズ〉ランキング投票」より）

その刊行――映画の都へ

エラリー・クイーン（マンフレッド・リーとフレデリック・ダネイ）による本作『スペイン岬の秘密』は、一九三五年に刊行されました。ただし、前作『チャイナ蜜柑《みかん》の秘密』同様、マルチメディア展開がなされ、単行本で出る前に、雑誌「レッドブック」一九三五年四月号に先行掲載されています。今回は五割ほどに短縮。カットが二割しかない第1章を除けば、短縮の比率はほぼ一定で、エラリーの推理も半分ほどになっています。不思議なのは、単行本には出てくる車などの商品名が、軒並みカットされていること。雑誌なので、広告主に配慮したのでしょうか。

また、この時期のクイーンには、大きな変化がありました。それは、映画界からの誘い。当時のハリウッドは、優れた脚本のため、数多くの人気作家を高給で雇っていました。そして、当然のことながら、クイーンも声をかけられたというわけです。

残念ながら、クイーンの名が脚本家としてクレジットされた映画はありません。ただし、ダシール・ハメット原案の〈影なき男シリーズ〉の一作、『影なき男の影』は、クイーンがプロットを立てたと言われています。確かに、被害者の防弾チョッキをめぐる推理や、自殺か他殺か事故死かをめぐるねじくれたプロットとその真相は、クイーン風ですね。また、意外な犯人の設定も、〈国名シリーズ〉の一作と同じです。さらに興味深いのは、第一の殺人が競馬場で起こること。短篇「大穴」（『エラリー・クイーンの新冒険』収録）で、エラリーが〝馬のことを何も知らないのに競馬が出てくる映画の脚本を書かされている〟と愚痴ったのは、作者の実体験だったのか……。

その魅力——最後で最高のパズル

本作は、本格ミステリの作者やファンから、良質の犯人当てパズルとして評価されています。その中で多いのが、「完成度が高い」という評です。これは、どういう意味でしょうか？

本作を読んで、過去の作品を思い出した人は少なくないと思います。ゆすり屋だった被害者の服が持ち去られていることから犯人を絞り込む推理は、『ローマ帽子の秘密』。解決篇の推理は、『フランス白粉《おしろい》の秘密』の消去法推理と、『オランダ靴の秘密』の靴をめぐる推理の組み合わせ。『オランダ靴』の方は、「書類戸棚についての証言」も、「マントについての証言」に変形されて使われています。「全裸の被害者」は、『チャイナ蜜柑』の「あべこべの被害者」の変形。ある部分では、『エジプト十字架の秘密』と『アメリカ銃の秘密』も使われています。

そして、これらの過去作品の要素が、わかりやすく、かつスマートに変形されているのです。以前の作品からは、複雑すぎたり、わかりにくかったり、ゴタゴタした感じを受けた読者も、本作からはそういった感じを受けなかったのではないでしょうか。

おそらく、かなりの読者が、犯人を当てることができたり、当たらないまでも、エラ

「レッドブック」誌掲載の『スペイン岬の秘密』の挿絵
(フランク・ゴッドウィン画)
左上：エラリー・クイーン　右上：ローザ・ゴドフリー
中段左から：マクリン判事、ジョン・マーコ、ティラー
下段：コンスタブル夫人

リーの推理に納得させられたと思います。クイーンの作家としての成長に加え、先行掲載誌の読者層（ミステリ・ファン以外が圧倒的に多い）を考慮したことなどにより、ハイレベルでありながらもわかりやすいパズルが達成できたのでしょう。

一方で本作は、クイーンが純粋な〝パズル〟に飽き足らなくなってきたことを感じさせる作品でもあります。

例えば、恐喝される三組の夫婦の描写を見てみましょう。〈国名シリーズ〉前半の作品に登場する夫婦と比べると、ずっと巧みに、そして、生き生きと描かれていることは、みなさんも感じたと思います。

あるいは、15章でのエラリーの発言を見てみましょう。「駆除するにじゅうぶん値する悪党」を殺した犯人を指摘すべきかどうか悩んだエラリーは、こう言います。「ぼくは人間的要素に目をつぶって、この事件を数学の問題として扱うことを選びました。犯人の運命については、その手のことを裁定する人たちに委ねます」と。一見、無責任に聞こえますが、過去の八作を読んでいる人ならば、正反対の印象を受けるに違いありません。これまでとは違って、エラリーが責任を感じ始めているからこそ、こんなセリフが出て来たのです。夫婦の描写の件と併せて考えると、作者も探偵も、人間を「ある推理の問題」として扱うことに、限界を感じてきたのではないでしょうか。そして、この傾向は、題名から国名の取れた次作『中途の家』にも引き継がれて

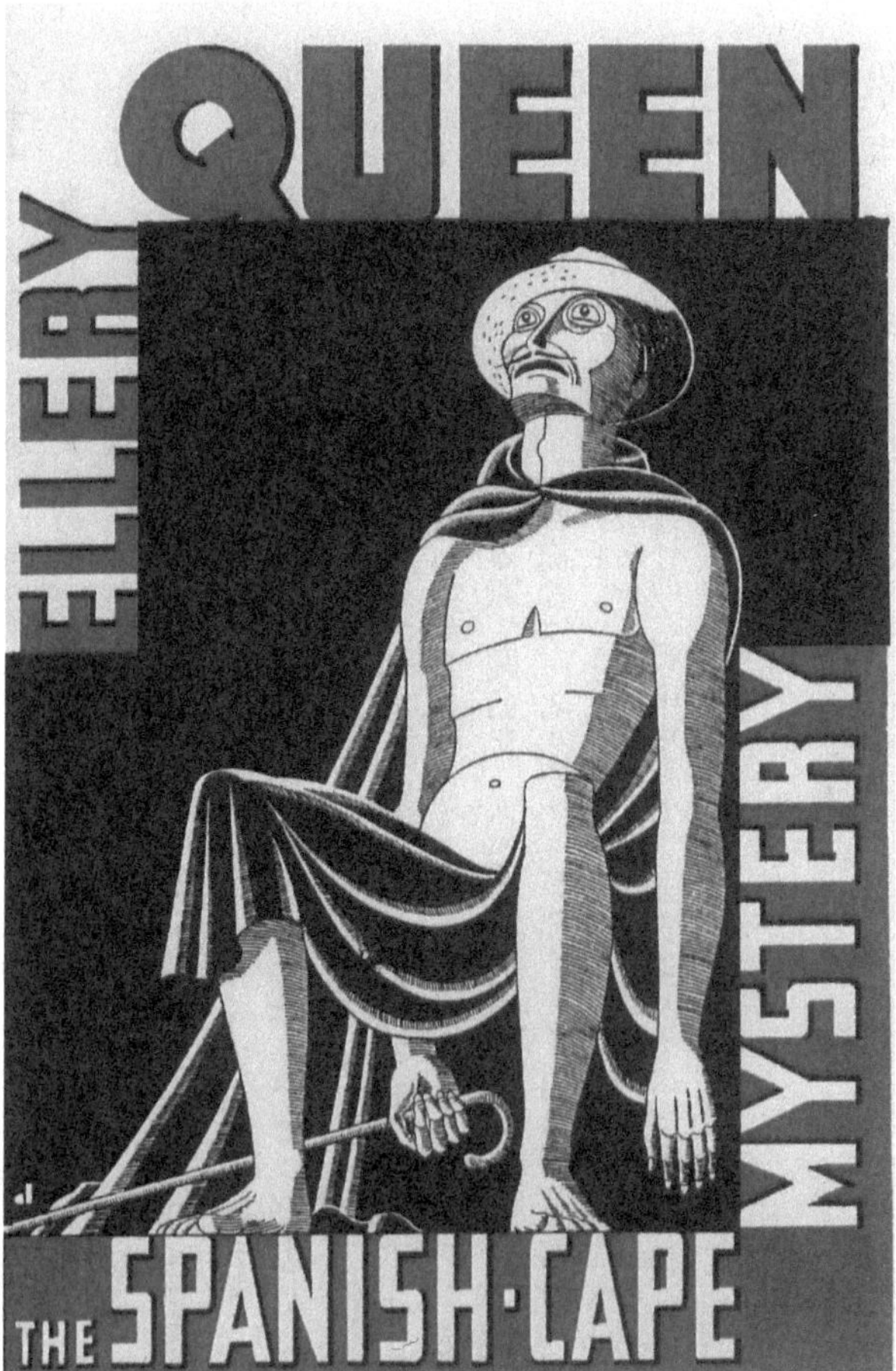

『スペイン岬の秘密』初刊本の表紙

います。この作品は、挑戦状付きの上質な犯人当て《フーダニット》でありながら、作中人物が――エラリーも含めて――パズルの駒から抜け出しているのです。

では、いつものファン向けの小ネタを。

〔**その1**〕本作の原題の「Cape」には、「岬」の他に、重要な手がかりとなる「マント」の意味もあります。そして、面白いことに、アガサ・クリスティの短篇「イーストウッド君の冒険」(『リスタデール卿《きょう》の謎』収録)には「スペイン肩掛《かたか》けの秘密(The Mystery of the Spanish Shawl)」という作中作が出て来るのです。ただし、初出が一九二四年なので、本書と似た題名になったのは、偶然でしょう。ところがクイーンは、自分が編集する雑誌「エラリー・クイーン・ミステリマガジン」の一九四七年四月号にこの短篇を掲載する際、題名を「スペイン肩掛けの秘密」に変えてしまったのです。当時のアメリカの読者は、クリスティがクイーンを意識して題名をつけたと勘違いしたかもしれませんね。

〔**その2**〕角川文庫では、以前、石川年訳《いしかわねん》で〈国名シリーズ〉を出していました(『オランダ靴』のみ未刊行)。この時の訳題が面白いので、挙げてみましょう。『ローマ劇場毒殺事件』『フランス・デパート殺人事件』『ギリシア棺謀殺事件』『エジプト十字架事件』『アメリカ・ロデオ射殺事件』『シャム双子殺人事件』『中国切手殺人事件』――。

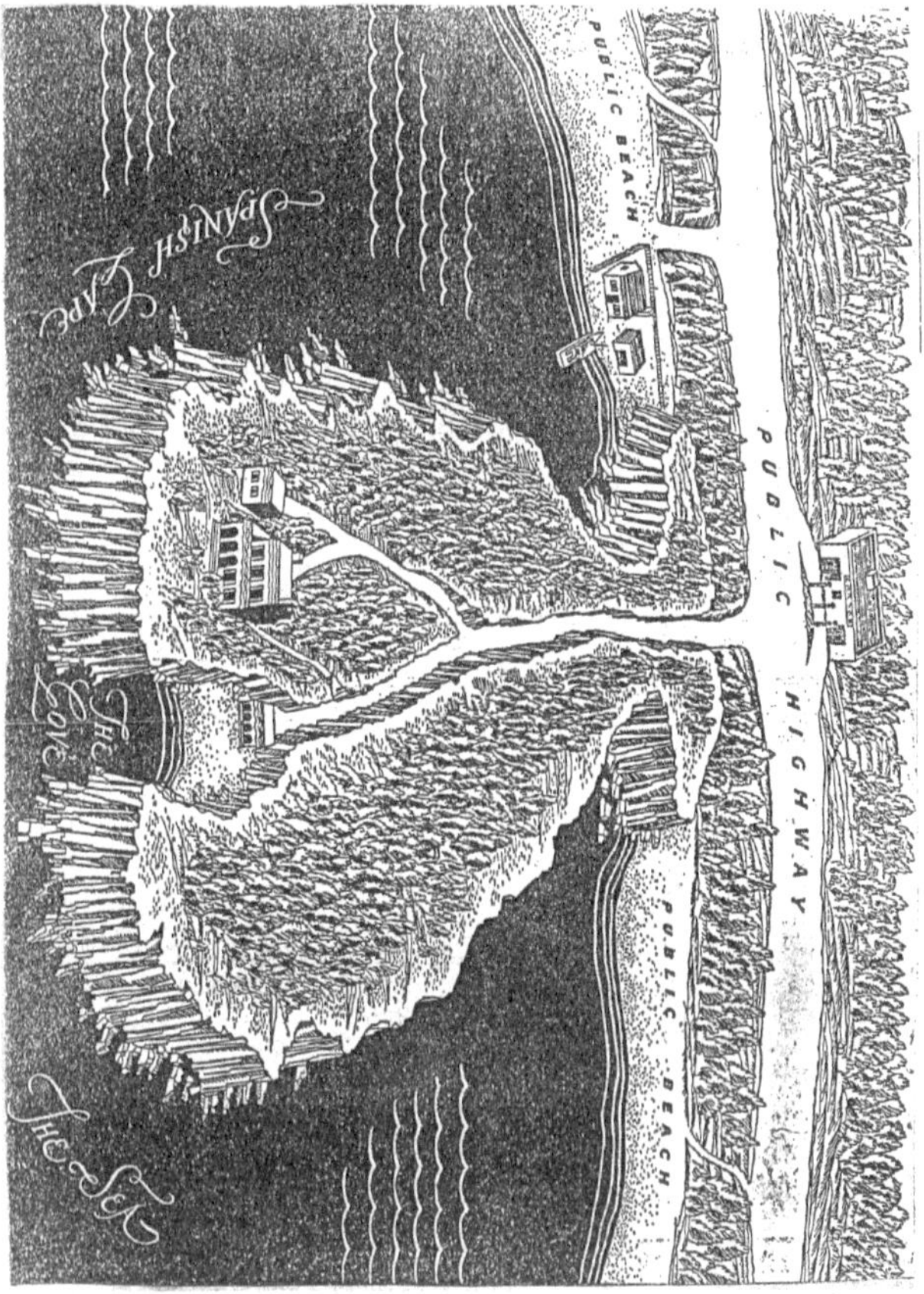

『スペイン岬の秘密』初刊本の表紙裏のスペイン岬の図

では、本作の訳題はわかりますか？　『スペイン岬絞殺事件』？　いえいえ、『スペイン岬の裸死事件』でした。〝裸死〟って何でしょうね。

その来日——声に出して読めない日本語

本作の初紹介は一九三五年。黒白書房の〈世界探偵傑作叢書《そうしょ》〉の一冊として、『西班牙《スペイン》岬の秘密』という題で出ました。訳者は、『チャイナ蜜柑』の初訳（支那《しな》オレンヂの秘密）と同じ大門一男《おおかどかずお》氏。翻訳に用いたのは雑誌「レッドブック」版なので、この年の四月号に載ったものを（奥付にある）十二月に出したことになります。

内容は、ひねった表現がカットされたりしているものの、ほぼ完訳といってかまいません（正確には「単行本の五割ほどの雑誌版の完訳」ですが）。もっとも、〈読者への挑戦状〉のカットについてだけは、大いに不満を述べたいですね。

ただし、私がみなさんに紹介したいのは、戦後の一九五五年に早川書房のポケット・ミステリ（通称ポケミス）で出た、山本政喜《やまもとまさき》訳の方。なぜならば、これは、「ポケミス史上最低の訳文」と言われているからです。例として、第1章と第11章の冒頭の文を紹介しますので、本書と比べてみてください。

（第1章）それは何といっても胸の悪くなるような大失錯であった。犯罪者が以前には、通常、性急或いは不注意或いは精神的近視の結果として、誤りを犯したことがあるし、殆ど常に彼等自身の仇となつた、そして究極に於いて、少くとも、鋼鉄の棒の間から過ぐる年々の陰惨な回想に沿つて彼等の誤りを瞑想しているというようなことになつた。しかしこれは帳面にのる誤りであつた。

気まぐれにそう呼ばれているキッド船長は、自分の僅かばかりの美徳のうちに才気煥発の特質を算えていないようであつた。彼は本当とは思われない山のような男であつた、そして気難しい彼の創造者が、彼に肉体の過大な形の賜物を興えたかわりに、頭脳の僅少をもつて彼を罰したものと、憶断されていた。初めからその大失錯がキッド船長の失錯、即ち純粋に彼の間抜けの発現であつたということが、充分明らかであつたようであつた。

(第11章)ミスター・エラリイ・クイーンがかつて云つたことがある、「デュカミエだが誰だかが、犯罪は社会という肉体にできた癌であると云つた。それは本当のことではあるが、違う特色がある。というのは、癌は野放しになつた有機体であるという事実にも拘らず、それはなおも原型をもつているにちがいないからである。科学は、研究者がその実験室でそれを認めようと努力している間でさえも、それだけの譲歩をする。彼等が失敗したのはあの点やこの点に於いてではない、原型が存在するにちがいない。探偵の仕事も同じことである。原型を認めれば、究極の真相は手近かにある。」

当時のクイーン・ファンは、一九五八年に東京創元社から井上勇《いのうえいさむ》訳が出るまで、この訳文で読むしかなかったのですねえ……。

その映画──「スペイン岬の秘密」

※注意‼ ここから先は本篇読了後に読んでください。

本書を原作とする映画「The Spanish Cape Mystery」は、クイーンの映画化第一弾で、一九三五年に公開されました。映画の役名を見ると、雑誌版ではなく単行本を使っているようなのですが、それでは同年公開というのは難しいですね。あるいは、草稿を参照したのかもしれません。

エラリー役は舞台出身のドナルド・クック。当時売り出し中だったようで、この時期に、ヴァン・ダイン原作の「カシノ殺人事件」や一九三六年版「ショウボート」に出ていました。──ただし、どれも脇役で。本作では主演ですが、実は、ゴドフリー嬢役のヘレン・トゥウェルヴトゥリーズの方が格上とのこと。外見はかなりのイケメンで、本書第7章で、「眼鏡をとると、あなたはなかなかの美男子よ」と言われるエラリーに合っていないこともないですね。クイーン警視役のガイ・アッシャーは脇役

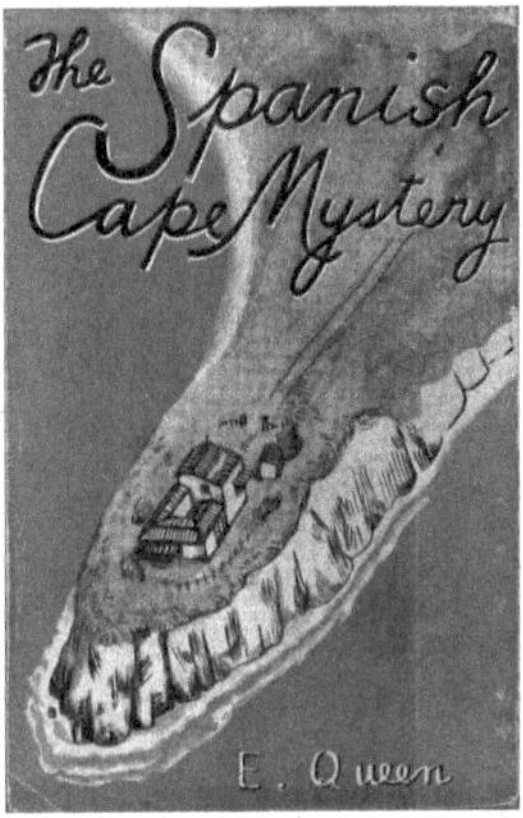

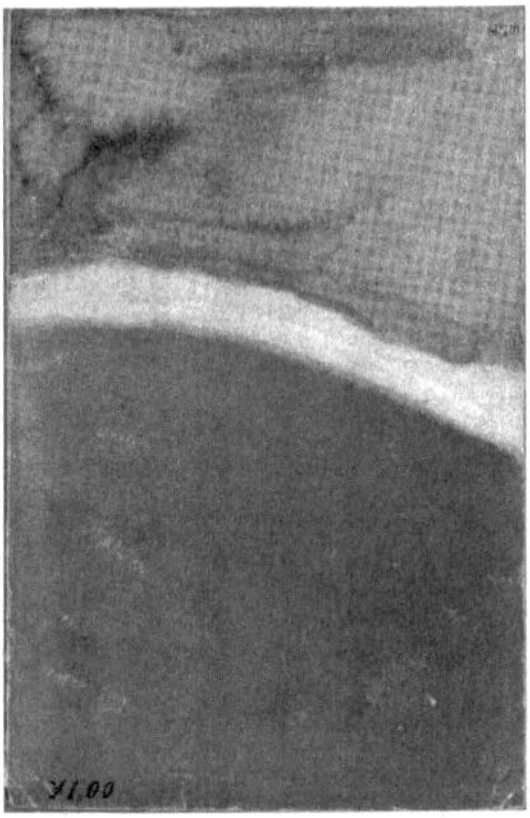

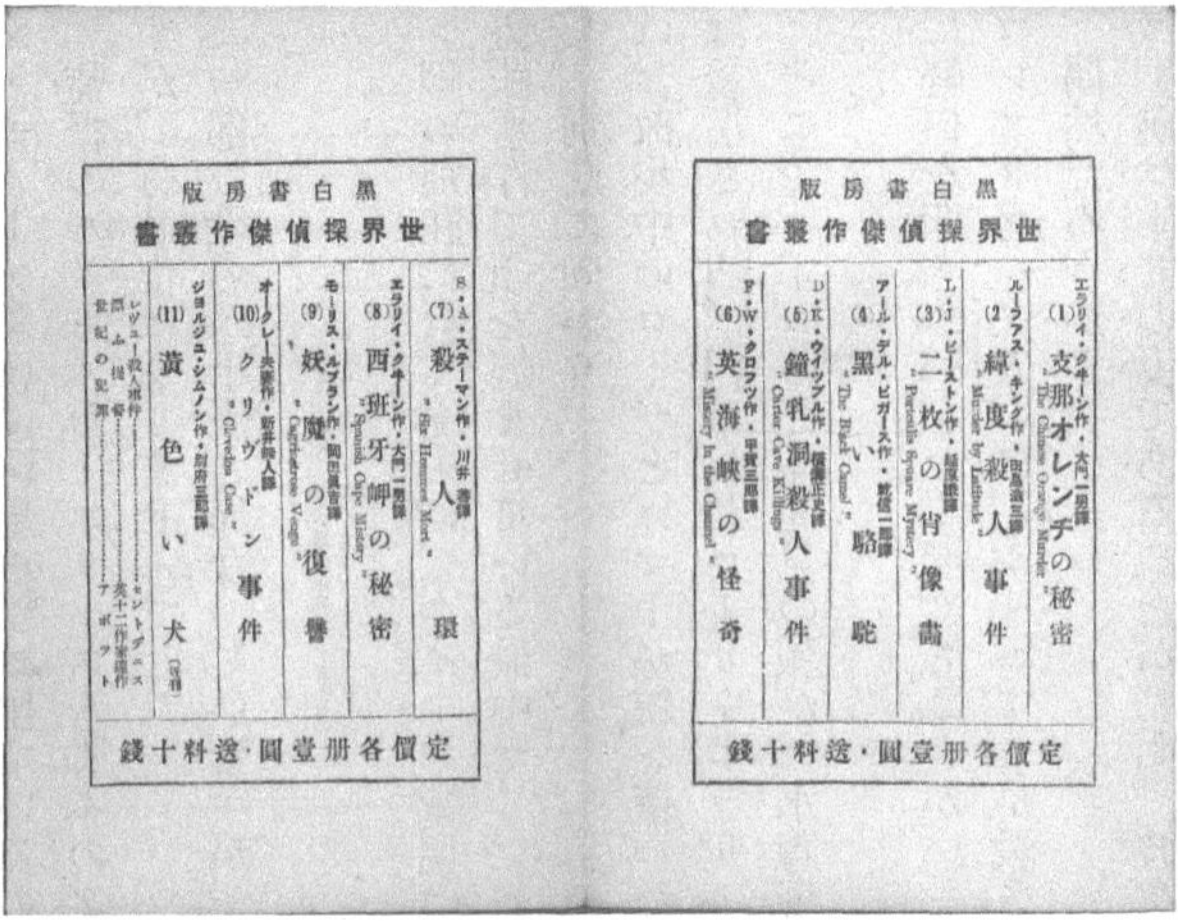

黒白書房版
世界探偵傑作叢書

(1) エラリイ・クヰーン作・大門一男譯
支那オレンヂの秘密 "The Chinese Orange Mystery"

(2) ルーフアス・キング作・田島讓三譯
緯度殺人事件 "Murder by Latitude"

(3) L・J・ビーストン作・延原謙譯
二枚の肖像畫 "Portraits Square Mystery"

(4) アール・デル・ビガース作・乾信一郎譯
黒い駱駝 "The Black Camel"

(5) D・K・ウイップル作・横溝正史譯
鐘乳洞殺人事件 "Cinder Cave Killings"

(6) F・W・クロフツ作・平賀三郎譯
英海峡の怪奇 "Mistery In the Channel"

定價各冊壹圓・送料十錢

黒白書房版
世界探偵傑作叢書

(7) S・A・ステーマン作・川井 譯
殺人環 "Six Hommes Mort"

(8) エラリイ・クヰーン作・大門一男譯
西班牙岬の秘密 "Spanish Cape Mistery"

(9) モーリス・ルブラン作・岡田眞吉譯
妖魔の復讐 "Cagliostro Venge"

(10) オークレー夫妻作・新井時人譯
クリヴドン事件 "Clevedon Case"

(11) ジョルジュ・シムノン作・別府三郎譯
黄色い犬（近刊）

レヴュー殺人事件……セントアミス
漂ふ提督……英十二作家合作
世紀の犯罪……アボツト

定價各冊壹圓・送料十錢

上段：『西班牙岬の秘密』の表紙と裏表紙（山下謙一・画）
下段：巻末の〈世界探偵傑作叢書〉広告

俳優ですが、マクリン判事役のバートン・チャーチルは『駅馬車』に出ているので、見覚えがある人が多いでしょう。また、監督のルイス・D・コリンズも脚本のアルバート・デモンドも、作品数は多いのですが、有名作はありませんでした。

さて、映画の内容は、というと……（一部の役名が小説と異なっていますが、以下の文では小説版に統一しています）。

エラリーは、マクリン判事とスペイン岬の別荘に行く途中に、クイーン警視の執務室に立ち寄る。すると、警視は宝石の盗難事件で頭を悩ませている最中だった。エラリーはあっという間にその事件を解決し、別荘に向かう。

一方、スペイン岬のゴドフリー家では、散歩中のローザとカマーが銃を持った男に脅され、マーコと間違えられたカマーは誘拐される。縛られたローザをエラリーと判事が助け出し、家に連れて帰る——と、そこでマーコの死体発見の報が。水着姿の上にマントと帽子だけという奇妙な姿だった。

事件を捜査する地元のモーリー警視に軽口を叩《たた》きつつ、ローザにちょっかいを出すエラリー。だが、殺人は続き、マン、コンスタブル夫人、アール・コートが殺される。殺害時刻がいずれも満潮時だったのは、偶然だろうか？

エラリーの推理により、メイドのピッツがコートの妻であることが判明。彼女はマ

映画「The Spanish Cape Mystery」より

エラリー・クイーン

クイーン警視

マクリン判事

エラリーとローザ

ーコの死体の第一発見者だったが、自分が犯人だと疑われないように、マントと帽子を着せて、まだ生きているように見せかけたのだ。

そして、謎の殺人鬼はローザも襲うが、エラリーが待ち構えていた。ついに明らかになったその正体は——カマーだった。彼は、誘拐されたと見せかけて、満潮時に海から別荘に入り込み、殺人を犯しては海に戻っていたのだ。だが、マーコ殺しの時は、戻る前に潮が引いてしまったため、マーコの服を着て陸側から逃げ出さざるを得なかった……。動機は、もともとはマーコの手からゴドフリー家の財産を守るためだった。だが、目撃者を殺したりしているうちに、精神に異常をきたし、ついにローザまで殺そうとしたのだ。

すべてを解明したエラリーが、ローザとキスして終わり。

これまで紹介してきた映画と比べると、かなり原作に忠実と言えるでしょう。あらすじには出て来ませんが、ゴドフリー夫妻やマン夫人、ジョラムやティラーもちゃんとキャスティングされています。死体が全裸ではないのは、当時の映画では裸体の描写に制限があったためで、脚本家の責任ではありません。

一番大きな不満は、連続殺人にしてしまったことですが、これは、〝主役〟のトゥウェルヴトゥリーズに見せ場を作るためだと思われます。ヒロインは、命を狙われるか、犯人だと疑われるかしないと、見せ場がありませんから。なお、この改変により、綾辻行人《あやつじゆきと》氏の有名長篇とトリックが似てしまったのは、実に面白い偶然ですね。

その公正——フェアプレイで行こう！

犯人当てパズルの傑作と言われる『スペイン岬』には、犯人当てパズルには不可欠と言える〝フェアプレイ〟に関する二つの興味深い試みが盛り込まれています。

一つめは、体格の手がかりについて。

大部分のミステリにおいて、容疑者の体格がらみのデータの入手状況は、読者と作中探偵では、かなり差があります。作中探偵はいつでも目の前で相手の体格を見ているのに対して、読者はほんの数箇所の文章でしか伝えられていないのですから。しかも、そこを見落としたら、データの入手は不可能になります。これで、作中探偵に「ぼくが手に入れたデータは読者のみなさんも手に入れているのでフェアです」と言われても、納得できない人が多いでしょう。

しかし、本作は違います。犯人の体格が重要なデータであるにもかかわらず、エラリーは、カマーの外見を一度も見たことがない——つまり、読者とまったく同じ条件なのですから。犯人カマーは、自分がマーコと間違えられて誘拐されるというトリックで容疑圏外に逃れようとしましたが、そのトリックが同時に、「カマーとマーコの体格は似ている」というデータを探偵に与えてしまったわけですね。

それにしても、初めて会った人に向かって、いきなり「あなたを告発しなくてはなりません」と宣言する名探偵は、間違いなく、前代未聞でしょうね。いかにも名探偵らしい格好の良さではありませんか。


二つめは、「あとがき」に書かれているデータ追加の件について。

「あとがき」には、事件の最中に披露した推理には穴があることを指摘されたエラリーが、〝小説化の際には穴をふさぐデータを追加しておこう〟と宣言するシーンが登場します。実は、ここに〈国名シリーズ〉のフェアプレイの秘密があるのです。

作中の設定では、「エラリーは実在の人物で、現実の事件を解決した」となっています。しかし、現実の事件では、いつもいつも都合良く、犯人を一人に絞り込めるだけのデータが集まるとは限りません。エラリーが犯人の範囲を二、三人まで限定して、あとは警視がその容疑者たちを徹底的に調べ、最終的に一人に絞り込んだ事件も少なくないはずです。

しかし、エラリーはこの事件を小説化する際に、推理だけで一人に絞り込めるように、データを追加することが可能なのです（例えば、実際の事件では左利きの容疑者が二人いた場合、小説では一人にしてしまう、とか)。言い換えると、現実に起こったマーコ殺しにおけるエラリーの推理が不完全だとしても、それを小説化した『スペイン岬の秘密』では、エラリーの推理は完璧《かんぺき》なのです。

これが、フェアプレイを成立させるために作者が行った、巧妙な世界設定です。〈国名シリーズ〉は、現実の事件をそのまま小説化したのではありません。エラリーが、自分の推理に都合が良いように現実の事件を再構成したものなのです。

興味深いことに、本作の雑誌先行掲載版には「あとがき」がなく、〝マクリン判事が泳げない〟というデータもありません。ひょっとして、雑誌版の読者から「判事を容疑者に含めていない」と指摘されて、あわてて単行本に追加したのかもしれませんね。もしそうならば、作品の外でも、フェアプレイのためにデータが追加されたことになるわけです。

その新訳——お願い！ランキング

本書で、クイーンの〈国名シリーズ〉は、すべて新訳版で刊行されました。ここまで読んできた人は、どれもが高度で複雑で論理的で、しかも楽しめる本格ミステリになっていることに驚いたと思います。

しかし、このシリーズ全作の水準の高さが、ミステリのベストテンなどでは、マイナスに働いてしまうのです。いわゆる〝票が割れる〟というやつですね。〈国名シリーズ〉の中で、『ギリシャ棺《ひつぎ》の秘密』と『エジプト十字架の秘密』だけが突出していれば、この二作に票が集中するのですが、そうはいきません。「犯人当ての傑作オランダだ」「犯人当てならスペインだろう」「いやいや、消去法推理のフランスだ」「異色の傑作シャムを忘れるな」「あべこべの論理のチャイナこそがクイーンらしい」という意見が少なくありませんからね。

ただし、傑作揃《ぞろ》いのシリーズならではの楽しみ方もあります。それは、〈国名シリーズ〉ランキングの選定。タイプの異なる傑作が並ぶ本シリーズにふさわしい企画と言えるでしょう。

かくして、私の主宰するエラリー・クイーン・ファンクラブでは、会誌Queendomの100号記念として、この〈国名シリーズ〉ランキング選定を行うことになりました。回答者は、クイーンFC会員とゲストの作家（青崎有吾《あおさきゆうご》氏、阿部《あべ》陽一《よういち》氏、大山誠一郎氏、折原一《おりはらいち》氏、霞流一《かすみりゅういち》氏、北村薫《きたむらかおる》氏、小森健太朗《こもりけんたろう》氏、瀬名秀明《せなひであき》氏、柄刀《つかとう》一《はじめ》氏、二階堂黎人《にかいどうれいと》氏、野崎六助《のざきろくすけ》氏）の計五十二名。結果は以下の通りです（実際のアンケートは『中途の家』と『ニッポン樫鳥《かしどり》の謎（日本庭園の秘密）』も投票対象に加えていますが、ここでは〈国名シリーズ〉のみ掲載します。詳細を知りたい方は、

EQFCのHP、http://www006.upp.so-net.ne.jp/eqfc/ を参照し、100号記念特別号を入手してください)。
①『エジプト十字架の秘密』②『ギリシャ棺の秘密』③『オランダ靴の秘密』
④『フランス白粉の秘密』⑤『スペイン岬の秘密』⑥『ローマ帽子の秘密』
⑦『シャム双子の秘密』⑧『チャイナ蜜柑の秘密』⑨『アメリカ銃の秘密』
この結果をどう思いますか？　おそらく、同意できる人も、できない人もいるでしょうね。ならば今度は、あなたが選んでみませんか？　この手のランキングでは各候補作の条件を揃えることが難しいのですが、本文庫の〈国名シリーズ〉ならば、問題はありません。統一された原書のバージョンで、同じ訳者によって統一された文章で訳されていますから。

このように、同じ条件の下《もと》で〈国名シリーズ〉全九作の比較ができるのもまた、新訳版の魅力なのです。

スペイン岬《みさき》の秘《ひ》密《みつ》

エラリー・クイーン　越前《えちぜん》敏弥《としや》・国弘《くにひろ》喜《き》美《み》代《よ》＝訳

平成27年 4月25日　初版発行
令和7年 9月30日　19版発行

発行者●山下直久

発行●株式会社KADOKAWA
〒102-8177　東京都千代田区富士見2-13-3
電話　0570-002-301(ナビダイヤル)

角川文庫 19132

印刷所●株式会社KADOKAWA
製本所●株式会社KADOKAWA

表紙画●和田三造

●お問い合わせ
https://www.kadokawa.co.jp/（「お問い合わせ」へお進みください）
※内容によっては、お答えできない場合があります。
※サポートは日本国内のみとさせていただきます。
※Japanese text only

ISBN978-4-04-101456-1　C0197

◆◇◇

角川文庫発刊に際して

角川源義

第二次世界大戦の敗北は、軍事力の敗北であった以上に、私たちの若い文化力の敗退であった。私たちの文化が戦争に対して如何に無力であり、単なるあだ花に過ぎなかったかを、私たちは身を以て体験し痛感した。西洋近代文化の摂取にとって、明治以後八十年の歳月は決して短かすぎたとは言えない。にもかかわらず、近代文化の伝統を確立し、自由な批判と柔軟な良識に富む文化層として自らを形成することに私たちは失敗して来た。そしてこれは、各層への文化の普及滲透を任務とする出版人の責任でもあった。

一九四五年以来、私たちは再び振出しに戻り、第一歩から踏み出すことを余儀なくされた。これは大きな不幸ではあるが、反面、これまでの混沌・未熟・歪曲の中にあった我が国の文化に秩序と確たる基礎を齎らすためには絶好の機会でもある。角川書店は、このような祖国の文化的危機にあたり、微力をも顧みず再建の礎石たるべき抱負と決意とをもって出発したが、ここに創立以来の念願を果すべく角川文庫を発刊する。これまで刊行されたあらゆる全集叢書文庫類の長所と短所とを検討し、古今東西の不朽の典籍を、良心的編集のもとに、廉価に、そして書架にふさわしい美本として、多くのひとびとに提供しようとする。しかし私たちは徒らに百科全書的な知識のジレッタントを作ることを目的とせず、あくまで祖国の文化に秩序と再建への道を示し、この文庫を角川書店の栄ある事業として、今後永久に継続発展せしめ、学芸と教養との殿堂として大成せんことを期したい。多くの読書子の愛情ある忠言と支持とによって、この希望と抱負とを完遂せしめられんことを願う。

一九四九年五月三日

角川文庫海外作品

Xの悲劇
エラリー・クイーン
越前敏弥＝訳

結婚披露を終えたばかりの株式仲買人が満員電車の中で死亡。ポケットにはニコチンの塗られた無数の針が刺さったコルク玉が入っていた。元シェイクスピア俳優の名探偵レーンが事件に挑む。決定版新訳！

Yの悲劇
エラリー・クイーン
越前敏弥＝訳

大富豪ヨーク・ハッターの死体が港で発見される。毒物による自殺だと考えられたが、その後、異形のハッター一族に信じられない惨劇がふりかかる。ミステリ史上最高の傑作が、名翻訳家の最新訳で蘇る。

Zの悲劇
エラリー・クイーン
越前敏弥＝訳

黒い噂のある上院議員が刺殺され刑務所を出所したばかりの男に死刑判決が下されるが、彼は無実を訴える。サム元警視の娘で鋭い推理の冴えを見せるペイシェンスとレーンは、真犯人をあげることができるのか？

レーン最後の事件
エラリー・クイーン
越前敏弥＝訳

サム元警視を訪れ大金で封筒の保管を依頼した男は、なんとひげを七色に染め上げていた。折しも博物館ではシェイクスピア稀覯本のすり替え事件が発生する。ペイシェンスとレーンが導く衝撃の結末とは？

ローマ帽子の秘密
エラリー・クイーン
越前敏弥・青木　創＝訳

観客でごったがえすブロードウェイのローマ劇場で、非常事態が発生。劇の進行中に、NYきっての悪徳弁護士と噂される人物が、毒殺されたのだ。名探偵エラリー・クイーンの新たな一面が見られる決定的新訳！

角川文庫海外作品

フランス白粉の秘密

エラリー・クイーン
越前敏弥・下村純子＝訳

〈フレンチ百貨店〉のショーウィンドーの展示ベッドから女の死体が転がり出た。そこには膨大な手掛りが残されていたが、決定的な証拠はなく……難攻不落な都会の謎に名探偵エラリー・クイーンが華麗に挑む！

オランダ靴の秘密

エラリー・クイーン
越前敏弥・国弘喜美代＝訳

オランダ記念病院に搬送されてきた病院の創設者である大富豪。だが、手術台に横たえられた彼女は既に何者かによって絞殺されていた⁉ 名探偵エラリーの超絶技巧の推理が冴える〈国名〉シリーズ第3弾！

ギリシャ棺の秘密

エラリー・クイーン
越前敏弥・北田絵里子＝訳

急逝した盲目の老富豪の遺言状が消えた。捜索するも一向に見つからず、大学を卒業したてのエラリーは墓から棺を掘り返すことを主張する。だが出てきたのは第2の死体で……二転三転する事件の真相とは⁉

エジプト十字架の秘密

エラリー・クイーン
越前敏弥・佐藤　桂＝訳

ウェスト・ヴァージニアの田舎町でT字路にあるT字形の標識に磔にされた首なし死体が発見される。全てが〝T〟ずくめの奇怪な連続殺人事件の真相とは⁉ スリリングな展開に一気読み必至。不朽の名作！

アメリカ銃の秘密

エラリー・クイーン
越前敏弥・国弘喜美代＝訳

ニューヨークで2万人の大観衆を集めたロデオ・ショー。その最中にカウボーイの一人が殺された。衆人環視の中、凶行はどのようにして行われたのか⁉ そして再び同じ状況で殺人が起こり……。

角川文庫海外作品

シャム双子の秘密

エラリー・クイーン
越前敏弥・北田絵里子＝訳

休暇からの帰途、クイーン父子はティピー山地で山火事に遭う。身動きが取れないふたりは、不気味な屋敷を見付け避難することに。翌朝、手にスペードの6のカードを持った屋敷の主人の死体が発見される。

チャイナ蜜柑の秘密

エラリー・クイーン
越前敏弥　青木　創＝訳

出版社の経営者であり、切手収集家としても有名なカーク。彼が外からエラリーと連れ立って帰ると、1人の男が全て逆向きになった密室状態の待合室で死んでいた。謎だらけの事件をエラリーが鮮やかに解決する。

緋色の研究

コナン・ドイル
駒月雅子＝訳

ロンドンで起こった殺人事件。それは時と場所を超えた悲劇の幕引きだった。クールでニヒルな若き日のホームズとワトスンの出会い、そしてコンビ誕生の秘話を描く記念碑的作品、決定版新訳！

四つの署名

コナン・ドイル
駒月雅子＝訳

シャーロック・ホームズのもとに現れた、美しい依頼人。彼女の悩みは、数年前から毎年同じ日に大粒の真珠が贈られ始め、なんと今年、その真珠の贈り主に呼び出されたという奇妙なもので……。

バスカヴィル家の犬

コナン・ドイル
駒月雅子＝訳

魔犬伝説により一族は不可解な死を遂げる――恐怖の呪いが伝わるバスカヴィル家。その当主がまたしても不審な最期を迎えた。遺体発見現場には猟犬の足跡が……謎に包まれた一族の呪いにホームズが挑む！